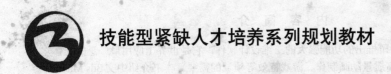

技能型紧缺人才培养系列规划教材

中文 3ds Max 9 案例教程

（角色篇）

沈大林　主编

罗红霞　郑淑晖　周　瑀　等编著

U0140842

中国铁道出版社

CHINA RAILWAY PUBLISHING HOUSE

内 容 简 介

3ds Max 是 Discreet 公司推出的功能强大的三维设计软件，它是世界上应用最广泛的立体建模动画软件之一，能满足高质量动画制作、游戏特效等领域的需要。本书介绍中文 3ds Max 9。

本书共分 8 章，通过 18 个三维动画案例的分析讲解，较全面地介绍了使用 3ds Max 9 制作三维动画的方法与技能。本书采用案例驱动的教学方式，以节为一个教学单元，由"案例效果"、"操作步骤"、"相关知识"、"思考与练习"四部分组成。在对案例进行讲解时，充分注意保证知识的相对完整性和系统性。本书遵从面向实际应用、理论联系实际、便于自学等原则，注重训练和培养学生分析问题和解决问题的能力，注重提高学生的学习兴趣和培养学生的创造能力，便于教与学。

本书适合作为中等职业学校计算机专业或高等院校非计算机专业建筑装饰、美工设计和多媒体动画设计专业的教材，也可以作为初学者自学的参考书。

图书在版编目（CIP）数据

中文 3ds Max 9 案例教程. 角色篇 / 沈大林主编. —北京：中国铁道出版社，2009.4
（技能型紧缺人才培养系列规划教材）
ISBN 978-7-113-09975-6

Ⅰ. 中… Ⅱ. 沈… Ⅲ. 三维－动画－图形软件，3ds Max 9－教材 Ⅳ. TP391.41

中国版本图书馆 CIP 数据核字（2009）第 065879 号

书　　名：	中文 3ds Max 9 案例教程（角色篇）
作　　者：	沈大林　主编

策划编辑：秦绪好　祁　云		
责任编辑：周　欢	编辑部电话：（010）63583215	
编辑助理：何红艳		
封面设计：付　巍	封面制作：白　雪	
版式设计：郑少云	责任印制：李　佳	

出版发行：中国铁道出版社（北京市宣武区右安门西街 8 号　邮政编码：100054）
印　　刷：三河市华业印装厂
版　　次：2009 年 5 月第 1 版　　　　2009 年 5 月第 1 次印刷
开　　本：787mm×1092mm　1/16　印张：20.75　　　字数：488 千
印　　数：5 000 册
书　　号：ISBN 978-7-113-09975-6/TP·3249
定　　价：31.00 元

审稿专家组

审稿专家：（按姓名笔画排列）

丁桂芝（天津职业大学）　　　毛一心（北京科技大学）

毛汉书（北京林业大学）　　　王行言（清华大学）

邓泽民（教育部职业技术教育中心研究所）

冯博琴（西安交通大学）　　　艾德才（天津大学）

安志远（北华航天工业学院）　曲建民（天津师范大学）

刘瑞挺（南开大学）　　　　　吴文虎（清华大学）

宋文官（上海商学院）　　　　李凤霞（北京理工大学）

吴功宜（南开大学）　　　　　宋　红（太原理工大学）

陈　明（中国石油大学）　　　陈维兴（北京信息科技大学）

张　森（浙江大学）　　　　　徐士良（清华大学）

钱　能（杭州电子科技大学）　黄心渊（北京林业大学）

龚沛曾（同济大学）　　　　　潘晓南（中华女子学院）

蔡翠平（北京大学）

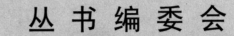

丛书编委会

本套教材依据教育部办公厅和原信息产业部办公厅联合颁发的《中等职业院校计算机应用与软件技术专业领域技能型紧缺人才培养指导方案》进行规划。

根据我们多年的教学经验和对国外教学的先进方法的分析，针对目前职业技术学校学生的特点，采用案例引领，将知识按节细化，案例与知识相结合的教学方式，充分体现了我国教育学家陶行知先生"教学做合一"的教育思想。通过完成案例的实际操作，学习相关知识、基本技能和技巧，让学生在学习中始终保持学习兴趣、充满成就感和探索精神。这样不仅可以让学生迅速上手，还可以培养学生的创作能力。从教学效果来看，这种教学方式可以使学生快速掌握知识和应用技巧，有利于学生适应社会的需要。

每本书按知识体系划分为多个章节，每一个案例是一个教学单元，按照每一个教学单元将知识细化，每一个案例的知识都有相对的体系结构。在每一个教学单元中，将知识与技能的学习融于完成一个案例的教学中，将知识与案例很好地结合成一体，案例与知识不是分割的。在保证一定的知识系统性和完整性的情况下，体现知识的实用性。

每个教学单元均由"案例效果"、"操作步骤"、"相关知识"和"思考与练习"四部分组成。在"案例效果"栏目中介绍案例完成的效果，在"操作步骤"栏目中介绍完成案例的操作方法和操作技巧，在"相关知识"栏目中介绍与本案例单元有关的知识，起到总结和提高的作用，在"思考与练习"栏目中提供了一些与本案例有关的思考与练习题。对于程序设计类的教程，考虑到程序设计技巧较多，不易于用一个案例带动多项知识点的学习，因此采用先介绍相关知识，再结合知识介绍一个或多个案例。

丛书作者努力遵从教学规律、面向实际应用、理论联系实际、便于自学等原则，注重训练和培养学生分析问题和解决问题的能力，注重提高学生的学习兴趣和培养学生的创造能力，注重将重要的制作技巧融于案例介绍中。每本书内容由浅入深、循序渐进，使读者在阅读学习时能够快速入门，从而达到较高的水平。读者可以边进行案例制作，边学习相关知识和技巧。采用这种方法，特别有利于教师进行教学和学生自学。

为便于教师教学，丛书均提供了实时演示的多媒体电子教案，将大部分案例的操作步骤实时录制下来，让教师摆脱重复操作的烦琐，轻松教学。

参与本套教材编写的作者不仅有在教学一线的教师，还有在企业负责项目开发的技术人员，他们将教学与工作需求更紧密地结合起来，通过完全的案例教学，提高学生的就业竞争力，为我国职业技术教育探索更添一臂之力。

沈大林

3ds Max 是 Discreet 公司推出的功能强大的三维设计软件，它是世界上应用最广泛，也是国内最早引进的立体建模动画软件之一，能满足高质量动画制作、游戏特效等领域的需要。本书介绍中文 3ds Max 9。

本书共分 8 章，通过 18 个三维动画案例的分析讲解，较全面地介绍了使用 3ds Max 9 制作三维动画的方法与技能。第 1 章介绍了角色动画设计的基本概念和 3ds Max 9 设计环境的基本应用，使读者对三维室内装饰设计和 3ds Max 9 设计环境及对象操作有总体了解，为以后的学习打下良好的基础；第 2 章通过 3 个案例介绍了如何使用 3ds Max 9 的基本三维对象和常用三维修改器进行简单角色建模设计；第 3 章通过 2 个案例介绍了如何使用二维图形建模与复合模型进行角色建模；第 4 章通过 2 个案例介绍了如何使用面片、多边形和网格进行角色建模设计；第 5 章通过 3 个案例介绍了材质贴图、灯光设计和摄影机的设计方法与技巧；第 6 章通过 2 个案例介绍了环境特效与粒子系统，使用环境特效与粒子系统来为角色添加动画特效；第 7 章通过 2 个案例介绍了两足动物骨骼系统动画的创建及骨骼蒙皮动画的实现；第 8 章是综合案例，通过 4 个案例介绍了各阶段学习过程中相关知识应用技能的扩展，从而巩固所学知识（本书中案例的素材文件可在中国铁道出版社网站 http://edu.tqbooks.net 下载）。

本书采用案例驱动的教学方式，以节为一个教学单元，由"案例效果"、"操作步骤"、"相关知识"、"思考与练习"四部分组成。在对案例进行讲解时，充分注意保证知识的相对完整性和系统性。

在编写过程中，本书遵从教学规律、面向实际应用、理论联系实际、便于自学等原则，注重训练和培养学生分析问题和解决问题的能力，注重提高学生的学习兴趣和培养学生的创造能力，注重将重要的制作技巧融于案例的介绍中。每个案例都有详细的讲解，以方便学生容易看懂、教师便于教学。本书内容丰富、结构清晰、图文并茂，易于教学与自学。即使是一个非专业的学习者，通过对本书的学习，也能快速掌握中文 3ds Max 9 的基本使用方法，从而制作出三维动画作品。

本书由沈大林主编。参加编写工作的主要人员还有罗红霞、郑淑晖、周珊、杨东霞、马广月、崔元如、李耀洲、王尧、黄青、靳轲、孟宪刚、任心燕、章国显、康胜强、刘璐、曲彭生、张凤红、尚义明、于站江、韩德彦、于向飞、于金霞、李明哲、姜树昕、高献伟、苏飞、丰金兰、李斌、李俊、王小兵等。

本书适合作为中等学校计算机专业或高等院校非计算机专业建筑装饰、美工设计和多媒体设计专业的教材，也可以作为初学者自学的参考书。

由于编者水平和经验有限，书中难免有不足之处，恳请读者提出宝贵意见和建议。

编 者

2009 年 4 月

目录

第 1 章　3ds Max 9 角色动画基础

1.1　计算机三维角色动画基础

1.1.1　3ds Max 在动画和视觉效果中的应用

角色的本意是指戏剧、小说或电影中的人物。随着社会的发展，角色的概念也在发展，在科幻电影、游戏或动画中，角色可以是动物、机器人、外星人等真实或虚构的各种生物。所有能称为角色的对象都具有一定的拟人化特征，如表情、动作等。例如，影片《星球大战》中的机器人、游戏《英雄无敌 5》中的天使、狮鹫等角色，如图 1-1-1 所示。

图 1-1-1　影片《星球大战》中的智能机器人 C3PO
和 R2D2 与游戏《英雄无敌 5》中的天使、狮鹫等角色

三维动画又称 3D 动画，是近年来随着计算机软/硬件技术的发展而产生的一种新兴技术。三维动画软件在计算机中首先建立一个虚拟的世界，设计师在这个虚拟的三维世界中按照要表现的对象的形状尺寸建立模型和场景，再根据要求设定模型的运动轨迹、虚拟摄影机的运动和其他动画参数，最后按要求为模型赋予特定的材质，并打上灯光。当这一切完成后即可让计算机自动运算，生成最后的画面。

3ds Max 是世界上应用最广泛的三维建模动画软件之一，它能满足高质量动画制作、游戏特效等领域的需要。目前，3ds Max 版本已升至 3ds Max 9，此版本相对于以前的版本而言，在造型、材质、渲染功能和灯光的设置等方面都有很大的改进。

在使用 3ds Max 制作角色时，常用的建模方法有可编辑网格建模、多边形建模、面片建模、细分曲面建模和 NURBS 建模等。在复杂的角色建模中，有些建模的方法要联合使用。例如，一般多边形建模和细分曲面建模可以联合使用。

1.1.2　3ds Max 9 的工作环境

3ds Max 9 是一套强大的三维动画设计软件，它包含模型的建立、绘制和渲染、动画制作等几个部分。本章主要介绍用户界面及基本的操作。

在整体界面布局方面，3ds Max 9 与 3ds Max 8 没有太大差别。3ds Max 9 的用户界面和大多数软件一样，包含菜单栏、工具栏、视口区域、命令面板等几大部分，其中，视口区域在整个用户界面中所占的区域最大，用户不仅能观察到 3ds Max 9 的整个环境，还能在不同的视口间进行切换。

1．3ds Max 9 的启动

3ds Max 9 的启动方法有以下两种：

① 选择"开始"→"所有程序"→Autodesk→Autodesk 3ds Max 9 32–bit→Autodesk 3ds Max 9 32 位命令，即可启动 3ds Max 9。

② 双击桌面上的 ⑤ 快捷方式图标。

与以往版本不同，3ds Max 9 启动后增加了一个欢迎界面，如图 1-1-2 所示。该界面显示了 3ds max 中一些常用模块，如创建对象等。通过单击相应的按钮即可观看相应的教程，图 1-1-3 所示的是变换对象的教程界面。

观看相应的教程后，单击"欢迎屏幕"界面中的"关闭"按钮即可关闭该界面，并进入 3ds Max 9 的工作界面。

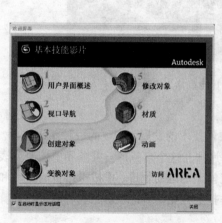

图 1-1-2　"欢迎屏幕"界面

图 1-1-3　变换对象的教程界面

2．工作环境简介

学习 3ds Max 9，先从熟悉其工作界面开始。3ds Max 9 的工作界面如图 1-1-4 所示。

① 标题栏：标题栏位于工作界面的最上方，显示当前打开的 3ds Max 文件的名称等信息。

② 菜单栏：3ds Max 9 共有 14 个菜单命令，分别是文件、编辑、工具、组、视图、创建、修改器、reactor、动画、图表编辑器、渲染、自定义、MAXScript 和帮助。

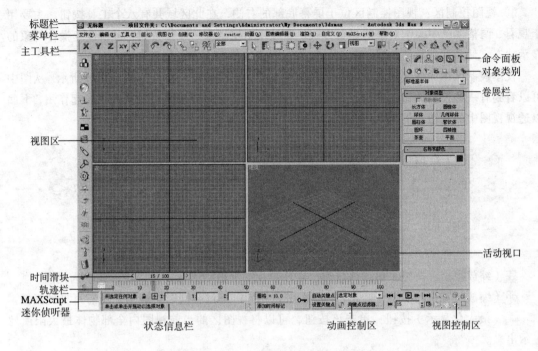

图 1-1-4　3ds Max 9 的工作界面

③ 主工具栏：在菜单栏下面，包含 3ds Max 9 使用频率最高的各种工具。

④ 视图区：中间最大的区域是视图区，主要操作都在这里进行。默认情况下，视图区为四个视图显示，三个正交视图（注：正交视图上显示的是物体在一个平面上的投影，所以在正交视图中不存在透视关系，这样可以准确地比较物体的比例）和一个透视图（注：透视图类似现实生活中对物体的观察角度，可以产生远大近小的空间感，便于对立体场景进行观察）。每个视图的左上角为视图标题，左下角为世界坐标系。

⑤ 命令面板：界面的右边是命令面板，分为六个标签面板，从左向右依次为创建面板、修改面板、层级面板、运动面板、显示面板和工具面板，它里面的很多命令按钮与菜单中的命令一一对应，在以后的学习中将会重点讲解命令面板的应用。

⑥ 时间滑块：主要用于动画的制作，如拖动时间滑块可以在视图中观看设置好的动画效果。设置好动画后，关键帧就排列在时间线上。

⑦ 轨迹栏：轨迹栏提供了显示帧数（或相应的显示单位）的时间线。这为移动、复制、删除关键点以及更改关键点属性的轨迹视图提供了一种便捷的替代方式。选择一个对象，可在轨迹栏上查看其动画关键点。轨迹栏还可以显示多个选定对象的关键点。

⑧ MAXScript 迷你侦听器：主要用于脚本操作，MAX 的每一步操作都可以记录为脚本，反之也可以通过编写脚本程序控制 MAX 的操作。

⑨ 状态信息栏：状态信息栏位于屏幕底部的中间，可显示当前选择物体的坐标值，其下方为提示栏，右侧为单位网格的尺寸。

⑩ 动画控制区：动画控制区位于屏幕底部的中间，主要用于动画的记录与播放、时间控制以及动画关键帧的设置与选择等操作。

⑪ 视图控制区：视图控制区位于屏幕底部的右侧，在此区域共有八个工具按钮，主要用于观看、调整视图中操作对象的显示方式。通过视图控制区的操作按钮，可以改变操作对象的显示状态，使其达到最佳的显示效果，但并不改变物体的大小、位置和结构。

视图控制区中的按钮随着激活的视图发生变化。不同的视口控件如图 1-1-5 所示。从图中可以看到有一些控制按钮在各种视图中都存在，但也有一部分按钮只对某些视图起作用，下面以透视视图中的按钮为例介绍其含义。

| 透视图视口控件 | 正交视图视口控件 | 摄影机视口控件 | 灯光视口控件 |

图 1-1-5　不同视图的视口控件

（缩放视图）按钮：单击该按钮，在任意视图上拖动光标，可以拉近或推远视图。

（缩放所有视图）按钮：用法与 按钮相同，不过会同时影响当前所有可见的视图。

（最大化显示）按钮：单击该按钮，可以将视图区的当前视图内全部物体最大限度地显示出来。

（所有视图最大化显示）按钮：单击该按钮，可以将视图区的全部视图内所有物体最大限度地显示。

（视野）按钮：单击该按钮，可以对视图内物体的局部区域进行缩小或放大显示。

（平移视图）按钮：单击该按钮，可以在视图内以平行于视图平面的方式移动视图，更好地显示视图内的物体。

（弧形旋转选定对象）按钮：单击该按钮，可以在视图内旋转视图平面，改变视图坐标轴的方向。

"最大化视口切换"按钮：单击该按钮，可以将视图平面在最大化视图与普通视图之间进行切换。

1.1.3　视图设置

视图区是 3ds Max 9 中最大的工作区域，所有的操作将在这个区域完成。视图区域越大，获得的显示空间越大，越利于设计操作。

1. 设置视图

在 3ds Max 9 中，默认的显示方式是以四个视图来显示，分别为顶视图、前视图、左视图和透视图。其中，前三个视图用来完成模型的创建与调整，透视图用来观察模型的立体效果。

在视图左上角的文字是视图的名称（称为视图标签），单击或右击前视图、左视图、顶视图中的任意位置，观察视图的变化。3ds Max 9 提供了多种视口配置，以便于 3D 设计。

选择"自定义"→"视口配置"命令，弹出"视口配置"对话框，在该对话框中切换到"布局"选项卡，如图 1-1-6 所示；或在视图左上角的名称上右击，在弹出的快捷菜单中选择"配置"命令，也可以弹出"视口配置"对话框。在"布局"选项卡中选择合适的视口配置方式，以便进行设计和观察。单击"确定"按钮退出。

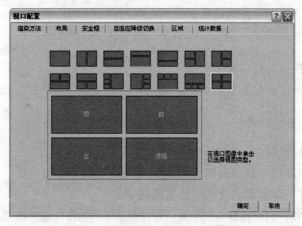

图 1-1-6　"视口配置"对话框

在观察视图时可以发现，每单击一个视图，此视图被一个黄色的框包围着，这个被黄色框包围着的视图就是活动视图或当前视图或操作视图，而单击某视图使其成为当前视图的操作也称激活该视图。

在每一个视口的左上角都有一个标签标明视口的名称。右击视口标签，可以弹出视口菜单。通过菜单中的选项可以调整场景中物体的明暗关系类型、切换视口及栅格处理等，如图 1-1-7 所示。

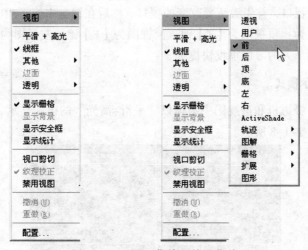

图 1-1-7　视口菜单及其子菜单

2．调整视图

（1）用鼠标调整视图的布局

将鼠标指针移到方形窗格之间的分隔线上，当鼠标指针变为 ✛ 形状时，按下鼠标左键不放，然后将其拖动到适当的位置，即可更改视图的布局。

（2）自定义视图布局

选择"自定义"→"视口配置"命令，弹出"视口配置"对话框，如图 1-1-6 所示。选择"布局"选项卡，单击其中的某个视图布局类型，在下面的视图预览窗口中就会显示所选择的视图布局效果。单击"确定"按钮退出。

3．切换视图

（1）通过视口对话框进行切换

选择"自定义"→"视口配置"命令，弹出"视口配置"对话框，选择"布局"选项卡，如图 1-1-6 所示。在"布局"选项卡中可以选择视口的显示方式，然后单击"确定"按钮，即可完成视口的切换。

在"视口配置"对话框中还包含很多的控制选项，作用如下：

◎ 渲染方法：主要用于调整视图的渲染方式。

◎ 安全框：用于安全显示播放画面的实际尺寸。

◎ 自适应降级切换：用于在制作复杂场景时，调整不同的降级着色模式，以加快视图的操作。

◎ 区域：光标热点影响范围控制。

◎ 统计数据：显示视口中与顶点、多边形等的数目有关的统计信息、场景或活动区选定对象中的统计信息以及每秒显示的实时帧数。

（2）通过菜单命令切换视口

如果要改变视口，可以通过右击视口选项卡，在弹出的快捷菜单中选择"视图"命令，并在其子菜单中单击想要切换的视口，即可完成视口的切换。

（3）通过快捷键进行切换

使用快捷键切换视口，首先激活要改变的视口，然后在键盘中按下相应的快捷键。系统默认的快捷键对应键盘为：顶视图为【T】键、前视图为【F】键、左视图为【L】键、透视图为【P】键，也可以根据个人的习惯重设快捷键。

4．切换视图显示模式

在默认情况下，摄影机和透视图中物体以"平滑+高光"的模式显示，而其他视图以线框方式显示物体，如图 1-1-8 所示。

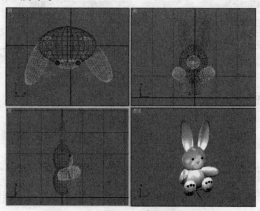

图 1-1-8　各个视图的显示方式

　　视图中的对象显示模式不是固定不变的，用户可以根据自己的习惯，自由选择各个视图的显示方式。例如，右击透视图中左上角的视图名称，在弹出的快捷菜单中选择"边面"命令。此时，视图中的对象将切换为"平滑+高光+边面"的显示效果，如图 1-1-9 所示。

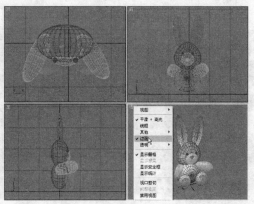

图 1-1-9　线框显示方式

　　为了观察到较好的质量效果可以使用光滑的显示模式，但显示的刷新速度减慢；使用"线框"或"边界框"显示模式可以得到最快的显示速度，显示效果最不真实。选择哪种方法取决于个人喜好和工作要求。图 1-1-10 所示为各种不同的显示模式效果。

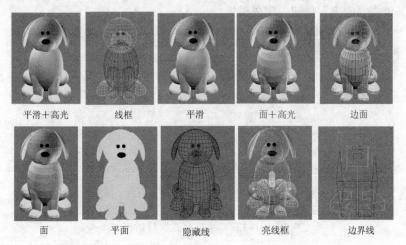

| 平滑＋高光 | 线框 | 平滑 | 面＋高光 | 边面 |
| 面 | 平面 | 隐藏线 | 亮线框 | 边界线 |

图 1-1-10　　各种显示模式效果

5. 视图显示安全框的好处与设置方法

　　视图中显示安全框是为了控制渲染输出视图的纵横比，表明哪些模型在渲染范围内，哪些模型超出了渲染范围。如果要将动画渲染并输出到视频，那么图像的边缘会有一部分被切掉，安全框中的绿色框就是控制视频窗口的尺度。另外，最外围的黄色框用于将背景图像与场景对齐。

　　右击视图左上角的名称，弹出快捷菜单，选择"显示安全框"命令，如图 1-1-11 所示。此时，该视图中出现由黄、绿、蓝三个同心矩形组成的边框，此边框即为安全框，如图 1-1-12 所示。

最外面的黄色框表示被渲染的准确区域，中间的方框是安全区域，在大部分显示屏幕上，这个区域内的对象不会被裁剪掉。最小的方框是标题或其他信息的安全区域，在大多数的显示屏幕上，这个区域很少变形。中间的绿色方框是动画安全区。如果选择"用户安全区"选项，单击"确定"按钮，视图中将在标题安全区内部显示粉色的方框。

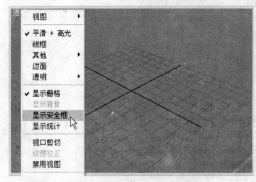
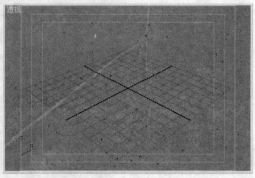

图 1-1-11　选择"显示安全框"命令　　　　图 1-1-12　显示安全框

如果不想使用默认的安全框设置，可以按下面方法进行设置：

选择"自定义"→"视口配置"命令，弹出"视口配置"对话框。在该对话框中单击"安全框"标签，切换到"安全框"选项卡，如图 1-1-13 所示。在该对话框中可以对安全框的范围进行设置。单击"确定"按钮，完成设置。

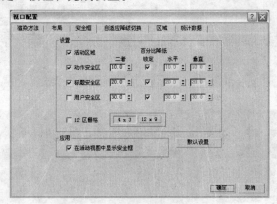

图 1-1-13　"视口配置"对话框

1.1.4　命令面板

3ds Max 9 主界面的右侧是命令面板，如图 1-1-14 所示。命令面板是 3ds Max 9 的主要建模工具之一，可以通过命令面板顶部的按钮在不同的命令面板中切换，如图 1-1-15 所示。

在命令面板中包含用于创建和编辑模型的工具及操作命令。命令面板是一种可以卷起或展开的板状结构，上面布满当前操作各种有关参数的设定，可以用来修改和编辑对象。例如，当单击按下创建命令面板中的某个按钮后，便会显示相关的参数卷展栏，如图 1-1-16 所示。卷展栏的左侧带有"+"和"-"号。"+"号表示该卷展栏控制的命令已经关闭，"-"号表示该卷展栏控制的命令是打开的，可以使用光标打开和关闭卷展栏。当光标在命令面板中呈现手的形状时（见图 1-1-16），可以按住鼠标左键上下拖动命令面板。

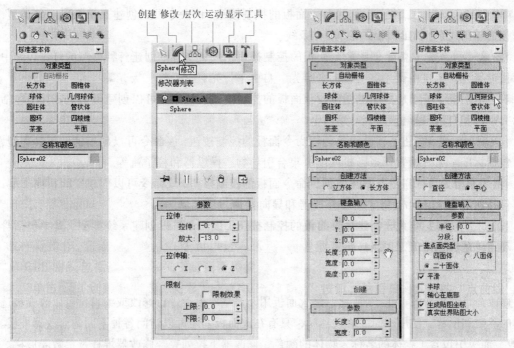

图 1-1-14　命令面板　　图 1-1-15　切换到不同命令面板　　图 1-1-16　创建长方体和几何球体时的命令面板

　　命令面板中的命令与工具栏和菜单中的命令相对应，对于命令面板的使用，包括按钮、输入区、下拉菜单等，都非常容易，光标的动作也很简单，单击或拖动即可。无法同时显示的区域，只要使用手形工具上下滑动即可。熟练使用命令面板可以方便、快捷地进行操作，提高工作效率。下面简要介绍最常用的创建命令面板和修改命令面板。

1. 创建命令面板

　　创建命令面板控制按钮位于命令面板的最左侧，如图 1-1-17 所示。创建命令面板提供用于创建对象的各种对象。这是在 3ds Max 中构建新场景的第一步。它包括几何体、图形、灯光、摄影机、辅助对象、空间扭曲和系统七个子面板。它们各自的图标都很形象，每个对象都有自己的按钮。每个对象内可能包含几个不同的对象子类别。使用下拉列表可以选择对象子类别，每一类对象都有自己的按钮，单击该按钮即可开始创建。

创建命令面板 ——
几何体 ——
图形 ——
灯光 ——
摄影机 ——
　　　　　　辅助对象 ——
　　　　　　　　　　系统
　　　　　　　　　　空间扭曲

图 1-1-17　创建命令面板的创建对象分类

　　（几何体）按钮是基本对象创建命令面板的控制按钮，在其下拉表中可以选择创建对象类型，其中包括标准几何体、扩展几何体、复合对象、粒子系统、面片网格、NURBS 曲面和动力学对象。

⚙（图形）按钮是二维图形创建命令面板的控制按钮，该命令可以创建二维图形对象类型，其中包括样条线、NURBS 曲线和扩展样条线。

🔦（灯光）按钮是灯光创建命令面板的控制按钮，该命令可以创建各种类型的灯光，其中包括目标聚光灯、自由聚光灯、目标平行光、自由平行光、泛光灯、天光等。

📷（摄影机）按钮是摄影机创建命令面板的控制按钮，该命令可以创建摄影机，其中包括目标摄影机和自由摄影机。

📐（辅助对象）按钮是辅助对象创建命令面板的控制按钮，该命令可以创建辅助工具类型，其中包括标准、大气装置、摄影机匹配、集合引导物、操纵器和粒子流等。

〰（空间扭曲）按钮是空间扭曲创建命令面板的控制按钮，该命令可以创建空间扭曲类型，其中包括作用力、几何/变形、基于修改器和导向器等。

💥（系统）按钮是系统创建命令面板的控制按钮，该命令可以创建系统类型，其中包括骨骼、环形阵列和太阳光、Biped 等。

2．修改命令面板

修改命令面板如图 1-1-18 所示。修改面板用于对基本模型进行修改或编辑，可以改变被选物体的参数和形状。使用不同的修改器时，只有在此面板上才可以访问各种不同的修改器堆栈。"修改"面板中包含了物体的名称、物体的颜色、修改器下拉列表、修改器堆栈及参数卷展栏。

在 3ds Max 9 中，修改命令分为三类，一类为选择修改命令，一类为世界空间修改命令，另一类为对象空间修改命令，如图 1-1-19 所示。其中，大多数修改命令都是对象空间修改命令，如各类物体编辑命令；世界空间修改命令主要包括面片变形、曲面变形、曲面贴图、细分和置换网格等。世界空间修改命令与物体空间修改命令的区别在于各自工作的空间不同。

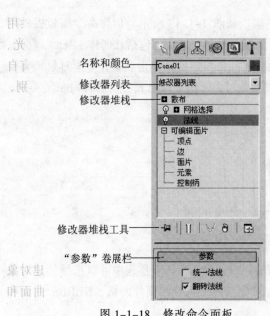

图 1-1-18　修改命令面板

图 1-1-19　修改器列表

1.1.5　参考坐标系

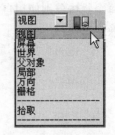

参考坐标系决定了用户执行移动、旋转、缩放等操作时使用的 X、Y 与 Z 轴方向及坐标系原点。例如，要精确地移动、旋转或缩放物体，应首先选择合适的坐标系，然后再借助状态栏中的坐标输入框输入具体数值。

要使用不同的参考坐标系，可在工具栏中的"参考坐标系"下拉列表框中进行选择，如图 1-1-20 所示。

图 1-1-20　"参考坐标系"
下拉列表框

1.1.6　3ds Max 9 的坐标系统

1. 坐标系统分类

在制作物体对象和调整视图时都会用到坐标轴，为此，3ds Max 9 提供了七种不同的坐标系统，在主工具栏的"参考坐标系"下拉列表中可以选择不同坐标系，如图 1-1-21 所示。下面简要地介绍几种主要参考坐标系的用途。

① 世界坐标系：从屏幕的正前方看，X 轴为水平方向，Z 轴为垂直方向，Y 轴为景深方向。这个坐标轴向在所有的视图中都固定不变。世界坐标系又称世界空间。位于各视口左下角的图标显示了世界坐标系的方向，其坐标原点位于视口中心。该坐标系永远不会变化，如图 1-1-22 所示。

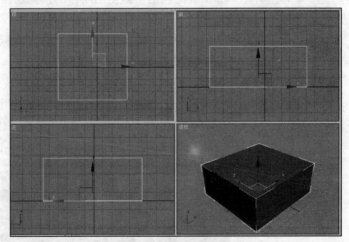

图 1-1-21　"参考坐标系"下拉列表　　　　　图 1-1-22　世界坐标系

② 视图坐标系：这是 3ds Max 9 默认的坐标系统，它是屏幕坐标系统与世界坐标系统的结合，在正交视图中使用屏幕坐标系统，在透视图中使用世界坐标系统。视图坐标系混合了世界坐标系与屏幕坐标系。其中，在正交视图（如前视图、俯视图、左视图、右视图等）中使用屏幕坐标系，而在透视等非正交视图中使用世界坐标系，如图 1-1-23 所示。

③ 局部坐标系：使用选定对象的坐标系，一个对象的局部坐标来自其枢轴点。可以相对用于对象调整局部坐标系的位置和方向，如果局部坐标系处于活动状态，则"使用变换中心"按钮会处于非活动状态，并且所有变换使用局部轴作为变换中心。在一个选择集中的几个物体，

每个物体分别使用自己的中心进行变换。局部坐标系为每个对象使用单独的坐标系，所用的变换坐标系使用局部坐标轴作为变换的中心。

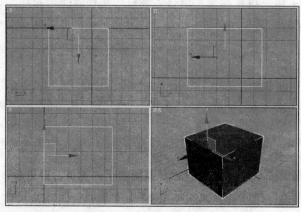

图 1-1-23　视图坐标系

④ 万向坐标系：万向坐标系通常与 Euler XYZ 旋转控制器一同使用。它与局部坐标系类似，但其三个旋转轴之间不一定互相成直角。万向坐标系可避免这个问题——围绕一个轴的 Euler XYZ 旋转仅更改该轴的轨迹。对于移动和缩放变换，"万向"坐标与"父对象"坐标相同，如果没有为对象指定 Euler XYZ 旋转控制器，则"万向"旋转与"父对象"旋转相同。

⑤ 屏幕坐标系：在所有的视图中都使用同样的坐标轴，即 X 轴为水平方向，Y 轴为垂直方向，Z 轴为景深方向。

⑥ 父对象坐标系：使用选择物体的父对象的自身坐标系，可使子对象保持与父对象之间的依附关系，在父对象所在的轴向上发生改变。

⑦ 栅格坐标系：以栅格物体的自身坐标轴作为坐标系，栅格物体主要用来辅助制作。

⑧ 拾取坐标系：在这种坐标方式下，选中的对象将使用场景中另一个对象的坐标系，选择对象的变换中心将自动移动到拾取的对象上，同时单击"对象"的名称将显示在"参考坐标系"列表中，系统将保存四个最近拾取的对象名称，如图 1-1-24 所示。

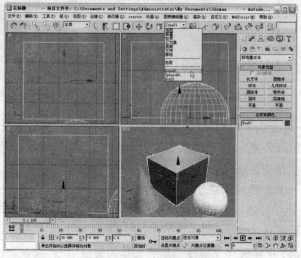

图 1-1-24　拾取坐标系

2．坐标中心

坐标中心是对象在变换操作（移动、旋转、缩放等）中所使用的坐标系统中心，可单击主工具栏的"使用中心"按钮修改对象的坐标中心，如图 1-1-25 所示。

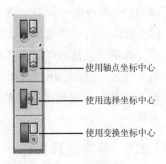

使用轴点坐标中心

使用选择坐标中心

使用变换坐标中心

图 1-1-25　选择坐标中心

3．使用变换 Gizmo

在操作过程中，有时选择物体后该物体的变换线框 Gizmo 丢失，致使无法在视图中变换操作物体。这是因为无意中按下【X】键，或者错误选择了"视图/显示变换 Gizmo"命令。只要重新按下【X】键，或重新选择"视图/显示变换 Gizmo"命令，即可恢复变换 Gizmo 的显示。

分别使用不同的变换工具按钮选择物体后，物体会分别显示出移动 Gizmo、旋转 Gizmo、缩放 Gizmo，如图 1-1-26 所示。

按【=】键，可以放大坐标轴 Gizmo。按【-】键，能缩小坐标轴 Gizmo。按【X】键（它是变换线框 Gizmo 显示/隐藏的快捷键），此时 Gizmo 会隐藏起来，再次按【X】键，显示变换线框 Gizmo。

当按下【X】键，隐藏 Gizmo 后，物体上还会有一个无法操作的坐标轴，此时红色显示的轴可操作，灰色显示的轴不可操作，如图 1-1-27 所示。

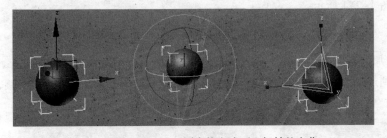

图 1-1-26　不同变换方式下坐标轴的变化

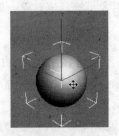

图 1-1-27　无法操纵的坐标轴

为了完全隐藏变换线框 Gizmo，可以选择"显示"→"显示变换线框"命令，此时坐标轴图标完全消失，再次选择此命令时，变换线框 Gizmo 重新显示出来。

思考与练习

1．什么是角色？
2．3ds Max 9 中创建角色的常用方法有哪些？
3．如何设置不同的视图？如何变换视图？
4．命令面板有什么用途？
5．如果物体的变换线框 Gizmo 看不见，该怎么办？

1.2　对象的基本操作

在 3ds Max 建模过程中，对象的选择非常重要。大多数操作都是对场景中选定对象的执行。

例如，要对视图中的对象进行移动、旋转等操作，设置几何体的材质贴图，调整灯光、摄影机的参数等，就必须选中所要操作的对象，因此选择操作是建模和设置动画过程的基础。

除使用鼠标和键盘选择单个和多个对象的基本技术以外，3ds Max 提供了多种选择操作对象的方法。例如，用户可以根据对象的名称、颜色、材质进行选择；还可以使用过滤器进行选择，使具有某种指定属性的对象被选择，然后将所有的对象制成一个集合，这样便于以后的编辑。

1.2.1　基本选择操作

3ds Max 提供了多种选择操作对象的方法，主工具栏中的 ▷ 选择对象是一个基本的选择工具，除选择外不具有其他功能。利用单击的方式选择对象是最简单的选择方式，可以选择一个对象，也可以选择一组对象。

1．选择对象

打开一个场景文件，单击主工具栏中的"选择"按钮 ▷，单击物体直接进行选择。用户在选中某个物体之后，被选中的物体周围显示白色的外框。工具栏中的选择按钮变为黄色，表示此功能已被激活且目前为选择对象的模式。在任何一个视图中，将光标移到场景的对象之上。此时，光标的形状将会变为 ✛。当光标在对象上停留一会后，将显示对象的名称。单击视图中的对象可选择该对象，如图 1-2-1 所示。

2．增加选择对象

使用【Ctrl】键可以增加选择对象。按住【Ctrl】键，然后在视图中单击未被选择的对象，所单击的对象将全被加入到选择集中，如图 1-2-2 所示。用户可以通过选择集同时对多个对象进行选择。

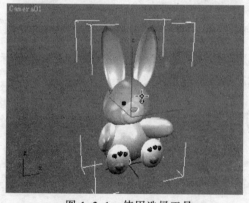
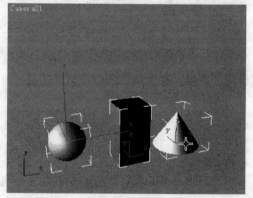

图 1-2-1　使用选择工具　　　　　　　　图 1-2-2　按住【Ctrl】键选择多个对象

3．取消选择

单击视图中的空白区域，可以取消选择所有对象，但按下【Space】键锁定的选择集不能被取消。如果按住【Ctrl】键，然后在视图中单击被选择的对象，可以逐个取消被选择的对象，其他被选择的对象不变。

1.2.2　选择并变换工具

1．选择并移动

选择并移动工具 ✛ 是一种平移变换类型工具，它可以通过 X、Y、Z 轴方向的移动改变选择的物体对象的空间位置，平移是以场景定义的系统单位来度量的，此单位可以是英寸、厘米、米等，如图 1-2-3 所示。选择并移动的快捷键是【 W 】。

2．选择并旋转

选择并旋转工具 ↻ 是一个按选定对象变换中心点的旋转过程，其作用主要就是通过旋转来改变所选对象在视图中的空间方向，在视图中可以任意旋转选定的对象，旋转角度是按一定的度量进行的，还可以旋转 360° 的一个完全角度。旋转的快捷键是【 E 】。

围绕在选定物体对象周围的各种线框是表示按不同的方向旋转，当光标靠近某一条线时就会变成鲜亮的黄色，即锁定该方向的轴旋转，按左键旋转就会实现单一方向的操作，如图 1-2-4 所示。

图 1-2-3　移动对象

图 1-2-4　旋转对象

3．选择并缩放

缩放类型包含三种缩放类型工具，分别是"选择并均匀缩放"工具 ▣、"选择并非均匀缩放"工具 ▣ 和"选择并挤压"工具 ▣，根据操作的需要，可采用不同的缩放类型，快捷键是【 R 】。

（1）"选择并缩放"工具 ▣

无论哪一个方向进行缩放，使用该工具都会同时影响其他两个轴的缩放比例，三个轴的缩放比例是相同的，所按的缩放度量标准就是原始大小的百分比，右击图标 ▣ 会弹出"缩放变换输入"对话框，在"偏移：屏幕"数值框中输入所需要的百分比，如图 1-2-5 所示。缩放效果如图 1-2-6 所示。

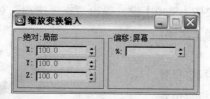

图 1-2-5　"缩放变换输入"对话框

图 1-2-6　选择并均匀缩放效果

（2）"选择并非均匀缩放"工具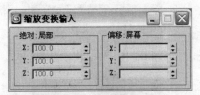

使用该工具可以控制三个轴进行不同的缩放比例，即把一个正常的物体沿某个轴进行不同程度的压缩，会改变物体对象的长、宽、高的某一个方向的大小，右击图标 会弹出"缩放变换输入"对话框，如图 1-2-7 所示。缩放效果如图 1-2-8 所示。

（3）"选择并挤压"工具

该工具的使用与其他的两个缩放工具不同，挤压缩放后的物体对象要保持缩放后的物体对象的体积和原始的物体对象的体积相等，所以说无论是任何一个方向进行压缩都会影响其他两个方向的缩放，右击图标 会弹出"缩放变换输入"对话框，它与图 1-2-7 中的对话框相似。缩放效果如图 1-2-9 所示。

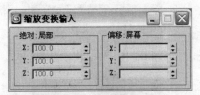

图 1-2-7　"缩放变换输入"对话框

图 1-2-8　选择并非均匀缩放效果

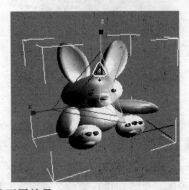

图 1-2-9　挤压对象前后的不同效果

1.2.3　复制、阵列、镜像和对齐对象

1. 复制对象

复制对象的方法有两种，一种是选择"编辑"→"克隆"命令，弹出"克隆选项"对话框，如图 1-2-10 所示；另一种是通过在变换选择时按住【Shift】键，弹出"克隆选项"对话框，可以克隆多个副本。该对话框中的选项参数含义如下所述。

（1）"对象"选项组

"复制"单选按钮：将选定对象的副本放置到指定位置。

"实例"单选按钮：将选定对象的实例放置到指定位置。

"参考"单选按钮：将选定对象的参考放置到指定位置。

（2）"控制器"选项组

"复制"单选按钮：复制克隆对象的变换控制器。

"实例"单选按钮：实例化克隆层次顶级下面的克隆对象的变换控制器。使用实例化的变换控制器可以更改一组链接子对象的变换动画，并且使更改自动影响任何克隆集。

"副本数"数值框：指定要创建对象的副本数，仅当按【Shift+克隆对象】时，该选项才可以应用。

"名称"文本框：显示克隆对象的名称，可以利用该字段更改名称。

单击"确定"按钮退出。克隆效果如图 1-2-11 所示。

图 1-2-10　"克隆选项"对话框

图 1-2-11　克隆变换效果

2. 阵列变换

阵列是一种常见的复制方式，使用阵列可以迅速创建有一定规则的复杂对象，选择"工具"→"阵列"命令，弹出"阵列"对话框，如图 1-2-12 所示。在"阵列"对话框中可以实现 1D～3D 的阵列。

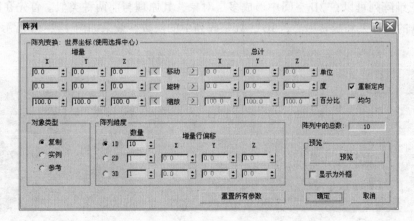

图 1-2-12　"阵列"对话框

1D：用于创建线性阵列，创建后的阵列对象沿一条直线分布，在"阵列"对话框中可以指定沿着某个轴偏移，如果要在增值量和总值量之间变化，可以应用移动、旋转、缩放标签左、右的小箭头。设置完成后，单击"预览"按钮，可以预览阵列效果，如图 1-2-13 所示。

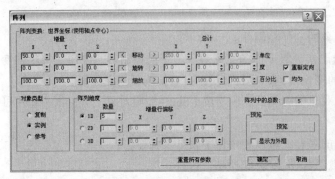

图 1-2-13　1D 阵列的设置及效果

2D：二维阵列可以按照二维方式形成对象的层。2D 计数是阵列中的行数，即同时在两个方向阵列出成平方的阵列对象个数，效果如图 1-2-14 所示。

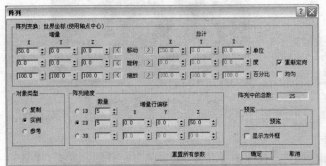

图 1-2-14　2D 阵列的设置及效果

3D：三维阵列可以在 3D 空间中形成多层对象，其原理与前两种类似。首先在阵列前设置好阵列所需的坐标系和旋转中心，3D 计数是阵列中的层数，效果如图 1-2-15 所示。

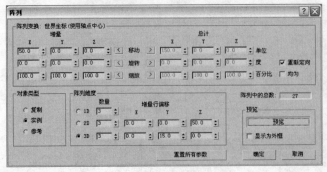

图 1-2-15　3D 阵列设置及效果

3. 镜像变换

镜像类似于照镜子或水中倒影，在选择对象的另一侧复制出与原物体一模一样的物体。选择"工具"→"镜像"命令或单击主工具栏中的"镜像"按钮，弹出"镜像"对话框，如图 1-2-16 所示。该对话框的参数含义如下所述。

（1）"镜像轴"选项组

镜像轴选择为 X、Y、Z、XY、YZ 和 ZX。选择其中一个单选按钮可指定镜像的方向。这些选项等同于"轴约束"工具栏上的选项按钮。

"偏移"数值框：指定镜像对象轴点距原始对象轴点之间的距离。

（2）"克隆当前选择"选项组

确定由"镜像"功能创建的副本的类型。默认设置为"不克隆"单选按钮。

"不克隆"单选按钮：在不制作副本的情况下，镜像选定对象。

"复制"单选按钮：将选定对象的副本镜像到指定位置。

"实例"单选按钮：将选定对象的实例镜像到指定位置。

"参考"单选按钮：将选定对象的参考镜像到指定位置。

如果对镜像操作设置动画，则镜像将生成"缩放"关键点。如果将"偏移"设置为 0.0 以外的值，则镜像还生成"位置"关键点。

（3）"镜像 IK 限制"复选框

当围绕一个轴镜像几何体时，会导致镜像 IK 约束（与几何体一起镜像）。如果不希望 IK 约束受"镜像"命令的影响，可禁用此复选框。

参数设置完以后，单击"确定"按钮完成操作，镜像效果如图 1-2-17 所示。

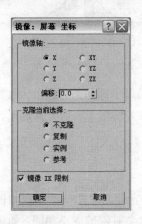

图 1-2-16　"镜像"对话框

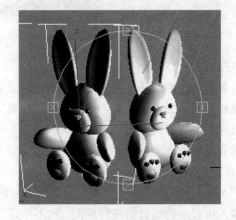

图 1-2-17　镜像效果

4. 对齐变换

对齐变换用于对象的对齐操作，任何可以被变换的对象都可以应用"对齐"命令，包括灯光、摄影机和空间扭曲，在选择被对齐的对象后，选择"工具"→"对齐"命令，弹出"对齐当前选择"对话框，如图 1-2-18 所示；或选择对象，单击主工具栏中的"对齐"按钮，此时光标将变成按钮，单击目标对象，弹出"对齐当前选择"对话框，使用该对话框设置当前选择对象与目标选择对象对齐参数，完成后的效果如图 1-2-19 所示。"对齐当前选择"对话框的参数含义如下所述。

（1）"对齐位置（世界）"选项组

"X、Y、Z 位置"复选框：指定要在其中执行对齐操作的一个或多个轴。启用三个选项可以将当前对象移动到目标对象位置。

（2）"当前对象"/"目标对象"选项组

指定对象边界框上用于对齐的点。可以为当前对象和目标对象选择不同的点。例如，可以将当前对象的轴点与目标对象的中心对齐。

"最小"单选按钮：将具有最小 X、Y 和 Z 值的对象边界框上的点与其他对象上选定的点对齐。

"中心"单选按钮：将对象边界框的中心与其他对象上的选定点对齐。

"轴点"单选按钮：将对象的轴点与其他对象上的选定点对齐。

"最大"单选按钮：将具有最大 X、Y 和 Z 值的对象边界框上的点与其他对象选定的点对齐。

图 1-2-18 "对齐当前选择"对话框　　　　图 1-2-19　对齐操作的效果

（3）"对齐方向（局部）"选项组

这些设置用于在轴的任意组合上匹配两个对象之间的局部坐标系的方向。

该选项与位置对齐设置无关。可以不管"位置"复选框，使用"方向"复选框，旋转当前对象以与目标对象的方向匹配。

位置对齐使用世界坐标，而方向对齐使用局部坐标。

（4）"匹配比例"选项组

选择"X轴"、"Y轴"和"Z轴"复选框，可匹配两个选定对象之间的缩放轴值。该操作仅对变换输入中显示的缩放值进行匹配。这不一定会导致两个对象的大小相同。如果两个对象先前都未进行缩放，则其大小不会更改。设置完参数以后，单击"确定"按钮退出。

思考与练习

1. 如何选择多个对象？
2. 如何复制对象？如何镜像复制对象？
3. 如何设置一个 8×8 的对象 2D 阵列？

1.3　文件的基本操作

每个场景都会有与之相对应的文件，这些文件会影响到最终的输出，因此掌握文件的基本操作至关重要。本节主要学习 3ds Max 中的新建、保存、重置、合并文件等操作。

1.3.1　新建、保存文件和重置场景

1. 新建文件

选择"文件"→"新建"命令或按【Ctrl+N】组合键即可创建一个新文件。当创建新文件时，如果场景中没有打开的文件或打开的文件已经被保存过，则会直接弹出"新建场景"对话框，如图 1-3-1 所示。在新建场景对话框中有三个选项，它们的含义如下所述。

◎ "保留对象和层次"单选按钮：保留对象及其之间的层次链接，但移除任何动画关键点。

◎ "保留对象"单选按钮：保留场景中的对象，但移除它们之间的所有链接和所有动画关键点。

◎ "新建全部"单选按钮：清除当前场景的内容。

在该对话框中选择"新建全部"单选按钮，然后单击"确定"按钮，即能清除场景内的所有对象并新建一个场景。

在新建文件时，如果场景中有打开的文件，已经做过修改，并且没有保存过，则系统会弹出一个对话框（见图 1-3-2），根据需要选择是否保存场景。

注：3ds Max 是单文档应用程序，这意味着一次只能编辑一个场景，当在这个程序中建立新的文件时，一定要关闭旧文件，所以会弹出此对话框，以后在涉及新建文件、打开文件和重置场景等操作时，都会弹出该对话框，确认对当前场景的处理方法。

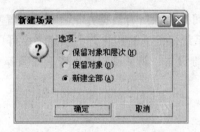

图 1-3-1　"新建场景"对话框

图 1-3-2　提示对话框

2. 保存文件

如果对象以前保存过，选择"文件"→"保存"命令，即对文件进行保存。在对场景进行保存的时候，也可直接按【Ctrl＋S】组合键来完成。

如果对象没有被保存过，在进行保存的过程中，会弹出"文件另存为"对话框，另外选择"文件"→"另存为"命令，同样会弹出"文件另存为"对话框，如图 1-3-3 所示。

图 1-3-3　"文件另存为"对话框

该对话框的使用方法与其他 Windows 软件保存文档时所使用的方法基本相同：在"保存在"下拉列表框中选择保存位置，在"文件名"文本框中输入文件的名称，在"保存类型"下拉列表框中选择类型，在对话框的最上方有一个"历史记录"下拉列表框，单击该列表框，可以使用以前用过的路径，然后单击"保存"按钮即可。

3. 重置场景

选择"文件"→"重置"命令，进行重置场景。

如果在上次"保存"操作之后又进行了更改，将弹出图 1-3-4 所示的对话框，提示是否要保存更改。在确认后为了进一步保护数据以防丢失，将弹出一个确认对话框，如图 1-3-5 所示。在该对话框中询问"确实要重置吗？"，单击"是"按钮，重新建立一个新文件。

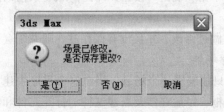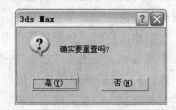

图 1-3-4　提示对话框　　　　　　　　　图 1-3-5　确认设置对话框

重置命令与新建命令有一定的区别：重置命令可以清除所有数据并重置程序设置（视图配置、捕捉设置、材质编辑器、背景图像等），并将系统恢复为初始状态；新建命令可以清除当前场景的内容，而不更改系统设置（视图配置、捕捉设置、材质编辑器、背景图像等）。

1.3.2　合并文件、暂存与取回操作

1. 合并文件

当用户需要将其他场景中的对象引入当前场景中，或将整个场景与其他场景组合，就会运用到"合并"命令，如图 1-3-6 所示。

选择"文件"→"合并"命令，弹出"合并文件"对话框，如图 1-3-7 所示。选择合并对象的来源文件，单击"打开"按钮，则会出现"合并"对话框，如图 1-3-8 所示。

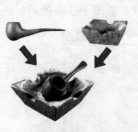

图 1-3-6　烟斗和烟灰缸模型合并在一个场景中　　　图 1-3-7　"合并文件"对话框

在"合并"对话框中左侧是场景中可以选择的对象列表，右侧有两个选项组，一个是"排序"选项组，在该选项组中有三个单选按钮，用来设置左侧对象列表中对象的顺序，另一个是"列出类型"选项组，在该选项组中设置可以显示在左侧列表中对象的类型。另外，还有几个

功能按钮，其作用被名称描述得很准确。

　　在该对话框左侧的对象列表框中，单击要选择的对象，或在左上角的文本框中输入要选择对象的名称，再单击"确定"按钮即可。

　　如果要同时选择多个对象，则可以在左侧的列表框中选择一个对象以后，按住【Ctrl】键并单击需要选择的其他对象，然后再单击"确定"按钮。

　　如果要选择全部对象，则可以单击"全部"按钮再单击"确定"按钮。

　　当一个或更多的对象被加载到当前场景中时，对象的名称往往会出现重复的现象。如果出现这种情况，在进行合并时将会弹出"重复名称"对话框进行提示，如图 1-3-9 所示。

图 1-3-8　"合并"对话框

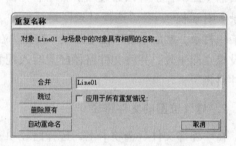

图 1-3-9　"重复名称"对话框

　　"重复名称"对话框的各参数介绍如下所述。

　　"应用于所有重复情况"复选框：处理所有同名的导入对象，采用的方式与为当前对象指定的方式相同，不会再出现警告。如果重命名当前对象，则该选项不可用。

　　"合并"按钮：使用右边字段中的名称合并导入对象。为了避免两个对象同名，在处理前可先输入一个新名称。

　　"跳过"按钮：不合并导入对象。

　　"删除原有"按钮：合并导入对象前删除现有对象。

　　"取消"按钮：取消合并操作。

2．暂存／取回文件

　　在编辑比较复杂的对象或者命令时，为避免发生错误，可以在进行下一次操作之前先将文件暂存，以便出现问题时能回到上一步。如果真出现了问题，可以将文件取回。

　　暂存：使用"暂存"命令可以将场景及其设置保存到缓冲区。在开始执行一项可能不会按预期进行、全新的或不熟悉的或无法撤销的操作之前，可以使用"暂存"命令。

　　取回：使用"取回"命令可以还原上一个"暂存"命令存储的缓冲内容。存储的信息包括几何体、灯光、摄影机、视口配置以及选择集。如果没有获得预期效果，可以使用"取回"返回"暂存"时的状态。

1.3.3 配置外部文件路径

1．配置外部文件的路径

3ds Max 使用外部文件路径定位不同种类的文件，包括场景、默认设置、图像、DX9 效果（FX）和 MAXScript 文件。可以使用"配置用户路径"命令定义这些路径，它有助于组织场景、图像、插件、备份等。要配置外部文件路径，可以执行以下操作：

选择"自定义"→"配置用户路径"命令，弹出"配置用户路径"对话框，如图 1-3-10 所示。选择对话框上的某一选项卡，将高亮显示目录名称，然后单击"修改"按钮，将弹出"选择目录"对话框（提示：也可以通过双击目录名弹出"选择目录"对话框），在"选择目录"对话框中，导航

图 1-3-10 "配置用户路径"对话框

至某一目录，然后单击"使用路径"按钮。在"配置用户路径"对话框上，单击"确定"按钮，新设置立即生效，并将文件路径配置写入配置文件 3dsmax.ini 中，方便以后使用这些配置好的文件路径。

2．修改位图的文件路径

在"外部文件"选项卡上，选择路径项，单击"修改"选项，弹出"选择新位图路径"对话框，在该对话框的"路径"文本框中输入路径进行浏览，以查找路径。单击"使用路径"按钮，新的路径将立即生效。

3．添加位图的路径

在"外部文件"选项卡上，单击"添加"按钮，弹出"选择新位图路径"对话框，在该对话框的"路径"文本框中输入路径进行浏览，以查找路径。如果要在此路径中包含子目录，可选择"添加子路径"选项。单击"使用路径"按钮，新的路径将立即生效。

4．删除位图的路径

在"外部文件"选项卡中，选择路径项，单击"删除"按钮。路径位置将被移除。单击"取消"按钮可还原路径。使用此选项将关闭"配置路径"对话框，而不保存任何路径的更改。

5．更改路径顺序

在"外部文件"选项卡中，选择路径项，单击"上移"按钮可将该项向上移动，单击"下移"按钮可将该项向下移动。

1.3.4 设置显示单位

设置单位是为了度量场景中几何体的大小。在 3ds Max 9 中包括三种单位：系统单位、显示单位和照明单位。系统单位和显示单位之间有很大的差异。系统单位决定了几何体实际的比例，而显示单位只影响几何体在视口中的显示方式。

选择"自定义"→"单位设置"命令，弹出"单位设置"对话框，如图 1-3-11 所示。"单位设置"对话框的参数功能如下所述。

1．系统单位设置

单击"系统单位设置"按钮，弹出"系统单位设置"对话框，如图 1-3-12 所示。在该对话框中可以对系统单位进行设置。设置完成后，单击"确定"按钮，即可返回"单位设置"对话框。

图 1-3-11　"单位设置"对话框　　　　图 1-3-12　"系统单位设置"对话框

2．显示单位比例

"显示单位比例"选项组包含公制、美国标准和自定义三种建立单位显示的方式。这些自定义单位可以在创建任何对象时使用。

◎ "公制"单选按钮：在下拉列表中选择公制单位"毫米"、"厘米"、"米"、"千米"。

◎ "美国标准"单选按钮：在列表中选择美国标准单位。例如，分数英寸（1in=25.4mm）、小数英寸、分数英尺（1ft=304.8mm）、英尺／分数英寸等。

◎ "自定义"单选按钮：可以通过填充该字段定义度量的自定义单位。

◎ "通用单位"单选按钮：此为默认选项（1in），它等于软件使用的系统单位。

3．照明单位

在"照明单位"选项组的下拉列表中可以选择灯光值是以"美国单位"还是"国际单位"显示。

思考与练习

1．"新建"与"重置"两种操作有什么不同？

2．合并文件操作的用途是什么？

3．如何设置外部文件路径？

4．如何设置显示单位？

第2章 角色建模基础

2.1 【案例1】跳舞娃娃

案例效果

本案例为制作一个简单的跳舞娃娃模型，效果如图 2-1-1 所示。在本案例的制作过程中，将学习使用 3ds Max 9 中的标准基本体进行简单的建模。

图 2-1-1 "跳舞娃娃" 效果图

操作步骤

1. 制作娃娃头部基本模型

① 启动 3ds Max 9，创建一个新场景，保存文件，将其命名为"跳舞娃娃.max"。

② 单击 （创建）→ （几何体）→ "标准基本体"→ "球体"按钮，在顶视图中创建一个球体，设置其半径参数为 25。

③ 单击 （创建）→ （几何体）→ "标准基本体"→ "圆环"按钮，在顶视图中创建一个圆环，在其"参数"卷展栏中设置"半径1"值为 23，"半径2"值为 3，效果如图 2-1-2 所示。单击 （创建）→ （几何体）→ "标准基本体"→ "圆锥体"按钮，在顶视图中创建一个圆锥体，在其"参数"卷展栏中进行相关设置，如图 2-1-3 所示，效果如图 2-1-4 所示。

图 2-1-2　创建圆环效果　　　　　　　　　　图 2-1-3　圆锥体参数设置

④ 单击 （创建）→ （几何体）→"标准基本体"→"球体"按钮。在顶视图中创建一个球体，设置其半径参数为 6，效果如图 2-1-5 所示。

图 2-1-4　创建圆锥体　　　　　　　　　　图 2-1-5　创建球体

⑤ 单击 （创建）→ （几何体）→"标准基本体"→"球体"按钮，在前视图中创建一个球体，设置参数如图 2-1-6（a）所示。完成后的效果如图 2-1-6（b）所示，该球体将作为娃娃的眼睑。

（a）设置参数　　　　　　　　　　　　（b）创建眼睑的效果

图 2-1-6　设置球体参数以创建眼睑

⑥ 再创建一大、一小两个球体，分别设置为白色和黑色，作为眼球和眼瞳，如图 2-1-7 所示。单击主工具栏中的"选择并移动"工具按钮 将眼睑、眼球和眼瞳进行适当的移动，构成眼睛，如图 2-1-8 所示。

图 2-1-7　眼睑、眼球和眼瞳　　　　　　图 2-1-8　组合后的眼睛

⑦ 选中构成眼睛的三个球体，选择"组"→"成组"命令，将其组成一组，命名为"眼睛1"。

⑧ 单击主工具栏中的"选择并移动"工具按钮 ✛，将眼睛拖动至头部模型的适当位置，效果如图 2-1-9 所示。

⑨ 按住【Shift】键，单击主工具栏中的"选择并移动"工具按钮 ✛，将眼睛拖动至头部模型的右侧，弹出"克隆选项"对话框，该对话框中的设置如图 2-1-10 所示。单击"确定"按钮，对眼睛进行克隆复制，完成后的效果如图 2-1-11 所示。

图 2-1-9　制作左眼后的效果　　图 2-1-10　"克隆选项"对话框　　图 2-1-11　复制眼睛副本

⑩ 单击 ▶（创建）→ ●（几何体）→ "标准基本体" → "四棱锥" 按钮，在前视图中创建一个四棱锥，在其"参数"卷展栏中进行设置，如图 2-1-12 所示，效果如图 2-1-13 所示。

⑪ 单击 ▶（创建）→ ●（几何体）→ "标准基本体" → "圆环" 按钮，在前视图中创建一个圆环作为耳朵，在其"参数"卷展栏中进行设置，如图 2-1-14 所示。单击主工具栏中的"选择并移动"工具按钮 ✛ 将其拖动至头部的左侧，效果如图 2-1-15 所示。

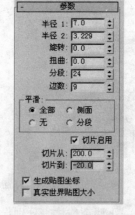

图 2-1-12　四棱锥体　　图 2-1-13　创建四棱锥　　图 2-1-14　环参数设置　　图 2-1-15　创建圆环
　　　　　参数设置

⑫ 单击 ▶（创建）→ ●（几何体）→ "标准基本体" → "圆环" 按钮，在左视图中创建一个圆环作为耳环，在其"参数"卷展栏中设置"半径1"值为4，"半径2"值为2，单击主工具栏中的"选择工具"按钮 ▶ 选中耳朵和耳环，将其成组，命名为"耳"。

⑬ 选中"耳"对象，单击主工具栏中的"镜像"按钮 ⋈，弹出"镜像"对话框，如图 2-1-16 所示。单击"确定"按钮，对对象进行镜像复制操作。单击主工具栏中的"选择并移动"工具按钮 ✛，将镜像对像拖动至头部的右侧，效果如图 2-1-17 所示。

图 2-1-16　"镜像"对话框　　　　图 2-1-17　镜像复制后的效果

2．制作娃娃身体基本模型

① 单击 （创建）→ （几何体）→"标准基本体"→"球体"按钮，在前视图中创建一个球体作为身体，在其"参数"卷展栏中设置"半径"值为 28，单击主工具栏中的"选择并缩放"工具按钮 分别在前视图和左视图中对 X 轴进行缩小，效果如图 2-1-18 所示。

② 单击 （创建）→ （几何体）→"标准基本体"→"圆柱体"按钮，在左视图中创建一个圆柱体作为手臂，在其"参数"卷展栏中设置"半径"值为 3，"高度"值为 52。单击 （创建）→ （几何体）→"标准基本体"→"球体"按钮，在顶视图中创建一个球体作为手掌，在其"参数"卷展栏中设置"半径"值为 4，将手臂和手掌成组，命名为"手"，效果如图 2-1-19 所示。

③ 对"手"对象进行镜像复制操作，单击主工具栏中的"选择并移动"工具按钮 ，将镜像对像拖动至身体的右侧。

④ 使用圆环和球体制作项链和手镯，在此不再赘述，这部分由读者自行完成，效果如图 2-1-20 所示。

图 2-1-18　创建球体　　图 2-1-19　镜像复制对象　　图 2-1-20　制作项链和手镯效果

⑤ 单击 （创建）→ （几何体）→"标准基本体"→"圆锥体"按钮，在顶视图中创建一个圆柱体作为裙子，参数设置如图 2-1-21 所示，效果如图 2-1-22 所示。

⑥ 单击 （创建）→ （几何体）→"标准基本体"→"圆柱体"按钮，在顶视图中创建一个圆柱体作为腰带，在其"参数"卷展栏中设置"半径 1"值为 18.3，"半径 2"值为 18.4，"高度"值为 9，效果如图 2-1-23 所示。至此，整个建模制作完毕。

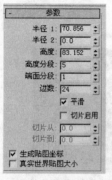

图 2-1-21 圆锥体参数设置　　图 2-1-22 创建圆锥体　　图 2-1-23 创建腰带

3．环境背景设置

① 选择"渲染"→"环境"命令，弹出"环境和效果"对话框。在"环境和效果"对话框中选择"环境"选项卡，显示环境选项卡的设置内容，如图 2-1-24 所示。单击"环境和效果"卷展栏中的"无"按钮，弹出"材质/贴图浏览器"对话框。

② 在"材质/贴图浏览器"对话框的材质列表中，选中其中的"位图"选项，如图 2-1-25 所示。然后单击"确定"按钮，弹出"选择位图图像文件"对话框。

图 2-1-24 "环境和效果"对话框　　图 2-1-25 "材质/贴图浏览器"对话框

③ 在"选择位图图像文件"对话框中选择一幅合适的图像文件，如图 2-1-26 所示。然后单击"打开"按钮，返回"环境和效果"对话框。

④ 单击"环境和效果"对话框右上角的按钮，关闭该对话框完成背景的设置。

⑤ 单击主工具栏中的"渲染"按钮，渲染后的效果如图 2-1-1 所示。

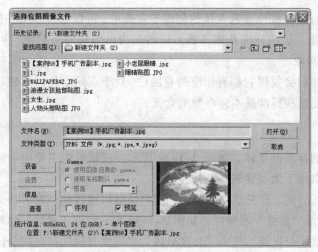

图 2-1-26　"选择位图图像文件"对话框

相关知识　标准基本体建模

1．3ds Max 9 中的标准基本体

本节讲述的虽然是 3ds Max 9 最基本的建模方法，但都是进行高级建模首先需要了解的知识，任何高级的建模都是通过对基本模型的编辑与修改实现的。

3ds Max 9 提供了一些基本模型，它们看起来很简单，但是很实用，所有复杂的对象都可以由这些基本模型进行加工而得到，使用这些造型可以完成任何复杂的建模工作。本节主要讲解 3ds Max 9 中基本模型的创建，其中包括标准几何体和扩展几何体的创建。通过本章的学习，可以初步认识三维模型的基本组成对象，并能够独立地创建一些简单的模型，为以后的学习打下良好的基础。

在 3ds Max 9 中，基本模型可以分为标准基本体和扩展基本体两大类。

在命令面板中单击 [图标]（创建）按钮，打开"创建"命令面板，再单击 [图标]（几何体）按钮，打开几何体模型命令面板。选择几何体类型下拉列表框中的"标准基本体"选项（在弹出的下拉列表中有上面提到的两类基本体），将在其下面的"对象类型"卷展栏中打开标准基本体的命令按钮，如图 2-1-27 所示。单击任意按钮，即可在视图中通过拖动创建对象，如图 2-1-28 所示。

图 2-1-27　"创建"命令面板

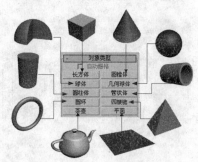

图 2-1-28　创建各种几何体模型

图 2-1-18 所示的 10 种标准基本体的创建非常简单，可以通过单击并拖动来完成，也可以通过键盘输入来创建。这些标准基本体都可以转换为可编辑网格对象、可编辑多边形对象、NURBS 对象或面片对象。

当单击任意按钮后会发现它都有相应的卷展栏，对于不同的几何体的卷展栏中的参数会有些不同，下面就介绍这些标准基本体参数的含义。

2．长方体

方体是最简单的标准基本体，如图 2-1-29 所示。在场景中主要用来制作墙壁、地板或桌面等简单模型，也常用于大型建筑物的构建。

长方体主要由长、宽、高三个参数确定，用户还可以通过此创建方法来创建正方体。单击"长方体"按钮，显示"参数"卷展栏，如图 2-1-30 所示。该"参数"卷展栏主要用于对长方体的长、宽、高参数进行设置，其中"长度分段"、"宽度分段"、"高度分段"用来设置沿正方体的每个轴向上进行分段的数目，在默认情况下值为 1。

"长度"数值框：设置长方体的长度。

"宽度"数值框：设置长方体的宽度。

"高度"数值框：设置长方体的高度。

"长度分段"数值框：设置长方体的长度方向上的分段数。

"宽度分段"数值框：设置长方体的宽度方向上的分段数。

"高度分段"数值框，设置长方体的高度方向上的分段数。

图 2-1-29　长方体模型　　　　图 2-1-30　"参数"卷展栏

在上面所介绍的参数中有长度分段、宽度分段、高度分段三个参数。所谓的分段是指对象的细分程度，分段的大小将影响构成对象的精细程度，该数值越大，构成几何体的点和面越多，复杂程度越高，如图 2-1-31 所示。

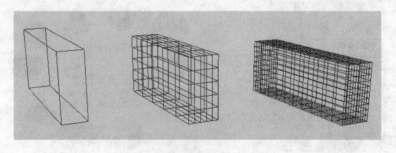

图 2-1-31　不同的分段数长方体的效果

"生成贴图坐标"复选框：用于建立材质贴图坐标，使长方体的表面能够进行材质贴图处理。

"真实世界贴图大小"复选框：未选择此复选框时，贴图大小符合创建对象的尺寸；选择此复选框，贴图大小由绝对尺寸决定，而与对象的相对尺寸无关。图 2-1-32（a）所示为使用真实世界贴图的大小不随对象改变的效果，图 2-1-32（b）所示为不使用真实世界贴图的大小随对象改变的效果。

在这种贴图功能中，Max 将使用非标准化的 UV 坐标和用户指定的位图大小匹配纹理和几何体的相对大小。在此坐标中，总是保持贴图对象的大小不变，当对象大小改变后，贴图的数量也会发生变化，如图 2-1-32（a）所示。而在标准化 UV 坐标中贴图的效果如图 2-1-32（b）所示。

创建长方体的方法如下：

在"对象类型"卷展栏上，单击"长方体"按钮；

在任意视口中拖动可定义矩形底部，然后松开鼠标以设置长度和宽度；

上下移动鼠标以定义该高度。单击即可设置完成高度，创建长方体。

（a）使用真实世界贴图的大小不随对象改变的效果　　（b）不使用真实世界贴图的大小随对象改变的效果

图 2-1-32　使用与不使用真实世界贴图的效果对比

3．圆锥体

在三维空间的创建中，圆锥体也是经常用到的标准基本体，如图 2-1-33 所示。利用圆锥体按钮，可以创建圆锥、圆台等。圆锥体及大多数工具都有切片参数控制，可以切割对象，从而产生不完整的几何体。

图 2-1-33　圆锥体模型

单击"圆锥体"按钮，显示其"参数"卷展栏，如图 2-1-34 所示。各参数的含义如下所述。

"半径 1"、"半径 2"数值框：分别设置圆锥体的两个端面（顶面和底面）半径。如果两个值都不为 0，则产生圆台和棱台；如果有一个值为 0，则产生锥体；如果两值相等，则产生柱体。

"高度"数值框：用于设置所创建的圆锥体的高度。

"高度分段"数值框：用于设置沿高度轴方向的片段划分段。

"端面分段"数值框：用于设置沿圆锥体底部中心的同心圆片段划分数。

"边数"数值框：用于设置绕圆锥的边数。当选择"平滑"复选框后，边数数值设置得越大，所创建的圆锥体越光滑。如果取消选择此复选框，有可能因边数数值设置得太小，而生成棱锥，如图 2-1-35 所示。

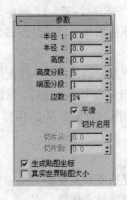

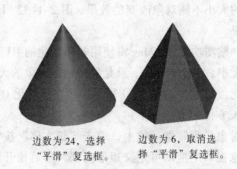

边数为 24，选择"平滑"复选框。　　边数为 6，取消选择"平滑"复选框。

图 2-1-34 "参数"卷展栏　　图 2-1-35 边数和"平滑"复选框对圆锥体的影响

"切片启用"复选框：用于对圆锥体进行切割，"切片从"数值框和"切片到"数值框用来设置从局部 X 轴的零点到局部 Z 轴的角度，正值将按逆时针切割，负值将按顺时针切割，如图 2-1-36 所示。

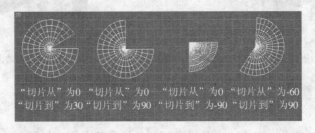

"切片从"为0　"切片从"为0　"切片从"为0　"切片从"为-60
"切片到"为30　"切片到"为90　"切片到"为-90　"切片到"为90

图 2-1-36 "切片从"和"切片到"对圆锥体的影响

创建圆锥体的方法如下：

① 单击"圆锥体"按钮，在视图中单击并拖动，拉出底面圆形。

② 释放鼠标，移动光标确定圆锥体的高。

③ 单击，移动光标确定另一个底面的大小。

④ 单击，完成圆锥体的制作。

⑤ 在"参数"卷展栏中设置圆锥体的其他参数。

4．球体

球体表面的网格线由经纬线构成，可以创建完整的球体、半球和球体的一部分，如图 2-1-37 所示。

图 2-1-37 球体模型

单击"球体"按钮，显示其"参数"卷展栏，如图 2-1-38 所示。各参数的含义如下所述。

"半径"数值框：用于设置球体的半径大小。

"分段"数值框：用于划分球体表面的段数，数值越大球体的表面越光滑。

"半球"数值框：用于创建不完整的球体。数值为 0 时，球体将以完整的形式显示；数值为 0.5 时，球体将以半球体显示；数值为 1 时，没有球体。

"切除"单选按钮：在进行半球系统调整时发挥作用。确定球体被削去后，原来的网格也随之消除。

"挤压"单选按钮："挤压"与"切除"的作用基本相同，只是球体被削去后，保持原始球体中的顶点数和面数，将其挤入挤压后得到的半球体中，如图 2-1-39 所示。

图 2-1-38　"参数"卷展栏

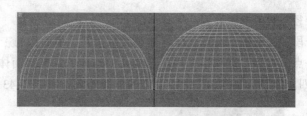

图 2-1-39　切除与挤压对球体的影响

选择"轴心在底部"复选框后，在创建球体时，球体的中心就会设置在球体的底部。默认情况下为取消状态。

创建球体的方法如下：

① 单击"球体"按钮，在视图中按下鼠标左键并拖动，拉出球体。

② 释放鼠标，完成球体的制作。

③ 将半球的值设置为 0.5，可以创建一个半球。

④ 选择"切片启用"复选框，将"切片从"数值框中的数值设为 90，可以完成 1/4 球体的制作，如图 2-1-40 所示。

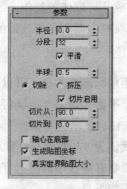

图 2-1-40　半球体模型和参数设置

5．几何球体

几何球体能建立以三角面拼接成的球体或半球体，如图 2-1-41 所示。它不像球体那样可控制切片局部的大小。与标准球体相比，几何球体能够生成更规则的曲面。在指定相同面数的情况下，它们也可以使用比标准球体更平滑的剖面进行渲染。与标准球体不同，几何球体没有极点，这对于应用某些修改器（如自由形式变形（FFD）修改器）非常有用。

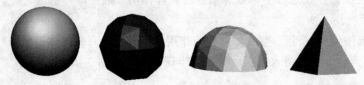

图 2-1-41　几何球体模型

单击"几何体"按钮，显示其"参数"卷展栏，如图 2-1-42 所示。各参数的含义如下所述。

"半径"数值框：设置几何球体的大小。

"分段"数值框：设置几何球体表面每个基准多面体的三角面数目。

"基点面类型"选项组：用于选择几何球体的基准多面体类型，确定由哪种多面体组合成球体。四面体、八面体、二十四面体的框线外观如图 2-1-43 所示。

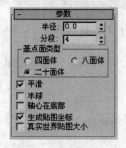

图 2-1-42　"参数"卷展栏

图 2-1-43　四面体、八面体、二十四面体

创建几何球体的方法如下：

① 单击"几何体"按钮，在视图中按下鼠标左键并拖动，设置几何球体的中心和半径。

② 释放鼠标，完成几何球体的制作。

③ 在"参数"卷展栏中调节几何球体的形状。

6．圆柱体

圆柱体是一个常用的标准基本体，可以制作棱柱体、圆柱体、局部圆柱或棱柱体，当高度为 0 时产生圆形或扇形平面，如图 2-1-44 所示。

单击"圆柱体"按钮，显示其"参数"卷展栏，如图 2-1-45 所示。3ds Max 边数值默认为 18，高度分段的数值默认为 5，如果不打算对圆柱进行变形，应将高度分段设置为 1 以降低场景的复杂程度。如果须要对圆柱端面进行变形，应相应增加端面分段的值。

创建圆柱体的方法如下：

① 单击"圆柱体"按钮，在视图中单击并拖动，拉出底面圆形。

② 释放鼠标，移动光标确定柱体的高度。

③ 单击确定，完成圆柱体的制作。调节参数改变圆柱体类型。

图 2-1-44 圆柱体模型   图 2-1-45 圆柱体的"参数"卷展栏

7. 管状体

管状体是与圆柱体相似的标准基本体，可以看做是一个大圆柱体挖掉一个同轴的小圆柱体后得到的几何体，如图 2-1-46 所示。管状体可以创建空心管状体对象，包括圆管、棱管以及局部圆管。

单击"管状体"按钮，显示其"参数"卷展栏，如图 2-1-47 所示。管状体的参数卷展栏与圆柱体的参数卷展栏相似，此处不再赘述。

图 2-1-46 管状体模型   图 2-1-47 管状体的"参数"卷展栏

创建管状体的方法如下：

① 单击"管状体"按钮，在视图中按下鼠标左键并拖动，拉出一个圆形线框。

② 释放鼠标，拖动鼠标确定底面圆环的大小。

③ 单击，拖动鼠标确定管状体的高度。

④ 单击，拖动鼠标完成管状体的制作，调节参数改变管状体的类型。

8. 圆环

圆环是由一个横截面圆绕与之垂直并在同一平面内的圆旋转一周而构成的标准基本体。可生成一个环形或具有圆形横截面的环，可以将"平滑"复选框与"旋转"、"扭曲"数值框组合使用，以创建复杂的变体，如图 2-1-48 所示。

单击"圆环"按钮，显示其"参数"卷展栏，如图 2-1-49 所示。

各参数的含义如下所述。

"半径 1"数值框：设置圆环中心与截面正多形的中心距离。

"半径 2"数值框：设置截面正多边形的内径，它们的关系如图 2-1-50 所示。

 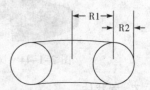

图 2-1-48 圆环模型　　　图 2-1-49 圆环的"参数"卷展栏　　　图 2-1-50 半径 1 和半径 2

"旋转"数值框：设置圆环绕其横截面圆中心旋转的角度。在设置了材质贴图或对圆环的表面进行编辑后，才可以看到旋转的效果。

"扭曲"数值框：设置圆环扭转的角度，是指圆环的横截面圆绕其中心逐渐地旋转扭曲。

"分段"数值框：确定四周上片段划分的数目，值越大，得到的圆形越光滑。

"边数"数值框：设置横截面圆的边数。

"平滑"选项组：用于选择对圆环表面进行光滑处理的方式，有"全部"、"侧面"、"无"、"分段"四个单选按钮。

创建圆环的方法如下：

① 单击"圆环"按钮，在视图中单击并拖动，拉出一级圆环。

② 释放鼠标，拖动鼠标确定二级圆环。

③ 单击，完成圆环的制作。

④ 调节参数控制形态。

9．四棱锥

四棱锥是一个底面为矩形、侧面为三角形的标准基本体，如图 2-1-51 所示。可以创建四棱锥模型，按住【Ctrl】键可以创建底面为正方形的四棱锥。

单击"四棱锥"按钮，显示其"参数"卷展栏，如图 2-1-52 所示。各参数的含义如下所述。

图 2-1-51 四棱锥模型　　　　　图 2-1-52 四棱锥的"参数"卷展栏

"宽度"数值框：设置四棱锥底面矩形的宽度。

"深度"数值框：设置四棱锥底面矩形的深度。

"高度"数值框：设置四棱锥的高度。

系统以第一次按下鼠标左键时为起始点，将上下拖动经过的距离数值定义成"深度"，左右拖动经过的距离定义为"宽度"，松开鼠标以后再拖动所经过的距离定义为"高度"。

"宽度分段"数值框：设置四棱锥底面矩形的宽度分段数。

"深度分段"数值框：设置四棱锥底面矩形的长度分段数。

"高度分段"数值框：设置四棱锥的高度分段数。

四棱锥参数中宽度与深度的关系及所创建的四棱锥效果如图 2-1-53 所示。

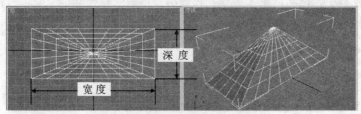

图 2-1-53　四棱锥的参数和效果

四棱锥的创建方法如下：

① 单击"四棱锥"按钮。

② 选择一个创建方法，可以选择"基点/顶点"或"中心"选项。

③ 在视口中拖动可定义四棱锥的底部。如果选择的是"基点/顶点"选项，则定义底部的对角，水平或垂直拖动可定义底部的宽度和深度。如果选择的是"中心"，则从底部中心进行拖动。

④ 单击再拖动可定义"高度"，单击完成四棱锥的创建。

10．茶壶

在 3ds Max 中用户只需单击标准几何体中的"茶壶"按钮，就可以直接创建茶壶的模型，如图 2-1-54 所示。通过不同的设置，用户还可以单独创建茶壶的壶体、壶把、壶嘴、壶盖等，非常简单、方便、快捷，用户一般利用此项功能，进行材质贴图的测试或是测试渲染的效果。

单击"茶壶"按钮，显示其"参数"卷展栏，如图 2-1-55 所示。各参数的含义如下所述。

图 2-1-54　茶壶模型　　　　　图 2-1-55　茶壶的"参数"卷展栏

"半径"数值框：设置茶壶体最大横截面圆的半径，确定茶壶的大小。

"分段"数值框：设置茶壶表面的划分精度，值越高，表面越细腻。

"平滑"复选框：用于对茶壶的表面进行光滑处理。

"茶壶部件"选项组：设置茶壶各部分的取舍，选择该部位则创建，茶壶具有四个独立的控件，分为壶体、壶把、壶嘴、壶盖四个部分。控件位于其"参数"卷展栏的"茶壶部件"选项组中。可以选择要同时创建部件的任意组合。单独的壶身是现成的碗或带有可选壶盖的壶。

茶壶的创建方法如下：

① 单击"茶壶"按钮。

② 在任意视口中，拖动以定义半径。在拖动时，茶壶将在底部中心上与轴点合并。

③ 释放鼠标可设置半径并创建茶壶。

11．平面

平面是一个被细分为很多网格的标准基本体，如图 2-1-56 所示。单击"平面"按钮，打开创建平面的参数面板。在命令面板的"创建方式"卷展栏中，有两个单选按钮，矩形和正方形，用于选择创建平面的形状。

单击"平面"按钮，显示其"参数"卷展栏，如图 2-1-57 所示。各参数的含义如下所述。

"渲染倍增"选项组：用于设置渲染的缩放比例和密度。有缩放和密度两个数值框。

"缩放"数值框：用于渲染时平面长宽的缩放比例。

"密度"数值框：设置渲染时平面分段数的缩放密度。

总面数：用于显示网格平面的总面数。

平面的创建方法很简单，在此不再赘述。

图 2-1-56　平面模型

图 2-1-57　"参数"卷展栏

思考与练习

1．3ds Max 9 中的标准基本体有哪些？

2．创建图 2-1-58 所示的卡通雪人模型。

3．创建图 2-1-59 所示的卡通动物模型。

图 2-1-58　卡通雪人模型

图 2-1-59　卡通动物模型

2.2　【案例 2】卡通小人

案例效果

"卡通小人"案例效果如图 2-2-1 所示。在本案例的制作过程中，将学习使用简单的三维扩展基本体进行建模。

图 2-2-1　"卡通小人"效果图

操作步骤

1. 制作卡通小人头部模型

① 启动 3ds Max 9，创建一个新场景，保存文件，将其命名为"卡通小人.max"。

② 单击 ⬚（创建）→ ⬤（几何体）→ "扩展基本体"→"切角长方体"按钮，在前视图中创建一个切角长方体，在其"参数"卷展栏中进行相关设置，如图 2-2-2 所示，效果如图 2-2-3 所示。

③ 单击 ⬚（创建）→ ⬤（几何体）→ "扩展基本体"→ "L-Ext"按钮，在前视图中创建 L 形的挤出对象，在其"参数"卷展栏中设置相关参数，如图 2-2-4 所示，效果如图 2-2-5 所示。

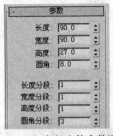

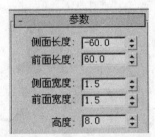

图 2-2-2 切角长方体参数设置　　　图 2-2-3 创建切角长方体　　　图 2-2-4 L形的挤出对象的参数设置

④ 选中 L 形挤出对象，单击主工具栏中的"镜像"按钮 ，弹出"镜像"对话框，参数设置如图 2-2-6 所示，单击"确定"按钮，单击主工具栏中的"选择并移动"按钮 ，将镜像对像拖动至合适的位置，效果如图 2-2-7 所示。

图 2-2-5 L形的挤出对象的效果　　　图 2-2-6 镜像设置　　　图 2-2-7 镜像效果

⑤ 单击 （创建）→ （几何体）→"标准基本体"→"长方体"按钮，在前视图中创建一个长方体，在其"参数"卷展栏中设置"长度"值为 59，"宽度"值为 55，"高度"值为 28，效果如图 2-2-8 所示。

⑥ 单击 （创建）→ （几何体）→"标准基本体"→"球体"按钮，在前视图中创建一个球体，在其"参数"卷展栏中设置"半径"值为 5，单击主工具栏中的"选择并移动"按钮 按住【Shift】键将球体进行拖动，弹出"克隆选项"对话框，在该对话框中采用默认设置，单击"确定"按钮，效果如图 2-2-9 所示。用同样的方法再创建一个球体，效果如图 2-2-10 所示。

图 2-2-8 创建长方体　　　图 2-2-9 复制球体　　　图 2-2-10 创建球体

⑦ 单击 （创建）→ （几何体）→"标准基本体"→"球体"按钮，在前视图中创建一个球体，在其"参数"卷展栏中设置"半径"值为 9，单击主工具栏中的"选择并缩放"按

钮 ，在前视图中对 *Y* 轴缩小，然后在左视图中对 *X* 轴进行，效果如图 2-2-11 所示。复制
球体，效果如图 2-2-12 所示。

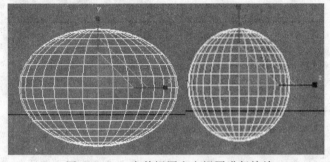

图 2-2-11　在前视图和左视图进行缩放 　　　　图 2-2-12　复制球体

⑧ 单击 （创建）→ （几何体）→ "标准基本体" → "圆环" 按钮，在前视图中创建
一个圆环，在其 "参数" 卷展栏中进行相关设置，如图 2-2-13 所示，效果如图 2-2-14 所示。

⑨ 单击 （创建）→ （几何体）→ "扩展基本体" → "切角圆柱体" 按钮。在前视图
中创建一个切角圆柱体，在其 "参数" 卷展栏中进行相关设置，如图 2-2-15 所示，效果如
图 2-2-16 所示。

图 2-2-13　圆环参数设置　　图 2-2-14　创建圆环效果　　图 2-2-15　切角圆柱体参数设置

⑩ 用同样的方法再制作几个切角圆柱体，效果如图 2-2-17 所示。再创建一个球体和两个
圆环，单击主工具栏中的 "选择并旋转" 按钮 和 "选择并移动" 按钮 对创建的圆环进行
调整，效果如图 2-2-18 所示。

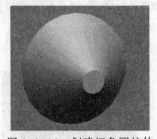

图 2-2-16　创建切角圆柱体　　图 2-2-17　再制作几个切角圆柱体　　图 2-2-18　创建球体和圆环

2. 制作卡通小人身体模型

① 单击 （创建）→ （几何体）→ "标准基本体" → "圆环" 按钮，在前视图中创建
一个圆环，在其 "参数" 卷展栏中进行相关设置，如图 2-2-19 所示。单击主工具栏中 "选择

并旋转"按钮 ↻ 对其进行旋转，效果如图 2-2-20 所示。

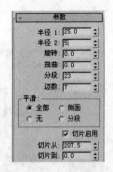

图 2-2-19　圆环参数设置　　　　　　　　　图 2-2-20　旋转圆环

② 单击 ▣（创建）→ ◉（几何体）→ "标准基本体" → "圆锥体" 按钮，在左视图中创建一个圆锥体，在其 "参数" 卷展栏中设置 "半径 1" 值为 9，"半径 2" 值为 5，"高度" 值为 5，如图 2-2-21 所示。

③ 单击 ▣（创建）→ ◉（几何体）→ "标准基本体" → "球体" 按钮，在前视图中创建一个球体，在其 "参数" 卷展栏中设置 "半径" 值为 8，如图 2-2-22 所示。

④ 单击 ▣（创建）→ ◉（几何体）→ "扩展基本体" → "胶囊" 按钮，在左视图中创建一个胶囊体，在其 "参数" 卷展栏中设置 "半径" 值为 3，"高度" 值为 15，再创建一个小一点的胶囊体，并调整其位置，效果如图 2-2-23 所示。选中制作手的所用对象，选择 "组" → "成组" 命令，弹出 "组" 对话框，在该对话框中给组命名为 "手"，单击 "确定" 按钮，将其成组。

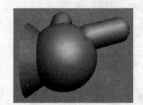

图 2-2-21　创建圆锥体　　图 2-2-22　创建球体　　图 2-2-23　制作并调整胶囊体的位置

⑤ 单击主工具栏中的 "选择并移动" 按钮 ✛，将制作的 "手" 对象拖动至合适的位置，效果如图 2-2-24 所示。用同样的方法再制作出一只手效果，如图 2-2-25 所示。

⑥ 使用圆柱体和长方体制作一个牌子，效果如图 2-2-26 所示。

图 2-2-24　拖动 "手" 对象　　图 2-2-25　制作另一只手效果　　图 2-2-26　制作牌子效果

⑦ 单击 （创建）→ （几何体）→ "标准基本体" → "圆锥体"按钮，在顶视图中创建一个圆锥体，在其"参数"卷展栏中设置"半径 1"值为 10，"半径 2"值为 5，"高度"值为 47。单击主工具栏中"选择并旋转"按钮 对其进行旋转，效果如图 2-2-27 所示。

⑧ 单击 （创建）→ （几何体）→ "扩展基本体" → "胶囊"按钮，在左视图中创建一个胶囊体，在其"参数"卷展栏中设置"半径"值为 15，"高度"值为 50，效果如图 2-2-28 所示。

图 2-2-27　创建并旋转圆锥体　　　　　　　图 2-2-28　创建胶囊体

⑨ 将"圆锥体"和"胶囊体"成组，并命为"脚"，选中"脚"对象，并对"脚"对象进行镜像复制操作，至此，整个设计制作完毕，效果如图 2-2-29 所示。单击主工具栏中的"渲染"按钮 ，渲染后的效果如图 2-2-1 所示。

图 2-2-29　镜像"脚"对象

☕ 相关知识　扩展基本体建模

1. 3ds Max 9 中的扩展基本体

在 3ds Max 中，扩展基本体比标准几何体相对来讲要复杂一点，扩展基本体包含了一些复杂三维造型，如"异面体"、"环形结"、"切角长方体"（也称为"倒角长方体"）、"油罐"、"软管"等。

在命令面板中，单击 （创建）按钮，打开"创建"命令面板，单击 （几何体）按钮，打开"几何体"命令面板。选择几何体类型下拉列表框中的"扩展基本体"选项，将在其下面显示"扩展基本体"的命令按钮，每一种按钮，对应着一种可创建的对象，如图 2-2-30 所示。由于扩展其本体的对象比较多，限于篇幅，本节只讲常用的几种。

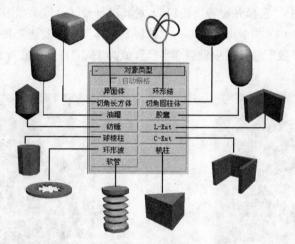

图 2-2-30　扩展基本体按钮及其模型

2．异面体

异面体是扩展三维几何体中较为简单的一种几何体，是由多个平面生成的一种几何体，如图 2-2-31 所示。异面体通常用来创建一些造型奇特的或一些棱角非常鲜明的物体。通过此命令，用户可以创建四面体、八面体、十二面体以及星形。

单击"异面体"按钮，显示创建异面体的参数卷展栏，如图 2-2-32 所示。由图可以看出，异面体的"参数"卷展栏，包含了创建异面体的全部参数。各参数的含义如下所述。

图 2-2-31　异面体模型

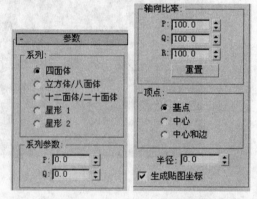

图 2-2-32　异面体"参数"卷展栏

（1）"系列"选项组

该选项组提供了异面体的系列类型，用于选择多面体的创建外形。这些单选按钮分别是"四面体"、"立方体/八面体"、"十二面体/二十四面体"、"星形 1"和"星形 2"，它们的名称和所能创建的多面体相对应，每种类型所创建的多面体如图 2-2-33 所示。

（2）"系列参数"选项组

P、Q 是对异面体的顶点和面进行双向转换的两个关联参数，取值范围均为 0～1，并且两个参数的和小于或等于 1。P、Q 值对多面体的影响如图 2-2-34 所示。

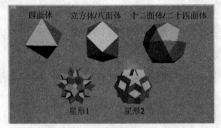

图 2-2-33　不同类型的多面体

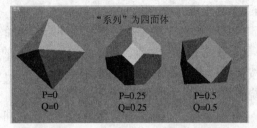

图 2-2-34　不同 P、Q 值的多面体

（3）"轴向比率"选项组

异面体都是由三种类型的面拼接而成，它们包括三角形、矩形、五边形，P、Q、R 值就是分别调节其各自的比例。如果异面体只有一处或两种类型的面，那么轴向比率参数也只有一项或两项有效，无效的轴向比率不产生效果。

"重置"按钮：轴向恢复到初始设置。

（4）"顶点"选项组

"顶点"选项组提供了多面体顶点的生成方式，有基点、中心和边三种生成方式。

"半径"数值框：用于设置多面体的轮廓半径。

"生成贴图坐标"复选框：用于建立材质贴图坐标，使多面体的表面能够进行材质贴图处理。

3．环形结

环形结是扩展基本体中最复杂的模型，它是由圆环体通过打结构成的扩展三维几何体，如图 2-2-35 所示。可以将环形结对象转化为 NURBS 曲面对象。

单击"环形结"按钮，显示其"参数"卷展栏，如图 2-2-36 所示。各参数的含义如下所述。

图 2-2-35　环形结模型

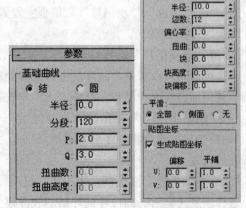

图 2-2-36　"参数"卷展栏

（1）"基本曲线"选项组

"基本曲线"选项组用于选择圆环体是否打结以及设置圆环体的参数，打结的数目，不打结的弯曲参数。

"结"、"圆"单选按钮：单击"结"单选按钮，创建的圆环体是打结的，即创建的是圆环结；单击"圆"单选按钮，创建的圆环体是不打结的，即圆环结退变为圆环体。默认选项为"结"单选按钮。

"半径、分段"数值框：设置圆环结的半径和分段数，与圆环体对应的参数用法相同。

P、Q 数值框：设置圆环结在两个方向上的打结数目。只有选择了该选项组中的"结"单选按钮后，才能激活这两个数值框，如图 2-2-37 所示。由图可以看出，P 值控制 Z 轴向上的缠绕圈数，Q 值控制路径轴上的缠绕圈数。

"扭曲数"、"扭曲高度"数值框：控制在曲线路径上产生的弯曲数目和弯曲的高度。只有选择了该选项组中的"圆"单选按钮后，才能激活这两个数值框，如图 2-2-38 所示。

图 2-2-37　P、Q 值设置后的环形结效果图　　图 2-2-38　设置扭曲数和扭曲高度后的环形结效果图

（2）"横截面"选项组

"横截面"选项组通过截面图形的参数产生形态各异的造型。

"半径、边数"数值框：设置截面图形的大小和截面图形的边数，确定其平滑度。

"偏心率"数值框：设置构成圆环结的圆环体截面偏离圆形的程度。偏心率越接近于 1，圆环体截面越接近于圆。

"扭曲"数值框：设置构成圆环结的圆环体截面扭转的角度。

"块"、"块高度"、"块偏移"数值框：设置圆环结的块数目、块的高度和块的偏移量。

（3）"平滑"选项组

"平滑"选项组用于选择对圆环结表面进行光滑处理的方式。有三个单选按钮，选择"全部"单选按钮，可以对整个圆环结进行光滑处理；选择"侧面"单选按钮，可以对构成圆环结的圆环体侧面进行光滑处理；选择"无"单选按钮，则对圆环结不进行光滑处理。

（4）"贴图坐标"选项组

"贴图坐标"选项组用于选择对圆环结是否建立材质贴图坐标以及建立贴图坐标后进行贴图参数的设置。

"生成贴图坐标"复选框：用于建立材质贴图坐标，使圆环结的表面能够进行材质贴图处理。选择该复选框后，即可在圆环结的表面建立材质贴图坐标。

"偏移"、"平铺"数值框：在圆环结的表面建立贴图坐标后设置贴图时，用于设置贴图在圆环结表面沿 U、V 两个方向上的偏移量和平铺次数。

4．切角长方体和切角圆柱体

切角长方体、切角圆柱体（也称为倒角长方体和倒角圆柱体）是由长方体、圆柱体倒角后构成的扩展三维几何体，与长方体、圆柱体的形状基本相同，如图 2-2-39 所示。单击"切角长方体"、"切角圆柱体"按钮，显示创建切角长方体、切角圆柱体的"参数"卷展栏，如图 2-2-40 所示。

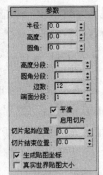

图 2-2-39　切角长方体和切角圆柱体模型　　图 2-2-40　切角长方体和切角和圆柱体的"参数"卷展栏

切角长方体、切角圆柱体与标准几何体中的长方体、圆柱体相比，在参数面板的"参数"卷展栏中，增加了"圆角"和"圆角分段"两个参数，其他的参数基本相同，此处不再赘述。下面仅介绍新增参数的含义。

"圆角"数值框：用于设置切角的大小。为 0 时没有切角。

"圆角分段"数值框：用于设置切角的分段数。分段数为 1 时，切角的形状为直倒角；分段数大于 1 时，切角的形状为圆倒角。分段数越大，切角越圆滑。

5. 油罐

油罐是将圆柱体两端的平面弯曲为凸起的球冠后构成的扩展三维几何体，如图 2-2-41 所示。单击"油罐"按钮，显示其"参数"卷展栏，如图 2-2-42 所示。

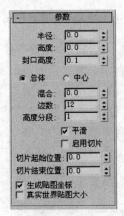

图 2-2-41　油罐体模型　　　　　　　　图 2-2-42　油罐的"参数"卷展栏

油罐体与标准几何体中的圆柱体相比，在"参数"卷展栏中增加了底面高度、融合两个数值框和全部、中心两个单选按钮。其他的参数基本相同，此处不再赘述。下面仅介绍未介绍过的各参数的含义。

"封口高度"数值框：设置油罐凸面顶盖的高度。最小值为半径值的 2.5%，最大值为半径值（当高度值大于半径值两倍以上时）。

"总体"单选按钮：测量油罐的整体高度。

"中心"单选按钮：只测量油罐柱体的高度，不包括顶盖高度。

"混合"数值框：设置一个边缘切角，圆滑顶盖的柱体边缘。

"边数"数值框：设置油罐高度上的片段划分数。

6. L-Ext（L 形挤出）和 C-Ext（C 形挤出）

L 形挤出可以理解为由两个长方体结合构成的简单的扩展三维几何体，创建这两种形体时，在视图中第一次拖动创建其底面，单击后再拖动创建高度，单击后第三次拖动创建形体的厚度，第三次单击完成创建，创建的 L 和 C 形体如图 2-2-43 所示。

L 形挤出可以建立 L 形夹角的立体墙模型，主要用于建筑快速建模。单击"L-Ext"按钮，显示其"参数"卷展栏，如图 2-2-44（a）所示。C 形挤出可以理解为由三个长方体结合构成的简单的扩展三维几何体，单击"C-Ext"按钮，显示其"参数"卷展栏，如图 2-2-44（b）所示。

（a）L 形挤出的"参数"卷展栏　　（b）C 形挤出的"参数"卷展栏

图 2-2-43　C 形挤出和 L 形挤出模型　　　　图 2-2-44　"参数"卷展栏

由于这两种形体的参数很类似，下面仅介绍 C 形体的参数的含义。

"背面长度"、"侧面长度"、"前面长度"数值框：指定三个侧面的每一个长度。

"背面宽度"、"侧面宽度"、"前面宽度"数值框：指定三个侧面的每一个宽度。

"高度"数值框：指定对象的总体高度。

"背面分段"、"侧面分段"、"前面分段"数值框：指定对象特定侧面分段数。

"宽度分段"、"高度分段"：设置该分段以指定对象的整个宽度和高度的分段数。

7. 软管

软管是一种可以连接在两个对象之间的可变形对象，它会随着两端对象的运动而做出相应的反应，如图 2-2-45 所示。

单击"软管体"按钮，显示其"参数"卷展栏，如图 2-2-46 所示。各参数的含义如下所述。

（1）"端点方法"选项组

该选项组提供了将软管体绑定到其他物体的链接方式，用于选择软管体的链接方式。

"自由软管"单选按钮：选择软管体的两端为自由方式，即软管体的两端不链接任何物体，处于自由状态。单击该按钮，可以激活"自由软管参数"选项组中的"高度"数值框，用于设置自由软管体的高度。

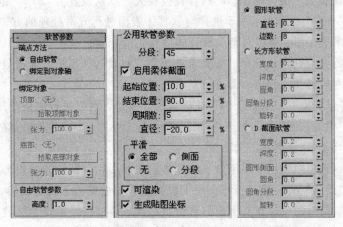

图 2-2-45　软管模型　　　　　　　　　　图 2-2-46　软管"参数"卷展栏

"绑定到对象轴"单选按钮：选择将软管体的两端链接到物体上。单击该按钮，可以激活"绑定对象"选项组中的参数内容，用于设置软管体两端绑定的物体和软管体两端的伸缩量。

（2）"绑定对象"选项组

该选项组提供了将软管体绑定到物体的操作方法，并可以设置软管体两端的伸缩量。

"拾取顶部对象"按钮：用于设置软管体始端的绑定物体。选中软管体后，单击该按钮，再单击视图中要绑定的物体，即可将软管体的始端绑定到选择的物体上。

"拾取底部对象"按钮：用于设置软管体末端的绑定物体。选中软管体后，单击该按钮，再单击视图中要绑定的物体，即可将软管体的末端绑定到选择的物体上。

"张力"数值框：用于设置软管体两端的伸缩量。在"拾取顶部物体"按钮下的数值框，可以设置软管体始端的伸缩量；在"拾取底部物体"按钮下的数值框，可以设置软管体末端的伸缩量。

（3）"自由软管参数"选项组

该选项组用于设置自由软管体的参数。该选项组中的"高度"数值框可以设置软管体的高度。

（4）"公共软管参数"选项组

该选项组提供了用于设置软管体的一般参数。

"分段"数值框：软管长度中的总分段数。当软管弯曲时，增大该数值框中的值可使曲线更平滑。默认设置为 45。

"启用柔体截面"复选框：如果启用，则可以为软管的中心柔体截面设置以下四个参数。如果禁用，则软管的直径沿软管长度不变。

"起始位置"数值框：从软管的始端到柔体截面开始处占软管长度的百分比。默认情况下，软管的始端指对象轴出现的一端。默认设置为 10%。

"结束位置"数值框：从软管的末端到柔体截面结束处占软管长度的百分比。默认情况下，软管的末端指与对象轴出现的一端相反的一端。默认设置为 90%。

"周期数"数值框：柔体截面中的起伏数目。可见周期的数目受限于分段的数目。如果分段值不够大，不足以支持周期数目，则不会显示所有周期。默认设置为 5。

"直径"数值框：周期"外部"的相对宽度。如果设置为负值，则比总的软管直径要小。

如果设置为正值，则比总的软管直径要大。默认设置为-20%。范围设置为-50%～500%

"平滑"选项组：用于选择对软管体表面进行光滑处理的方式。有四个单选按钮，选择"全部"单选按钮，可以对整个软管体进行光滑处理；选择"侧面"单选按钮，可以对软管体的侧面进行光滑处理；选择"无"单选按钮，对软管体不进行光滑处理；选择"分段"单选按钮，用于对软管体的轴向表面进行光滑处理。

"可渲染"复选框：用于选择对软管体是否可以进行渲染处理。

"生成贴图坐标"复选框：用于建立材质贴图坐标，使软管体的表面能够进行材质贴图处理。

（5）"软管形状"选项组：

该选项组提供了用于设置软管体的截面形状。默认的截面形状为圆形。

"圆形软管"单选按钮：用于设置软管体的截面形状为圆形。选择该单选按钮，激活其下面的数值框，可以在其下面的直径、边数数值框中设置软管体截面圆的直径和边数。

"长方形软管"单选按钮：用于设置软管体的截面形状为矩形。选择该单选按钮，激活其下面的数值框，可以在其下面的宽度、深度、圆角、圆角分段和旋转数值框中设置软管体矩形截面的宽度、深度、圆角、圆角分段数和绕其中心旋转的角度。

"D 截面软管"单选按钮：用于设置软管体的截面形状为 D 形。选择该单选按钮，激活其下面的数值框，可以在其下面的宽度、深度、圆形侧面、圆角、圆角分段和旋转数值框中设置软管体 D 形截面的宽度、深度、圆形侧面、圆角、圆角分段数和绕其中心旋转的角度。

思考与练习

1．扩展基本体有哪些？
2．使用扩展基本体创建一个卡通角色。

2.3　【案例 3】贪吃的熊猫

◎ 案例效果

本案例为制作一个吃竹子的熊猫模型，效果如图 2-3-1 所示。在本案例的制作过程中，将学习使用　三维基本模型和修改器进行建模。

图 2-3-1　"贪吃的熊猫"效果图

操作步骤

1. 制作熊猫头部模型

① 启动 3ds Max 9，创建一个新场景，保存文件，将其命名为"贪吃的熊猫.max"。

② 单击 （创建）→ （几何体）→"标准基本体"→"球体"按钮，在前视图中创建一个球体作为熊猫的头部，在其"参数"卷展栏中设置其"半径"值为 150，颜色为白色。

③ 选中球体，选择 （修改）→"修改器列表"→"FFD 4×4×4"选项，为其添加"FFD 4×4×4"自由变形修改器，效果如图 2-3-2 所示。

④ 选中球体，在修改命令面板的修改器堆栈中，单击"FFD 4×4×4"选项前的"+"按钮，展开修改器子层级，选择"控制点"选项，进入 FDD 修改器的"控制点"子对象编辑状态，如图 2-3-3 所示。在前视图中，单击主工具栏中的"选择并移动"按钮 移动控制点，效果如图 2-3-4 所示。

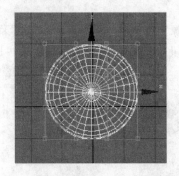

图 2-3-2　添加"FFD4×4×4"修改器　　　　图 2-3-3　"控制点"子对象编辑状态

⑤ 在顶视图中，单击主工具栏中的"选择并移动"按钮 移动控制点，效果如图 2-3-5 所示。在修改命令面板的修改器堆栈中，选择"FFD 4×4×4"选项，退出"控制点"子对象编辑状态。

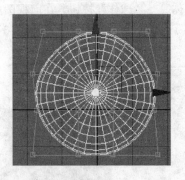

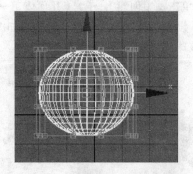

图 2-3-4　在前视图中调整控制点　　　　图 2-3-5　在顶视图中调整控制点

⑥ 单击 （创建）→ （几何体）→"标准基本体"→"圆环"按钮，在前视图中创建圆环作为熊猫的耳朵，设置颜色为黑色，其他参数设置如图 2-3-6 所示。完成后的效果如图 2-3-7 所示。

⑦　单击主工具栏中的"选择并缩放"按钮 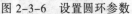，在顶视图中对圆环在 *Y* 轴方向上进行缩放，将其挤压成扁形，效果如图 2-3-8 所示。

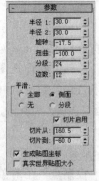

图 2-3-6　设置圆环参数　　　图 2-3-7　完成设置的圆环　　　图 2-3-8　压扁的圆环

⑧　单击主工具栏中的"选择并移动"按钮 ，将圆环移动至头部的合适位置，如图 2-3-9 所示。

⑨　在前视图中选中圆环，单击主工具栏中的"镜像"按钮 ，弹出"镜像：屏幕 坐标"对话框，设置参数如图 2-3-10 所示。单击"确定"按钮，完成操作，效果如图 2-3-11 所示。

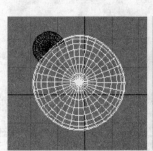

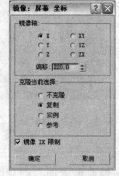

图 2-3-9　将圆环移动到合适的位置　　　　　　图 2-3-10　设置镜像参数

⑩　单击 （创建）→ （几何体）→"标准基本体"→"球体"按钮，在前视图中创建一个球体，设置其颜色为黑色，其他参数如图 2-3-12（a）所示。完成后的效果如图 2-3-12（b）所示，该球体将作为熊猫的眼睑。

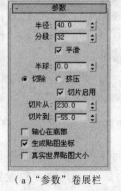

（a）"参数"卷展栏　　　　　（b）眼睑效果

图 2-3-11　镜像复制圆环　　　　　　图 2-3-12　设置球体参数以创建眼睑

⑪ 再创建大、中、小三个球体，分别设置为白色、蓝色、黑色，作为眼球和眼瞳，如图 2-3-13 所示。单击主工具栏中的"选择并移动"按钮 ✛，将眼睑、眼球和眼瞳进行适当的移动，构成眼睛，如图 2-3-14 所示。

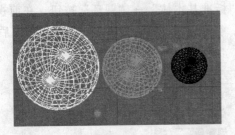
图 2-3-13　创建球体作为眼球和眼瞳

图 2-3-14　组合后的眼睛

⑫ 选中构成眼睛的三个球体，单击"组"→"成组"命令，将其组成一组，命名为"眼睛 1"。

⑬ 单击主工具栏中的"选择并移动"按钮 ✛，将眼睛拖动至头部模型的适当位置，如图 2-3-15 所示。按住【Shift】键，单击"选择并移动"按钮 ✛，将眼睛拖动至头部模型的右侧，弹出"克隆选项"对话框，其参数采用默认设置，单击"确定"按钮，对眼睛进行克隆复制，完成后的效果如图 2-3-16 所示。

图 2-3-15　制作左眼后的效果

图 2-3-16　眼睛制作完成后的效果

⑭ 单击 （创建）→ （几何体）→"标准基本体"→"球体"按钮，在前视图中创建一个球体作为熊猫的鼻子，在其"参数"卷展栏中设置"半径"值为 30，颜色为黑色。

⑮ 单击主工具栏中的"选择并移动"按钮 ✛，选中球体。选择 （修改）→"修改器列表"→"FFD3×3×3"选项，为其添加"FFD 3×3×3"自由变形修改器。

⑯ 选中球体，在修改命令面板的修改器堆栈中，单击"FFD3×3×3"选项前的"＋"按钮，展开修改器子层级，选择"控制点"选项，进入"控制点"子对象编辑状态。在前视图中，单击主工具栏中的"选择并移动"按钮 ✛ 对控制点进行移动，如图 2-3-17 所示。

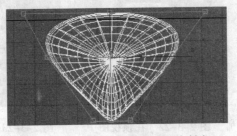
图 2-3-17　在左视图中调整控制点

⑰ 在修改命令面板的修改器堆栈中，选择"FFD 4×4×4"选项，退出"控制点"子对象编辑状态。单击主工具栏中的"选择并移动"按钮 ⊕，将变形后的球体拖动至合适的位置，效果如图 2-3-18 所示。

⑱ 单击 ⊾（创建）→ ◉（几何体）→ "标准基本体"→ "圆环"按钮，在前视图中创建圆环作为熊猫的嘴。设置其颜色为黑色，其他参数如图 2-3-19 所示。完成后效果如图 2-3-20 所示。

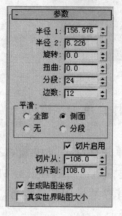

参数
半径 1：156.976
半径 2：6.226
旋转：0.0
扭曲：0.0
分段：24
边数：12
平滑：
○ 全部　● 侧面
○ 无　　○ 分段
☑ 切片启用
切片从：-106.0
切片到：108.0
☑ 生成贴图坐标
☐ 真实世界贴图大小

图 2-3-18　制作熊猫的鼻子

图 2-3-19　设置圆环参数　　图 2-3-20　完成设置的圆环

2．制作熊猫的身体

① 单击 ⊾（创建）→ ◉（几何体）→ "标准基本体"→ "球体"按钮，在前视图中创建一个球体作为熊猫的身体。在其"参数"卷展栏中设置其"半径"值为120，颜色为白色。

② 单击主工具栏中的"选择并移动"按钮 ⊕，选中球体。选择 ✐（修改）→ "修改器列表"→ "FFD 4×4×4"选项，为其添加"FFD 4×4×4"自由变形修改器，如图 2-3-21 所示。

③ 选中球体，在修改命令面板的修改器堆栈中，单击"FFD 4×4×4"选项前的"＋"按钮，展开修改器子层级，选择"控制点"选项，进入"控制点"子对象编辑状态。

④ 在顶视图中，单击主工具栏中的"选择并移动"按钮 ⊕ 对控制点进行移动，如图 2-3-22 所示。

⑤ 在左视图中，单击主工具栏中的"选择并移动"按钮 ⊕ 对控制点进行移动，如图 2-3-23 所示。

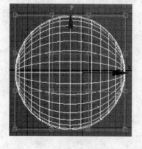

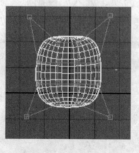

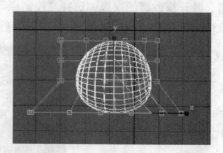

图 2-3-21　创建球体并添加　　图 2-3-22　在顶视图中　　图 2-3-23　在左视图中调整控制点
　　　　　　FDD 修改器　　　　　　　调整控制点

⑥ 在修改命令面板的修改器堆栈中，选择"FFD 4×4×4"选项，退出"控制点"子对象编辑状态，效果如图 2-3-24 所示。

⑦ 单击主工具栏中的"选择并移动"按钮 ✛，将变形后的球体拖动至合适的位置，效果如图 2-3-25 所示。

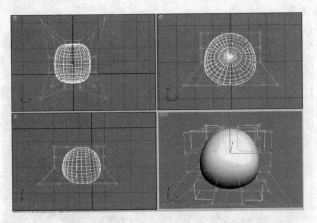

图 2-3-24　制作完成的熊猫的身体

图 2-3-25　熊猫的身体与头部

⑧ 单击 ⬚（创建）→ ◉（几何体）→ "扩展基本体" → "胶囊" 按钮，在顶视图中创建一个胶囊体，设置参数如图 2-3-26 所示，颜色为黑色。单击主工具栏中的"选择并移动"按钮 ✛ 和"选择并旋转"按钮 ↻ 对其进行适当调整，作为熊猫的手臂。

⑨ 再创建三个小胶囊体作为熊猫的手掌，并进行适当调整，效果如图 2-3-27 所示。

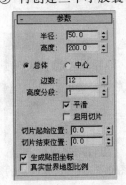

图 2-3-26　"胶囊"参数设置

图 2-3-27　制作熊猫的手

⑩ 选中构成手的所有胶囊体，选择"组"→"成组"命令，弹出"组"对话框，在该对话框中将其命名为"手"，单击"确定"按钮，完成成组操作。在顶视图中选中"手"对象，单击主工具栏中的"镜像"按钮 ▓，弹出"镜像"对话框，在该对话框中的"镜像轴"栏中选择"X"轴，在"克隆当前选项"选项组中选择"复制"选项，单击"确定"按钮，对其进行镜像复制操作，完成后的效果如图 2-3-28 所示。

⑪ 单击 ⬚（创建）→ ◉（几何体）→ "扩展基本体" → "胶囊" 按钮，在前视图中创建一个胶囊体作为熊猫的腿，在其"参数"卷展栏中设置"半径"值为 50，"高度"值为 175，颜色为黑色。

⑫ 选择 ✎（修改）→ "修改器列表" → "FFD 4×4×4"选项，为其添加"FFD 4×4×4"

自由变形修改器。在修改命令面板的修改器堆栈中，单击 "FFD 4×4×4" 选项前的 "＋" 按钮，展开修改器子层级，选择 "控制点" 选项，进入 "控制点" 子对象编辑状态。

⑬ 在视图中，单击主工具栏中的 "选择并移动" 按钮 ✛ 和 "选择并旋转" 按钮 ↻ 对控制点行适当调整，效果如图 2-3-29 所示。在修改命令面板的修改器堆栈中再次选择 "控制点" 选项，退出 "控制点" 子对象编辑状态。

图 2-3-28　镜像后的熊猫的手效果

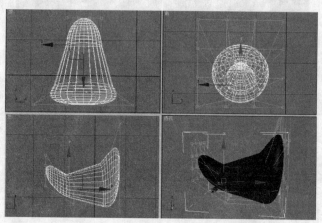

图 2-3-29　制作熊猫的脚

⑭ 单击 ✎（创建）→ ◉（几何体）→ "标准基本体" → "圆柱体" 按钮，在前视图中创建几个圆柱体作为熊猫的脚掌，效果如图 2-3-30 所示。

⑮ 将脚和脚掌成组，命名为 "脚"，选中 "脚" 对象，对其进行镜像操作，完成后的效果如图 2-3-31 所示。

图 2-3-30　制作脚掌

图 2-3-31　镜像脚后的效果

3. 制作竹子

① 单击 ✎（创建）→ ◉（几何体）→ "标准基本体" → "圆锥体" 按钮，在前视图中创建一个圆锥体作为竹子，在其 "参数" 卷展栏中设置 "半径 1" 值为 17，"半径 2" 值为 3，"高度" 值为 700，颜色为绿色。

② 选中圆锥体，选择 ✎（修改）→ "修改器列表" → "弯曲" 选项，为其添加 "弯曲" 修改器，其参数设置如图 2-3-32 所示，效果如图 2-3-33 所示。

③ 单击 ✎（创建）→ ◉（几何体）→ "标准基本体" → "圆环" 按钮，在前视图中创建多个圆环，单击主工具栏中的 "选择并移动" 按钮 ✛ 将其拖动至竹子的上面，效果如图 2-3-34 所示。

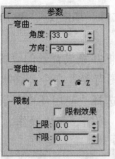

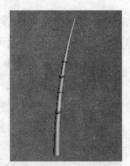

图 2-3-32 "弯曲"修改器参数设置　　图 2-3-33 弯曲效果　　图 2-3-34 制作圆环

④ 用同样的方法制作其他的竹子，效果如图 2-3-35 所示。制作一片竹叶，放置熊猫的嘴边。这部分由读者自行完成，效果如图 2-3-36 所示。

图 2-3-35 制作其他竹子　　　　　　　　　　　图 2-3-36 制作竹叶

4．环境背景设置

① 选择"渲染"→"环境"命令，弹出"环境和效果"对话框。在"环境和效果"对话框中选择"环境"选项卡，显示出环境选项卡的设置内容，如图 2-3-37 所示。单击"公用参数"卷展栏中的"无"按钮，弹出"材质/贴图浏览器"对话框。在"材质/贴图浏览器"对话框的材质列表中，选中其中的"位图"选项，如图 2-3-38 所示。然后单击"确定"按钮，弹出"选择位图图像文件"对话框。

图 2-3-37 "环境和效果"对话框　　　　图 2-3-38 "材质/贴图浏览器"对话框

② 在"选择位图图像文件"对话框中，选择一幅合适的图像文件，如图 2-3-39 所示，然后单击"打开"按钮，返回"环境和效果"对话框。

③ 单击"环境与效果"对话框右上角的 ⊠ 按钮，关闭该对话框并完成背景的设置。

④ 在透视图中单击，激活透视图。然后选择"视图"→"视图背景"命令，弹出"视口背景"对话框。在"视口背景"对话框中的"背景源"选项组中，选择"使用环境背景"复选框。再选择"显示背景"复选框，如图 2-3-40 所示。单击"确定"按钮，完成操作。

图 2-3-39 "选择位图图像文件"对话框

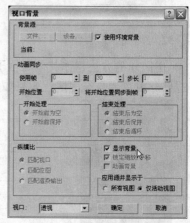

图 2-3-40 设置视口背景

⑤ 此时，在透视图中将显示背景图像，效果如图 2-3-41 所示。可以看到，相对于图像来说，熊猫太大了，位置也不协调。对其进行适当调整，调整后的效果如图 2-3-42 所示。

图 2-3-41 在透视图中显示背景

图 2-3-42 调整视图后的场景

至此，"贪吃的熊猫"文件制作完毕，在透视图中单击主工具栏中的"渲染"按钮 👁 对其进行渲染操作，渲染后的效果如图 2-3-1 所示。

相关知识 修改命令面板与修改器

1. 修改命令面板

用 3ds Max 进行设计，在建模过程中，创建工具和修改工具是互补的。直接创建的基本都是参数化的模型，其外形一般都有一定的规律性，但在现实世界中，大多数物体的外形并不是这种规则的模型，为了能逼真地模拟出现实世界中所见到的各种物体，就需要对所建立的模型修改，修改的方法是为对象设置不同的参数或添加修改器。

从场景中创建一些基本对象后，这些对象的有关参数将出现在修改面板中，用户可以通过这些参数修改对象的外观，同时，在修改面板中用户也可以为对象指定修改器。

从"创建"命令面板中添加对象到场景中之后，通常会切换到"修改"命令面板，来更改对象的原始创建参数，并应用修改器。修改器是整形和调整基本几何体的基础工具。一个编辑修改器可以应用到场景中的一个或者多个对象，它们根据参数的设置修改对象，同一对象也可以被应用到多个编辑修改器。后一个编辑修改器接收到前一个编辑修改器传播过来的参数，编辑修改器的次序对最后影响的结果很大，修改面板如图 2-3-43 所示。

图 2-3-43　修改命令面板

下面简要介绍"修改"命令面板的内容。

（1）"名称和颜色"卷展栏

"名称和颜色"卷展栏是将视图中的物体以对象按其作用加以命名，可以单击输入名称的文本框后的颜色色块，在弹出的"对象颜色"对话框中选择对象本身的色彩，以便在视图中分别表示不同的物体。

（2）修改器列表

修改器列表中包含了所有物体对象修改的工具，通过修改器修改几何体的创建参数来改变物体的形状大小，同时也可以使用一系列的工具进行编辑。要生成更为复杂的对象，编辑修改就可以提供可实现的强大的工具。

（3）修改器堆栈栏

修改器堆栈中罗列着最初创建的参数几何体和作用于该对象的所有编辑修改器。最初创建的几何体对象类型位于堆栈的最下端，而且位置不能变动，被使用的编辑器按使用的先后顺序依次排列在堆栈栏中。

（4）修改器工具栏

"锁定堆栈"按钮：可以使修改器堆栈冻结当前状态，即使选定场景中其他对象，修改器仍用于锁定对象。

"显示最终结果开/关切换"按钮：确定堆栈栏中的其他编辑器是否显示结果，用于观察对象修改的最终结果。

"使唯一"按钮：使对象关联编辑修改器独立，用于取消关联关系。

"从堆栈中移除修改器"按钮：用于将选定的修改器从堆栈中删除。

"配置修改器集"按钮：用来控制在修改面板中显示经常被使用的修改器。

（5）"参数"卷展栏

"修改"命令面板的最下方是被选择物体的"参数"卷展栏，在"修改器堆栈"中选择不同的选项，则会显示相应的参数，通过这些参数可以改变创建物体对象的大小、形状、高度以及修改器参数等不同的内容。

2．使用修改器

修改器可以应用到场景中的一个或者多个对象，它们根据参数的设置来修改对象。同一对象也可以被应用到多个修改器中。后一个修改器接收前一个修改器传播过来的参数，修改器的次序对最后结果影响很大。熟练使用修改器，可以大大提高建模的效果。

为对象添加修改器的方法如下：

① 在场景中选择对象。

② 选择 🖊 （修改）选项卡可显示修改命令面板。

③ 选定对象的名称会出现在"修改"面板的顶部，更改字段以匹配该对象。

④ 对象创建参数出现在"修改"面板的卷展栏中，在修改器堆栈显示的下面，可以使用这些卷展栏更改对象的创建参数，更改它们时，对象将在视口中更新。

⑤ 将修改器应用于对象。应用修改器之后，它会变为活动状态，修改器堆栈显示设置下面的参数卷展栏会显示当前活动的修改器的参数。

3ds Max 的标准修改器主要进行变形修饰，常用的修改器有"弯曲"、"扭曲"、"噪波"、"FFD 自由变形"等。

3. FFD（自由变形）修改器

FFD（自由变形）修改器是用晶格框包围选定的几何体，通过调整晶格的控制点，让包住的几何体变形，它可以用于整个对象，也可以用于网格对象的一部分。FFD 修改器命令有五个，分别是 FFD2×2×2、FFD3×3×3、FFD4×4×4、FFD（长方体）和 FFD（圆柱体）。本书将其分为两类，一类是前三个命令，还将其称为 FFD（自由变形）；另一类是 FFD（长方体）和 FFD（圆柱体），这两种 FFD 也可以用于空间扭曲。FFD（自由变形）效果如图 2-3-44 所示。

在视图中选中要修改的对象，然后选择 🖊 （修改）→修改器列表→FFD4×4×4 选项。

这时视图中的对象周围被一些橘黄色的线和控制点包围，如图 2-3-45 所示。

因为使用 FFD4×4×4 修改器，该修改器提供了具有四个控制点（控制点穿过晶格每一方向）的晶格或在每一侧面提供 16 个控制点，以便对物体进行修改。

图 2-3-44　FFD（自由形式变形）效果

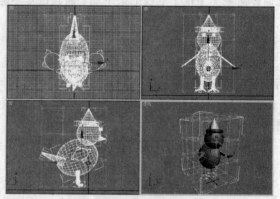

图 2-3-45　为对象添加 FFD 4×4×4 修改器

（1）FFD（自由变形）修改器的子对象

打开修改器堆栈，如图 2-3-46 所示，可以看到 FFD（自由变形）有三个子对象。

"控制点"子对象：在此子对象级别可以对晶格的控制点进行编辑，通过改变控制点的位置影响对象外形。如果打开自动关键点，可以对晶格点制作动画。

"晶格"子对象：对晶格进行编辑。可以通过移动、旋转、缩放使晶格与对象分离。如果打开自动关键点，可以对晶格制作动画，如果晶格包含的区域是对象的局部，那么最终的变形影响也只影响对象的局部。

"设置体积"子对象：在此子对象层级，变形晶格控制点变为绿色，可以选择并操作控制点而不影响修改对象。这使晶格更精确地符合不规则形状对象，当变形时这将提供更好的控制。

（2）"自由变形"的参数

单击 FFD 修改器，在"修改"命令面板的下半部分就会出现 FFD 的"FFD 参数"卷展栏，如图 2-3-47 所示。

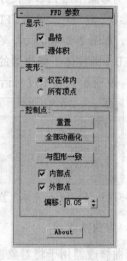

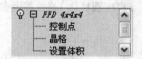

图 2-3-46　为对象添加 FFD 4×4×4 修改器　　　图 2-3-47　FFD 的"FFD 参数"卷展栏

◎ "显示"选项组：设置视图中自由变形的显示状态。

"晶格"复选框：是否显示结构线框。

"源体积"复选框：控制点和晶格会以未修改的状态显示。

◎ "变形"选项组：用来控制变形点的位置。

"仅在体内"单选按钮：设置对象在结构线框内部的部分受到变形影响。默认设置为启用。

"所有顶点"单选按钮：设置对象的全部顶点都受到变形影响，无论它们是否在结构线框内部。体积外的变形是对体积内的变形的延续。远离源晶格的点的变形可能会很严重。

◎ "控制点"选项组："控制点"栏中的参数用于编辑控制点。

"重置"按钮：恢复全部控制点到初始位置。

"全部动画化"按钮：将控制器指定给所有控制点，这样它们在"轨迹视图"中立即可见。

默认情况下，FFD 晶格控制点将不在"轨迹视图"中显示出来。但是在设置控制点动画时，给它指定了控制器，则它在"轨迹视图"中可见。单击"全部动画化"按钮，也可以添加和删除关键点和执行其他关键点操作。

"与图形一致"按钮：在对象中心控制点位置之间沿直线延长线，将每一个 FFD 控制点移到修改对象的交叉点上，这将增加一个由"偏移"数值框指定的偏移距离。

注意，将"与图形一致"应用到规则图形效果较好，而对长、窄面或锐角效果不佳。这些图形不可使用这些按钮，因为它们没有相交的面。

"内部点"复选框：仅控制受"与图形一致"影响的对象内部点。

"外部点"复选框：仅控制受"与图形一致"影响的对象外部点。

"偏移"数值框：受"与图形一致"影响的控制点偏移对象曲面的距离。

4．FFD（长方体）与 FFD（圆柱体）修改器

FFD（长方体）与 FFD（圆柱体）修改器可以创建长方体形状与圆柱体形状晶格自由形式变形，使用方法与前面所介绍的方法相同，但是可以修改晶格点的数量。

在为对象添加 FFD（长方体）修改器以后，在"修改"命令面板的下半部分就会出现 FFD 的"FFD 参数"卷展栏，单击 FFD（FFD 参数）卷展栏中的"设置点数"按钮，弹出"设置 FFD 尺寸"对话框，如图 2-3-48 所示，在该对话框中可以设置长、宽、高各方向的晶格点数量。

FFD（圆柱体）修改器的用法与 FFD（长方体）修改器的用法基本相同，弹出的对话框如图 2-3-49 所示，只不过对话框中的参数设置分别是侧面、径向和高度。

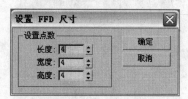

图 2-3-48　FFD（长方体）修改器及参数设置　　　图 2-3-49　FFD（圆柱体）修改器及参数设置

5．弯曲修改器

弯曲修改器用于将对象进行弯曲处理，可以调节弯曲的角度和方向以及弯曲依据的坐标轴向，还可以限制弯曲在一定的区域之内。弯曲效果如图 2-3-50 所示。

使用任何一种添加修改器的方法为选中的对象添加弯曲效果，就可在"修改器堆栈"列表框中显示"弯曲"命令，并在命令面板中显示"弯曲"命令的"参数"卷展栏，如图 2-3-51 所示。在"参数"卷展栏中设置弯曲参数后，即可使几何对象产生弯曲变形。

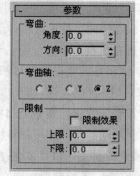

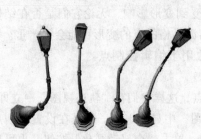

图 2-3-50　弯曲效果　　　　　　图 2-3-51　弯曲修改器的"参数"卷展栏

在弯曲修改器的"参数"卷展栏中，各主要参数的含义如下所述。

（1）"弯曲"选项组

用于设置弯曲的角度大小和相对于水平面的方向，范围为-999 999.0～999 999.0。包括角度和方向两个数值框。

（2）"弯曲轴"选项组

用于设置弯曲的坐标轴，有 X、Y、Z 三个弯曲轴。选择 X、Y 或 Z 单选按钮，可以使对象分别沿 X、Y 或 Z 轴弯曲。

（3）"限制"选项组

用于设置对象沿坐标轴弯曲的范围，包含"限制效果"复选框和"上限"、"下限"两个数值框。

"限制效果"复选框：给对象指定限制影响，影响区域将由下面的上、下限值来确定。

"上限"、"下限"数值框：设置弯曲效果的上限与下限。

当这两个数值框有效时，弯曲命令仅对位于上下限之间的顶点应用弯曲效果。当它们相等时，相当于禁用扭曲效果。

6. 锥化修改器

锥化修改器是通过缩放对象的两端产生锥形轮廓，同时在中央加入平滑的曲线变形，允许控制锥化的倾斜度，曲线轮廓的曲度，还可以限制局部锥化效果。锥化效果如图 2-3-52 所示。

在视图中给对象添加锥化修改器后，就可在修改器堆栈列表框中显示锥化命令，并在修改命令面板中显示锥化命令的"参数"卷展栏，如图 2-3-53 所示。

图 2-3-52 锥化效果   图 2-3-53 锥化修改器的"参数"卷展栏

在锥化修改器的"参数"卷展栏中，各主要参数的含义如下所述。

（1）"锥化"选项组

用于设置锥化的缩放程度和曲度，有数量和曲线两个数值框。

"数量"数值框：用于设置锥化的缩放程度。该数值为正时，锥化端产生放大的效果；该数值为负时，锥化端产生缩小的效果。

"曲线"数值框：设置锥化曲线的弯曲程度。该数值为正时，锥化的表面产生向外凸的效果；该数值为负时，锥化的表面产生向内凹的效果。

（2）"锥化轴"选项组

用于设置锥化的轴向和效果。

主轴：用于设置锥化的主轴，在其右边有 X、Y 和 Z 三个单选按钮。选择 X、Y 或 Z 单选按钮，可以设置的锥化主轴分别为 X、Y 或 Z 坐标轴。

在效果右边的三个单选按钮，将根据主轴的不同而发生变化。这三个单选按钮可以设置产生锥化效果的方向。当使用默认的主轴 Z 时，在效果的右边有 X、Y 和 XY 三个单选按钮。

选择 X、Y 或 XY 单选按钮，可以设置产生锥化的方向分别为 X 坐标轴、Y 坐标轴或 XY 轴（即 XY 平面）。

"对称"复选框：设置对称效果，如图 2-3-54 所示。

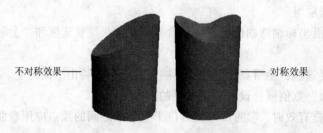

不对称效果—— —— 对称效果

图 2-3-54　对称与不对称的效果

在子对象级中，锥化可以控制线框对象以及中心的位置和方向，同样会对对象形态产生影响，图 2-3-55 所示为移动线框的锥化效果，图 2-3-56 所示为移动了中心的锥化效果。

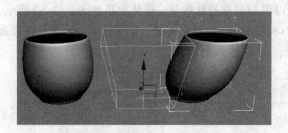

图 2-3-55　移动 Giamo（线框）的影响

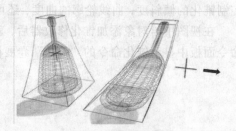

图 2-3-56　移动 Center（中心）的影响

7. 扭曲修改器

扭曲修改器能沿指定对象表面的顶点产生扭曲的表面效果。它允许限制对象的局部受到扭曲作用，如图 2-3-57 所示。在视图中为对象添加扭曲命令后，就可在修改器堆栈列表框中显示扭曲命令，并在修改命令面板中显示扭曲命令的"参数"卷展栏，如图 2-3-58 所示。在"参数"卷展栏中设置扭曲参数后，即可使几何对象产生扭曲变形。

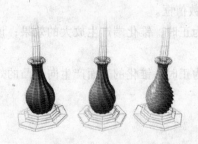

图 2-3-57　扭曲效果

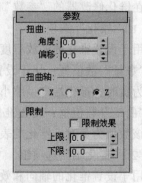

图 2-3-58　扭曲修改器的"参数"卷展栏

在扭曲修改器的"参数"卷展栏中，各主要参数的含义如下所述。

（1）"扭曲"选项组

用于设置扭曲的程度，有角度和偏移两个数值框。

"角度"数值框:设置扭曲的角度大小,默认设置为 0.0。

"偏移"数值框:设置扭曲向上或向下的偏向度。此参数为负值时,对象扭曲会与 Gizmo 中心相邻。此参数为正值时,对象扭曲远离 Gizmo 中心。此参数为 0 时,将均匀扭曲。范围为 100~–100,默认值为 0.0。

(2)"扭曲轴"选项

可以设置扭曲的坐标轴向,有 X、Y、Z 三个扭曲轴。选择 X、Y 或 Z 单选按钮,可以使对象分别沿 X、Y 或 Z 轴扭曲。

8. 噪波修改器

噪波修改器用于将对象表面的顶点进行随机变动,使表面变得起伏而不规则。常用于制作复杂的地形、地面,也常常指定给对象产生不规则的造型,它自带动画噪波的设置,只要将其打开,就可以产生连续的噪波动画。噪波效果如图 2-3-59 所示。

使用标准的方法为选中对象添加噪波修改器后,就可在修改器堆栈列表框中显示噪波命令,并在命令面板中显示噪波命令的"参数"卷展栏,如图 2-3-60 所示。在"参数"卷展栏中设置噪波参数后,即可使几何对象产生不规则的噪波变形。

图 2-3-59 噪波效果

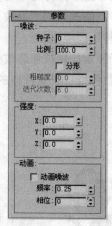

图 2-3-60 噪波的"参数"卷展栏

在"噪波"修改器的"参数"卷展栏中,各主要参数的含义如下所述。

(1)"噪波"选项组

控制噪波的出现及其由此引起的在对象的物理变形上的影响。默认情况下,控制处于非活动状态直到更改设置。

"种子"数值框:设置噪波随机效果,相同设置下不同的种子数会产生不同的效果。

"比例"数值框:设置噪波影响的大小,值越大,产生的影响越平缓,值越小,影响越尖锐。

"分形"复选框:用于设置生成噪波的分形算法。选择该复选框,才能激活"粗糙度"数值框和"迭代次数"数值框。

"粗糙度"数值框:用于设置噪波产生的不规则的凹凸起伏程度。

"迭代次数"数值框:控制分形功能所使用的迭代的数目。较小的迭代次数使用较少的分形能量并生成更平滑的效果。迭代次数为 1.0 与禁用"分形"效果一致。范围为 1.0~10.0。默认设置为 6.0。

（2）"强度"选项组

分别控制在三个轴上对对象噪波的强度影响，值越大，噪波越剧烈。

（3）"动画"选项组

用于设置噪波的动画效果。

"动画噪波"复选框：控制噪波影响和强度参数的合成效果，提供动态噪波。

"频率"数值框：设置噪波抖动的速度，值越高，波动越快。

"相位"数值框：设置起始点和结束点在波形曲线上的偏移位置，默认的动画设置就是由相位的变化产生的。

9. 拉伸修改器

拉伸修改器模拟传统的挤出拉伸动画效果，在保持体积不变的前提下，沿指定轴向拉伸或挤出对象的形态。可以用于调节模型的形态，也可以用于卡通动画的制作。拉伸效果如图 2-3-61 所示。

使用标准的方法为选中对象添加拉伸命令后，就可在修改器堆栈列表框中显示拉伸命令，并在命令面板中显示拉伸命令的"参数"卷展栏，如图 2-3-62 所示。

在"拉伸"修改器的"参数"卷展栏中，各主要参数的含义如下所述。

（1）"拉伸"选项组

提供用于控制应用拉伸缩放量的参数。

"拉伸"数值框：设置拉伸的强度大小，如图 2-3-63 所示。

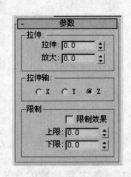

图 2-3-61　拉伸效果　　图 2-3-62　拉伸"参数"卷展栏　　图 2-3-63　拉伸值为 0.0、0.5 和 -0.5

"放大"数值框：设置拉伸中部扩大变形的程度，如图 2-3-64 所示。

（2）"拉伸轴"选项组

设置拉伸依据的坐标轴向，如图 2-3-65 所示。

图 2-3-64　"放大"值为 0.0、1.0 和 -1.0 时的拉伸对象　　图 2-3-65　更改"拉伸"轴的效果

思考与练习

1. 创建图 2-3-66 所示的卡通动物角色模型。
2. 创建图 2-3-67 所示的卡通小怪物模型。

图 2-3-66　卡通动物角色模型

图 2-3-67　卡通小怪物模型

第3章 二维图形建模

3.1 【案例4】海星

案例效果

"海星"案例效果如图 3-1-1 所示。通过本案例的学习，将了解如何创建、编辑二维图形，并通过为二维图形添加修改器来创建三维模型。

图 3-1-1 "海星"案例效果图

操作步骤

1. 制作流沙

① 启动 3ds Max 9，创建一个新场景，保存文件，将其命名为"海星.max"。

② 单击 （创建）→ （几何体）→"标准基本体"→"平面"按钮，在顶视图中创建一个平面，设置参数如图 3-1-2 所示。

③ 选中平面，右击，在弹出的快捷菜单中选择"转换为"→"转换为可编辑网格"命令，将其转换为可编辑网格。

④ 在 修改命令面板的"选择"卷展栏中，单击 （顶点）按钮，进入"顶点"子对象编辑状态。按【Ctrl+A】组合键选中全部顶点，如图 3-1-3 所示。

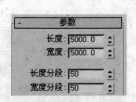

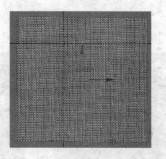

图 3-1-2　设置平面参数　　　　　　图 3-1-3　选中除塔基区域外的全部顶点

⑤ 选择 （修改）→ "修改器列表" → "噪波" 命令，在其 "参数" 卷展栏中的 "强度" 选项组中设置 Z 方向值为 60，单击主工具栏中的 "选择并旋转" 按钮 对平面对象进行适当的旋转，效果如图 3-1-4 所示。

2．制作海星

① 单击 （创建）→ （图形）→ "样条线" → "星形" 按钮，在前视图中创建一个星形。在其 "参数" 卷展栏中设置 "半径 1" 值为 500，"半径 2" 值为 100，"点" 值为 5，效果如图 3-1-5 所示。

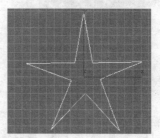

图 3-1-4　使用噪波后的效果　　　　　　图 3-1-5　创建星形

② 选中星形，右击，在弹出的快捷菜单中选择 "转换为" → "转换为可编辑样条线" 命令。在 （修改）面板中展开 "可编辑样条线" 堆栈，选择 "顶点" 选项，进入 "顶点" 子对象编辑状态，选中图 3-1-6 所示的顶点。在 "几何体" 卷展栏中的 "圆角" 右侧的数值框中输入数值 10。按【Enter】键确认操作，效果如图 3-1-7 所示。

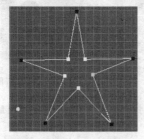

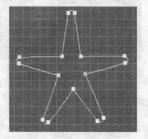

图 3-1-6　选中顶点　　　　　　图 3-1-7　设置圆角后的顶点效果

③ 选中图 3-1-8 所示的顶点，单击主工具栏中的 "选择并旋转" 按钮 ，对选中的顶点进行顺时针旋转，效果如图 3-1-9 所示。

④ 在 "可编辑样条线" 堆栈中选择 "顶点" 选项，退出 "子对象" 编辑状态，选择 （修

改）→ "修改器列表" → "挤出" 选项，为其添加 "挤出" 修改器。在 "参数" 卷展栏中设置 "数量" 数值为 165，效果如图 3-1-10 所示。

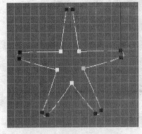

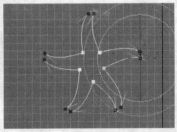

图 3-1-8　选中顶点　　　　图 3-1-9　选择并旋转顶点　　　图 3-1-10　添加 "挤出" 修改器效果

⑤ 选择 （修改）→ "修改器列表" → "涡沦平滑" 选项，为其添加 "涡沦平滑" 修改器。在其 "参数" 卷展栏中设置 "迭代次数" 数值为 2，效果如图 3-1-11 所示。

⑥ 单击 （创建）→ （几何体）→ "标准基本体" → "球体" 按钮，在前视图中创建一个球体，设置其颜色为粉色，其他参数如图 3-1-12（a）所示，完成后的效果如图 3-1-12（b）所示，该球体将作为小怪物的眼睑。

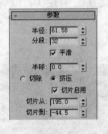

（a）设置参数　　　（b）眼睑效果

图 3-1-11　添加 "涡沦平滑" 后的效果　　图 3-1-12　设置球体参数以创建眼睑

⑦ 再创建大、小两个球体，分别设置为白色和黑色，作为眼球和眼瞳，如图 3-1-13 所示。单击主工具栏中的 "选择并移动" 按钮 ，将眼睑、眼球和眼瞳进行适当的移动，构成眼睛，如图 3-1-14 所示。

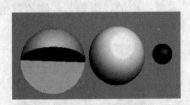

图 3-1-13　眼睑、眼球和眼瞳　　　　　　图 3-1-14　组合后的眼睛

⑧ 选中构成眼睛的三个球体，选择 "组" → "成组" 命令，弹出 "组" 对话框将其组成一组，命名为 "眼睛 1"，单击 "确定" 按钮。

⑨ 单击主工具栏中的 "选择并移动" 按钮 ，将眼睛拖动至头部模型的左侧。

⑩ 按住【Shift】键，单击主工具栏中的 "选择并移动" 按钮 ，将眼睛拖动至头部模型的右侧，弹出 "克隆选项" 对话框，其设置采用默认设置，单击 "确定" 按钮，完成对眼睛的复制，效果如图 3-1-15 所示。

⑪　单击 （创建）→ （几何体）→"标准基本体"→"球体"按钮，在前视图中创建一个球体，在其"参数"卷展栏中设置半径为 50，再创建一个稍小一点的球体，选中大一点的球体。

⑫　单击 （创建）→ （几何体）→"复合对象"→"布尔"按钮，在其"参数"卷展栏的"操作"选项组中选中"差集（A–B）"；在"拾取布尔"卷展栏中单击"拾取操作对象 B"按钮，再将光标移动到小长方体上单击，以进行差集布尔运算，得到嘴唇效果，如图 3-1-16 所示。将嘴唇拖动至眼睛下方。

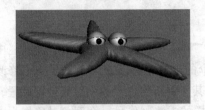

图 3-1-15　制作眼睛副本

图 3-1-16　使用布尔后的效果

⑬　单击 （创建）→ （图形）→"样条线"→"线"按钮，在前视图中创建一条如图 3-1-17 所示的样条线。

⑭　在 （修改）面板中单击"Line"堆栈列表中的"样条线"按钮，进入"样条线"子对象编辑状态，在"几何体"卷展栏中的"轮廓"按钮右侧的数值框中输入数值 4，单击"轮廓"按钮，为样条线添加轮廓，效果如图 3-1-18 所示。

⑮　选中样条线，选择 （修改）→"修改器列表"→"车削"选项，为其添加"车削"修改器。在"车削"修改器的"参数"卷展栏中设置其参数，如图 3-1-19 所示，再在"方向"选项组中单击"Y"按钮，在"对齐"选项组中单击"最小"按钮，完成车削操作，效果如图 3-1-20 所示。

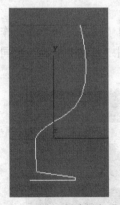

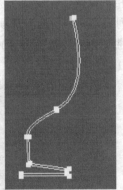

图 3-1-17　创建样条线　　图 3-1-18　添加轮廓后的样条线效果　图 3-1-19　"车削"修改器参数设置

⑯　单击 （创建）→ （图形）→"样条线"→"线"按钮，在前视图中创建一条如图 3-1-21 所示的样条线。单击 （创建）→ （图形）→"样条线"→"圆"按钮，在前视图中创建一个小圆，选中样条线，选择 （修改）→"修改器列表"→"倒角剖面"选项，为其添加"倒角剖面"修改器。在其"参数"卷展栏中单击"拾取剖面"按钮，在视图中选中"小圆"对象，效果如图 3-1-22 所示。

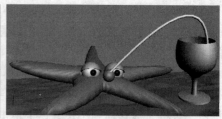

图 3-1-20　车削效果　　　　图 3-1-21　创建样条线　　　图 3-1-22　添加"倒角剖面"后的效果

3．制作太阳伞和石头

① 单击 （创建）→ （图形）→"样条线"→"圆"按钮，在其"参数"卷展栏中设置半径值为 1000，在顶视图中创建一个圆，作为太阳伞的伞叶，选择 （修改）→"修改器列表"→"倒角"选项，为其添加"倒角"修改器。在其"倒角值"参数中对其进行设置，如图 3-1-23 所示。倒角后的效果如图 3-1-24 所示。用同样的方法制作另一个倒角对象作为太阳伞的伞柄，效果如图 3-1-25 所示。

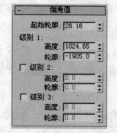

图 3-1-23　设置倒角参数　　　图 3-1-24　倒角后的效果　　　图 3-1-25　制作伞柄效果

② 单击 （创建）→ （几何体）→"扩展基本体"→"切角长方体"按钮，在前视图中创建一个切角长方体，对参数进行相关设置。

③ 选择 （修改）→"修改器列表"→"扭曲"选项，为其添加"扭曲"修改器。作为沙石，在其"参数"卷展栏中设置扭曲"角度"数值为 100，效果如图 3-1-26 所示。用同样的方法再制作几块石头，效果如图 3-1-27 所示。

图 3-1-26　制作沙石效果　　　　　　图 3-1-27　制作其他沙石效果

4．环境背景设置

① 选择"渲染"→"环境"命令，弹出"环境和效果"对话框。在"环境和效果"对话框中选择"环境"选项卡，显示环境选项卡的设置内容，如图 3-1-28 所示。单击"公用参数"卷展栏中的"无"按钮，弹出"材质/贴图浏览器"对话框。

② 在"材质/贴图浏览器"对话框的材质列表中，选中其中的"位图"选项，如图 3-1-29 所示。然后单击"确定"按钮，弹出"选择位图图像文件"对话框。

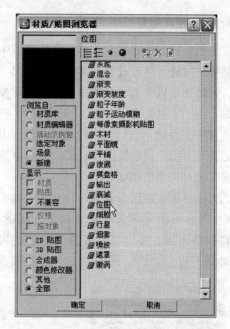

图 3-1-28 "环境和效果"对话框　　　　　图 3-1-29 "材质/贴图浏览器"对话框

③ 在"选择位图图像文件"对话框中，选择一幅合适的图像文件，如图 3-1-30 所示。，然后单击"打开"按钮，关闭该对话框并返回"环境和效果"对话框。

④ 单击"环境和效果"对话框右上角的按钮，关闭该对话框并完成背景的设置。单击主工具栏中的渲染按钮，渲染后的效果如图 3-1-1 所示。

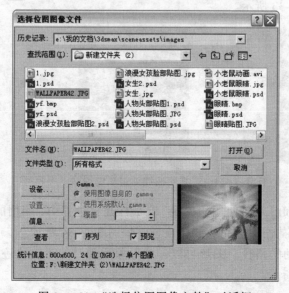

图 3-1-30 "选择位图图像文件"对话框

相关知识　二维图形建模

1. 二维图形对象概述

二维图形的创建在复合物体、面片建模中应用比较广泛，它可以作为几何形体直接渲染输出，更重要的是可以通过对二维图形的挤出、旋转、斜切等编辑修改，使二维图形转换为三维图形。另外还可以作为动画的路径和放样对象的路径或截面使用。

3ds Max 9 包含了三种重要的线类型：样条线、NURBS 曲线、扩展样条线，如图 3-1-31 所示。在许多方面，它们的用处是相同的，其中的样条线继承了 NURBS 曲线和扩展样条线所具有的特性。用户可以使用线、圆、矩形等基本对象创建所需的样条曲线，还可以通过这些样条线实现对模型的创建。

绝大部分默认的图形方式是样条线方式，这些样条线图形在 3ds Max 中有四种用途。

◎ 作为平面和线条对象。对于封闭的图形，加入编辑网格修改器命令或将其转化为可编辑网格对象，可以将其变为无厚度的薄片对象，用做地面、文字图案、广告牌等，也可以对其进行点、线、面的加工，产生曲面造型，如图 3-1-32 所示。

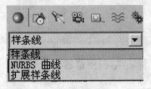

图 3-1-31　二维图形类型　　　　　　　　图 3-1-32　平面与文字图案

◎ 作为挤出、车削等加工成型的截面图形。图形可以经过挤出修改，增加厚度，产生三维模型，还可以使用倒角加工成立体模型，车削将曲线图形进行中心旋转放样，产生三维模型，如图 3-1-33 所示。

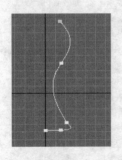
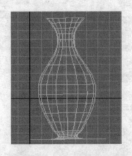

图 3-1-33　二维图曲线通过车削创建三维模型

◎ 作为放样（Loft）对象使用的曲线。在放样建模过程中，使用的曲线都是二维图形，它们可以作为路径、截面图形完成放样造型，如图 3-1-34 所示。

◎ 作为对象运动的路径。图形可以作为对象运动时的运动轨迹，对象将沿着它进行运动，如图 3-1-35 所示。

  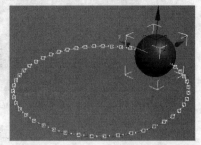

图 3-1-34　二维对象通过放样创建三维模型　　　　图 3-1-35　通过二维图形创建运动轨迹

2．样条线

（1）样条线的创建面板

在命令面板中，单击 创建按钮，打开"创建"命令面板，单击 图形按钮，打开平面图形的命令面板。单击平面图形类型下拉列表框，在弹出的下拉列表中选择"样条线"选项，就在其下面的"物体类型"卷展栏中显示出样条线平面图形的命令按钮，如图 3-1-36 所示。

在 3ds Max 9 的样条曲线中，可以创建 11 种二维图形，除截面较特殊外，其余 10 种如图 3-1-37 所示。

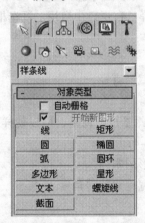

图 3-1-36　样条线的命令按钮

图 3-1-37　样条线模型

◎"开始新图形"按钮。在"对象类型"卷展栏中的"开始新图形"按钮右侧的复选框默认的情况下为选择状态，这时按钮的形态如图 3-1-36 所示，表示每创建一个曲线都作为一个新的独立的对象。如果将其关闭，那么创建的多条曲线都作为一个对象对待。在视图中绘制二维模型时，如果绘制了一个对象后，还要继续绘制其他的对象，则绘制的每个对象都是互相独立的，如图 3-1-38 所示。

如果要将新绘制的图形附加到已绘制的二维模型上，可以在绘制前，取消选择命令面板中"物体类型"卷展栏的"开始新图形"复选框，使该按钮弹起，就可以将绘制的多个图形叠加为一个整体图形，如图 3-1-39 所示。

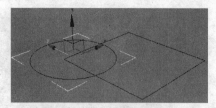
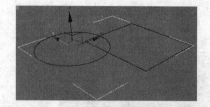

图 3-1-38　每个二维型都是独立的对象　　　图 3-1-39　新对象与原对象是一个整体

◎ "渲染"卷展栏。在创建二维模型时，除了有一些与三维模型相似以外，还有一些特有的卷展栏，而且这些卷展栏对所有的二维模型基本是相同的，该卷展栏中的选项用于控制二维图形的可渲染属性，可以设置渲染时的类型、参数和贴图坐标，还能够进行动画设置。这些卷展栏包括渲染、插值、创建方法、键盘输入等。

默认情况下，在 3ds Max 9 中所创建的二维模型的渲染时是不可见的，如果要对其进行渲染，可以在"渲染"参数卷展栏中进行设置，如图 3-1-40 所示。"渲染"卷展栏中各主要参数的含义如下所述。

"在渲染中启用"复选框：选择此复选框，创建的线型才能在视图中具有实体效果。

"在视口中启用"复选框：选择此复选框，创建的线型才能在视图中显示实体效果。

"使用视口设置"复选框：取消选择此复选框，样条线在视口中的显示设置保持与渲染设置相同；选择此复选框，可以为样条线单独设置显示属性，通常用于提高显示速度。

"视口"单选按钮：设置图形在视口中的显示属性。只有选择"在视口中启用"复选框后，此单选按钮才可用。

"渲染"单选按钮：设置样条线在渲染输出时的属性。

"厚度"数值框：设置平面图形的线条厚度，相当于线条的截面直径。

"边"数值框：设置平面图形线条的截面边数，最小值是 3。

"角度"数值框：设置横截面的边的角的开始位置，通过对此参数的调整，可以使样条曲线有一个突出的角或边。使用不同角度值后渲染的效果如图 3-1-41 所示。

"矩形"单选按钮：设置样条线渲染（或显示）为截面为矩形的实体。

"长度"、"宽度"、"角度"数值框：设置矩形截面的长度、宽度和旋转角度。

"纵横比"数值框：矩形截面的长、宽比值。

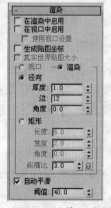

图 3-1-40　"渲染"卷展栏

图 3-1-41　角度值不同的渲染效果

◎ "插值" 卷展栏。"插值" 卷展栏如图 3-1-42 所示，用于控制平面图形的线条，对线条曲线进行优化设置。各参数的含义如下所述。

"步数" 数值框：设置平面图形线条曲线的分段数，值越高，曲线越平滑。

"优化" 复选框：自动去除曲线上多余的步数片段（指直线上的片段）。

"自适应" 复选框：用于系统自动设置平面图形线条曲线的分段数，以平滑线条曲线。

除了以上所提到的两个卷展栏以外，大多数二维模型还包括 "键盘输入" 卷展栏（文本、截面）除外，如图 3-1-43 所示。该卷展栏提供了一种输入确切位置和大小值的方法，对于每种二维模型，参数的设置不一样，但使用方法基本相同，与三维模型中的键盘输入使用方法类似。

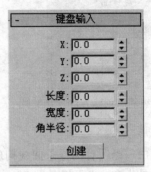

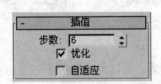

图 3-1-42　"插值" 卷展栏　　　　图 3-1-43　线的 "键盘输入" 卷展栏

（2）线

线是样条线中最重要的类型，也最具有代表性。它一般用来创建由多条线段组成的样条曲线，用户可以利用该属性随意创建封闭或开放的曲线或直线。

线段由两端的顶点构成，每条线段可以是直线或曲线形式，可以根据顶点的类型确定线段的形式。单击 "线" 按钮，打开线的参数面板。除上面提到的公用参数卷展栏外，其 "创建方式" 卷展栏如图 3-1-44 所示。

创建线条时，在命令面板的 "创建方法" 卷展栏中，可以选择样条曲线的顶点类型。

"初始类型" 选项组：单击后的牵引出的曲线类型，包括角点和平滑两种，可以绘出直线和曲线。

"拖动类型" 选项组：单击并拖动时引出的曲线类型，包括角点、平滑和 Berier（贝兹曲线）三种。贝兹曲线是最灵活的曲度调节方式，通过两个滑杆来调节曲线的弯曲形状。

在视图中创建一条曲线有两种方法，分别是单击、拖动的方法和键盘输入的方法。最常用的是通过单击、拖动来创建线的方法，创建步骤为：在 "创建" 命令面板中，单击 "线" 按钮，并在参数面板的 "创建方法" 卷展栏中设置了单击方式和拖动方式的顶点类型后，将鼠标移到视图区的任意一个视图中，在视图的适当位置单击，确定曲线的第一个顶点；将光标移动到第二个适当的位置，如果单击，则确定该点为单击方式的顶点类型；如果按下鼠标左键并拖动，则确定该点为拖动方式的顶点类型，如图 3-1-45 所示；按同样的方法，依次重复再确定其他的顶点，直至最后一个顶点时右击，结束创建。

创建最后一个顶点时，如果未将鼠标指针移到创建曲线的起始顶点上，右击，结束曲线的创建并创建一条开放的曲线。如果将鼠标指针移到创建曲线的起始顶点上并单击，屏幕上弹出"样条线"对话框，单击"是"按钮，关闭该对话框，结束曲线的创建并创建一条闭合的曲线；单击"否"按钮，同样关闭该对话框，并未结束曲线的创建，可继续创建其他的顶点，直至右击或按【Esc】键，完成曲线的创建并创建一条曲线，如图 3-1-46 所示。

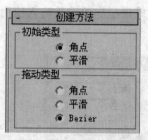
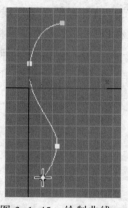
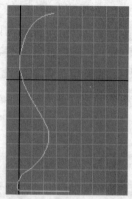

图 3-1-44　线的"创建方法"卷展栏　　　图 3-1-45　绘制曲线　　　图 3-1-46　完成创建的曲线

（3）矩形

矩形是由一条闭合的样条曲线构成的长方形平面图形。可以创建长方形和正方形，矩形的四个角可以是直角，也可以是圆角。单击"矩形"按钮，打开矩形的参数面板。在参数面板中，除两个公用参数卷展栏外，其他的卷展栏如图 3-1-47 所示。3ds Max 中可创建的各种矩形如图 3-1-48 所示。

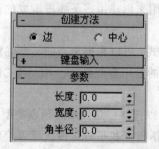
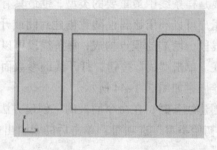

图 3-1-47　矩形的"创建方法"卷展栏　　　　图 3-1-48　不同参数的矩形

◎　创建方法。在"创建方法"卷展栏中，可以选择矩形的创建方式，有两种方式可供选择。

"边"单选按钮：以矩形的一个角点作为起始点创建矩形。

"中心"单选按钮：以矩形的中心作为起始点创建矩形。

◎　参数设置。在"参数"卷展栏中，可以设置矩形的参数，矩形的参数有三个。

"长度"数值框：设置矩形的长度。

"宽度"数值框：设置矩形的宽度。

"角半径"数值框：设置矩形的圆角半径。

（4）圆形的创建

圆形是由一条闭合的样条曲线构成的圆形平面图形。单击"圆形"按钮，打开圆形的参数面板，如图 3-1-49 所示。由于圆形的参数很简单，仅半径一个参数设置，创建方法也与矩形的相似，此处不再赘述。

（5）椭圆

椭圆是由一条闭合的样条曲线构成的椭圆形平面图形。单击"椭圆"按钮，打开椭圆的参数面板，其"参数"卷展栏如图 3-1-50 所示。由于椭圆的参数较简单，用长度和宽度两个参数设置椭圆的长度和宽度，创建方法与圆形的相同，此处不再赘述。

图 3-1-49　圆的"参数"卷展栏　　　图 3-1-50　椭圆的"参数"卷展栏

（6）圆环

圆环是由两个大小不同的圆构成的圆环形平面图形。单击"圆环"按钮，打开"圆环"的参数面板。由于圆环的参数较简单，用半径 1 和半径 2 两个参数设置同心圆的大小圆半径，创建方法也与圆形的相似，此处不再赘述。创建完成的圆和椭圆形，如图 3-1-51 所示。

（7）弧

弧是由一条闭合或开放的样条曲线构成的圆弧形平面图形，可以用于创建圆弧和扇形，如图 3-1-52 所示。

图 3-1-51　圆形和椭圆形　　　　　　图 3-1-52　各种弧形

单击"弧"按钮，打开弧的参数面板。在参数面板中，除两个公用参数卷展栏外，其他的卷展栏如下所述。

◎ 创建方法。弧的"创建方法"卷展栏如图 3-1-53 所示，在该卷展栏中可以选择圆弧的创建方式。

"端点-端点-中央"单选按钮：按下鼠标左键确定圆弧的起点，拖动确定另一个端点，释放鼠标后形成圆弧的弧长，再拖动确定圆弧的大小，即圆弧半径的方式创建圆弧，如图 3-1-54 所示。

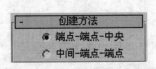

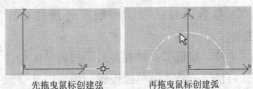

图 3-1-53　弧的"创建方法"卷展栏　　图 3-1-54　"端点-端点-中点"方式创建圆弧

"中间-端点-端点"单选按钮：按下鼠标左键确定以圆弧所对应的圆心，拖动确定圆的半径，释放鼠标后再拖动即确定出圆弧弧长的方式创建圆弧，如图 3-1-55 所示。

◎ 参数设置。弧的"参数"卷展栏如图 3-1-56 所示，在该卷展栏中可以设置圆弧的参数。各参数含义如下所述。

"半径"数值框：设置圆弧的半径大小。

"从"、"到"数值框：设置弧起点和终点的角度。

"饼形切片"复选框：选择此复选框，将创建封闭的扇形。

"反转"复选框：用于改变圆弧的方向，将圆弧的起点和终点进行互换。对于圆弧的形状，用户不会看到所发生的变化，只有进入顶点的编辑模式下，才能看到端点互换的情况。

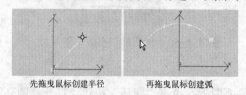

先拖曳鼠标创建半径　　　再拖曳鼠标创建弧

图 3-1-55　中心-端点-端点方式创建圆弧

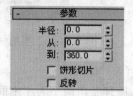

图 3-1-56　弧的"参数"卷展栏

（8）多边形

多边形是由一条闭合的样条曲线构成的正多边形平面图形。可以创建棱角的正多边形和圆角的正多边形。单击"多边形"按钮，将鼠标指针移到视图区的任意一个视图中，在视图的适当位置按下鼠标左键，并沿对角线方向拖动，到合适的位置再释放鼠标，即可绘出一个正多边形，如图 3-1-57 所示。

◎ 创建方法。在多边形的参数面板中，"创建方法"卷展栏如图 3-1-58 所示。在该卷展栏中，可以选择多边形的创建方式。

"边"单选按钮：以多边形的一个角点作为起始点创建多边形。

"中心"单选按钮：以多边形的中心作为起始点创建多边形。

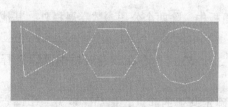

图 3-1-57　各种正多边形

图 3-1-58　正多边形的"创建方法"
　　　　　　和"参数"卷展栏

◎ 参数设置。在"参数"卷展栏中，可以设置多边形的参数。各参数含义如下所述。

"半径"数值框：设置多边形的内径大小。

"内接"、"外接"单选按钮：确定以外切圆半径还是内切圆半径作为多边形的半径。

"边数"数值框：设置多边形的边数，默认值为 6。

"角半径"数值框：设置多边形的圆角半径。

"圆形"复选框：设置多边形为圆形。

（9）星形

星形是由一条闭合的样条曲线构成的多角星形平面图形。可以创建多角星形，尖角可以钝化为倒角，制作齿轮图案；尖角的方向可以扭曲，产生倒刺状锯齿；参数的变换可以产生许多奇特的图案，因为它是可渲染的，所以即使交叉，也可以用做一些特殊的图案花纹，如图 3-1-59 所示。

单击"星形"按钮，打开星形的参数面板。在参数面板中，除两个公用参数卷展栏外，还有一个"参数"卷展栏，如图 3-1-60 所示。

图 3-1-59　各种星形

图 3-1-60　星形的"参数"卷展栏

◎ 创建方法。星形没有"创建方法"卷展栏，其创建方法是以星形的中心作为起始点进行创建。在"创建"命令面板中，单击"星形"按钮，将鼠标指针移到视图区的任意一个视图中，在视图的适当位置按下鼠标左键，作为星形的中心，并向外拖动到合适的位置，再释放鼠标，作为星形的外顶点。然后，在星形内移动鼠标指针确定出星形的内顶点，再单击即可绘出一个星形。

◎ 参数设置。在"参数"卷展栏中，可以设置星形的参数。各参数含义如下所述。

"半径 1"数值框：设置星形的外顶点至中心的距离，即外径。

"半径 2"数值框：设置星形的内顶点至中心的距离，即内径。

"点"数值框：设置星形的角数个数。

"扭曲"数值框：设置星形各角的扭曲程度。

"圆角半径 1"数值框：设置星形外顶点的圆角半径。

"圆角半径 2"数值框：设置星形内顶点的圆角半径。

（10）文本

文本是一种特殊的样条平面图形。它简化了文字在 3ds Max 中的建模。用户可以很方便地在视图中创建文字图形，在中文 Windows 平台下可以直接产生各种字体的中文字型，字型的内容、大小、间距都可以调整。在完成了动画制作以后，仍可以修改文字的内容。创建不同的参数文字，如图 3-1-61 所示。

单击"文字"按钮，打开文字的参数面板。在参数面板中，除两个公用参数卷展栏外，还有一个"参数"卷展栏，如图 3-1-62 所示。

图 3-1-61　创建参数不同的文字

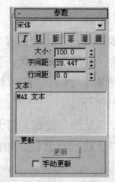

图 3-1-62　文字的"参数"卷展栏

◎ 创建方法。在视图中通过单击的方法创建文字图形。

在"创建"命令面板中，单击"文本"按钮，在"参数"卷展栏中，单击"文本"文本框，输入要创建的文字内容，并设置了字体及其格式后，将鼠标指针移到视图区的任意一个视图中，在视图的适当位置单击，即可创建文字。

◎ 参数设置。在"参数"卷展栏中，可以设置文字的参数。各参数含义如下所述。

字体下拉列表框 宋体 ▼：选择需要的各种字体。可以使用 Windows 系统中安装的 True Type 字体。

I、U 按钮：分别用于将文字设置为斜体、给文字添加下画线。与 Word 中的功能相同。

◎ 按钮：分别用于将文字设置为左对齐、中间对齐、右对齐和两端对齐。与 Word 中的功能相同。

"大小"数值框：设置文字的大小。

"字间距"数值框：设置文字的间隔距离。

"行间距"数值框：设置文本行的行与行之间的距离。

"文本"文本框：用于输入要创建的文本内容。

"更新"选项组：设置修改参数后视图是否立刻进行更新显示。选择"手动更新"复选框，可以激活"更新"按钮。在"文本"文本框中输入了新的文字后，单击"更新"按钮，可以用新文本替换掉视图中的原文本。

（11）螺旋线

螺旋线是由一条分布在二维平面或三维空间的螺旋曲线创建完成的各种螺旋线，如图 3-1-63 所示。螺旋线常用于制作弹簧、盘香、卷须、线轴等造型，或制作运动路径。单击"螺旋线"按钮，打开出螺旋线的参数面板。

◎ 创建方法。在"创建方法"卷展栏中有"边"和"中心"两个单选按钮，含义与前面介绍的对象基本相同。除了使用键盘输入外，可以通过拖动、单击的方法创建螺旋线。

在"创建"命令面板中，单击"螺旋线"按钮，将鼠标指针移到视图区的任意一个视图中，在视图的适当位置按下鼠标左键，作为螺旋线底部的中心，并向外拖动到合适的位置，释放鼠标后，确定出螺旋线底部的半径。再移动鼠标指针到合适的位置，单击可确定出螺旋线的高度。然后，继续移动鼠标指针到合适的位置，再单击确定出螺旋线顶端的半径，同时绘出一条螺旋线。若创建多圈的螺旋线，可在"圈数"数值框输入相应的圈数；若改为逆时针旋转，选择"逆时针"单选按钮即可。

◎ 参数设置。螺旋线的"参数"卷展栏如图 3-1-64 所示，各种参数含义如下所述。

"半径 1"数值框：设置螺旋线底端的半径。

"半径 2"数值框：设置螺旋线顶端的半径。

"高度"数值框：设置螺旋线的高度。

"圈数"数值框：设置螺旋线旋转的圈数，默认值为 1。

"偏移"数值框：设置螺旋线各圈之间间隔的疏密程度，取值范围为-1～1，值越接近于-1，底部越密；值越接近于 1，顶部越密。默认值为 0，各圈之间疏密均匀。

"顺时针"单选按钮：设置螺旋线的旋转方向为顺时针旋转。

"逆时针"单选按钮：设置螺旋线的旋转方向为逆时针旋转。

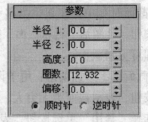

图 3-1-63　创建的不同参数的螺旋线　　　　图 3-1-64　螺旋线的"参数"卷展栏

（12）截面

截面是一种特殊的对象，它通过截取三维造型而获得二维图形，将平面与几何物体相交，由相交线构成的平面图形。此工具创建一个平面，可以移动、旋转它，并且缩放其尺寸。当它穿过一个三维造型时，会显示出截获的剖面。单击"创建图形"按钮就可以将这个截面制作成一个新的样条线，截面效果如图 3-1-65 所示。

单击"截面"按钮，打开截面的参数面板。在参数面板中，除公用参数卷展栏外，其他的卷展栏如图 3-1-66 所示。

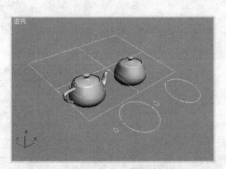
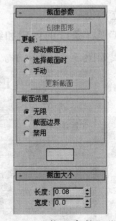

图 3-1-65　截面效果　　　　　　　　图 3-1-66　"截面参数"卷展栏

◎ 创建方法。首先在视图中创建一个几何体，在"创建"命令面板中，单击"截面"按钮，将鼠标指针移到视图中要创建几何体截面的位置，按下鼠标左键并拖动，绘出一个平面并使其与几何体相交，绘制完毕再释放鼠标按键。然后，在命令面板的"截面参数"卷展栏中，单击"创建图形"按钮，弹出"命名截面图形"对话框。在"命名截面图形"

对话框的"名称"文本框中，使用默认的截面名称，或输入截面的名称，再单击"确定"按钮，即可创建一个截面。

创建一个截面后，由于截面是不可见的，此时可以单击主工具栏中的"按名称选择"按钮 ，在弹出的"选择对象"对话框中，将创建的截面选中，再通过移动工具将这个截面移到可以看见的位置，即可看到创建的截面形状。

◎ 参数设置。在"截面参数"卷展栏中，可以设置截面的参数。在"截面尺寸"卷展栏中，可以设置截面的大小。

"创建图形"按钮：单击该按钮，可以创建一个截面。

"更新"选项组：用于设置截面的更新方式。该选项组有三个单选按钮和一个按钮，选择"移动截面时"单选按钮，当移动截面时即可更新；选择"选择截面时"单选按钮或"手动"单选按钮，可激活"更新截面"按钮，当截面的位置改变时，选择截面后，再单击"更新截面"按钮即可更新截面。

"截面范围"选项组：用于设置生成截面的范围。该选项组有三个单选按钮，选择"无限"单选按钮，表示截面为无穷大；选择"截面边界"单选按钮，表示截面的有效区域由其尺寸确定；选择"禁用"单选按钮，表示将截面关闭，并将"创建图形"按钮禁止。

颜色框：用于设置截面与几何体相交的轮廓线颜色。

"长度"数值框：设置截面的长度。

"宽度"数值框：设置截面的宽度。

（13）扩展样条线

单击 （创建）→ （图形）按钮，在其下拉列表中选择"扩展样条线"选项，打开扩展样条线的命令面板，如图 3-1-67 所示。

扩展样条线是 3ds Max 7.5 之后新增加的样条线类别，包括五种图形：墙矩形、通道、角度、T 形和宽法兰，这些图形在建筑工业造型上经常会用到，因此 3ds Max 9 增加了这些图形的独立的创建工具。

扩展样条线的创建和编辑方法与样条线相似，并且可以直接转为 NURBS 曲线。各种扩展样条线如图 3-1-68 所示。

图 3-1-67　"扩展样条线"的命令面板

图 3-1-68　扩展样条线

该面板中的不同种类对象的"参数"卷展栏基本相同。下面以墙矩形的"参数"卷展栏为例，墙矩形的"参数"卷展栏如图 3-1-69 所示。

图 3-1-69 墙矩形的"参数"卷展栏

"长度"、"宽度"数值框：设置墙矩形的外围长、宽值。

"厚度"数值框：墙矩形厚度，即内外矩形的间距。

"同步角过滤器"复选框：选择此复选框，墙矩形的内外矩形圆角保持平行，同时下面的"角半径 2"失效。

"角半径 1"、"角半径 2"数值框：可以分别设置墙矩形内、外的圆角值。

3．二维图形对象的子对象

（1）将二维图形转化为可编辑样条线

在创建二维图形时，一般很难一次就得到满意的结果，通常还需要对基础模型进行进一步编辑。对二维图形对象进行编辑，除了线本身就是样条曲线外，其他的二维图形对象均需要转换为可编辑的样条曲线才能进行编辑。

将二维图形转换为样条曲线的方法有两种：一种是在当前视图中已选择的二维图形上右击，在弹出的快捷菜单中选择"转换为"→"转换为可编辑样条曲线"命令；另一种是在命令面板中，选择 ✏（修改）→"修改器列表"→"编辑样条线"命令。两者的编辑功能基本相同，不同之处是当选择转换到可编辑样条曲线命令时，二维图形的创建参数将不再存在。

当把二维图形转换为样条曲线后，样条曲线的参数除了"渲染"卷展栏和"插值"卷展栏以外，还有"选择"卷展栏、"柔化选择"卷展栏和"几何体"卷展栏。其中，前两个卷展栏主要用于选择对象和在对对象进行编辑时控制柄所影响的范围，而"几何体"卷展栏则集中了所有对对象进行编辑的命令按钮。

将二维图形对象转换为可编辑样条曲线后，在"修改"命令面板的修改器堆栈中，单击对象名称前面的"+"按钮，将对象的堆栈展开，显示其子对象，二维图形对象包括顶点、线段和样条线三种子对象，单击其中一个子对象，就可以在此层级工作。

展开修改命令面板的"选择"卷展栏，如图 3-1-70 所示。在该卷展栏的最上方是三个按钮，分别是 ⋮⋮（顶点）、⌒（线段）和 ⌄（样条线）按钮，它们与堆栈中的子对象一一对应，当单击任何一个子对象按钮时，这里的按钮也随之显示为按下状态。

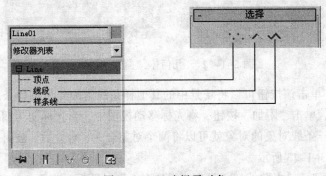

图 3-1-70 选择子对象

当选择了一种子对象类型后，在样条曲线上就可以选择要编辑的子对象。图 3-1-71 所示是样条曲线的三种子对象。

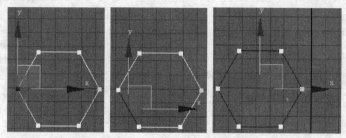

图 3-1-71　二维图形的三种子对象

（2）在子对象层进行编辑

选中可编辑样条曲线后，在参数区中的"几何体"卷展栏如图 3-1-72 所示，由于控制可编辑样条曲线的命令基本都集中在这个卷展栏中，所以下面所介绍的操作都在此卷展栏中。

在选中二维图形后，如果不进入其子对象，则可以对整个二维图形进行编辑而不是对子对象进行编辑，在对象层的工作一般是为二维图形体加入新的子对象。在可编辑样条线对象层级可用的功能也可以在所有子对象层级使用，并且在各个层级的作用方式完全相同。

"新顶点类型"选项组：此选项组用来确定用【Shift】键复制线段或样条线时新顶点的切线类型。此选项组对创建线的顶点类型没有影响。

"创建线"按钮：绘制新的曲线并将其加入到当前曲线中。

"断开"按钮：将当前选择点打断，单击此按钮后不会看到效果，但是如果移动断点处，会发现它们分离了。

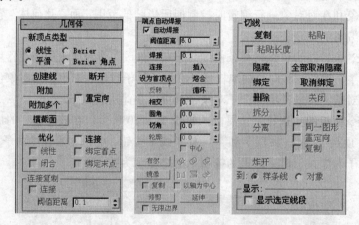

图 3-1-72　"几何体"参数卷展栏

"附加"按钮：单击该按钮可以将场景中的其他样条线附加到所选样条线。具体操作方法是在选中源对象后，单击"附加"按钮，将光标移动视图中，当光标变为捆绑符号后，选中要附加到当前选定的样条线对象的对象就可以将两个对象合并，合并后，被附加的对象成为源对象的子对象，如图 3-1-73 所示。

"附加多个"按钮：单击此按钮，弹出"附加多个"对话框，如图 3-1-74 所示，该对话框包含场景中的所有其他形状的列表。

"横截面"按钮：在横截面形状外面创建样条线框架。单击"横截面"按钮，选择一个图形，然后选择第二个图形，将创建连接这两个图形的样条线，如图 3-1-75 所示。

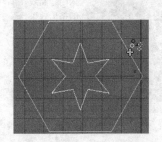

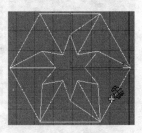

图 3-1-73 单击要合并的对象　　图 3-1-74 "附加多个"对话框　　图 3-1-75 创建横截面

（3）顶点子对象的编辑

◎ 顶点的选择、移动、旋转。顶点是指样条曲线中任一线段的一个点，它是二维型对象的最低级别，使用结点工作是对二维图形曲线进行完全控制的唯一方法。

在"选择"卷展栏中单击 ∷（顶点）按钮，即选择了顶点模式编辑曲线。可以单击选择按钮 、选择并移动按钮 和选择并旋转按钮 来选择、移动、旋转顶点，如图 3-1-76 所示。

◎ 顶点的类型。顶点有光滑、角点、贝兹和贝兹拐角四种类型。如果顶点的类型不合适，可以改变顶点的类型，改变方法是选中要改变类型的顶点，在已选择的顶点上右击，在弹出的快捷菜单中选择顶点的类型。如果顶点属于 Bezier（贝塞尔曲线）或"Bezier 角点"类型，除了移动和旋转顶点外，还可以移动和旋转控制柄，进而影响在顶点连接的任何线段的形状，如图 3-1-77 所示。

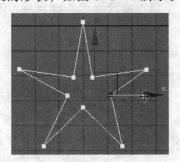

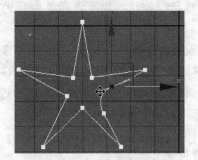

图 3-1-76 移动顶点　　　　　　图 3-1-77 移动绿色控制柄

◎ 编辑顶点。利用"几何体"卷展栏中提供的命令按钮，可以在曲线中插入、连接顶点，或对曲线中的顶点进行圆弧或倒角等操作。在顶点模式下，"几何体"卷展栏提供了可以使用的多个命令按钮，如图 3-1-72 所示，除了上面介绍的在对象层上工作时所用的按钮外，下面介绍在顶点模式下使用的一些主要按钮的编辑功能。

"插入"按钮：用于在曲线上增加顶点。在进入了顶点子对象的工作层级后，单击"插入"

按钮，将光标移到视图中已经选择的对象上时，光标变为插入的符号后，单击即可增加一个顶点，如图 3-1-78 所示。

"焊接"按钮：将同一曲线中的两个顶点或相邻的顶点移到距离小于"焊接"数值框中设置的数值范围，并选中这两个顶点，单击该按钮可以将这两个顶点合并为一个顶点。

图 3-1-79 所示的曲线是由图 3-1-78（a）所示的曲线挤出的，但是这条曲线没有闭合，在上边有一个断点，对它使用"挤出"修改器，得到的效果是只挤出了边框。

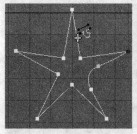 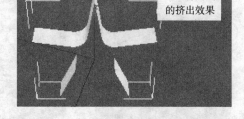

（a）增加顶点前　　（b）增加顶点后

图 3-1-78　用插入增加顶点　　　　图 3-1-79　没闭合的曲线和挤出的结果

如果用前面介绍的方法将断点处的两个点合并，就可以形成闭合的曲线，再挤出得到的效果如图 3-1-80 所示。

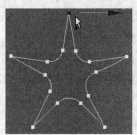 

图 3-1-80　焊接后的闭合曲线和挤出的结果

"连接"按钮：用于将样条曲线的一个顶点与另一个顶点通过连线连接为一条闭合的曲线。

"设置为首顶点"按钮：用于将样条曲线选中的一个顶点定义第一个顶点。将样条曲线作为放样或路径控制器的路径时，路径的起点由第一个顶点确定。

"熔合"按钮：用于将样条曲线中选中的多个顶点融合为一个顶点。并将融合后的顶点移到所选中的多个顶点的平均中心点处。

"循环"按钮：在样条曲线中选择一个顶点后，重复单击该按钮，可以循环选择样条曲线中其他位置上的顶点。

"相交"按钮：用于在性质完全相同的两条样条曲线的相交处增加顶点。单击该按钮，如果两条曲线相交处的距离小于"相交"数值框中设置的数值范围，再单击相交点，则两条曲线上在相交点处分别增加一个顶点。

"圆角"按钮：用于将顶点的拐角调整为圆角。单击该按钮后，再将鼠标指针移到曲线上的一个顶点上，拖动可以将该顶点改变为圆角；或者在"圆角"数值框中输入圆角的半径。

"切角"按钮：用于将顶点的拐角调整为直边切角。单击该按钮后，再将鼠标指针移到曲线上的一个顶点上，拖动可以将该顶点改变为切角；或者在"切角"数值框中输入切角的大小。

"隐藏"按钮：用于隐藏所选择的顶点及该顶点两侧的线段。

"全部取消隐藏"按钮：用于将隐藏的顶点和线段全部显示出来。

"绑定"按钮：用于将样条曲线的一个顶点绑定到该样条曲线的任一线段上。单击该按钮，再将光标移到样条曲线的一个顶点上，拖动该顶点到当前曲线的任一线段上（该顶点所在的线段除外），即可将该顶点绑定到该线段的中心位置。

"解除绑定"按钮：用于解除已经绑定的顶点。选择要解除绑定的顶点，再单击该按钮，即可将选定的顶点解除绑定。

"删除"按钮：在视图中选中顶点后，单击此按钮可以删除该顶点。按【Delete】键与单击该按钮的作用相同。

（4）线段子对象的编辑

◎ 线段的选择、移动、旋转和删除。线段是指样条曲线中两顶点之间的一段曲线，它是二维图形的子对象的中间级别，可使用的工具比较少，许多编辑命令只是使工作更方便。在"选择"卷展栏中单击 （线段）按钮，即选择了线段子对象对曲线进行编辑，可以用标准的选择、移动和旋转方法对所选中的子对象进行调整，如果不再需要所选择的线段，可以按【Delete】键将其删除。

◎ 利用"几何体"卷展栏中的命令按钮编辑线段子对象。在选中了线段子对象的情况下，"几何体"卷展栏提供的命令按钮与顶点模式的基本相同，对选定的线段进行操作时，顶点子对象的某些命令按钮不能再使用，根据线段的特性又提供了线段子对象可以使用的另外一些命令按钮。下面介绍在顶点子对象中不可以使用，而线段子对象中可以使用的一些主要按钮的编辑功能。

"拆分"按钮：用于将选择的线段细分为若干个等分线段。选中要等分的线段，在"拆分"数值框中输入要进行等分的顶点数，如图 3-1-81 所示，再单击"拆分"按钮，即可将选中的线段插入指定的顶点数，将线段细分为多个等分的线段，如图 3-1-82 所示。

"分离"按钮：用于将选择的线段从样条曲线中分离出来，构成一个新的样条曲线。在"分离"按钮右侧有"同一图形"、"重定向"和"复制"三个复选框，用于选择三种分离方式。选择"同一图形"复选框，分离出的线段仍是原样条曲线的一部分；选择"重定向"复选框，生成新的曲线，并将生成的曲线移动或旋转使其与局部坐标系对齐；选择"复制"复选框，将选中的线段复制为一个新的曲线，被选中的线段仍在原样条曲线中。

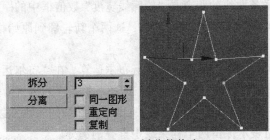

图 3-1-81 拆分数值为 3

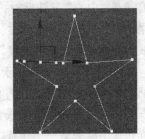

图 3-1-82 拆分线段的结果

（5）样条线子对象的编辑

样条线是指样条曲线中由多个线段构成的曲线，是二维图形的子对象的最高级别。对样条线的编辑看起来与编辑对象一样，但实质上是不一样的，所有子对象编辑只作用于对象空间，对对象的局部坐标或对象的变换没有影响。

◎ 线段的选择、移动、旋转和删除。在"选择"卷展栏中单击 按钮，即选择了样条子对象对曲线进行编辑。可以用标准的选择、移动和旋转方法对所选中的子对象进行调整，如果不再需要所选择的样条线，可以按【Delete】键将其删除。

◎ 利用"几何体"卷展栏中的命令按钮编辑样条线子对象。在选择了样条线子对象后，"几何体"卷展栏提供的命令按钮与顶点及线段子对象的基本相同，对选定的样条线进行操作时，顶点及线段子对象下的某些命令按钮不能再使用，根据样条线的特性又提供了样条模式下可以使用的另外一些命令按钮。下面介绍在样条线模式下使用的一些主要按钮的编辑功能。

"反转"按钮：用于将选择的样条反转方向，即反转顶点的顺序。例如，在"选择"卷展栏中的"显示"选项组中选择"显示顶点"复选框后，就会显示出顶点的序号，如图 3-1-83 所示，再单击"反转"按钮，就可以将顶点的序号反转，如图 3-1-84 所示。

"轮廓"按钮：在选中了样条线后，在"轮廓"按钮右侧的"轮廓线宽度"数值框中输入数据，按【Enter】键或单击该按钮，都可以将选择的样条线进行偏移复制生成轮廓样条曲线，如图 3-1-85 所示，复制样条线与原始样条线构成一个闭合的轮廓曲线。

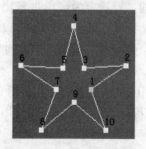 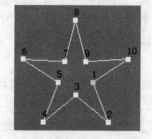 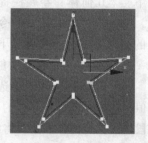

图 3-1-83　显示出顶点的序号　　图 3-1-84　颠倒了顶点的序号　　图 3-1-85　产生轮廓

在选中了样条线后，单击按下该按钮，然后在视图中将光标移到样条曲线上，按下鼠标左键并拖动，也可以创建轮廓。

在该按钮下方有一个"中心"复选框，它决定了如何根据轮廓的距离生成新的轮廓。如果没有选择"中心"复选框时，新轮廓到原始样条曲线的距离是"轮廓线宽度"数值框中的距离。如果选择"中心"复选框时，原始样条曲线将删除而产生两个轮廓，这两个新轮廓到原始样条曲线的距离是"轮廓线宽度"数值框中的距离的一半。

"布尔运算"按钮：用于将性质完全相同的两个闭合样条线进行布尔运算。在"布尔运算"按钮右侧有 （并集）、 （差集）和 （交集）三个按钮，用于选择布尔运算的方式。"并集"按钮表示将两个样条线合并为一个样条线，将重叠的部分移去；"差集"按钮表示从第一个样条线中减去另一个样条线；"交集"按钮表示保留两个样条线中重叠的部分。

"镜像"按钮：用于将样条线进行镜像操作。在"镜像"按钮右侧有 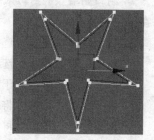（水平镜像）、 （垂直镜像）和 （双向镜像）三个按钮，用于选择镜像操作的方向。"水平镜像"按钮表示沿水平方向镜像样条线，如图 3-1-86 所示；"垂直镜像"按钮表示沿垂直方向镜像样条线；"双向镜像"按钮表示沿水平、垂直双方向即斜线方向镜像样条线。在其下面还有"复制"和"关于轴心点"两个复选框。选择"复制"复选框表示镜像样条时保留原样条线，选择"关于轴心点"复选框表示相对于轴心点镜像样条线。

图 3-1-86　水平镜像的结果

"修剪"按钮：在两个相交的样条线中，用于从一个样条线中裁减掉相交点以外的另一个样条线的部分。

"延伸"按钮：用于将样条线的一个顶点延长到其前面的同一样条线上，或延长到与其性质完全相同的另一个样条线上，并与同一样条线或另一个样条线相交。

"炸开"按钮：用于将一个样条线的每条线段分解为独立的样条线或对象。在"炸开"按钮下面有"样条线"和"对象"两个单选钮。"样条线"单选钮表示每条线段分解为独立的样条线，"对象"单选钮表示每条线段分解为独立的对象。

4. 利用修改器创建三维对象

在 3ds Max 9 中，二维模型对象最主要用途是用于创建三维对象以及动画的路径。用二维模型对象建立三维对象的方法之一是使用修改器。下面将介绍一些能通过二维对象创建三维对象的常用修改器。

（1）"挤出"修改器

"挤出"修改器是将一个二维图形增加厚度，挤出成三维模型，这是一个非常常用的建模方法，它也是一个对象转化模块，可以进行面片、网格对象、NURBS 对象等三类模型的输出，挤出效果如图 3-1-87 所示。

选择 （修改）→"修改器列表"→"挤出修改器"命令，这时在修改命令面板的下方就会出现其"参数"卷展栏，如图 3-1-88 所示。在"挤出"修改器的参数卷展栏中，各主要参数的含义如下所述。

图 3-1-87　挤出前后的效果

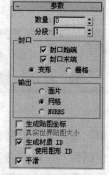

图 3-1-88　"参数"卷展栏

"数量"数值框：设置挤出的深度。
"分段"数值框：设置挤出厚度上的片段划分数。

"封口"选项组：用于设置挤出模型两端是否具有端盖以及端盖的方式。

"封口始端"、"封口末端"复选框：选择该复选框表示在挤出模型的起始处具有起始端盖、在结束时具有结束端盖。

"变形"单选按钮：选择该单选按钮，将以变形的方式产生端盖。

"栅格"单选按钮：选择该单选按钮，将以格线的方式产生端盖。

"输出"选项组：用于设置挤出模型的创建方式。

"面片"单选按钮：将挤出对象输出为面片模型，可以使用编辑面片修改命令。

"网格"单选按钮：将挤出对象输出为网格模型，可以使用编辑网格修改命令。

"NURBS"单选按钮：将挤出对象输出为 NURBS 模型。

"生成材质 ID"复选框：将不同的材质 ID 指定给挤出对象侧面与封口。对顶盖指定 ID 为 1，对底盖指定为 ID 为 2，对侧面指定为 ID 为 3。

"使用图形 ID"复选框：选择该复选框，挤出对象的材质由挤出曲线的 ID 值决定。

（2）"倒角"修改器

"倒角"修改器是将图形挤出为三维对象并在边缘应用平或圆的倒角。该修改器的一个常规用法是创建三维文本和徽标，而且可以应用于任意图形，如图 3-1-89 所示。

◎ "参数"卷展栏。为二维对象添加了"挤出"修改器以后，其"参数"卷展栏如图 3-1-90 所示。该卷展栏中各参数的含义如下所述。

"封口"选项组：对造型两端进行加盖控制，如果两端都加盖处理，则为封闭实体。

"始端"复选框：将开始截面封顶加盖。

"末端"复选框：将结束截面封顶加盖。

"封口类型"选项组：设置顶盖表面的构成类型。

"变形"单选按钮：不处理表面，以便进行变形操作，制作变形动画。

"栅格"单选按钮：在栅格图案中创建封口曲面。封装类型的变形和渲染要比变形封装效果好。

图 3-1-89　倒角文字　　　　　　　　　　　　图 3-1-90　"参数"卷展栏

"曲面"选项组：控制侧面的曲率、平滑度及指定贴图坐标。

"线性侧面"单选按钮：设置倒角内部的片段划分为直线方式。

"曲线侧面"单选按钮：设置倒角内部的片段划分为弧形方式。

"分段"数值框：设置倒角内部的片段划分数。

"级间平滑"复选框：对倒角进行平滑处理，但总保持顶盖不被平滑。

"相交"选项组：该栏防止从重叠的临近边产生锐角。倒角操作最适合于弧状图形或图形的角大于90°。锐角（小于90°）会产生极化倒角，常常会与邻边重合。

"避免线相交"复选框：防止轮廓彼此相交。它通过在轮廓中插入额外的顶点并用一条平直的线段覆盖锐角来实现。

"分离"数值框：设置两个边界线之间保持的距离间隔，以防止越界交叉。

◎"倒角值"卷展栏。在命令面板的参数区中还有一个倒角值卷展栏，如图 3-1-91（a）所示。该卷展栏中包含设置高度轮廓三个级别的倒角量的参数。

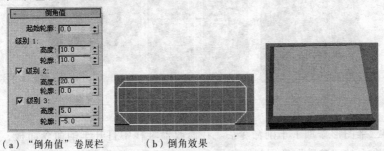

（a）"倒角值"卷展栏　　（b）倒角效果

图 3-1-91　"倒角值"参数卷展栏与倒角效果

"起始轮廓"数值框：设置原始图形的外轮廓大小，如果值为 0，将以原始图形为基准进行倒角制作。

"级别 1"、"级别 2"、"级别 3"复选框：分别设置三个级别的高度和轮廓大小，效果如图 3-1-91（b）所示。

（3）"倒角剖面"修改器

"倒角剖面"修改器使用一个图形作为图形路径，通过另一个轮廓线作为"倒角剖面"来挤出一个图形。它是倒角修改器的一种变形。它要求提供一个图形作为倒角的轮廓线，有些像放样，在制作成型后，这条轮廓线不能删除，因为它不像放样属于合成一类的对象，而仅仅是一个修改工具。利用"倒角剖面"修改器建模如图 3-1-92 所示。

为选中的二维对象添加倒角剖面修改器后，在修改器堆栈列表框中打开修改命令面板，并在命令面板中显示出修改命令的"参数"卷展栏，如图 3-1-93 所示。从图中可以看出，该卷展栏的参数有许多与倒角卷展栏中的参数相同，只有倒角剖面栏中的"拾取剖面"按钮特殊，其作用是：在选中要进行倒角的二维模型对象以后，单击该按钮，再在视图中单击倒角的剖面图形，就可以形成倒角剖面。

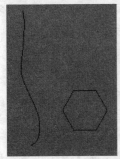

图 3-1-92　利用"倒角剖面"修改器建模　　　图 3-1-93　倒角剖面"参数"卷展栏

（4）"车削"修改器

"车削"修改器是通过旋转一个二维图形产生三维造型，是非常实用的造型工具。大多数中心放射对象都可以用这种方法完成建模，如图 3-1-94 所示，还可以将创建后的造型输出成面片模型或 NURBS 模型。

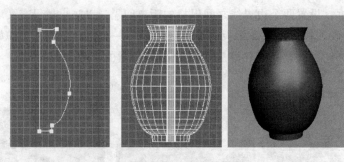

图 3-1-94　车削建模

为选中的二维图形添加了车削命令后，在修改器堆栈中打开车削命令面板，并在命令面板中显示出车削命令的"参数"卷展栏，如图 3-1-95 所示。在车削修改器的"参数"卷展栏中，主要参数的含义如下所述。

"度数"数值框：设置旋转成型的角度。360°为一个完整环形，小于 360°为不完整的扇形。

"焊接内核"复选框：用于将旋转中心轴附近重叠的顶点合并在一起，使端面平滑。

"翻转法线"复选框：将模型表面的法线反向。

"分段"数值框：设置旋转圆周上的片段分数，值越大，模型越平滑。

"封口"选项组：用于设置旋转模型起止端是否具有端盖以及端盖的方式。对于旋转角度小于 360°的旋转模型，才能看到增加端盖的效果。

 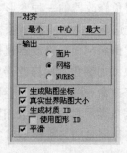

图 3-1-95　车削修改器的"参数"卷展栏

"封口始端"复选框：选择该复选框，表示在旋转模型的起始处具有起始端盖。

"封口末端"复选框：选择该复选框，表示在旋转模型的结束处具有结束端盖。

"变形"单选按钮：选择该单选按钮，表示以变形的方式产生端盖。

"栅格"单选按钮：选择该单选按钮，表示以格线的方式产生端盖。

"方向"选项组：用于设置截面旋转轴的方向，有 X、Y、Z 三个方向的旋转轴。单击 X、Y 或 Z 按钮，可以将截面分别绕 X、Y、Z 轴旋转。

"对齐"选项组：用于设置截面旋转轴的位置，有最小、中心、最大三个位置。单击"最小"按钮，设置旋转轴在截面的最小位置；单击"中心"按钮，设置旋转轴在截面的中心坐标位置；单击"最大"按钮，设置旋转轴在截面的最大坐标位置。选择不同对齐方式的效果如图 3-1-96 所示。

"输出"选项组：该选项组有三个选项，分别是将旋转成型的对象转化为面片模型、网格模型、NURBS 模型。

完成车削操作之后，在修改器堆栈列表框中单击 Lathe 选项前的"+"按钮，将堆栈的 Lathe 选项展开，再单击堆栈的轴子项。然后，在当前视图中拖动轴的坐标轴，可以改变旋转轴的位置，使旋转模型的形状发生变化。

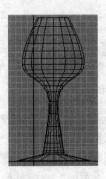

图 3-1-96　对齐为最小、中心与最大时的不同效果

思考与练习

1. 设计一个卡通兔子角色模型，如图 3-1-97 所示。
2. 设计一个卡通机器人角色模型，如图 3-1-98 所示。

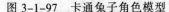

图 3-1-97　卡通兔子角色模型　　　图 3-1-98　卡通机器人角色模型

3.2 【案例 5】卡通灯泡人

案例效果

"卡通灯泡人"案例效果如图 3-2-1 所示。通过本案例的学习可以掌握二维图形的创建方法以及如何通过二维图形放样创建三维模型。

图 3-2-1 "灯泡人"案例效果图

操作步骤

1．制作灯泡人的头部

① 启动 3ds Max 9，创建一个新场景，保存文件，将其命名为"灯泡人.max"。

② 单击 （创建）→ （图形）→"样条线"→"线"按钮，在前视图中创建一条如图 3-2-2 所示的样条线。选中样条线，选择 （修改）→"修改器列表"→"车削"选项，为其添加 "车削"修改器。在"车削"修改器的"参数"卷展栏中设置其参数，如图 3-2-3 所示，再在 "方向"选项组中单击"Y"按钮，在"对齐"选项组中单击"最大"按钮，完成车削操作。设置模型对象的颜色为黄色，效果如图 3-2-4 所示。

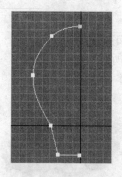

图 3-2-2 创建样条线

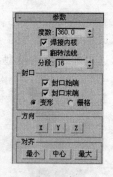

图 3-2-3 设置车削参数

③ 单击 （创建）→ （几何体）→"标准基本体"→"球体"按钮，在前视图中创建一个球体作为灯泡人的眼睛。设置其颜色为黑色，在其"参数"卷展栏中设置"半径"值为 50。

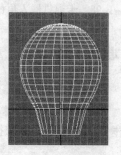

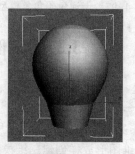

图 3-2-4 车削后得到的头部模型

④ 单击主工具栏中的"选择并缩放"按钮，在视图中对球体进行缩放，效果如图 3-2-5 所示。

⑤ 选中眼睛图像，按住【Shift】键进行拖动，弹出"克隆选项"对话框，在该对话框中采用默认设置，单击"确定"按钮，复制眼睛副本，效果如图 3-2-6 所示。

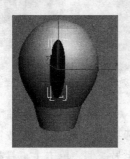
图 3-2-5 制作眼睛

图 3-2-6 复制眼睛副本

⑥ 单击 （创建）→ （图形）→"样条线"→"螺旋线"按钮，在顶视图中创建一条螺旋线，设置其参数如图 3-2-7 所示。完成设置后的效果如图 3-2-8 所示。

⑦ 单击 （创建）→ （图形）→"样条线"→"圆"按钮，在前视图中创建一个圆。在其"参数"卷展栏中设置半径值为 50。

⑧ 选中上一步绘制的圆对象，单击 （创建）→ （几何体）→"复合对象"→"放样"按钮，在"创建方法"卷展栏中单击"获取图形"按钮，再在视图中单击样条线对象，进行放样，完成后的效果如图 3-2-9 所示。

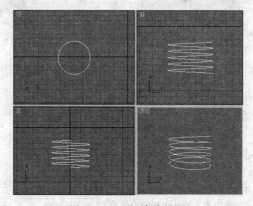

图 3-2-7 螺旋线参数设置　　　　图 3-2-8 螺旋线效果　　　　图 3-2-9 放样效果

2. 制作灯泡人的手和脚

① 单击 （创建）→ （图形）→"样条线"→"线"按钮，在前视图中创建一条如图 3-2-10 所示的样条线。

② 在 （修改）面板中单击 Line 堆栈列表中的"顶点"按钮，进入"顶点"子对象编辑状态，选择所有的顶点，在"几何体"卷展栏中的"圆角"右侧的数值框中输入数值 5。按【Enter】键确认操作，效果如图 3-2-11 所示。再次单击"顶点"按钮，退出"顶点"子对象编辑状态。

③ 选中样条线对象，选择 （修改）→"修改器列表"→"挤出"命令，为其添加"挤

出"修改器。在"参数"卷展栏中设置"数量"数值为 150，效果如图 3-2-12 所示。

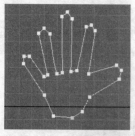

图 3-2-10　创建样条线

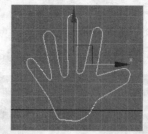

图 3-2-11　设置圆角后的效果

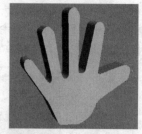

图 3-2-12　样条线挤出后效果

④ 单击主工具栏中的"镜像"按钮，弹出"镜像"对话框，在"镜像轴"选项组中选择
"X"选项。在"克隆当前选择"选项组中选择"复制"选项，单击"确定"按钮退出。单击主
工具栏中的"选择并移动"按钮 ✛，将镜像的对象拖动至另一侧，单击主工具栏中的"选择并
旋转"按钮 ↻，对"手"对象进行旋转，效果如图 3-2-13 所示。

⑤ 使用制作灯泡人头部的方法制作灯泡人的脚（提示，设置"车削"修改器的度数为
180°），完成后的效果如图 3-2-14 所示。

图 3-2-13　复制变换后的效果

图 3-2-14　制作灯泡人的脚效果

至此，"灯泡人"文件制作完毕，在透视图中单击主工具栏中的"渲染"按钮 ◔ 对其进行
渲染操作，渲染后的效果如图 3-2-1 所示。

相关知识　复合对象

1. 复合对象简介

复合对象主要用来将两个或多个对象通过特定的合成方式结合成一个物体。在这个合并的
过程中，不仅可以任意调节个体的参数，而且还可以把合成的过程以动画的方式表现出来。

可以通过选择"创建"→"复合"命令，或在"命令"面板中单击 ◔（几何体）按钮，并
在几何体类型下拉列表中选择"复合对象"选项，然后展开"对象类型"卷展栏，如图 3-2-15
所示，就可以创建这些不同类型的对象。

（1）变形

变形是一种与 2D 动画中的补间动画类似的动画技术。"变形"对象可以合并两个或多个对
象，方法是插补第一个对象的顶点，使其与另外一个对象的顶点位置相符。如果随时执行这项
插补操作，将会生成变形动画。变形复合对象通常用于动画的制作，如图 3-2-16 所示。

图 3-2-15 "复合对象"的对象类型　　　　图 3-2-16 变形复合对象

（2）散布

散布是在视图中随机地分散布置对象，另外，用户还可以选择一个分布对象以定义散布对象的体积或面积，散布效果如图 3-2-17 所示。

（3）连接

连接复合对象是通过把空洞和其他面结合起来而连接两个带有开放面的对象，效果如图 3-2-18 所示。

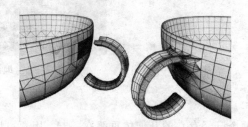

图 3-2-17 散布复合对象　　　　　　　图 3-2-18 连接复合对象

（4）放样

放样复合对象通过创建出一个物体的横截面，再制定物体这个截面的轨迹，并将两者结合起来，得到物体的整体模型。在前面的案例中已经学习过放样建模，放样复合对象效果如图 3-2-19 所示。

（5）一致

一致复合对象是通过将某个对象（称为包裹器）的顶点投影至另一个对象（称为包裹对象）的表面而创建，一致复合对象效果如图 3-2-20 所示。

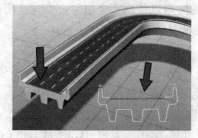

图 3-2-19 放样复合对象　　　　　　　图 3-2-20 一致复合对象

（6）布尔

布尔复合对象可以对两个或多个重叠对象执行布尔运算，求出物体之间的差集、交集、并集，效果如图 3-2-21 所示。

图 3-2-21　布尔复合对象并集、交集、差集效果

（7）地形

地形复合对象能够使用海拔等高线创建地形，如图 3-2-22 所示。

图 3-2-22　地形复合对象

2．布尔复合

两个已经存在的几何体重叠在一起，用户可以运用布尔运算将其分解成独立的对象。布尔运算只作用于表面，如果两个对象的表面不相重叠，那么布尔运算则不能被使用。其中布尔运算的操作方式包括交集、并集、差集、切割等操作方式。

并集：布尔对象包括两个原始对象的体积。将移除几何体的相交部分或重叠部分。

交集：布尔对象只包含两个原始对象共用的体积（即重叠的位置）。

差集（或差）：布尔对象包含从中减去相交体积的原始对象的体积。

（1）创建布尔对象

在以前的 3ds Max 版本中，创建布尔对象至少要有两个对象，布尔操作要求对象重叠。如果两个对象不重叠，而仅仅是边与边或面与面接触，则布尔操作将失败。现在，对不重叠的对象也可以执行布尔操作。重合面、边和顶点不再成为问题。可以使用完全被另一个对象所包围、二者没有相交边的对象来执行布尔操作。创建布尔对象的具体操作步骤如下所述。

① 选择原始对象。此对象为操作对象 A。

② 单击 🖱（创建）→ ⚫（几何体）→ "复合对象" → "布尔" 按钮，打开进行布尔运算的参数面板，这时操作对象 A 的名称显示在 "参数" 卷展栏的 "操作对象" 列表中。

③ 在 "拾取布尔" 卷展栏上选择操作对象 B 的复制方法参考、复制、移动和关联。

④ 在 "参数" 卷展栏上选择要执行的布尔运算操作：并集、交集、差集（A–B）或差集（B–A）。

⑤ 在"拾取布尔"卷展栏上单击"拾取操作对象 B"按钮。

⑥ 在视图中选择操作对象 B。此时，系统将执行布尔运算操作，并得到布尔运算对象。

（2）"拾取布尔"参数卷展栏

"拾取布尔"参数卷展栏，如图 3-2-23 所示。在该卷展栏中可以进行运算对象的拾取操作，并选择运算对象的使用方式。"拾取运算对象 B"按钮：在已选择了 A 对象的情况下，单击该按钮，再单击视图中用于布尔运算的另一个对象，作为 B 对象，即可将原始的 A 对象与 B 对象进行布尔运算，并生成一个新的对象。

"参考"、"复制"、"移动"和"实例"单选按钮：这四个单选按钮的选择决定了选择操作对象 B 的复制方法。

（3）"参数"卷展栏

"参数"卷展栏如图 3-2-24 所示，在该卷展栏中可以对运算方式进行选择，在"参数"卷展栏中可以选择已参与运算的对象和布尔运算方法。该卷展栏中包含"操作对象"和"操作"两个选项组，这两个选项组的主要作用如下所述。

图 3-2-23 拾取操作对象 B　　　　　图 3-2-24 "参数"卷展栏

以前的 3ds Max 版本中创建布尔运算至少要有两个对象，布尔操作要求对象重叠。如果两个对象不重叠，而仅仅是边与边或面与面接触，则布尔操作将失败。现在，对不重叠的对象也可以执行布合操作。重合面、边和顶点不再成为问题。可以使用完全被另一个对象所包围、二者没相交的对象来执行布尔操作。

◎ "操作对象"选项组的参数主要用于选择运算对象。

操作对象列表框：在该列表框中列出了所有的运算对象，供编辑操作时选择使用。选中列表框中的对象以后，在"名称"文本框中可以进行名称修改。

选择操作对象后，可以激活"提取操作对象"按钮、"实例"单选按钮和"复制"单选按钮。

"提取操作对象"按钮：此按钮只有在修改面板中才有效，它将当前指定的运算对象重新提取到场景中，作为一个新的可用对象，包括"实例"和"复制"两种属性。这样进行了布尔运算的对象仍可以被释放回场景中。

◎ "操作"选项组用于决定布尔运算的种类。

"并集"单选按钮：布尔对象包含了两个原始对象的体积。将移除几何体的相交部分或重叠部分。

"交集"单选按钮：布尔对象只包含两个原始对象共用的体积（即重叠的位置）。

"差集（A-B）"单选按钮：从操作对象 A 中减去相交的操作对象 B 的体积。布尔对象包含从中减去相交体积的操作对象 A 的体积。

"差集（B-A）"单选按钮：从操作对象 B 中减去相交的操作对象 A 的体积。

"切割"单选按钮：使用操作对象 B 切割操作对象 A，但不给操作对象 B 的网格添加任何东西。此操作类似于"切片"修改器，不同的是后者使用平面 gizmo，而"切割"操作使用操作对象 B 的形状作为切割平面。"切割"操作将布尔对象的几何体作为体积，而不是封闭的实体。此操作不会将操作对象 B 的几何体添加至操作对象 A 中。操作对象 B 相交部分定义了改变操作对象 A 中几何体的剪切区域。切割有下面四种类型。

"优化"单选按钮：在操作对象 B 与操作对象 A 面的相交之处，在操作对象 A 上添加新的顶点和边。系统将采用操作对象 B 相交区域内的面来优化操作对象 A 的结果几何体。由相交部分所切割的面被细分为新的面。可以选择此单选按钮来细化包含文本的长方体，以便为对象指定单独的材质 ID。

"分割"单选按钮：类似于"细化"，不过此种剪切还沿着操作对象 B 剪切操作对象 A 的边界添加第二组顶点和边或两组顶点和边。选择此单选按钮产生属于同一个网格的两个元素。可使用"分割"沿着另一个对象的边界将一个对象分为两个部分。

"移除内部"单选按钮：删除位于操作对象 B 内部的操作对象 A 的所有面。选择此单选按钮可修改和删除位于操作对象 B 相交区域内部的操作对象 A 的面。它类似于"差集"操作，不同的是系统不添加来自操作对象 B 的面。可使用"移除内部"从几何体中删除特定区域。

"移除外部"单选按钮：删除位于操作对象 B 外部的操作对象 A 的所有面。选择此单选按钮可修改和删除位于操作对象 B 相交区域外部的操作对象 A 的面。它类似于"交集"操作，不同的是系统不添加来自操作对象 B 的面。可使用"移除外部"从几何体中删除特定区域。

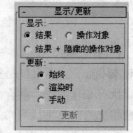

◎"显示/更新"卷展栏用于控制运算对象的显示。"显示/更新"卷展栏如图 3-2-25 所示。"显示/更新"卷展栏仅用于设置显示和更新的效果，不影响布尔运算。

"结果"单选按钮：只显示最后的运算结果。

"操作对象"单选按钮：打开所有的操作对象。

"更新"选项组：用于设置更改后，控制何时进行运算并显 图 3-2-25 "显示/更新"卷展栏
示布尔运算效果。

"始终"单选按钮：第一次操作后都立即显示布尔运算结果。

"渲染时"单选按钮：选择对象时显示布尔运算结果。

"手动"单选按钮：选择此单选按钮时，下面的"更新"按钮才可使用，它提供手动的更新控制，需要观看更新效果时，单击此按钮。

3. 放样建模

放样是 3ds Max 9 中一种重要的复合对象，它是一种非常重要的建模方法，此方法简便、变化性强，可以制作出比较复杂的模型。图 3-2-26 所示是通过放样制作的柱子。

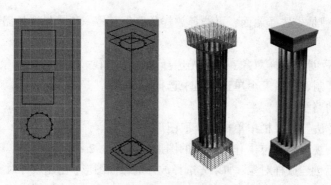

图 3-2-26 通过放样建模制作的柱子模型

（1）放样建模的基本概念

放样是 3ds Max 9 中一种非常重要的建模方法，此方法简便、变化性强，可以制作出比较复杂的模型。放样源于船体制造，通常是指将船肋放入龙骨，以龙骨为中心排列船肋创建船体的过程。在 3ds Max 9 中，将放样路径比喻为龙骨，将放样截面比喻为船肋，利用放样可以很容易地创建出各种复杂的形体。放样是复合对象中的一种，单击 →→"复合对象"按钮，即可打开"复合对象"命令面板，如图 3-2-27 所示。单击其中的"放样"按钮，即可显示放样的相关参数卷展栏，以便用于创建放样对象，如图 3-2-28 所示。

放样是让一个或几个二维图形（截面图形），沿另一个二维图形生长（放样路径），组成三维模型的工具。其中当作横截面的二维造型被称为图形。一个"放样"对象可以有好几个横截面二维图形，但只能有一个路径。在"复合对象"命令面板中单击"放样"按钮后，它的部分参数面板如图 3-2-28 所示。创建放样对象和对对象的一些调整都要用到此面板。

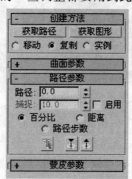

图 3-2-27 "复合对象"命令面板 图 3-2-28 放样命令相关卷展栏

（2）创建只有一个截面的放样对象

创建放样模型时，首先需要创建一个对放样的路径和至少一个放样用的截面，而且要求路径和截面都应是样条曲线，样条曲线可以是闭合的，也可以是开放的。放样路径只能是一条样条曲线，如果用多于一条的样条曲线，必须将它们结合成为一条样条曲线才能使用。

放样截面可以有多个。每个截面可以由多条样条曲线构成，所包含的样条曲线数目必须相同。如果放样的第一个截面包含有嵌套的样条曲线，则所有截面都必须有相同的嵌套顺序和形式。

在创建了放样用的路径和截面以后，就可以创建放样对象，根据操作方法的不同，将放样方法分为两种，一种是先选择截面，再选择放样的路径；另一种是先选择路径，再选择放样路径上的各个截面。

◎ 选择路径后创建放样对象：如果先选择放样的路径，创建放样对象的操作方法如下：

a. 在移动、复制、关联三个单选按钮中选择一个。

b. 选择放样的路径。

c. 在"创建方法"卷展栏中单击"获取图形"按钮。

d. 将光标移到视图中，单击作为截面的图形，如图 3-2-29 所示。

◎ 选择路径后创建放样对象：如果先选择放样的截面图形，创建放样对象的操作方法如下：

a. 在移动、复制、关联三个单选按钮中选择一个。

b. 选择放样的截面图形。

c. 在"创建方法"卷展栏中单击"获取路径"按钮。

d. 将光标移到视图中，单击作为截面的路径，如图 3-2-30 所示。

通过以上操作都可以得到放样的对象。其中，移动、复制、关联是三种复制属性，用于决定放样时，对原图形的使用方法。移动是直接使用原图形，复制、关联都是使用复制的图形，而保留原图形。一般用默认的关联方式，这样，原来的二维图形都将继续保留，进入放样系统的只是其各自的关联对象。

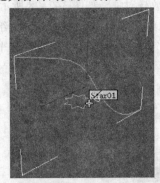 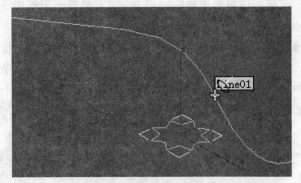

图 3-2-29　在视图中单击作为截面的图形　　　图 3-2-30　在视图中单击作为路径的图形

（3）创建有多个截面图形的放样对象

在放样对象的一条路径上，允许有多个不同的截面图形存在，它们共同控制放样对象的外形。

◎ "路径参数"卷展栏："路径参数"卷展栏用于控制在路径的什么位置使用哪一个截面图形，该卷展栏如图 3-2-31 所示。其中各主要参数的含义如下所述。

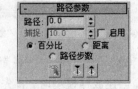

图 3-2-31　"路径参数"卷展栏

"路径"数值框：可以确定插入点在路径上的位置。它的值的含义由下面的三个参数项决定。

"百分比"单选按钮：将全部路径设为 100%，根据百分率来确定插入点的位置。

"距离"单选按钮：以实际路径的长度单位为单位，根据具体长度数值确定插入点的位置。

"路径步长"单选按钮：以路径的步长值确定插入点的位置。

"启用"复选框：可以启动捕捉设置，在其中设置捕捉值，如设为 10，按百分比方式每调节一个路径值，都会跳跃 10%的距离。

▶（手动选择截面图形）按钮：单击此按钮，用于在屏幕上手动选择截面图形。

↕↑（上下翻动截面图形）按钮：在有多个截面图形时，单击此按钮，可以在不同的截面图形之间转换。

◎ 创建有多个截面图形的放样对象的方法：如果要创建的放样对象比较复杂，要用到不同的截面图形，创建放样对象的具体操作方法如下所述。

先在视图中创建要用于放样操作的截面和路径，如图 3-2-32 所示。单击选中用于放样的路径。

① 单击"获取图形"按钮，然后将在视图中单击一个截面。在这里，单击较小的矩形。

② 在"路径参数"卷展栏中选择"百分比"单选按钮，再在"路径"数值框输入 60。这时在路径上出现了一个黄色"×"形的标记，用于指示出下一个放样截面的位置，如图 3-2-33 所示。

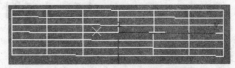

图 3-2-32 绘制用于放样操作的截面和路径　　图 3-2-33 指示出下一个放样截面的位置

提示： "路径"数值框中输入的数值是以路径上的第一个顶点的位置开始进行计算的，这里创建路径时，由下向上拖动，所以默认的第一个顶点在最下方。

③ 单击"获取图形"按钮，然后将光标移到视图中单击第二个截面。在这里，单击比较大的矩形。

④ 如果还有其他的路径，重复上面的两步，直至完成所有的截面控制。接下来，在"路径"数值框输入 75，再单击"获取图形"按钮，然后将光标移到视图中单击较小的矩形；再在"路径"数值框输入 90，再单击"获取图形"按钮，然后将光标移到视图中单击较小的矩形；再在"路径"数值框输入 100，再单击"获取图形"按钮，然后将光标移到视图中单击较大的矩形；最后得到的效果如图 3-2-34 所示。

思考与练习

1. 简述放样建模方法的操作过程。
2. 创建图 3-2-35 所示的卡通模型。

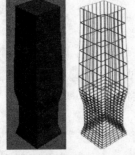

图 3-2-34 多个截面放样并渲染的结果　　图 3-2-35 卡通模型

第**4**章 面片建模与网格、多边形建模

4.1 【案例6】卡通狗

案例效果

本案例为创建一个卡通狗的头部模型，制作完成的效果如图 4-1-1 所示。在本案例的学习过程中，将介绍运用 3ds Max 9 中的面片建模方法来创建模型。

图 4-1-1 卡通狗头部模型效果

操作步骤

1. 初建卡通狗头部对象

① 首先，根据卡通狗头部大致的外观，创建基本模型。单击 ⬚（创建）→ ◉（几何体）→ "扩展基本体" → "胶囊" 按钮，在前视图上绘制胶囊体 Capsule01，前视图和透视图效果如图 4-1-2（a）、图 4-1-2（b）所示。

单击 ⬚ 按钮进入修改命令面板，设置胶囊体的 "半径" "高度" 及 "边数"，参数设置如图 4-1-2（c）所示。

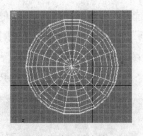
（a）前视图效果

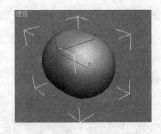
（b）透视图效果

（c）参数设置

图 4-1-2 胶囊体的创建及参数设置

② 单击"选择并移动"按钮，选中胶囊体对象，右击，在弹出的快捷菜单中选择"转换为：可编辑面片"命令，效果如图 4-1-3（a）所示。

单击 ⚫ 按钮进入修改命令面板，在堆栈编辑列表框中单击"可编辑面片"前面的"+"按钮，展开"可编辑面片"堆栈，如图 4-1-3（b）所示。选择"顶点"选项，进入到顶点子对象级，可以对物体的结点进行操作，顶点状态如图 4-1-3（c）所示。

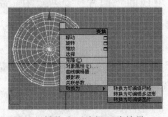
（a）转换为可编辑面片效果

（b）修改器列表

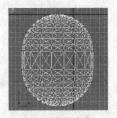
（c）顶点状态

图 4-1-3 可编辑面片的转换及顶点编辑状态

③ 在可编辑面片的顶点编辑状态下，单击 ▦（选择并均匀缩放）按钮，在顶视图中选择需要缩放的行顶点进行均匀的缩放，缩放后的效果如图 4-1-4（a）所示。用同样的方法调整前视图顶点的位置，效果如图 4-1-4（b）所示。在左视图中，单击 ✥（选择并移动）按钮选择要调整的点进行移动，调整后的效果如图 4-1-4（c）所示。

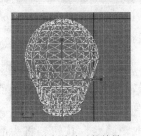
（a）均匀缩放后的效果

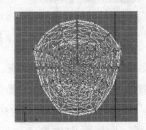
（b）调整前视图后的效果

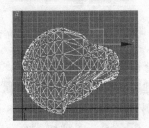
（c）调整左视图后的效果

图 4-1-4 可编辑面片的顶点调整

2. 卡通狗耳朵的制作

① 制作卡通狗耳朵前先选中头对象，单击 🔳（显示）按钮，在"隐藏"卷展栏中单击"隐藏选定对象"按钮，将头部模型隐藏。

单击 🔳（创建）→ 🔵（几何体）→"面片栅格"→"四边形面片"按钮，在左视图中单击并拖动，创建长度和宽度分段数分别为 5 的面片对象，左视图效果及参数设置如图 4-1-5 所示。

② 单击按钮进入修改命令面板，在修改器下拉列表选中选择"编辑面片"选项，单击"编辑面片"前面的"+"按钮，展开"编辑面片"堆栈，选择"顶点"选项，进入到顶点子对象级，可以对物体的结点进行操作。单击✛（选择并移动）按钮在左视图中选择要调整的点进行移动，调整后的效果如图 4-1-6（a）所示。在前视图中也调整顶点位置，效果如图 4-1-6（b）所示。

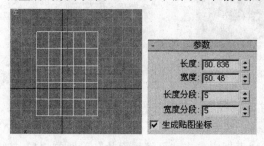

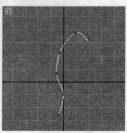

（a）左视图调整后的效果　（b）前视图调整后的效果

图 4-1-5　卡通狗耳朵面片的创建　　　　　图 4-1-6　卡通狗耳朵面的调整

③ 为使卡通狗的耳朵有立体感，选择"编辑面片"堆栈的"面片"选项，在"几何体"卷展栏的"挤出和倒角"项中单击"挤出"按钮，选中所有面片，在前视图中按照面片挤出的方向拖动，效果如图 4-1-7（a）所示。

在"几何体"卷展栏的"挤出和倒角"项中再单击"倒角"按钮，选中所有面片，向相反的方向拖动很小的距离。选择"编辑面片"的"顶点"选项，如图 4-1-7（b）所示。对前视图和顶视图的顶点进行调整，调整后的效果如图 4-1-7（c）所示。

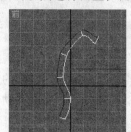

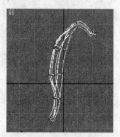

（a）"挤出"后的效果　　（b）"倒角"后的效果　　（c）调整后的效果

图 4-1-7　使用"挤出和倒角"方法完善卡通狗耳朵模型

在修改命令面板中单击"编辑面片"退出顶点编辑状态，选中面片对象，单击（镜像）按钮创建另一只耳朵，在弹出的"镜像"对话框中选择"镜像轴"为"X"，"克隆当前选项"为"实例"，参数设置如图 4-1-8（a）所示。单击"确定"按钮。

单击（显示）按钮，在"隐藏"卷展栏中单击"全部取消隐藏"按钮，将头部模型显示出来，调整两个耳朵的大小和位置，效果如图 4-1-8（b）所示。

④ 将卡通狗的耳朵与头部相连。单击✛（选择并移动）按钮选择头部模型对象，单击按钮进入修改命令面板，在修改器下拉列表中选择"编辑面片"选项，单击"编辑面片"前面的"+"按钮，展开"编辑面片"堆栈，选择"顶点"选项，在"几何体"卷展栏的"拓扑"中单击"附加"按钮，选中前视图中卡通狗的左右两耳，将其附加于头部模型上，单击✛（选择并移动）按钮选中耳边界和头部相交的顶点，在"几何体"卷展栏的"焊接"中单击"选定"按钮，与头部交接点焊接在一起。

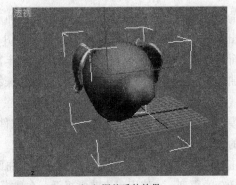

(a) 镜像参数设置　　　　　　　　　　(b) 调整后的效果

图 4-1-8　卡通狗耳朵的复制与调整

⑤ 运用基本建模中的球体建模和线建模制作狗的眼睛、鼻子和嘴，完成效果如图 4-1-9 所示。

3. 材质和渲染设置

① 选中卡通狗头部模型，单击 ▓▓ 按钮，在弹出"材质编辑器"对话框中单击材质示例球 1，单击 ▓ 按钮将材质赋予模型对象。展开"Blinn 基本参数"卷展栏，单击"漫反射"参数右边的 ▓ 按钮，弹出"材质/贴图浏览器"对话框，双击"泼溅"贴图，在材质编辑器中设置"泼溅参数"，颜色#1 为（R:179 G:204 B:204），颜色#2 为（R:18 G:18 B:16），参数设置如图 4-1-10 所示。

图 4-1-9　卡通狗头部完整模型

图 4-1-10　"泼溅参数"设置

② 选中卡通狗的眼球、鼻子和嘴，在"材质编辑器"对话框中单击材质示例球 2，单击 ▓ 按钮将材质赋予选定对象，设置"漫反射"颜色为黑色（R:0 G:0 B:0），"高光强度"为 100，"反光度"为 50。

③ 单击"渲染"下拉菜单中的"环境"菜单命令，弹出"环境和效果"对话框，单击"环境"标签，展开"公用参数"卷展栏，选择"使用贴图"复选框。单击环境贴图项下的空按钮，弹出"材质/贴图浏览器"对话框，在"材质/贴图浏览器"对话框中双击"渐变"贴图，关闭"环境和效果"对话框，单击 ▓（快速渲染）按钮，渲染效果如图 4-1-1 所示。

相关知识　面片建模

1. 面片建模简介

面片建模是 3ds Max 9 中一个非常重要的建模技术，面片是 Beizer（贝赛尔）面片的简称，面片模型的表面是由贝赛尔曲线定义的，它是一种可变形的对象。它的优势在于能够以较少的结点制作出光滑的无缝表面，并且易于控制，如图 4-1-11 所示。相对于网格建模或多边形建模而言，面片建模方法更适合制作曲面变化比较丰富的模型，尤其是有机角色模型的制作。在创建平缓曲面时，面片对象十分有用，它可以为操纵复杂几何体提供细致的控制。

由曲线定义模型表面的方式称为曲面建模，除了面片建模以外，3ds Max 9 还包括另外一种曲面建模工具，即 NURBS 曲面建模。在三维软件中，NURBS 曲面建模也是三维软件中应用比较广泛的建模技术。

曲面工具是一种较为常用的面片建模方法，曲面工具的优势在于使用简单的编辑方式就能够制作出复杂的模型。它使用起来非常灵活，在建模过程中的任何阶段，都可以用添加线条的形式为模型添加细节，像角色的五官、四肢等等。这使得有机角色的建模过程更加自由。另外，这种建模方法所占用的内存资源少，运算速度快，是 3ds Max 9 中优秀的曲面建模方法。利用曲面工具进行角色建模，涉及的功能都比较简单，容易掌握，但是却要求制作者具备较强的空间操作的能力，对角色拓扑结构的规划也有严格的要求，只有经这大量的练习才能灵活应用。

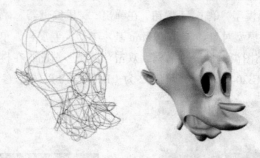

图 4-1-11　面片模型示例

面片不通过面构造定义，面片实质上是由边界定义的，边界决定着面片的形式。这就意味着边界的位置及其方向决定着面片的内部形式。面片的内部由 Beizer 技术控制。Beizer 技术可使面片内部区域变得更加平滑。

在对面片子对象进行编辑时，不像网格或多边形对象那样通过各自独立的子对象来改变形体，而是通过控制点与矢量手柄来调整边界，继而影响表面的形状。因此，在对曲面的控制上，面片比网格或多边形对象更为灵活一些。

2．创建面片

在 3ds Max 9 中，创建面片的方法很多。可以通过面片栅格来直接创建，也可以将网格或其他类型对象转化为面片，或者将挤出和车削修改器以及放样对象的输出类型定义成面片等。下面就介绍这三种创建面片的方法。

（1）面片栅格

面片栅格属于 3ds Max 9 内置的一种基本型面片，可以通过创建命令面板得到。它可以创建两种面片曲面：四边形面片和三角形面片。单击 （创建）→ （几何体）→ "面片栅格" → "对象类型" 按钮，如图 4-1-12 所示。单击 "四边形面片" 或 "三角形面片" 按钮。在任何视口中拖动以定义面片的长度和宽度，就可创建面片。可以通过其创建参数调整其属性。面片栅格在应用了编辑面片修改器或者塌陷命令后，就会转化为面片对象。四边形面片由 36 个四边形组成，三角形面片由 72 个三角形组成，如图 4-1-13 所示。3ds Max 9 中可以方便地建造三边形和四边形两种面片，这种面片在立体空间弯曲、扭曲，可以方便地缝合。

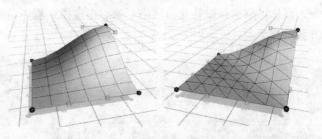

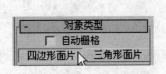

图 4-1-12　"对象类型"卷展栏　　　　　图 4-1-13　四边形面片和三角形面片模型

　　面片本身可定义为四边形面片或三角形面片，在角落或面片边缘，需要趋于尖锐的地方，适用于三角形面片。通常情况下则使用四边形面片。通过对已有面片增加相邻面片，可以很容易地创建复杂表面。面片栅格以平面对象开始，但通过使用"编辑面片"修改器或将栅格的修改器堆栈塌陷到"修改"面板的"可编辑面片"中可以在任意 3D 曲面中修改。

　　横穿面片的是被称为栅格的一系列相交点，栅格的位置决定曲面的曲率。栅格点可以简化面片构造的方式。一个面片模型实际上是由一些较小的面片组成的。在 3ds Max 9 中，面片被定义为具有四条侧边的表面。每条侧边被称为一条边。面片的各个角点称为结点。栅格则决定了面片本身的总体形状。面片结点的正切手柄控制着结点部分面片的整体曲率，通过操作结点的手柄，即可改变面片的形状。面片结点的正切手柄控制着结点部分面片的整体曲率，通过操作结点的手柄，即可改变面片的形状。

　　（2）转化其他类型对象为面片

　　基础造型、网格、多边形等对象都可以被转化为面片对象。转换方式有两种，一种是首先选中要转化为面片的对象，然后在修改命令下拉列表中选择"编辑面片"修改命令，另一种是在面片网格对象上右击，在弹出的快捷菜单中选择"转换为"→"转换为可编辑的面片"命令，将面片对象转换为可编辑的面片网格。

　　"可编辑面片"对象与"编辑面片"修改器的基本特性是相同的，基本功能也是类似的，但是应用"可编辑面片"命令后，在"修改"命令面板中的堆栈栏中的原始修改历史将不会存在，不能返回到原始物体编辑选项，而应用"编辑面片"修改器后在堆栈下可以对原始物体进行编辑，这是最主要的区别，如图 4-1-14 所示。

　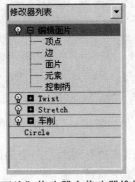

图 4-1-14　应用"可编辑面片"命令和"编辑面片"修改器在修改器堆栈中的对比

将网格对象转换成面片对象的时候，它们总是被转换成三角形面片，大部分的标准几何体，在转化为面片对象后，转换为的是四边形面片，如图 4-1-15 所示。网格对象可以转化为面片对象，面片对象也可以转化为网格对象。在建模过程中，实现这种转换是为了充分发挥各种建模方式的优势。

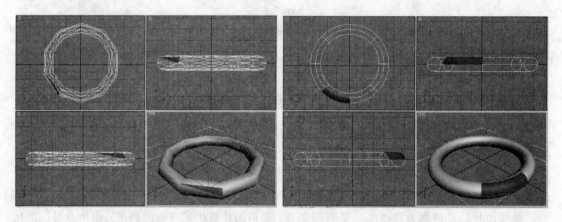

图 4-1-15　网格和标准几何体转换为面片对象效果的对比

（3）通过修改器和放样对象输出面片

面片和样条曲线都基于相同的几何形式，即贝赛尔样条曲线，它们的数学定义实质上是一致的。因此，应用"挤出"和"车削"等命令的编辑修改器的样条曲线，包括放样对象，都可以以面片的形式输出。在挤出和车削修改器的"输出"选项组中都包括了面片、网格和 NURBS 三个选项，如图 4-1-16 所示。

图 4-1-16　挤出和车削修改器的"输出"选项组

图 4-1-17 所示的面片模型是由样条曲线通过"车削"修改器转变为四边形面片对象。

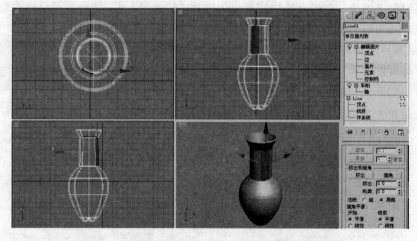

图 4-1-17　使用车削修改器输出的四边形面片模型

放样对象的输出选项有两个，一个是面片，另一个是网格。图 4-1-18 所示为放样对象作为面片输出和网格输出的对比。

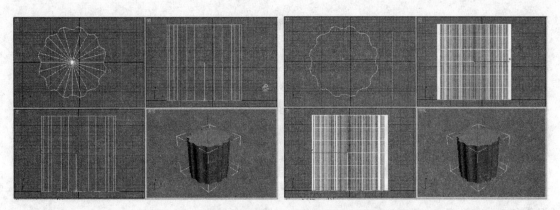

图 4-1-18　放样对象作为面片输出和网格输出的对比

3. 编辑面片

当对象应用编辑面片修改器或将其转换成一个可编辑面片对象时，软件将对象的几何体转换为一系列单独的 Bezier（贝赛尔）面片的集合。每个面片都由三或四个由边连接在一起的顶点构成，它们共同定义了一个曲面。面片也包含由用户控制或由软件控制的内部顶点。可以通过操纵顶点和边来控制面片曲面的形状，曲面是可渲染的对象几何体。

在堆栈栏中单击可编辑面片或者编辑面片名称前面的"＋"按钮，将展开面片的子对象层名称列表。单击其中的一个子对象层或者在"选择"卷展栏中单击子对象按钮，就可以进入该子对象层的编辑状态，如图 4-1-19 所示。面片包括五种子对象，分别是顶点、控制柄、边、面片、元素。

（1）面片子对象的选择

单击"选择"卷展栏中的子对象按钮或在"修改器堆栈"中单击子对象类型的选项，其作用是相同的。然后在"选择"卷展栏中单击相应的按钮，即可对其进行编辑，如图 4-1-20 所示。

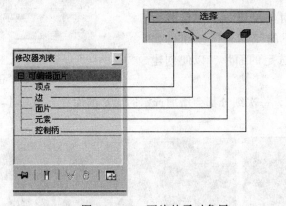

图 4-1-19　面片的子对象层

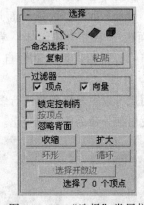

图 4-1-20　"选择"卷展栏

顶点：用于选择对象物体中的顶点控制点及其向量控制柄，在该层级可以对顶点进行焊接、隐藏及移动等操作。

在顶点编辑模式下，用户可选择一个或多个顶点，并对其进行标准变换操作，Bezier 面片的特征类似于 Bezier 样条曲线，其顶点有两种编辑状态。

共面型：选择一个顶点，在该顶点上右击，在弹出的快捷菜单中选择"共面"命令，这时移动所选顶点上的一个矢量手柄，其他矢量手柄也跟着移动。

角点型：选择一个顶点，在该顶点上右击，在弹出的快捷菜单中选择"角点"命令，在移动一个矢量手柄时其他矢量手柄将不受影响。

控制柄：控制柄的主要功能是通过调整点两侧的调整杆来调节曲面的曲度，但是不能移动点。用于选择与每个顶点有关的向量控制柄，位于该层级时，可以对控制柄进行操纵。在该层级，向量控制柄显示为围绕所有顶点的小型绿色方框。另外，对于某些对象，还可以看到用黄色方框表示的内部顶点。

当编辑点的模式为"拐角"类型时，移动其中任意控制柄，其他控制柄均不受影响；当编辑点的模式为"共面"类型时，调整控制柄将共同影响当前曲面，类似于样条曲线的 Bezier 拐角和 Bezier 类型。

边：边指的是面片对象上在两个相邻顶点间的部分。选择面片对象的边界时，用户可选择一个或多个边，并使用变换工具移动、旋转与缩放它们。如果在拖动时按下【Shift】键，则可在移动边时创建新面片；在拉伸边时按下【Shift】键，则可创建新元素。在该层级，可以细分边，还可以向开放的边添加新的面片，对于多条选定的边，相关的图标位于选择中心。

面片：面片是面片对象的一个区域，由三或四个围绕的边和顶点定义。选择整个面片时，在该层级可以分离或挤出、倒角面片，还可以细分其曲面，细分面片时，其曲面将会分裂成较小的面片，其中，每个面片都有自己的顶点和边。

元素：想要选择并使用元素中的所有连续面时，使用"元素"子对象层级。选择和编辑整个元素，元素的面是连续的，是物体组成的整个组件，选择元素编辑是对整个物体的连续的面进行操作，可以整体细分，删除、隐藏等工具的应用。其使用方法与编辑 面片（面片）子对象完全相同。

图 4-1-21 "几何体"卷展栏

（2）面片子对象的编辑

◎ 细分面片。选择"面片"子对象层级，在"修改"命令面板中单击"几何体"卷展栏下的"细分"按钮，如图 4-1-21 所示。系统就会自动细分选定的面片，以便创建模型。

用户可以重复该步骤进行多次细分，每次细分都会增加选定的面片的面数，图 4-1-22 所示为使用细分命令前后的变化。

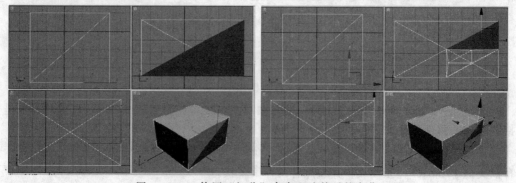

图 4-1-22　使用"细分"命令面片前后的变化

　　◎　分离面片曲面。选择"面片"子对象层级，选择须要分离的曲面，选择"重定向"复选框。单击"拓扑"选项组中的"分离"按钮，在弹出的"分离"对话框中的"分离为"文本框中输入曲面名称，如图 4-1-23 所示。单击"确定"按钮后分离面片会自动对齐到世界坐标中心，如图 4-1-24 所示。如果不选择"分离"按钮后面的"重定向"复选框进行分离的曲面，则该曲面保持原位。

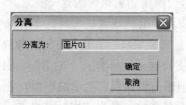

图 4-1-23　"分离"对话框

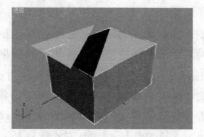

图 4-1-24　分离面片

　　◎　面片的内部边锁定设置。选择"面片"子对象层级，选择要设置的面片，右击，在弹出的快捷菜单中选择"手动内部"命令，取消对内部边及其顶点的锁定，如果现在移动变换选择的面片，则内部边将处于静止状态，若处于"自动内部"状态时，所选择面片内部边将随外部的变换而变换。

　　内部顶点的变换，在"面片"子对象层级中，选择一个或多个面片，右击，在弹出的快捷菜单中选择"手动内部"命令，切换到"控制柄"子层级，内部顶点显示黄色方框，变换选定面片的内部顶点。

　　◎　顶点焊接。在建模过程中经常会用到顶点的"焊接"命令，顶点焊接是一个很实用的建模技巧，通常，在焊接过程中顶点会移动到公共中心，可以因此设置一个面片的锚，也就是定义顶点焊接时两个顶点焊接后所产生的位置。选择要设置的面片，接着返回"顶点"层级，然后焊接相连的顶点，焊接时，顶点自动对位到刚才选中面片上的点进行焊接。

4．利用曲面修改器进行面片建模

（1）曲面修改器建模简介

　　"曲面"修改器基于样条线网格的轮廓生成面片曲面。将"曲面"修改器和"横截面"修改器结合在一起，称为"曲面工具"。曲面工具是一种较为常用的面片建模工具，这种建模方法是先用样条曲线创建出对象的拓扑线，拓扑指的是对象在空间上各个结点的连接方式，拓扑结构的好坏直接影响模型的外观和动画的质量。然后利用曲面修改器和成表表面，再将其转化为面片对象进行编辑。使用这种方法建模，方便快捷、易于修改，应用"曲面"修改器创建的面片模型如图 4-1-25 所示。

图 4-1-25　应用"曲面"修改器创建的面片模型

　　曲面工具的工作原理也源自传统面片建模，同样由样条曲线定义面片表面。使用方法是首先制作一个由样条曲线组成的网框，这个网框实际上标示了模型的拓扑结构。网框上的样条片断组成四边或是三边形，再经由程序生成面片表面。

横截面修改器通常在表面修改器之前使用，用来将样条线构成的横截面连接起来形成网框。表面修改器在网框完成后使用，用来将样条曲线构成的横截面连接起来形成网框。表面修改器在网框完成后使用，用来生成面片表面。曲面工具大大简化了面片建模的工作流程，增强了操作的交互性，使面片建模的优势得到了充分发挥，它已经成为 3ds Max 9 建模的首选方法。

简单地说，NURBS 就是专门做曲面对象的一种造型方法。NURBS 造型总是由曲线和曲面来定义的，所以要在 NURBS 表面生成一条有棱角的边很困难。就是因为这一特点，可以用它做出各种复杂的曲面造型和表现特殊的效果，如人的皮肤，面貌或流线型的跑车等。

NURBS 是 Non-Uniform Rational B-Splines 的缩写，意思是非统一有理数 B 样条曲线。NURBS 是一种非常优秀的建模方式，在高级三维软件当中都支持这种建模方式。NURBS 比传统的网格建模方式能够更好地控制对象表面的曲线度，从而创建出更逼真、生动的造型。

NURBS 曲线和 NURBS 曲面在传统的制图领域是不存在的，是为使用计算机进行 3D 建模而专门建立的。在 3D 建模的内部空间用曲线和曲面来表现轮廓和外形。它们是用数学表达式构建的，NURBS 数学表达式是一种复合体。

（2）NURBS 模型制作要点

在制作 NURBS 模型时，应注意如下几点。

NURBS 模型可包含多种 NURBS 点、曲线与曲面子对象，而子对象又有独立型子对象与依赖型子对象之分。当用户修改用于产生依赖型子对象的父对象时，子对象将会自动进行修改。

NURBS 曲线或曲面由点曲线或可控曲线（CV）控制，因此，系统相应地提供了两种类型的曲线与曲面。其中，点曲线类型的点始终位于曲线或曲面上，如图 4-1-26 所示。而 CV 型的点并不一定位于曲线或曲面上，它的优点是每个 CV 都有权重可以调节，通过改变权重值可调控模型效果。增加权重可推动曲面移近 CV，减小权重可推动曲面远离 CV，从而分别产生凸、凹效果，如图 4-1-27 所示。总的来说，CV 曲线、曲面与点曲线、曲面基本相同。在实际操作中两者都可以选择使用，不过 CV 型用的较多一些。由于点曲线与点曲面速度慢于可控曲线与可控曲面，因此，应尽量避免使用点曲线与曲面，并且点没有"权重"。

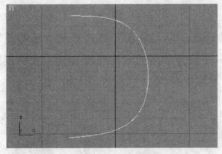

图 4-1-26　点曲线

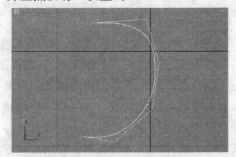

图 4-1-27　可控曲线

创建曲线时，通过选择"所有视图创建"复选框，可借助各个正交视图创建 3D 曲线。

如果只是在两条曲线间创建曲面，基于速度方面的原因，应创建 ⌐（规则）曲面，而不要使用 ⌐（U 轴放样）曲面。

如果曲面在视图中不可见，可在选中曲面后，在"曲面共同参数"卷展栏中选择或取消选择"翻转法线"复选框。

（3）把其他对象结合或导入到 NURBS 对象

使用"结合"或"结合多个对象"命令，可将网格和样条线等对象结合到 NURBS 对象中。一旦对象结合完毕，就可以作为一个 NURBS 曲面或曲线来编辑。同时，被转换对象的建立参数将丢失。

使用"导入"或"导入多个对象"命令，可以导入其他的对象。被导入到 NURBS 对象里的对象不会丢失建立参数。可以选择导入的对象作为子对象。当把光标移动到可以导入的对象上的时候，光标会改变形状。

（4）创建 NURBS 模型

NURBS 曲面和曲线是 NURBS 模型的基础，用户可直接利用"创建"面板创建原始曲面和曲线，然后借助"修改"面板修改完成建模。

◎ 创建基本 NURBS 曲线。NURBS 曲线与样条曲线相似，同样可以用于挤压、旋转、放样等操作，它最大的优点在于可以进入 NURBS 造型系统，作为 NURBS 系统的组成部分，NURBS 曲线包括点曲线和 CV 曲线两种类型。

单击 （创建）→ （图形）→ "NURBS 曲线"按钮，然后单击其下的"点曲线"按钮或"CV 曲线"按钮，即可在视图中绘制 NURBS 曲线，如图 4-1-28 所示。

在创建点曲线或 CV 曲线时，如果在单击时按下【Ctrl】键，则释放鼠标后移动光标，可使点或控制点沿构造平面的垂直方向移动，从而创建 3D 曲线，如图 4-1-29 所示。

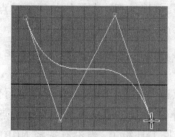
图 4-1-28 创建 NURBS 曲线

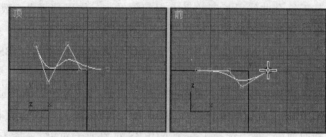
图 4-1-29 创建 3D NURBS 曲线

在创建点曲线时按下【Backspace】键，可删除最后创建的轴点。如果在"创建 CV 曲线"卷展栏中，选择"在所有视图创建"复选框，表示可跨视图创建 3D 曲线。例如，在前视图中创建部分曲线后，可将光标移至顶视图中继续创建曲线。将曲线的终点与始点重合即可创建封闭的曲线。

与创建样条曲线完全相同，用户还可在"渲染"卷展栏设置 NURBS 曲线的渲染特性。例如，可为 NURBS 曲线设置厚度、面数、截面的旋转角度，是否可渲染，是否产生贴图坐标，是否在视图中显示为渲染网格等，如图 4-1-30 所示。

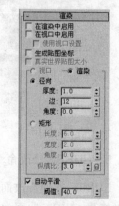
图 4-1-30 "渲染"卷展栏

"厚度"数值框：设置渲染时曲线的厚度。

"在渲染中启用"复选框：选择该复选框，表示 NURBS 曲线是可以被渲染着色的，因为 3ds max 9 对二维平面造型的默认值是不能被渲染着色的。

"生成贴图坐标"复选框：选择该复选框，自动为对象的每一个表面指定最适合的贴图坐标。

◎ 创建基本 NURBS 曲面。单击 ⬚（创建）→ ⬚（几何体）→ "NURBS 曲面"按钮，然后单击其下的"点曲面"按钮或"CV 曲面"按钮，在视图中单击拖动，即可创建出原始 NURBS 曲面，如图 4-1-31 所示。

先建立其他模型（例如，几何模型、面片网格、放样对象、样条曲线等）后，选中要转换为 NURBS 对象的模型并在其上右击，在弹出的快捷菜单中选择"转换为"→"转换为 NURBS"命令，如图 4-1-32 所示。即可将该几何模型转换为 NURBS CV 曲面或 NURBS CV 曲线对象。

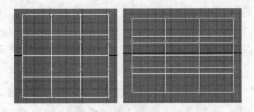

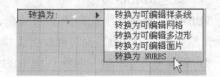

图 4-1-31 点曲面与 CV 曲面   图 4-1-32 转换为 NURBS 命令

注意，如果在快捷菜单中没有"转换为 NURBS"命令，可先将对象转换为可编辑面片，再转换为 NURBS 对象。

创建 CV 曲面时，可在"创建参数"卷展栏中，设置曲面的再参数化特性，如图 4-1-33 所示。如果选择"无"单选按钮（默认），表示不支持再参数化；如果选择"弦长"单选按钮，表示基于每个曲线段长度的平方根间隔结点；如果选择"一致"单选按钮，表示均匀间隔结点，此时可改变曲面的局部区域。

◎ NURBS 快捷工具窗口。NURBS 修改面板和 NURBS 快捷工具窗口中的按钮功能，使用方法和效果完全相同。

在用户初步创建了曲面和曲线后，可通过"修改"面板或打开的 NURBS 工具窗口进行修改，NURBS 工具窗口如图 4-1-34 所示。NURBS 的修改功能非常强大，用户可利用它创建点、曲线和曲面等。每当选择了一个 NURBS 对象或子对象，就能看见工具箱了。当没有选择 NURBS 对象或转到其他命令面板的时候，工具箱就会消失。当再回到"修改"面板或选择 NURBS 对象的时候，就会再次出现。

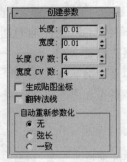

图 4-1-33 "创建参数"卷展栏   图 4-1-34 NURBS 快捷工具窗口

5. NURBS 修改命令面板的使用

NURBS 曲面修改面板和曲线修改面板有所区别，主要是因为曲面的控制更复杂一些。下面以修改 NURBS 曲面为例，介绍 NURBS 修改面板中各设置区的作用。

（1）"常规"卷展栏

"常规"卷展栏如图 4-1-35 所示。该卷展栏中各按钮和选项的含义如下所述。

"重新定向"复选框：选择此复选框，可以使合并或导入的对象自动定位在 NURBS 曲面的中心。

"显示"选项组：该选项组共有六个控制显示的复选框。选择"晶格"复选框，表示以黄色线显示 CV 曲线与曲面的控制栅格。此外，利用其他复选框可分别控制是否显示曲线、曲面、依赖子对象、曲面裁剪效果，在变换 NURBS 曲面时是否在正交视图降低显示效果，以节约时间。

"曲面显示"选项组：该选项组用于设置曲面在视图中的显示方式。

（2）"显示线参数"卷展栏

"显示线参数"卷展栏如图 4-1-36 所示。该卷展栏中各按钮和设置项的含义如下所述。

图 4-1-35　常规卷展栏

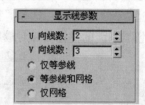

图 4-1-36　"显示线参数"卷展栏

"U 向线数"与"V 向线数"数值框：用于设置在视图中沿曲面的 U、V 方向逼近 NURBS 曲面的线条数。减小该数值可加快显示速度，但同时将降低显示质量，如图 4-1-37 所示。

通过在"显示线参数"卷展栏中选择不同的单选按钮，可控制 NURBS 曲面在视图中的显示。选择"仅等参线"单选按钮，表示在所有视图都以等参线显示曲面，如图 4-1-38 所示；选择"等参线和网格"单选按钮，表示在正交视图显示等参线，在透视图显示着色网格，如图 4-1-39 所示；选择"仅网格"单选按钮，表示在正交视图显示线性网格，在透视图显示着色曲面，如图 4-1-40 所示。

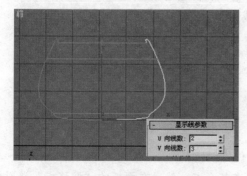

图 4-1-37　降低线的显示效果

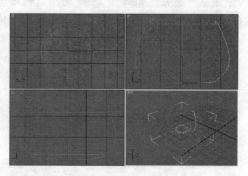

图 4-1-38　所有视图都以等参线显示曲面

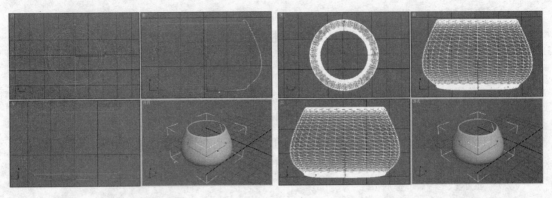

图 4-1-39　以"等参线和网格"方式显示对象　　图 4-1-40　以"仅网格"方式显示对象

（3）"曲面近似"卷展栏

"曲面近似"卷展栏如图 4-1-41 所示。尽管 NURBS 曲面是分析产生的，但是为了产生和显示 NURBS 曲面，必须用"面"来逼近。因此，用户可利用"曲面近似"卷展栏得到近似曲面，通过设置逼近类型及其参数控制 NURBS 模型中的曲面子对象。

适应渲染与显示：选择"视口"单选按钮，则下面的设置只对图有效，选择"渲染器"单选按钮，下面的设置只针对最后的渲染结果。

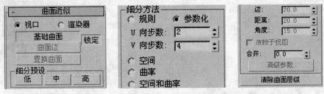

图 4-1-41　"曲面近似"卷展栏

（4）"曲线近似"卷展栏

"曲线近似"卷展栏如图 4-1-42 所示，它主要用于设置曲线拟合方法。默认情况下，"自适应"复选框被选择，表示系统自动进行插值（步幅为 8），如图 4-1-42 所示。若取消该复选框的选择，则上面的"步幅"数值框有效，此时用户可调整插值步数。

（5）"创建点"卷展栏

"创建点"卷展栏如图 4-1-43 所示。利用该卷展栏可创建独立点和关联点，然后可利用这些点创建曲线或曲面。创建的这些点与原对象成为一个整体。

图 4-1-42　"曲线近似"卷展栏

图 4-1-43　"创建点"卷展栏

"点"按钮：单击该按钮，可在视图中任何位置创建点。

"偏移点"按钮：单击该按钮，在场景中单击某个点，然后在面板的"偏移点"卷展栏中设置偏移量，如图 4-1-44 所示。即可创建偏移点，完成后的效果如图 4-1-45 所示。

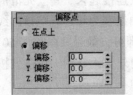

图 4-1-44　"偏移点"卷展栏

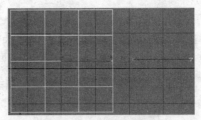

图 4-1-45　创建偏移点

"曲线点"按钮：单击该按钮，将光标移至曲线（此时曲线将变为蓝色），在适当位置单击，即可在曲线上创建点，如图 4-1-46 所示。

"曲线-曲线"按钮：单击该按钮后，首先将光标移至第一条曲线处单击，然后移动光标至第二条曲线处单击，则系统自动在两条曲线的交叉处创建点。

"曲面点"按钮：单击该按钮，可在曲面所在区域的任意位置单击创建点，如图 4-1-47 所示。

"曲面-曲线"按钮：单击该按钮，首先将光标移至某个曲线或曲面处单击，然后移至另一曲线或曲面处单击，则系统将自动在其交叉处创建点。

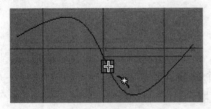

图 4-1-46　在曲线上创建点

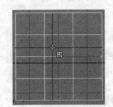

图 4-1-47　在曲面所在区域的任
意位置单击创建点

（6）"创建曲线"卷展栏

"创建曲线"卷展栏如图 4-1-48 所示。该卷展栏主要按钮的含义如下所述。

"曲线拟合"按钮：单击该按钮后，依次单击选取两个或多个点，最后右击结束选取，即可在所选点之间创建一条拟合曲线。

"曲面边"按钮：单击该按钮后，将光标移至某个曲面的边界。当边界呈绿色时单击，可创建一条与曲面边界重合的曲线。此时该边界线上将出现一个黄色方框。

"变换"按钮：单击该按钮后，将光标移至某条曲线处。当该曲线呈蓝色时单击并拖动，即可创建一条复制曲线，如图 4-1-49 所示。

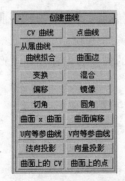

图 4-1-48　"创建曲线"卷展栏

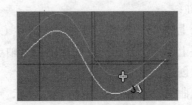

图 4-1-49　创建一条复制曲线

"混合"按钮：单击该按钮，可以将两个分离的曲线结点连接起来，建立光滑的中间过渡曲线。单击该按钮后，将光标移至某个曲线的结点处。当该曲线变为绿色且在该曲线的结点处出现一个绿色方框后，单击并移动至另一曲线的结点处单击即可，效果如图 4-1-50 所示。

"偏移"按钮：使用此功能可将曲线沿曲线中心向内或向外等距复制。单击该按钮后，将光标移至某个曲线处单击并拖动即可创建偏移曲线，如图 4-1-51 所示。

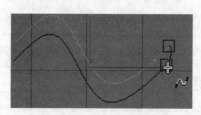

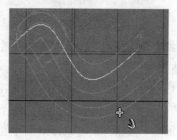

图 4-1-50　将两个分离的曲线结点连接起来　　　图 4-1-51　偏移复制

"镜像"按钮：单击该按钮后，将光标移至某条曲线处单击，即可复制一条镜像曲线，如图 4-1-52 所示。

"切角"按钮：对两条相交的曲线进行修剪，并在其间建立一条倒直角直线。

"圆角"按钮：对两条相交的曲线进行修剪，并在其间建立一条圆弧过渡曲线。

"曲面 x 曲面"按钮：单击该按钮可创建两个曲面的交线。

"曲面偏移"按钮：等距复制位于曲面上的曲线。

"U 向等参曲线"按钮：单击该按钮，在曲面上沿水平方向创建等参线，如图 4-1-53 所示。

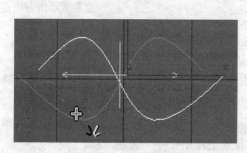

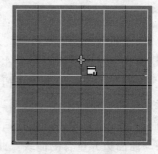

图 4-1-52　创建镜像曲线　　　图 4-1-53　沿水平方向创建等参线

"V 向等参曲线"按钮：在曲面上沿垂直方向创建等参线。

"法向投影"按钮：根据法线的投影产生曲线。单击该按钮后，首先单击一条曲线，然后将光标移至某个曲面单击，即可在该曲面上创建法线投影的曲线（在位图曲面上）。

"向量投影"按钮：与法线投影类似，只是此处按照选定的矢量方向在曲面上产生原始曲线的投影曲线。

"曲面上的 CV"按钮：在曲面上产生 CV 曲线，如图 4-1-54 所示。

"曲面上的点"按钮：在曲面上产生轴点曲线。

（7）"创建曲面"卷展栏

"创建曲面"卷展栏如图 4-1-55 所示，该设置区各按钮的含义如下所述。

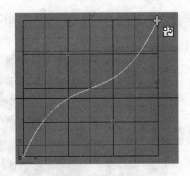

图 4-1-54　在曲面上产生 CV 曲线

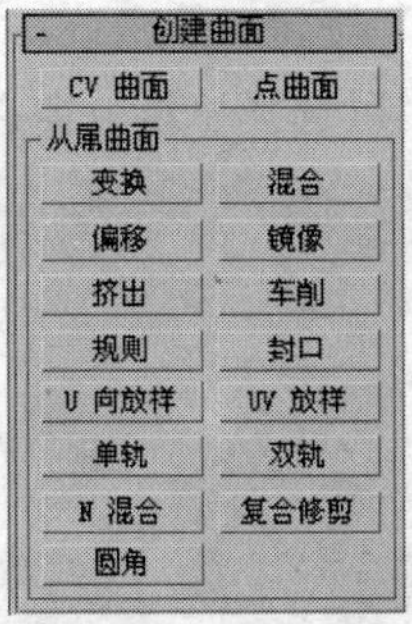

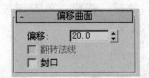

图 4-1-55　"创建曲面"卷展栏

"变换"按钮：单击该按钮，即可复制曲面，如图 4-1-56 所示。

"混合"按钮：将两个分离的曲面连接起来，并在两个曲面间建立光滑的中间过渡曲面，如图 4-1-57 所示。其中，用户可根据需要选择曲面的不同边（此时边变为绿色），从而获得不同的融合曲面。其次，利用"融合曲面"卷展栏，用户可设置融合曲面的张力（数值越大，越接近父曲面切线的平行方向），是否翻转法线与切线等以及调整融合曲面两个边的开始点。

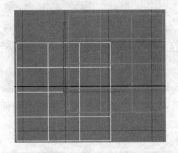

图 4-1-56　复制曲面

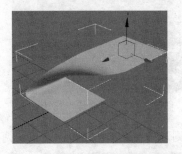

图 4-1-57　在两个曲面间建立光滑的中间过渡

"偏移"按钮：单击该按钮后，单击某个曲面并拖动可创建等距曲面，如图 4-1-58 所示。此外，通过在"偏移曲面"卷展栏中的"封口"复选框，如图 4-1-59 所示，可确定是否在新曲面与原曲面之间创建连接曲面，如图 4-1-60 所示。

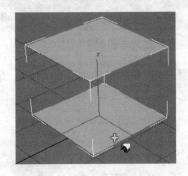

图 4-1-58　创建偏移曲面

图 4-1-59　"偏移曲面"卷展栏

"镜像"按钮：单击该按钮后，单击某个曲面并拖动，可创建镜像曲面。此外，利用"镜像曲面"卷展栏还可选择镜像轴，设置镜像曲面偏移距离，如图 4-1-61 所示。

"挤出"按钮：单击该按钮，可将曲线挤压为曲面，如图 4-1-62 所示，然后利用"挤压曲面"卷展栏可选择挤压方向以及是否封闭拉伸末端。

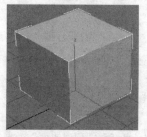

图 4-1-60　创建连接曲面

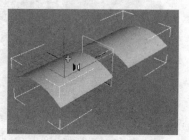

图 4-1-61　创建镜像曲面

"车削"按钮：单击该按钮，可将一个曲线旋转放样生成一个新的曲面，其效果和修改命令面板中的"车削"命令完全相同，如图 4-1-63 所示。此外，利用"车削曲面"卷展栏可设置旋转角度、旋转轴、对齐位置、开始点以及是否封闭旋转末端，如图 4-1-64 所示。

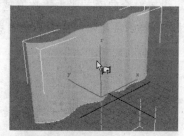

图 4-1-62　将曲线挤压为曲面

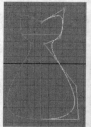

图 4-1-63　旋转曲线生成新的曲面

"规则"按钮：单击该按钮，可在两条曲线之间建立一个曲面，如图 4-1-65 所示。

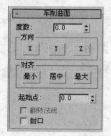

图 4-1-64　"车削曲面"卷展栏

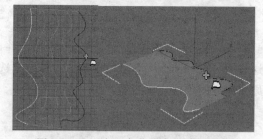

图 4-1-65　在两条曲线之间建立曲面

"封口"按钮：单击该按钮，可为封闭曲线或封闭曲面边界创建曲面，如图 4-1-66 所示。

"U 向放样"按钮：单击该按钮，可将多条选定曲线作为放样截面，生成新曲面，如图 4-1-67 所示。

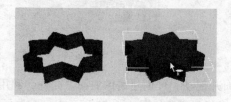

图 4-1-66　为封闭曲面边界创建曲面

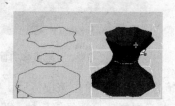

图 4-1-67　将多条曲线作为截面生成新曲面

"UV 放样"按钮：单击该按钮，可沿 UV 两个轴放样生成曲面，如图 4-1-68 所示。

"单轨"按钮：单击该按钮，可建立一个曲面，至少需要两条曲线。

"双轨"按钮：单击该按钮，可建立曲面，至少需要三条曲线，如图 4-1-69 所示。

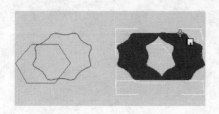

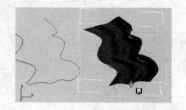

图 4-1-68　沿 UV 两个轴放样生成曲面　　　　　图 4-1-69　建立双轨曲面

"N 混合"按钮：单击该按钮，可创建连接多个（有三个或四个）曲线或曲面边界的融合曲面。

"复合修剪"按钮：利用该功能可将曲面利用多条位于曲面上的封闭曲线进行修剪。此外，利用"复合修剪"卷展栏还可设置是否翻转修剪或翻转法线。

"圆角"按钮：利用该功能可以在两个面之间创建一个圆滑过渡曲面。此外，利用"圆角曲面"卷展栏还可以设置过渡曲面初始与结束位置的"半径"，为过渡曲面设置"步幅"数值以及是否裁剪父曲面或翻转裁剪。

6. NURBS 子对象的修改

要修改 NURBS 子对象，应首先在命令面板的堆栈编辑列表框中展开"NURBS 曲面"项，单击选择要修改的子对象，如图 4-1-70 所示。NURBS 对象共包括四类，即轴点曲面、CV 曲面、轴点曲线与 CV 曲线。也就是说，在同一个 NURBS 对象中，可同时包含这四类子对象。下面以点曲面和 CV 曲面的子对象级，介绍子对象的修改编辑。

（1）编辑轴点

在轴点编辑状态下，用户可编辑轴点曲线与轴点曲面上的轴点，在 CV 卷展栏中设置编辑方式，如图 4-1-71 所示。该卷展栏主要按钮的含义如下所述。

▦：单击该按钮，可选择单个控制点，还可以按【Ctrl】和【Alt】键加减选择，也可以框选。

▦：单击该按钮，可选择与指定点同一行的所有控制点。

▦：单击该按钮，可选择与指定点同一列的所有控制点。

▦：单击该按钮，可选择与指定点同一行列的所有控制点。

▦：单击该按钮，可选择所有的控制点。

名称：显示当前所选控制点的名称。

"权重"数值框：设置当前选择点的权重值，权重值会产生牵引和排斥的作用，值增大产生牵引作用，值减小产生排斥作用。

"隐藏"按钮：单击该按钮，可将选择控制点隐藏。

"全部取消隐藏"按钮：单击该按钮，可将所有隐藏的控制点显示出来。

"熔合"按钮：单击该按钮，然后单击并拖动一个轴点到另一个轴点，从而将第一个轴点熔合到第二个轴点中，如图 4-1-72 所示。要解散熔合轴点，可在单击熔合轴点后，单击解除熔合按钮。

"取消熔合"按钮：删除选择的轴点，起拉直作用。

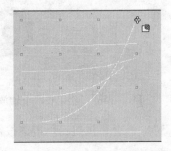

图 4-1-70　堆栈编辑列表框　　　图 4-1-71　CV 卷展栏　　　图 4-1-72　第 1 个点熔合到第 2 个点中

（2）编辑曲线

在堆栈编辑列表框中选择曲面子对象，打开"曲线公用"卷展栏，如图 4-1-73 所示，可编辑轴点曲面和 CV 曲面。利用其"选择"选项组，可确定是选择单段曲线，还是选择全部连接曲线。利用其控制面板，用户还可执行如下操作：

"进行拟合"按钮：单击该按钮，可将 CV 曲线转换为轴点曲线。

"转化曲线"按钮：单击该按钮，可将交换选中曲线的轴点或 CV 顺序。根据曲线制作定规曲面、放样曲面等操作时，由于要进行轴点或 CV 匹配，如果曲线上的轴点或 CV 顺序不同，将会获得不同的效果。

"断开"按钮：单击该按钮，可将选择的曲线在适当位置断开。

"连接"按钮：单击该按钮，可将两条曲线连接为一条曲线，如图 4-1-74 所示。

此外，通过单击"连接"按钮或"设为首顶点"按钮，还可封闭曲线或重设曲线首顶点。

图 4-1-73　"曲线公用"卷展栏　　　　　图 4-1-74　将两条曲线连接为一条曲线

（3）编辑曲面

在命令面板的堆栈编辑列表框中选择"曲面"选项，可修改曲面。同样，利用其"选择"区可决定是选择单个曲面，还是选择全部连接曲面。此外，利用其他按钮可执行如下操作：

选定曲面后，单击"刚性曲面"按钮、"放样曲面"按钮或"轴点曲面"按钮，可使曲面成为刚性曲面、放样曲面或轴点曲面。

单击行打断，列打断，或行、列打断按钮，然后在曲面的适当位置单击可按行、列或两者分割曲面。

单击"挤压"按钮，然后单击并拖动曲面的某条边可延伸曲面。

单击"结合"按钮，然后单击第 1 个曲面的某条边，并将光标移至另一曲面的某条边，可连接两个曲面，如图 4-1-75 所示。在 CV 曲面卷展栏中单击关闭行按钮或关闭列按钮，可沿行方向或列方向封闭曲面，如图 4-1-76 所示。

图 4-1-75 连接两个曲面   图 4-1-76 封闭曲面

此外，当用户选择编辑曲线或曲面时，用户均可设置其材质属性。例如，选择材质号、设置纹理通道等。单击"分离"按钮，可使所选子对象成为独立对象。

思考与练习

1．简述面片建模的基本方法。

2．创建图 4-1-77 所示的卡通鳄鱼模型。

图 4-1-77 卡通鳄鱼模型

4.2 【案例 7】商务人士

案例效果

"商务人士"案例效果如图 4-2-1 所示。本案例通过制作简单的人体模型学习多边形建模的应用。

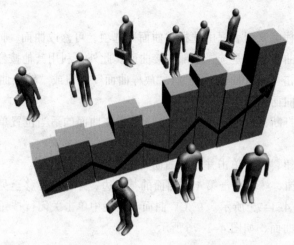

图 4-2-1　"商务人士"效果图

1．制作人物模型

① 启动 3ds Max 9，创建一个新场景，保存文件，将其命名为"商务人士.max"。单击 （创建）→ （几何体）→"标准基本体"→"长方体"按钮，在前视图中创建一个长方体，其设置如图 4-2-2 所示。

② 选中长方体，右击，在弹出的快捷菜单中选择"转换为"→"转换为可编辑多边形"命令，将长方体转换为可编辑多边形。

③ 单击 按钮进入修改命令面板，在堆栈编辑列表中单击"可编辑多边形"前面的"+"按钮，展开"可编辑多边形"堆栈，选择"多边形"选项，进入"多边形"子对象操作状态。

④ 在左视图中选中最上面的多边形，效果如图 4-2-3 所示。在"可编辑多边形"卷展栏中单击"挤出"右侧的 按钮，弹出"挤出多边形"对话框，如图 4-2-4 所示。在该对话框中的"挤出高度"数值框中输入数值 10，单击"确定"按钮退出。在前视图和透视图中效果如图 4-2-5 所示。

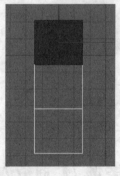

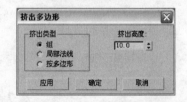

图 4-2-2　长方体参数设置　　图 4-2-3　选中多边形　　图 4-2-4　"挤出多边形"对话框

⑤ 在"编辑多边形"卷展栏中单击"倒角"按钮右侧的 按钮，弹出"倒角多边形"对话框，在该对话框中的设置如图 4-2-6 所示。单击"确定"按钮退出。在前视图中和左视图中效果如图 4-2-7 所示。

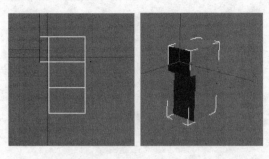
图 4-2-5　挤出多边形效果

图 4-2-6　"倒角多边形"对话框

⑥　单击主工具栏中的"选择并移动"按钮 ✛ 和"选择并旋转"按钮 ↻，对选中的多边形进行移动和旋转，效果如图 4-2-8 所示。

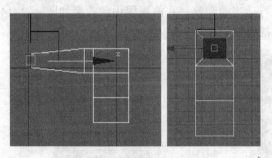
图 4-2-7　倒角多边形效果

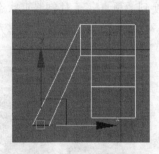
图 4-2-8　对多边形进行移动和旋转

⑦　对选中的多边形再次进行挤出作为手掌，效果如图 4-2-9 所示。单击主工具栏中的"选择并缩放"按钮 ▣，在顶视图中对所挤出的多边形进行一点放大，效果如图 4-2-10 所示。

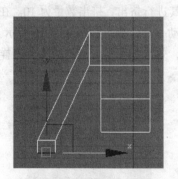
图 4-2-9　挤出多边形在前视图中的效果

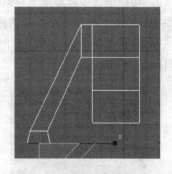
图 4-2-10　挤出多边形放大后的效果

⑧　在"可编辑多边形"堆栈中选择"顶点"选项，进入"顶点"子对象级，顶点子对象编辑状态如图 4-2-11 所示。单击主工具栏中的"选择并移动"按钮 ✛ 和"选择并缩放"按钮 ▣，对顶点进行适当的调整，调整后在前视图和左视图中的效果如图 4-2-12 所示。

⑨　在"可编辑多边形"堆栈中选择"多边形"选项，进入"多边形"子对象编辑状态，将顶视图转换为底视图，在底视图中选择底边，如图 4-2-13 所示。

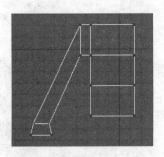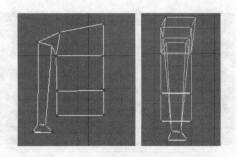

図 4-2-11　"顶点"子对象的编辑状态　　　　　图 4-2-12　调整顶点后的效果

⑩ 在"可编辑多边形"卷展栏中单击"挤出"按钮右侧的 ▣ 按钮，弹出"挤出多边形"对话框，在该对话框中的"挤出高度"数值框中输入数值 10，单击"确定"按钮退出。然后切换到"顶点"子对象编辑状态，对顶点进行适当的调整，在前视图中的效果如图 4-2-14 所示。这样做的目的是为了制作人物对象的腰部效果。

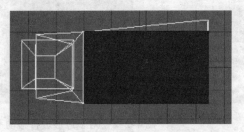

图 4-2-13　在"底视图"中选择底边　　　　图 4-2-14　调节顶点后在前视图中的效果

⑪ 切换到"多边形"子对象编辑状态，选中底边并对其进行挤出，作为人物对象的大腿，挤出数量为 60，然后切换到"顶点"子对象编辑状态，对顶点进行适当地调整，效果如图 4-2-15 所示。

⑫ 切换至"多边形"子对象编辑状态，选中底边，并对其进行挤出，挤出数量为 10。在左视图中，单击主工具栏中的"选择并移动"按钮 ✛，向右移动一点，效果如图 4-2-16 所示。

⑬ 再挤出一个多边形，挤出数量为 10，然后向左移动，效果如图 4-2-17 所示。这样做的目的是为了制作膝盖效果。

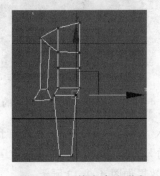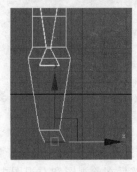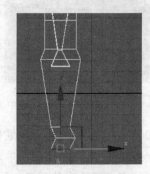

图 4-2-15　挤出多边形在　　　图 4-2-16　多边形进行　　　图 4-2-17　挤出并调整
　　　　前视图中的效果　　　　　　　向右移动　　　　　　　　多边形

⑭ 再挤出一个多边形作为小腿，挤出数量为 40，单击主工具栏上的"选择并缩放"按钮 ▣ 在左视图中对 X 轴进行缩小，效果如图 4-2-18 所示。

⑮ 挤出一个数量为 10 的多边形作为脚，在前视图中选中最下面的多边形，效果如图 4-2-19 所示。对所选多边形进行挤出，挤出数量为 15，在左视图中的效果如图 4-2-20 所示。

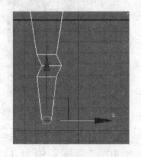
图 4-2-18 挤出并缩小
多边形

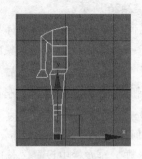
图 4-2-19 在前视图中选中
多边形

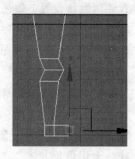
图 4-2-20 挤出多边形效果

⑯ 在左视图中单击主工具栏上的"选择并缩放"按钮 对 Y 轴进行缩小，然后单击"选择并移动"按钮 向下移动，效果如图 4-2-21 所示。

⑰ 再挤出一个数量为 10 的多边形，在左视图中效果如图 4-2-22 所示。再次单击"多边形"子对象，退出子对象编辑状态。至此，人物的身体部分制作完毕。在透视图中效果如图 4-2-23 所示。

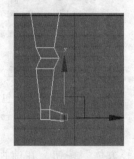
图 4-2-21 缩放并移动
挤出多边形

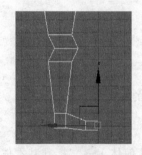
图 4-2-22 挤出多边形
效果

图 4-2-23 人物身体部分在
透视图中的效果

⑱ 选中人物对象，选择 （修改）→"修改器列表"→"对称"选项，为其添加"对称"修改器，单击"对称"修改器列表中的 按钮，在其堆栈中选择镜像选项，其参数设置如图 4-2-24 所示，效果如图 4-2-25 所示。

图 4-2-24 "对称"修改器的参数设置

图 4-2-25 使用"对称"修改器后的效果

⑲ 选中人物对象，选择 （修改）→"修改器列表"→"网格平滑"选项，为其添加"网格平滑"修改器，其参数设置使用默认设置，效果如图 4-2-26 所示。

⑳ 单击 （创建）→ （几何体）→"标准基本体"→"球体"按钮，在前视图中创建一个球体作为人物对象的头部，在其"参数"卷展栏中设置"半径"值为 20，然后单击主工具栏中的"选择并缩放"按钮 分别在前视图和左视图中对 X 轴进行缩小，效果如图 4-2-27 所示。

图 4-2-26　网格平滑后的效果

㉑ 单击 （创建）→ （几何体）→"扩展基本体"→"切角长方体"按钮，在前视图中创建一个切角长方体，在其"参数"卷展栏中设置"长度"值为 30，"宽度"值为 11，"高度"值为 60，"圆角"值为 3。

㉒ 单击 （创建）→ （几何体）→"扩展基本体"→"圆环"按钮，在左视图中创建一个圆环，在其"参数"卷展栏中设置"半径 1"值为 8，"半径 2"值为 2，将切角长方体和圆环成组，命名为"手提包"，效果如图 4-2-28 所示。

图 4-2-27　对球体进行缩放后的效果

图 4-2-28　制作手提包效果

2．制作柱形图

① 单击 （创建）→ （几何体）→"标准基本体"→"长方体"按钮，在前视图中创建一个切角长方体，在其"参数"卷展栏中输入"长度"值为 50，"宽度"值为 60，"高度"值为 120，效果如图 4-2-29 所示。用同样的方法制作出其他的长方体，效果如图 4-2-30 所示。

图 4-2-29　制作长方体效果

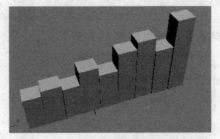

图 4-2-30　制作其他的长方体效果

② 单击 （创建）→ （图形）→"样条线"→"线"按钮，在前视图中创建一条如图 4-2-31 所示的样条线。

③ 单击 （创建）→ ⬤（图形）→ "样条线" → "圆" 按钮，在前视图中创建一个小圆，设置半径为 4。

④ 选中样条线，单击 （创建）→ "复合对象" → "放样" 按钮，在 "创建方法" 卷展栏中单击 "获取图形" 按钮，然后单击创建的小圆，得到图 4-2-32 所示的效果。

图 4-2-31　创建样条线

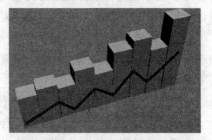

图 4-2-32　样条线放样后的效果

⑤ 单击 ⬤（创建）→ ⬤（几何体）→ "标准基本体" → "圆锥体" 按钮，在顶视图中创建一个圆锥体，在其 "参数" 卷展栏中设置 "半径 1" 值为 15，"半径 2" 值为 2，"高度" 值为 40，单击主工具栏中的 "选择并旋转" 按钮 ⟳ 在前视图中对圆锥体进行旋转，效果如图 4-2-33 所示。

⑥ 将制作好的人物模型进行复制、移动、旋转等操作，得到图 4-2-34 所示效果。

至此，整个设计制作完毕。在透视图中单击主工具栏中的 "渲染" 按钮 ⬤ 对其进行渲染操作，渲染后的效果如图 4-2-1 所示。

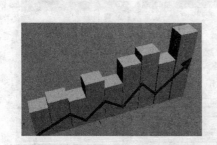

图 4-2-33　制作圆锥体

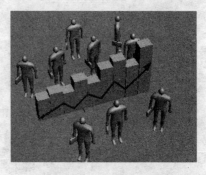

图 4-2-34　复制并变换人物对象

相关知识　网格和多边形建模

1．网格建模

网格建模是 3ds Max 中较为常用的建模方式之一。这种建模方法较其他建模方法更易掌握，也更易控制。相对于面片建模与 NURBS 建模而言，网格建模方法具有占用系统资源较少，更易于控制的特点。

网格建模和多边形建模一直是 3ds Max 以及其他三维软件重要的建模手段。多边形建模作为网格建模的补充和增强，本身蕴含着巨大的潜力。随着 3ds Max 细分表面工具的逐步完善，网格建模和多边形建模技术通常在游戏中大量采用，因为大多数实时游戏引擎的限制，用于 3D 游戏中的模型只有采用较低的多边形数量，才能够被快速进行实时着色，以达到良好的游戏效果。

（1）将对象转换为网格对象

网格对象属于非参数化对象，需要从另一种对象类型转换得到，或者作为一个编辑修改器的结果产生。可以转换的对象类型包括二维模型、基础造型、面片和 NURBS 等。在 3ds Max 中，许多被导入的模型将显示为网格对象。大多数 3D 格式（包括 3DS 和 DXF 等）都是作为网格对象导入的。将对象转换为网格对象的方法有两种。

◎ 将对象转换为可编辑网格：选中并右击要转换成网格的对象，在弹出的快捷菜单中选择"转换为"→"转换为可编辑网格"命令，如图 4-2-35 所示。此方法限于已经应用了编辑修改器的对象。

◎ 使用"编辑网格"修改器进行转换：单击所要进行转换的网格对象，选择"修改"→"修改器列表"→"编辑网格"选项，就可应用编辑网格修改器。

注意，编辑网格修改器提供所选对象不同子对象层级的显示编辑工具。编辑网格修改器与可编辑网格对象的绝大部分功能相匹配，只是不能设置子对象动画。不同之处是，如果选择"转换为可编辑网格"选项时，对象的创建参数和其他修改器将不再存在，直接转换为最后的操作结果；如果选择"编辑网格"选项后，将保留对象原始的创建参数和使用过的修改器，随时可以对网格对象进行编辑，如图 4-2-36 所示。图 4-2-36（a）所示是将对象转换为可编辑网格后的修改器面板；图 4-2-36（b）所示是添加编辑网格选项的修改器面板。

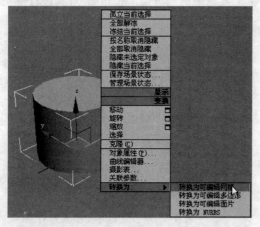

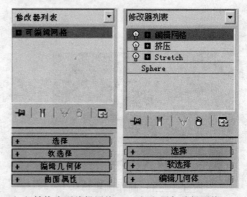

（a）转换为可编辑网格　　（b）添加编辑网格

图 4-2-35　通过右键将对象转换为可编辑网格　　　图 4-2-36　两种转换方法后的修改器面板对比

（2）网格的子对象

网格建模的主要方法是对其子对象进行编辑。在将对象转换为可编辑网格对象以后，展开修改器堆栈，可以看到其子对象，如图 4-2-37 所示。网格对象包含五种子对象，分别是顶点、边、面、多边形和元素。

◎ 顶点。顶点是基本的子对象，网格建模中的大部分操作都是针对顶点子对象的，一个顶点代表 3D 空间中的一个点，顶点独立存在，独立的可以用来创建新的面，但是这样的顶点渲染时看不到。如果顶点被移动和编辑，那么它组成的面就会受到影响，包括变换操作，如移动、旋转和缩放等等，即使这些操作是在边或面的子对象层中进行，其性质仍然是针对顶点的变换。

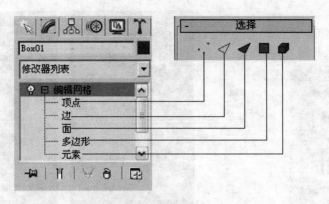

图 4-2-37　"编辑网格"子对象

◎ 边。两个结点连接起来就构成了边，边在视图中可以显示为可见边，也可以隐藏为不可见。

◎ 面。面由三个结点或边来定义，3D 空间中可以存在独立的结点，但不存在没有结点的面，面具备可渲染的属性。

◎ 多边形。多边形由面组成，通常情况下是指没有被可见边分开，并且在平面阈值范围之内的面的集合。

◎ 元素。元素是单个网络对象之一，两个或两个以上的单个网格对象（即相邻面组）组合成为一个更大的对象，它是共享结点相连的面的集合。一个网格对象内可能包含一个或多个元素子对象。

（3）网格子对象的选择

◎ 选择子对象的方法。在修改器堆栈中，单击"编辑"网格选项前的"＋"按钮，让其处于子对象模式中。可以单击一个子对象或拖动选取框来选定它，也可以在"选择"卷展栏中，单击相应的子对象按钮，即可选择编辑对象的子对象。如果要选多个子对象可以单击子对象时按住【Ctrl】键。利用【Ctrl】键还可以在保持其选择的同时取消子对象的选择。按住【Alt】键可以从当前选择集中去掉选定的所有子对象。

在选定子对象后，就可以使用变换工具对这个子对象选择集进行编辑了。子对象的变换方式与其他对象类似。

在一个复杂的网格对象表面，包含了大量的点、边界和面等子对象。这种情况下只利用一般的选择和变换工具选取子对象是不够的，必须有效利用其他选择工具，准确地对子对象进行选择，才能按照要求来建立或编辑网格对象。

◎ "选择"卷展栏。选择网格对象并进行修改命令面板，在"选择"卷展栏内包括与选择子对象的应用工具，如图 4-2-38 所示。

"按顶点"复选框：选择该复选框，可以在选择边或面的同时单击与之相连接的顶点。

"忽略背面"复选框：选择该复选框后，在选择子对象时，只能选择面向视图方向的子对象。其背面的子对象被忽略而不被选择，如图 4-2-39 所示。

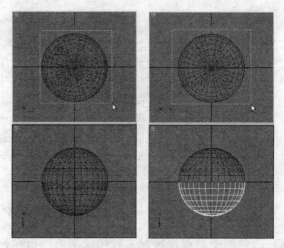

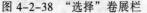

图 4-2-38 "选择"卷展栏 　　　　图 4-2-39 "忽略对面"复选框在未选择和选择后的不同结果

"忽略可见边"复选框：选择该复选框，将忽略多边形的可见边。在选择多边形子对象时，用于控制是否忽略多边形的可见边。

"平面阈值"数值框：指定阈值的值，该值决定对于"多边形"面选择来说哪些面是共同面。

"显示法线"复选框：法线是用来定义面或结点方向的指示器。网格对象的面和结点的方向非常重要，它影响对象的外部形态。在默认状态下，只有朝向外部的面才能在视图中显现出来。选择"显示法线"复选框后，所选子对象的法线方向都会由蓝色的线段指示出来，如图 4-2-40 所示。

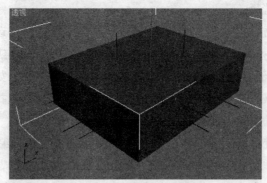

图 4-2-40 法线方向显示

"比例"数值框："显示法线"复选框处于启用状态时，指定视口中显示的法线大小。

"删除孤立顶点"复选框：在启用状态下，删除子对象的连续选择时系统将消除任何孤立顶点。在禁用状态下，删除选择会完好不动地保留所有的顶点。该功能在"顶点"子对象层级上"不可用"。默认设置为启用。

孤立顶点是指没有与之相关的面几何体的顶点。例如，"删除孤立顶点"处于禁用状态，并且删除了四个多边形的矩形选择，所有围绕在单独中心点周围的顶点将在空间中挂起，但是中心点保持原有位置。

"隐藏"按钮：隐藏任何选定的子对象。边和整个对象不能隐藏。

"全部取消隐藏"按钮：还原任何隐藏对象使之可见。只有在处于"顶点"子对象层级时能将隐藏的顶点取消隐藏。

◎"软选择"卷展栏。"软选择"卷展栏如图 4-2-41 所示。该卷展栏位于"选择"卷展栏的下方。"软选择"卷展栏控件允许部分地选择显式选择邻接处中的子对象。这将会使显式选择的行为就像被磁场包围了一样。在对子对象选择进行变换时，在场中被部分选定的子对象就会平滑地进行绘制；这种效果随着距离或部分选择的"强度"而衰减。这种衰减在视口中表现为选择周围的颜色渐变，它与标准彩色光谱的第一部分一致。

默认情况下，软选择区域是球形的，而不考虑几何体结构。如果子对象被传播到了修改器堆栈上，并且"使用软选择"复选框处于启动状态，变形对象的修改器结果（如"弯曲"和"变换"）就会受"软选择"参数值的影响。这个对话框中的控件可以修改"软选择"参数。所有的子对象层级都共享了相同的"软选择"参数值。"软选择"可用于 NURBS、网格、多边形、面片和样条线对象，如图 4-2-42 所示。

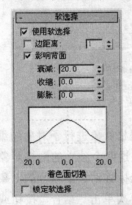

图 4-2-41　"软选择"卷展栏

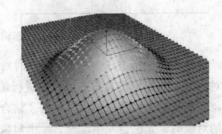

图 4-2-42　软选择和周围区域的颜色比较

"使用软选择"复选框：该复选框用于使用柔化功能并激活该卷展栏中的其他参数。

"边距离"复选框和数值框：用于设置受影响区域的边数。

"影响背面"复选框：启用该复选框后，那些法线方向与选定子对象平均法线方向相反的、取消选择的面就会受到软选择的影响。

"衰减"数值框：用以定义影响区域的距离，它是用当前单位表示的从中心到球体的边的距离。使用越高的衰减设置，就可以实现更平缓的斜坡，具体情况取决于几何体比例。默认设置为20。

"收缩"数值框：沿着垂直轴提高并降低曲线的顶点。设置区域的相对"突出度"。为负数时，将生成凹陷，而不是点。设置为 0 时，收缩将跨越该轴生成平滑变换。默认值为 0。

"膨胀"数值框：沿着垂直轴展开和收缩曲线。设置区域的相对"丰满度"。受"收缩"限制，该选项设置"膨胀"的固定起点。"收缩"设为 0 并且"膨胀"设为 1.0 将会产生最为平滑的凸起。"膨胀"为负数值将在曲面下面移动曲线的底部，从而创建围绕区域基部的"山谷"。默认值为 0。

软选择曲线：以图形的方式显示"软选择"是如何进行工作的。

"着色面切换"按钮：显示颜色渐变，它与软选择范围内面上的软选择权重相对应。只有在编辑面片和多边形对象时才可用。

"锁定软选择"复选框：锁定软选择，以防止对按程序的选择进行更改。

（4）子对象的编辑

将对象转换为可编辑网格对象后，它包括五种子对象，每种子对象除了可以进行添加、移动、删除等操作外，还可以进行一些特殊的操作，下面对其进行讲解。

◎ "编辑几何体"卷展栏。将几何对象转变为可编辑网格对象后，通过"编辑几何体"卷展栏可以对网格对象进行编辑操作，如图 4-2-43 所示。"编辑几何体"卷展栏提供了用于更改"编辑多边形"对象几何体的全局控制。包括创建次数、挤压面、切割、倒角和细化等，注：一些命令只能在特定的子对象层中才会有效。这里对一些常用的命令加以说明。

图 4-2-43 "编辑几何体"卷展栏

"附加"按钮：在 3ds Max 9 中，不能同时对两个独立的网格对象进行子对象的编辑，如果须要同时对两个独立的网格对象的子对象进行编辑，就需要将这两个独立的网格对象合并为一个网格对象。选择某个网格对象后，单击"结合"按钮。把光标移动到要结合的对象上，在通过可接受的对象时，光标会发生改变，单击对象以选定它。再次单击"结合"按钮或者在视窗中右击就会退出"结合"模式。"附加"效果如图 4-2-44 所示。

"分离"按钮：单击该按钮可以把选定的子对象与其他子对象分离。若要使用这个命令，可选定子对象并单击"分离"按钮，这时会弹出"分离"对话框，如图 4-2-45 所示。在此对话框中可以给新分离的子对象命名，对话框中还有"分离到元素"和"作为克隆对象分离"复选框。

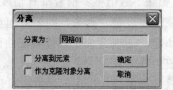

图 4-2-44 通过附加命令将独立的网格对象结合在一起　　图 4-2-45 "分离"对话框

"挤出"按钮：单击此按钮，然后拖动来挤出选定的边或面，或是调整"挤出"微调按钮执行挤出。"挤出"处于活动状态时，可以选择不同的子对象进行挤出，如图 4-2-46 所示。

"挤出"数值框：该微调按钮位于"挤出"按钮右边，可以指定边的挤出量。选择一条或多条边，然后调整微调按钮。

"倒角"按钮：倒角（仅限于"面"、"多边形"、"元素"层级），单击此按钮，然后垂直拖动任何面，以便将其挤出。释放鼠标，然后垂直移动光标，以便对挤出对象执行倒角处理。单击以完成，如图 4-2-47 所示。

图 4-2-46　显示挤出面的长方体　　　　图 4-2-47　显示倒角的挤出面

如果光标位于选定面上，将会更改为"倒角"光标，选定多个面时，如果拖动任何一个面，将会均匀地倒角所有的选定面。激活"倒角"按钮时，可以依次拖动其他面，使其倒角。再次单击"倒角"按钮或右击，以便结束操作。

"创建"按钮：单击该按钮可以给网格对象添加新顶点和面。单击"创建"按钮，然后在视图中单击新顶点要定位的位置，再次单击"创建"按钮或在视图中右击可退出创建模式。创建模式可用于除边以外的所有子对象，用创建命令创建的顶点，仍然是原网格的一部分，这些顶点在渲染时不能显示，也不受其他子对象的影响。

"删除"按钮：删除选定的子对象以及附加在上面的任何面。

"焊接"选项组："焊接"选项组中的按钮用于焊接顶点。有两种执行方法，一种是单击"选定项"按钮，操作如下：首先选择须要焊接的两个结点或更多结点，然后单击"选定项"按钮。如果结点在阈值范围内，则它们可以焊接为一个结点。如果没有结点在阈值范围内，则会打开一个警告框提示，这种情况可以通过适当增加焊接的阈值来完成操作。另一种是单击"目标"按钮，操作如下：首先选择须要焊接的结点，单击"目标"按钮，拖动鼠标将所选结点移向目标结点，当选择的结点移动到目标结点的阈值范围内时，光标变成十字光标。松开鼠标，这时所选结点与目标结点合并，如图 4-2-48 所示。

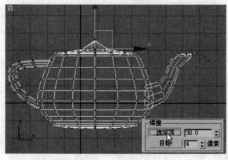
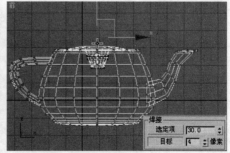

图 4-2-48　结点的两种焊接方式

"塌陷"按钮：塌陷是一种简化网格对象的方法，单击该按钮可以把几个选下的子对象塌陷成单个子对象，这个子对象将位于选择集的中心位置。

"炸开"按钮：为每一个附加到选定顶点的面创建新的顶点，可以移动面角使之互相远离它们曾经在原始顶点连接起来的地方。如果顶点是孤立的或者只有一个面使用，则顶点将不受影响，如图 4-2-49 所示。

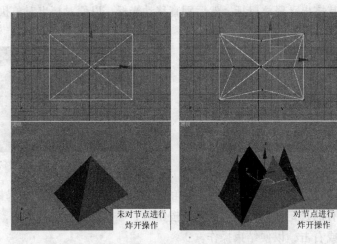

图 4-2-49　对结点进行断开操作

"切割"按钮：通过剪切一条现有的边将其一分为二。单击"切割"按钮，然后单击并拖动过要剪切的边，如果拖过几个面，就会在每个交点处创建新结点和新边，最后再次单击完成操作。

"切片"按钮：可以沿一个平面切开网格对象。单击"切片"按钮，在选定的对象上会出现一个黄色的切平面，单击"变换"按钮可以移动、旋转并缩放这个线框。适当地定位平面并设置好所有的选项后，单击"切片"按钮可以把网格切开。所有相交平面都一分为二，并且在切平面原网格对象相交的位置上添加了新的结点和边。

（5）"曲面属性"卷展栏

"曲面属性"卷展栏如图 4-2-50 所示。"曲面属性"卷展栏中的各项命令选项是控制网格对象表面属性的常用工具，通过这些控件，可以使用面法线、材质 ID、平滑组和顶点颜色。

图 4-2-50　"曲面属性"卷展栏

◎ "法线"选项组。

"翻转"按钮：反转选定面的曲面法线的方向。

"统一"按钮：统一所选子对象的法线方向。将所有被选择面的法线方向统一为由中心向外。

"翻转法线模式"按钮：翻转单击的任何面的法线。要退出，请重新单击此按钮，或者在程序界面的任何位置右击。

◎ "材质"选项组。

"设置 ID"数值框：用于向选定的子对象分配特殊的材质 ID 编号，以供"多维/子对象"材质和其他应用使用。使用微调按钮或用键盘输入数字。可用的 ID 总数是 65 535。

"选择 ID"按钮：选择与相邻 ID 字段中指定的"材质 ID"对应的子对象。输入或使用该微调按钮指定 ID，然后单击"选择 ID"按钮。

"按名称选择"下拉列表：该下拉列表显示了对象包含为其分配的"多维/子对象"材质时子材质的名称。单击下三角按钮，然后从列表中选择某个子材质。此时，将会选中分配该材质的子对象。如果对象没有分配到"多维/子对象"材质，将不会提供名称列表。同样，如果选定的多个对象已经应用"编辑面片"、"编辑样条线"或"编辑网格"修改器，则名称列表将会处于非活动状态。

注意，子材质名称是那些在该材质的"多维/子对象基本参数"卷展栏的"名称"列中指定的名称；这些名称不是在默认情况下创建的，因此，必须使用任意材质名称单独指定。

"清除选定内容"复选框：启用时，如果选择新的 ID 或材质名称，将会取消选择以前选定的所有子对象。禁用时，选定内容是累积结果，因此，新 ID 或选定的子材质名称将会添加到现有的面片或元素选择集中。默认设置为启用。

◎ "平滑组"选项组。使用"平滑组"选项组中的控件，可以向不同的平滑组分配选定的面，还可以按照平滑组选择面。要向一个或多个平滑组分配面，请选择所需的面，然后单击要向其分配的平滑组数。

"按平滑组选择"按钮：显示说明当前平滑组的对话框。通过单击对应编号按钮选择组，然后单击"确定"按钮。如果选择"清除选定内容"复选框，首先会取消选择以前选择的所有面。如果取消选择"清除选定内容"，则新选择添加到以前的所有选择集中。

"清除全部"按钮：从选定面中删除所有的平滑组分配。

"自动平滑"按钮：根据面间的角度设置平滑组。如果任何两个相邻面法线间的角度小于该按钮右侧的微调按钮设置的阈值角度，则表示这两个面处于同一个平滑组中。

◎ "编辑顶点颜色"选项组。使用"编辑顶点颜色"选项组中的控件，可以分配颜色、照明颜色（着色）和选定面中各顶点的 alpha（透明）值。

"颜色"数值框：单击色样可更改选定面中各顶点的颜色。在面层级分配顶点颜色时，可以防止面与面的融合。

"照明"数值框：单击色样可更改选定面中各顶点的照明颜色。使用该选项，可以更改照明颜色，而不会更改顶点颜色。

Alpha 数值框：用于向选定面上的顶点分配 alpha（透明）值。微调按钮值是百分比值；0 是完全透明，100 是完全不透明。

2．多边形建模

多边形网格建模是以网格建模为基础，进行改进后的一种比较实用的建模方法。最初是为了满足用户在游戏产业中越来越多的需求而开发的，随着 3ds Max 软件版本的升级，多边形建模工具也得到了极大的增强，在网格盛行的多种三维游戏中的角色和一些场景，基本上都是用多边形创建的模型。

多边形建模与网格建模非常相似，最大区别在于形体基础面的定义不同。网格建模将面子对象定义为三角面，而多边形建模将面的子对象定义为多边形，无论编辑的面有多少条边，只要这些边不可见，那么该面就会定义为一个独立的多边形。在多边形对象的子对象中，没有了三角子对象，而出现了一种新的子对象类型，称为边界子对象，这种新增的子对象使得建模方面的操作更加灵活。

（1）将对象转化为多边形对象

在视图中创建原始物体对象，转换为可编辑多边形，根据创建模型的需要分别进入不同的子对象层级，修改多边形的顶点、边、边界、面、元素等最终达到所需的模型，其方法有两种。

◎ 选中所要转换为多边形的对象，右击，在弹出的快捷菜单中选择"转换为"→"转换为可编辑多边形"命令，即可将对象转换为多边形对象。

◎ 选中所要转换为多边形的对象，打开"修改"面板，在修改器列表中选择"转换为多边形"选项来进行转换。

当一个对象被转化为多边形对象后，便可以进入其子对象层中进行编辑。

（2）多边形的子对象

多边形建模包含五个子对象层级：顶点、边、边界、多边形和元素，如图 4-2-51 所示。因为多边形建模是以多边形定义基础面，所以在子对象中没有网格中的"面"子对象层，取而代之的是"边界"子对象层 。这些元素可以在不同的子对象层级中将对象进行操作和编辑。但是，与三角形不同的是，多边形对象的面是包含任意数目顶点的多边形。

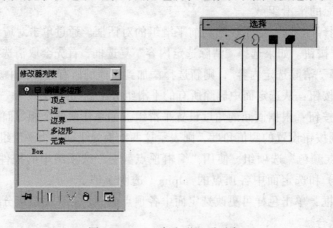

图 4-2-51　"多边形"子对象

（3）多边形子对象的选择

多边形子对象的"选择"卷展栏如图 4-2-52 所示。其中的参数含义如下所述。

"收缩"按钮：从选择区域的外部向内收缩以减少子对象选择的数量。

"扩大"按钮：从选择区域的外部向外扩展以增加子对象选择的数量，如图 4-2-53 所示。

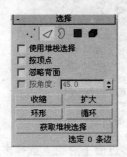

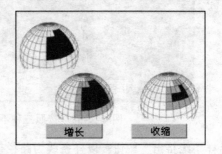

图 4-2-52　"选择"卷展栏　　　　图 4-2-53　利用扩大和收缩命令收缩和扩展子对象选择集

"环形"按钮：此命令将选择所选边子对象的所有平行边，从而扩展当前选择范围。此命令只作用于边和边界子对象层中，如图 4-2-54 所示。

"循环"按钮：此命令将选择同所选边子对象对齐的所有的边，从而扩展当前选择范围。此命令只作用于边和边界子对象层中，并只通过四个方向的交点进行传播，如图 4-2-55 所示。

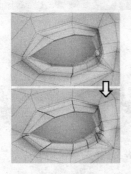

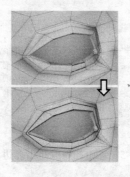

图 4-2-54　利用"环形"命令进行选取　　　　图 4-2-55　利用"循环"命令进行选取

（4）多边形对象的编辑

"挤出"按钮：同可编辑网格相比较，该命令增加了针对结点子对象的操作。在进行多边形的挤出操作时，选中多边形子对象，在"编辑多边形"卷展栏中单击"挤出"按钮右侧的 ▢（设置）按钮，如图 4-2-56 所示，弹出"挤出多边形"对话框，如图 4-2-57 所示。

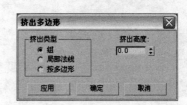

图 4-2-56　"编辑多边形"卷展栏　　　　图 4-2-57　"挤出多边形"对话框

在该对话框中，可以对挤出操作执行更精确的数值以外，还可以对挤出类型进行设定，其中包括组、局部法线、按多边形三个单选按钮，图 4-2-58 所示是按照不同的三种类型进行挤出的结果。

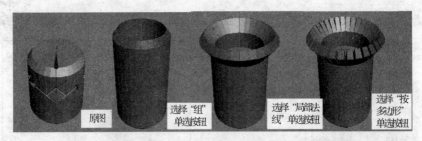

图 4-2-58　按照三种不同的选项进行挤出的结果

"沿样条线挤出"按钮：以样条线为路径挤出当前选定的多边形子对象。选择多边形子对象，然后在"编辑多边形"卷展栏中单击"沿样条线挤出"按钮，在视图中拾取样条曲线作为挤出路径。也可以单击"沿样条线挤出"右侧的◻（设置）按钮，弹出"沿样条线挤出多边形"对话框，如图 4-2-59 所示。

在该对话框中进行样条线的挤出设置，效果如图 4-2-60 所示。

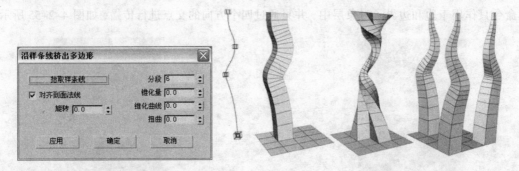

图 4-2-59　"沿样条线挤出多边形"对话框　　　　图 4-2-60　沿样条线挤出多边形

"从边旋转"按钮：以多边形的一个边为轴旋转挤出多边形对象。在"多边形"子对象中，选中一个多边形对象，如图 4-2-61（a）所示。单击"从边旋转"按钮，在视图中多边形对象上任意一条边上垂直拖动鼠标，即可执行该操作。挤出的多边形会沿着所选的边为轴进行旋转，并在旋转路径上创建新的多边形同多边形对象相连接。单击"从边旋转"按钮右侧的◻（设置）按钮，弹出"从边旋转多边形"对话框，如图 4-2-61（b）所示。在该对话框中可以设置挤出的角度、分段数以及旋转轴等等，单击"确定"按钮关闭。效果如图 4-2-61（c）所示。

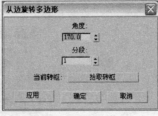

（a）选中一个多边形对象　　　（b）"从边旋转多边形"对话框　　　（c）效果图

图 4-2-61　以选定的边旋转多边形

对于顶点子对象操作、也有与可编辑网络不同的地方，例如，在多边形对象中选择顶点子对象，可以在"编辑顶点"面板中看到"连接"按钮与"移除"按钮，其功能如下：

"连接"按钮：在所选择的边子对象间创建新的边，用来连接所选对象的中点。

"移除"按钮：用来移除所选择节点或其他子对象，该命令与【Delete】命令的不同之处在于使用"移除"命令移除子对象后，在子对象原来所处的位置不会形成"空洞"，而是将用到所移除的子对象的多边形进行合并，如图 4-2-62 所示。

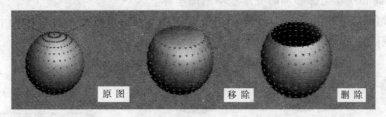

图 4-2-62　删除和移除结点的不同结果

3. 网格平滑修改器

利用传统多边形建模技术遇到的最大难题是，如果要得到光滑的模型表面，常常须要用到大量的多边形数量，这样就会降低编辑操作的效果。为此，3ds Max 9 提供了一个解决方案——细分表面建模，细分表面建模能够针对低解析度模型操作的同时，得到高解析度的输出。它是一种交互性更强、更直观的角色建模技术，效果如图 4-2-63 所示。

细分表面建模主要是通过"网格平滑"修改器来实现。"网格平滑"修改器通过多种不同方法平滑场景中的几何体。它可以细分几何体，同时在角和边插补新面的角度以及将单个平滑组应用于对象中的所有面。"网格平滑"的效果是使角和边变圆，就像其被锉平或刨平一样。使用"网格平滑"参数可控制新面的大小和数量以及其如何影响对象曲面。

通过"网格平滑"修改器可以生成非均匀有理数网格平滑对象（NURMS）。此 NURBS 对象与可以为每个控制顶点设置不同权重的 NURBS 对象相似。通过更改边权重，可进一步控制对象形状。

网格平滑的效果在锐角上最明显，而在弧形曲面上最不明显。在长方体和具有尖锐角度的几何体上使用"网格平滑"，避免在球体和与其相似的对象上使用。

◎ "细分方法"卷展栏。"细分方法"卷展栏如图 4-2-64 所示。

图 4-2-63　细分表面建模

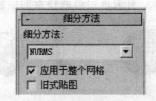

图 4-2-64　"细分方法"卷展栏

"细分方法"列表框：选择列表框中的控件可以确定"网格平滑"操作的输出。图 4-2-65 所示即为在立方体上进行两次迭代的"网格平滑"效果和不同细分方法的效果，图 4-2-65（a）所示为 NURMS 细分，图 4-2-65（b）所示为"四边形输出"细分，图 4-2-65（c）所示为"经典"细分。

"应用于整个网格"复选框：启用时，在堆栈中向上传递的所有子对象选择被忽略，且"网格平滑"应用于整个对象。注意，子对象选择仍然在堆栈中向上传递到所有后续修改器。

"旧式贴图"复选框：使用 3ds Max 版本 3 的算法将"网格平滑"应用于贴图坐标。此方法会在创建新面和纹理坐标移动时变形基本贴图坐标。

◎ "细分量"卷展栏。"细分量"卷展栏如图 4-2-66 所示，该卷展栏中的参数用来控制对象在视图中的显示和渲染中的细分平常级别。

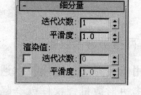

（a）NURMS 细分 （b）"四边形输出"细分 （c）"经典"细分

图 4-2-65　不同细分方法的效果　　　　　　　图 4-2-66　"细分量"卷展栏

"迭代次数"数值框：设置网格细分的次数。增加该值时，每次新的迭代会通过在迭代之前对顶点、边和曲面创建平滑差补顶点来细分网格，如图 4-2-67 所示。修改器会细分曲面来使用这些新的顶点，默认设置为 0，范围为 0~10。

"平滑度"数值框：设置转角的锐度值，以便在转角上添加多边形来光滑对象。计算得到的平滑度为顶点连接的所有边的平均角度。当值为 0.0 时会禁止创建任何面。当值为 1.0 时会将面添加到所有顶点，即使它们位于一个平面上。

"渲染值"选项组：用于在渲染时对对象应用不同的平滑迭代次数和不同的平滑度值。一般，使用较低迭代次数和较低平滑度值进行建模，使用较高值进行渲染。这样，可在视口中迅速处理低分辨率对象，同时生成更平滑的对象以供渲染。

◎ "局部控制"卷展栏。"局部控制"卷展栏如图 4-2-68 所示。该卷展栏中的参数含义如下所述。

"对象层级"选项组：启用或禁用"边"或"顶点"层级。如果两个层级都被禁用，将在对象层级工作。有关选定边或顶点的信息显示在"忽略朝后部分"复选框下的消息区域中。

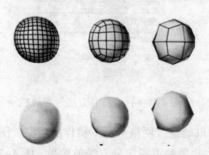

图 4-2-67　增加迭代次数的效果　　　　　　图 4-2-68　"局部控制"卷展栏

"忽略朝后部分"复选框：启用时，子对象选择会仅选择其法线使其在视口中可见的那些子对象。禁用（默认设置）时，选择包括所有子对象，而与它们的法线方向无关。

"控制级别"数值框：用于在一次或多次迭代后查看控制网格，并在该级别编辑子对象点和边。"变换"控件和"权重"设置对所有层级的所有子对象可用。"折缝"设置仅在"边"子对象层级可用。

"等值线显示"复选框：启用时，该软件只显示等值线，对象在平滑之前的原始边。使用此项的好处是减少混乱的显示。禁用时，该软件显示"网格平滑"添加的所有面。所以，提高"迭代次数"设置（参见"细分量"卷展栏）会导致线条数增多。默认设置为启用。

"显示框架"复选框：在细分之前，切换显示修改对象的两种颜色线框的显示。框架颜色显示为复选框右侧的色样。第一种颜色表示"顶点"子对象层级的未选定的边，第二种颜色表示"边"子对象层级的未选定的边。通过单击其色样更改颜色。

思考与练习

1. 创建图 4-2-69 所示的卡通章鱼模型。
2. 创建图 4-2-70 所示的卡通青蛙模型。

图 4-2-69　卡通章鱼模型

图 4-2-70　卡通青蛙模型

第5章 材质贴图、灯光与摄影机

5.1 【案例8】卡通兔子

案例效果

本案例将为一个制作好的卡通兔子模型赋予材质，使其具有瓷器的光泽感，显得好像陶瓷制品，渲染效果如图 5-1-1 所示。通过本案例的制作，将学会 3ds Max 9 标准材质的应用。

操作步骤

1. 打开文件

启动 3ds Max 9，打开本书素材"卡通兔子.max"文件，效果如图 5-1-2 所示。

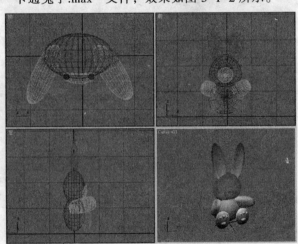

图 5-1-1 "卡通兔子"渲染效果图　　　　图 5-1-2 打开文件后的效果

2. 兔子身体材质设计

① 单击主工具栏中的"材质编辑器"按钮，弹出"材质编辑器"对话框。在该对话框中单击"示例窗"第 1 排的第 1 个窗格，在"示例窗"下面的"材质名称框"中输入名称"身体"，即将该材质命名为"身体"，如图 5-1-3 所示。

② 为了使卡通兔子有瓷器的光泽感，这里选择适用石材材质设计的 Blinn 明暗器。在"明暗器基本参数"卷展栏的明暗器下拉列表框中选择"（B）Blinn"选项，如图 5-1-4 所示。

图 5-1-3　材质命名

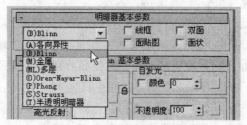

图 5-1-4　选择 Blinn 明暗器

③ 在"Blinn 基本参数"卷展栏中单击"环境光"左边的 按钮，使其呈弹起状 ，取消环境光与漫反射的同步，可使其分别使用不同的颜色。

单击"环境光"右边的颜色框，弹出"颜色选择器"对话框，设置颜色为"红=46、绿=16、蓝=44"，如图 5-1-5 所示。单击"关闭"按钮，返回"材质编辑器"对话框。

单击"漫反射"右边的颜色框，弹出"颜色选择器"对话框，设置颜色为"红=210、绿=210、蓝=210"，单击"关闭"按钮，返回"材质编辑器"对话框。

在"反射高光"选项组中，设置高光级别为 100，光泽度为 100，柔化为 0.1，完成后如图 5-1-6 所示。

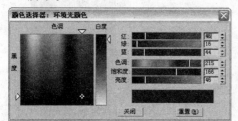

图 5-1-5　设置环境光颜色

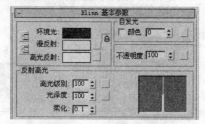

图 5-1-6　设置材质参数

至此，"身体"材质设计完成，此时的材质示例球效果如图 5-1-7 所示。

④ 在透视图中选中所有对象。在"材质编辑器"对话框中单击上一步设计的"身体"材质示例球，再单击 （将材质指定给选定对象）按钮，将材质赋给对象。再单击 （在视图中显示贴图）按钮，此时，将在透视图中显示出材质效果，如图 5-1-8 所示。

图 5-1-7　"身体"材质示例球效果

图 5-1-8　"身体"赋予材质后的效果

3．兔子眼睛材质设计

① 单击主工具栏中的"材质编辑器"按钮 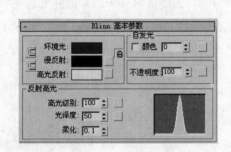，弹出"材质编辑器"对话框。在该对话框中单击"示例窗"第 1 排的第 2 个窗格，在"示例窗"下面的"材质名称框"中输入名称"眼睛"。

② 在"明暗器基本参数"卷展栏的明暗器下拉列表框中选择"（B）Blinn"选项。

③ 在"Blinn 基本参数"卷展栏中单击"环境光"左边的 按钮，使其呈弹起状 ，取消环境光与漫反射的同步，可使其分别使用不同的颜色。

单击"环境光"右边的颜色框，弹出"颜色选择器"对话框，设置颜色为"红=54、绿=47、蓝=16"，单击"关闭"按钮，返回"材质编辑器"对话框。

单击"漫反射"右边的颜色框，弹出"颜色选择器"对话框，设置颜色为"红=8、绿=8、蓝=8"，单击"关闭"按钮，返回"材质编辑器"对话框。

在"反射高光"选项组中，设置高光级别为 100，光泽度为 50，柔化为 0.1，完成后如图 5-1-9 所示。至此，"眼睛"材质设计完成。

④ 在透视图中选中眼睛对象。在"材质编辑器"对话框中单击上一步设计的"眼睛"材质示例球，再单击 （将材质指定给选定对象）按钮，将材质赋给眼睛。再单击 （在视图中显示贴图）按钮，此时，将在透视图中显示出材质效果，如图 5-1-10 所示。

图 5-1-9 设置材质参数

图 5-1-10 "眼睛"赋予材质后的效果

4．兔子脚趾材质设计

① 兔子的脚趾也是使用与眼睛相同的黑色材质。接下来，需要将"眼睛"材质赋予脚趾。单击兔子的左边的脚，在修改命令面板的"修改器堆栈"中展开"可编辑网格"选项，选项再选中其下的"元素"选项，进入"元素"子对象编辑状态，以便对元素子对象进行操作，如图 5-1-11（a）所示。

② 在透视图中按住【Ctrl】键，依次选中兔子的三个脚趾，如图 5-1-11（b）所示。

③ 在"材质编辑器"对话框中单击前面设计的"眼睛"材质示例球，再单击 （将材质指定给选定对象）按钮，将材质赋给脚趾。

在修改命令面板的"修改器堆栈"中再次单击"元素"选项，退出"元素"子对象编辑状态。此时可看到脚趾赋予材质后的效果，如图 5-1-12（a）所示。

④ 按步骤③中同样的方法，为另一脚的脚趾赋予材质，效果如图 5-1-12（b）所示。

（a）"元素"子对象编辑　（b）选中"脚趾"对象　　（a）赋予左边的脚材质　（b）赋予右边的脚材质

图 5-1-11　"元素"子对象编辑和选中"脚趾"对象　图 5-1-12　赋予脚趾材质和为另一只脚赋予材质

5．兔子耳朵内部材质设计

① 单击主工具栏中的"材质编辑器"按钮，弹出"材质编辑器"对话框。在该对话框中单击"示例窗"第 1 排的第 3 个窗格，在"示例窗"下面的"材质名称框"中输入名称"耳朵"。

② 在"明暗器基本参数"卷展栏的明暗器下拉列表框中选择"（B）Blinn"选项。

③ 在"Blinn 基本参数"卷展栏中单击"环境光"左边的 按钮，使其呈弹起状 ，取消环境光与漫反射的同步，可使其分别使用不同的颜色。

单击"环境光"右边的颜色框，弹出"颜色选择器"对话框，设置颜色为"红=74、绿=16、蓝=16"，单击"关闭"按钮，返回"材质编辑器"对话框。

单击"漫反射"右边的颜色框，弹出"颜色选择器"对话框，设置颜色为"红=244、绿=188、蓝=188"，单击"关闭"按钮，返回"材质编辑器"对话框。

在"反射高光"选项组中，设置高光级别为 100，光泽度为 100，柔化为 0.1，完成后如图 5-1-13 所示。至此，"耳朵"材质设计完成。

④ 按前面所学过的给脚趾赋予材质的方法，分别为两只耳朵的内部赋予"耳朵"材质，效果如图 5-1-14 所示。

⑤ 兔子的鼻子也使用"耳朵"材质，将"耳朵"材质赋予鼻子，效果如图 5-1-15 所示。

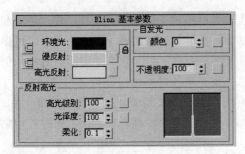

图 5-1-13　设置材质参数　　　图 5-1-14　赋予耳朵材质　图 5-1-15　赋予鼻子材质

　　　　　　　　　　　　　　　　　　　　效果　　　　　　　　　效果

6．兔子脚跟材质设计

① 单击主工具栏中的"材质编辑器"按钮，弹出"材质编辑器"对话框。在"材质编辑器"对话框中，单击"示例窗"第 2 排的第 1 个窗格，在"示例窗"下面的"材质名称框"中输入名称"脚跟"。

② 在"明暗器基本参数"卷展栏的明暗器下拉列表框中选择"（B）Blinn"选项。

③ 在"Blinn 基本参数"卷展栏中单击"环境光"左边的 按钮，使其呈弹起状 ，取消环境光与漫反射的同步，可使其分别使用不同颜色。

单击"环境光"右边的颜色框，弹出"颜色选择器"对话框，设置颜色为"红=56、绿=55、蓝=18"，单击"关闭"按钮，返回"材质编辑器"对话框。

单击"漫反射"右边的颜色框，弹出"颜色选择器"对话框，设置颜色为"红=255、绿=63、蓝=53"，单击"关闭"按钮，返回"材质编辑器"对话框。

在"反射高光"选项组中，设置高光级别为 100，光泽度为 60，柔化为 0.1，完成后如图 5-1-16 所示。至此，"脚跟"材质设计完成。

④ 按前面所学过的给脚趾赋予材质的方法，分别为两只脚跟赋予"脚跟"材质，效果如图 5-1-17 所示。

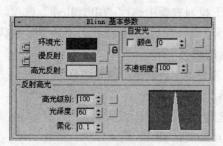

图 5-1-16　设置材质参数

图 5-1-17　赋予脚跟材质效果

至此，卡通兔子材质设计完成，单击主工具栏的 （快速渲染）按钮，渲染效果如图 5-1-1 所示。

相关知识　材质编辑

材质是对真实世界材料视觉效果的模拟，是物质在光照条件下的反光度、透明度、色彩和纹理的光学效果。材质像颜料一样，利用材质可以使苹果显示为红色而橘子显示为橙色。可以为铬合金添加光泽，为玻璃添加抛光。材质将使场景更加具有真实感，它将详细描述对象如何反射或透射灯光，可以将材质指定给单独的对象或选择集，单独场景也能够包含很多材质。

贴图是一种将图片信息（材质）投影到曲面的方法。这种方法很像使用包装纸包裹礼品，不同的是它使用修改器将图案以数学方法投影到曲面，而不是简单地捆在曲面上。通过应用贴图，可以将图像、图案，甚至表面纹理添加至对象。

完成建模后，需要考虑的是如何为模型赋予真实的材质贴图，这就需要用户熟练地掌握材质贴图的制作技术，使创作出来的模型看起来更加真实。

1．"材质编辑器"简介

场景中的材质可以详细描述对象之间是如何反射或透射光线，材质与灯光相辅相成。编辑材质的工作主要在"材质编辑器"中完成，用户可以在"材质编辑器"中创建或编辑材质及贴图。"材质编辑器"对话框中包括标题栏、菜单栏、工具栏、示例窗、卷展栏等。在该对话框中，用户可以对材质进行命名、参数设置等。

单击主工具栏中的"材质编辑器"按钮 ██，或者选择"渲染"→"材质编辑器"命令，或者按【M】键，可以弹出"材质编辑器"对话框，如图 5-1-18 所示。

从图 5-1-18 中可以看出材质编辑器可以分为上下两部分，上半部分是材质示例窗（也称为样本槽）及功能区，这部分主要用于观察设计的材质，对它进行的操作绝大多数对材质本身没有影响；下半部分是参数区，对材质的具体编辑工作主要在这一部分进行，其状态随操作和材质层级的更改而改变。

（1）示例窗

"示例窗"位于"材质编辑器"的上部，通过示例窗用户可以预览材质和贴图，每个窗口可以预览单个材质和贴图。使用"材质编辑器"控件可以更改材质，将材质从示例窗拖动到视口中的对象上，视口可以把当前的材质应用于该对象。

在默认状态下，显示出六个示例窗格并以球体作为示例对象。在 3ds Max 9 中最多可以有24 个示例窗格，用户可以在"示例窗"上右击，在弹出的快捷菜单中选择示例窗格的数目，如图 5-1-19 所示。

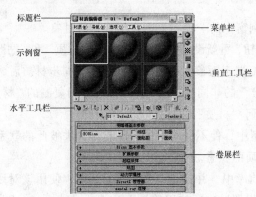

图 5-1-18 "材质编辑器"对话框

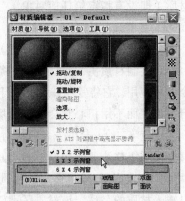

图 5-1-19 改变示例窗格的数目

（2）垂直工具栏

在"材质编辑器"对话框的"示例窗"下面和右侧各有一个工具栏，工具栏内有多个按钮，集合了改变各种材质和贴图的命令。垂直工具栏包含了改变"示例窗"显示效果的命令按钮，各按钮的功能介绍如下所述。

██（采样类型）：可以改变示例窗中用来显示材质的对象的类型。

██（背光）：可为示例窗中显示的几何体加入一个背光效果，系统默认此项功能始终为开启状态，最好不要将其关闭，此命令主要用于观察金属材质的变化。

██ 背景：单击该按钮，可改变示例窗的背景图案，主要用于检验被赋予透明"材质"或"贴图"后的对象表面效果。

██（采样 UV 平铺）：设置对象表面显示重复图形的次数。

██（视频颜色检查）：此命令可以方便用户对动画的不足进行及时更正，超过限制的颜色会变得模糊或起毛。

██（生成预览）：可制作示例窗中材质变化的动画。它还包含两个隐藏按钮，██（播放预览）和 ██（保存预览）。

（选项）：设置"材质"和"贴图"在示例窗中的特殊显示参数，包含了改变示例窗中显示窗口的默认设置以及调整示例窗中灯光的强度等选项。

（按材质选择）：可弹出"通过材质选择"对话框，并在其中选择具有相同"材质"的对象。

（材质/贴图导航器）：单击该按钮，弹出"材质/贴图导航器"对话框。在该对话框中将"贴图"以层级的方式显示在当前示例窗中。

（3）水平工具栏

水平工具栏包含了材质的指定、存储和在不同层级材质间相互转换等命令。水平工具栏内各按钮的功能介绍如下所述。

（获取材质）：可弹出"材质/贴图浏览器"对话框，利用该对话框用户可以选择材质或贴图。

（将材质放入场景）：用编辑或修改后的材质去更新场景中的对象材质。使用该按钮有两个条件，在活动示例窗中的材质与场景中的材质具有相同的名称；活动示例窗中的材质不是热材质（即没有指定给任何对象）。

（将材质指定给选定对象）：将当前示例窗中的"材质"指定给选择的对象。

（重置贴图/材质为默认设置）：单击该按钮，重新设定当前示例窗中的"材质"和"贴图"。

（复制材质）：当单击（将材质指定给选定对象）按钮使示例窗成为同步材质后，此命令方可使用。它将复制一个同名于"同步材质"的非同步材质。可以随意对新复制的"材质"进行再加工而不用担心它会影响到场景中的任何"材质"。

（使唯一）：专用于多级次对象材质类型中，使不同对象的多级材质失去彼此的联系，能够完成子级材质的改变而不影响其他次级材质的状态。

（放入库）：可将选定的材质添加到当前库中，并弹出"入库"对话框，使用该对话框可以输入材质的名称，该材质区别于"材质编辑器"中所使用的材质。

（材质 ID 通道）：在大多数情况下一个对象只能有一种类型的"材质"。但使用材质影响通道功能可以给一个对象的不同部分指定不同的"材质"，通常配合 Video Post 视频合成器来产生发光及其他特殊效果。材质通道共有 15 个。

（在视口中显示贴图）：在有"贴图"的"材质"中，必须单击该按钮，视图中的对象上才能显示出"贴图"效果。而且贴图技术只能针对 2D 类"贴图"起作用，对于 3D 类程序"贴图"无效。

（显示最终结果）：主要应用于在具有"多维材质"及多个层级嵌套"材质"中，当对某个层级的"材质"或"贴图"进行设置之后想知道此种设置对最后的"材质"结果起到什么样的影响，单击此按钮即可。系统默认为关闭状态，示例窗显示当前层级的"材质"效果。

（转到父对象）：回到当前材质的上一级材质。可以把多个层级的材质比为父与子的关系，最顶层为父，其他的都为子。只有工作在多个层级"材质"中间，此按钮才可使用。

（转到下一个同级项）：可以方便在同一层级"材质"中进行切换。

（从对象中获取材质）：将场景中对象的"材质"重新取回到示例窗中。如果示例窗中与被拾取的"材质"一样，将不进行改变。

（材质名称框）：显示"材质"和"贴图"的名称。将默认的名称选中以后，可以输入新的名称，对材质进行命名。为材质命名是一个好的习惯，尤其是当编辑的材质比较多的时候更是如此。

Standard（类型）按钮：可弹出"材质/贴图浏览器"对话框，以便更改材质的类型。默认为标准材质（Standard）。

2.在"基本参数"卷展栏中设置对象颜色

在明暗器基本参数中"明暗器"下拉列表框中选择了不同的明暗器以后，该栏下方的"基本参数"卷展栏的名称和参数也将发生变化。图 5-1-20 所示为使用系统默认的 Blinn（反射）明暗器时的"Blinn 基本参数"卷展栏。如果将明暗器设置成金属，则该卷展栏的名称也随之变为"金属基本参数"，如图 5-1-21 所示。

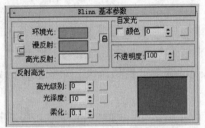

图 5-1-20　Blinn 基本参数卷展栏

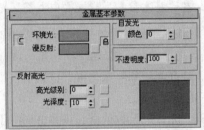

图 5-1-21　"金属基本参数"卷展栏

从以上两个图可以看出，不同明暗器的相同参数卷展栏中的参数有一部分是基本相同的，但也存在不同。Blinn（反射）是默认的明暗器，也是最常用的一种明暗器，下面以 Blinn 明暗器为例介绍各个基本参数。

一个自身不能发光的对象在全黑的环境中不能被看到，所以在默认情况下，在每个场景中都具有少量环境光。当光线照射到对象上时，产生明暗两个面，其中亮面最强的光线称之为高光，反映出对象自身颜色的参数是漫反射，环境参数则反映出阴影的颜色。三种光在对象上的位置如图 5-1-22 所示。

① "漫反射"选项：漫反射颜色是当用直射日光或人造灯光投射到对象上面时反映出来的颜色，是对材质外表影响最大的颜色。单击漫反射右边的颜色框，弹出"颜色选择器"对话框（见图 5-1-23），用于选择颜色。在"漫反射"颜色框的右侧有一个 ▢（空）按钮，单击该按钮弹出"材质/贴图浏览器"对话框，可以用来选择其他材质以代替颜色。

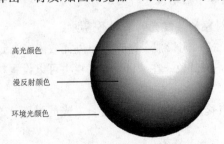

图 5-1-22　三种光在对象上的位置

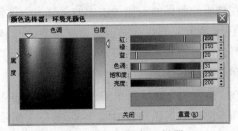

图 5-1-23　颜色选择器

② "环境"选项：环境光是照亮整个场景的常规光线。这种光具有均匀的强度，并且属

于均质漫反射，不具有可辨别的光源和方向。环境光主要用于设置对象阴影部分的颜色，即没有光线照射的暗部颜色。

环境光颜色的选择取决于灯光的种类，对于适度的室内灯光，环境光颜色可能是较暗的漫反射颜色，但是对于明亮的室内灯光和日光，其可能是主光源的补充。通常要将环境光设置为黑色（或非常暗的颜色）。

③ "高光"选项：高光颜色是发光表面以最高亮度显示的颜色。高光是用于照亮表面的灯光的反射。

高光颜色应该与主要光源的颜色相同，但是并不是所有的对象都有高光，在 3ds Max 9 中，可以将高光颜色设置成与漫反射颜色相符，就可以达到无光效果，降低了材质的光泽性。

"金属"明暗器没有"高光"项，因为它的高光直接来源于漫反射颜色成分和高光曲线形状。

3．在"基本参数"卷展栏中调整高光曲线

在"基本参数"卷展栏下端的"反射高光"选项组中可以设置材质的高光参数，在参数的右侧是高光曲线图。图 5-1-24 所示为调整好的高光曲线和这条曲线所对应的示例窗。

① "高光级别"数值框：该数值框用于设置高光的强度。数值越大，对象表面的高光越强，高光就越亮。

② "光泽度"数值框：该数值框用于设置反射高光的大小。随着该值增大，高光将越来越小，材质将变得越来越亮，如图 5-1-25 所示。

③ "柔化"数值框：该数值框柔化反射高光的效果。当"高光级别"很高，而"光泽度"很低时，表面上会出现剧烈的背光效果。增加"柔化"的值可以减轻这种效果，0 表示没有柔化；在 1.0 处，将应用最大量的柔化，默认值为 0.1。

在三个参数的右侧是高光曲线图，该曲线显示调整"高光级别"和"光泽度"值的效果。水平方向反映高光区的范围，竖直方向反映高光的强度。这条曲线和"光泽度"值的关系是，如果"光泽度"值小，则曲线比较宽；如果"光泽度"值大，则曲线比较窄。

图 5-1-24　高光曲线

图 5-1-25　调整光泽度后的高光曲线

4．在"基本参数"卷展栏中调整自发光颜色和不透明度

在材质颜色区的右侧区域中的参数用于设置对象的自发光效果和不透明度。

① 自发光：自发光是通过减少材质中的 Ambient 阴影成分来产生自发光效果。通过该项设置可以用来制作车灯、荧光灯等一些自己能发光的对象。在"自发光"栏中可以设置材质的颜色和贴图。

在"自发光"选项组中的"颜色"数值框中直接输入数值可以设置自发光的强度，这时的设置样本窗口中的示例窗如图 5-1-26（a）所示。

如果选择了"颜色"复选框，则可以控制指定给对象的自发光颜色，这时右边的颜色数值框变为"颜色"框，同时也无法再调节原数值框中的数值，如图 5-1-26（b）所示。单击参数栏的▇（空）按钮，可以指定自发光的贴图。

② 不透明度：在"不透明度"选项组中可以设置材质的不透明度效果。"不透明度"数值框用于设置对象的透明程度，用百分比表示。数值越大，对象越趋于不透明。单击右侧的 ▢（空）按钮，可以设置不透明度贴图。

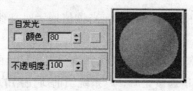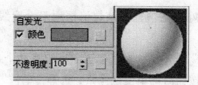

（a）设置自发光强度　　　　　　　　（b）设置自发光颜色

图 5-1-26　设置自发光强度和自发光颜色

5．在"扩展参数"卷展栏中设置高级透明选项

材质编辑器中的每一种材质除了受基本参数的控制外，有时还需进一步用扩展参数进行设置。"扩展参数"卷展栏中的参数是基本参数的延伸，在该卷展栏中有三个选项组，如图 5-1-27 所示，分别对透明、线框和反射效果作了进一步扩展，使其效果更加灵活多变。

在"高级透明"选项组中有以下几个选项，用于设置材质的高级透明属性。

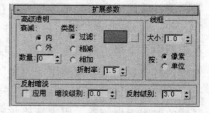

图 5-1-27　"扩展参数"卷展栏

① "衰减"选项区：这个区域的参数用于控制材质透明度的衰减方式和程度。

衰减的方式由内和外两个单选按钮控制。选择"内"单选钮后，材质由外向内逐渐变透明，即模型中心透明度高，边缘透明度低，适用于空心有厚度的玻璃制品。选择"外"单选按钮后，材质将由内向外逐渐变透明，即模型中心透明度低，边缘透明度高，适用于实心对象。"数量"数值框是对不透明度参数的补充，其值与衰减和程度成正比。

② "类型"选项区：这个区域的参数有三个单选按钮，用于控制材质的透明方式。

选择"过滤"单选按钮，将以其右侧过滤色（一般应为漫反射区的颜色）与其背景色（包括模型材质）相加确定透明材质的颜色，透明效果最真实。选择"相减"单选按钮，是将材质的颜色与背景色相减。选择"相加"单选按钮，是将材质的颜色与背景色相加。

③ "折射率"数值框：折射率简称 IOR 值。光线穿过透明对象时会发生折射，每一种物质都有唯一的折射率，在此数值框中输入不同物质的折射率。表 5-1-1 列出了一些常见物质的折射率。

表 5-1-1　常见物质的折射率

物 质 名 称	折 射 率	物 质 名 称	折 射 率
真空	1	空气	1.0003
水	1.333	玻璃	1.5～1.7
钻石	2.419	冰	1.309
石英	1.533～1.644	翡翠	1.57
红宝石	1.77	水晶	2.0

6．在"扩展参数"卷展栏中设置线框

在"明暗器基本参数"卷展栏中将材质设置为线框后，如果要调整线框的效果，则要在这里进行。

① "大小"数值框：该数值框用于设置线框的粗细尺寸，当该值增大时，线框的宽度将随之增加。

② "按"选项区：在这个选项区中有两个单选按钮，用来选择线框粗细尺寸的单位。选择"像素"单选按钮时的单位是像素，选择"单位"单选按钮时，以系统当前所使用的单位为单位。

7．在"扩展参数"卷展栏中设置"反射暗淡"选项组

"反射暗淡"选项组主要针对使用反射贴图材质的对象。当对象使用反射贴图以后，全方位的反射计算导致其失去真实感。此时，选择"应用"复选框后，反射暗淡就可以起作用，调整暗淡级别的值可以淡化材质的颜色，调整反射级别的值可以调整材质反光水平。

① "应用"复选框：设置是否使用材质阴影部分的反射暗淡效果。禁用该复选框后，反射贴图材质就不会因为直接灯光的存在或不存在而受到影响。默认设置为禁用状态。

② "暗淡级别"数值框：用于设置材质阴影部分暗淡的强度。该值为 0.0 时，反射贴图在阴影中为全黑。该值为 0.5 时，反射贴图为半暗淡。该值为 1.0 时，反射贴图没有经过暗淡处理，材质看起来好像禁用"应用"复选框一样。

③ "反射级别"数值框：用于设置材质阴影部分反射的强度。"反射级别"值与反射明亮区域的照明级别相乘，用来补偿暗淡。在大多数情况下，默认值为 3.0 会使明亮区域的反射保持在与禁用反射暗淡时相同的级别上。

8．明暗器

将"明暗器基本参数"卷展栏展开，如图 5-1-28 所示，在此卷展栏中可以改变标准材质的明暗器和渲染方式。

在"明暗器基本参数"卷展栏中左侧的下拉列表框提供了多种不同明暗器选择，单击该下拉列表框弹出其下拉列表，如图 5-1-29 所示。从图 5-1-29 中可以看出共有八种明暗器可供选择（选择不同的明暗器选项后，在其下面的各基本参数将变为相应的内容），这些明暗器的含义如下所述。

图 5-1-28 "明暗器基本参数"卷展栏

图 5-1-29 明暗器下拉列表

① "各向异性"明暗器：该明暗器使用椭圆形高光，其样本球示例如图 5-1-30 所示。这种明暗器可以制作表面具有抛光效果的材质，对于建立头发、玻璃或磨砂金属的模型很有效。

② Blinn（反射）明暗器：该明暗器是默认的材质类型，使用圆形高光，高光区与漫射区的过渡均匀，样本球示例如图 5-1-31 所示。这种明暗器可以渲染光滑的及粗糙的表面，能精

确地反映出三维模型的各种物理特性，如透明、对光线的反映等。它的色调比较柔和，能充分表现材质质感，有很广的应用范围，可以表现织物、塑料、陶瓷、土质、石材等绝大部分材质。

③　"金属"明暗器：这种明暗器在对象的表面会产生强烈金属质感的反光效果，可以制作金属材质与反光及色调特别强烈的较抽象的材质，在创建金属材质时要保证示例窗口中的"背光"按钮  按下，将背光添加到活动示例窗中，默认情况下，此按钮处于启用状态，样本球示例如图 5-1-32 所示。

图 5-1-30　各向异性样本球示例　　图 5-1-31　Blinn 样本球示例　　图 5-1-32　金属样本球示例

④　"多层"明暗器：这种明暗器与"各向异性"明暗器相似，但该明暗器具有两个反射高光控件，即在第一个高光上再加一个高光。使用分层的高光可以创建复杂高光，各层有各层的反光效果。"多层"明暗器可以制作非常光滑的高反光材质。

⑤　Oren-Nayar-Blinn（明暗处理）明暗器：该明暗器是对 Blinn（反射）明暗的改变，它包含附加的"高级漫反射"控件、漫反射强度和粗糙度，使用它可以生成无光效果。此明暗器适合无光曲面，如布料、陶瓦等。

⑥　Phong 明暗器：该明暗器与 Blinn 明暗器一样，都具有圆形高光，并且具有相同的"基本参数"卷展栏。Phong 明暗器应用于对象的表面会产生光滑柔和的反光效果，与 Blinn（反射）的不同之处是渲染的感觉要硬一些。它可以制作光滑而柔软质感的材质。

⑦　Strauss（金属加强）明暗器：这种明暗器用于对金属表面建模。与"金属"明暗器相比，该明暗器使用更简单的模型，并具有更简单的界面。

⑧　"半透明"明暗器："半透明"明暗器与 Blinn 明暗器类似，但它还可用于指定半透明。半透明对象允许光线穿过，并在对象内部使光线散射。可以使用半透明来模拟被霜覆盖的和被侵蚀的玻璃、石蜡、玉石、凝固的油脂以及细嫩的皮肤等。

9. 渲染方式

在"明暗器基本参数"卷展栏的右侧提供了标准材质的四种渲染方式，分别是线框、双面、面贴图和面状渲染。

①　"线框"复选框：选择该复选框后，将清除对象表面部分，只保留对象的线框结构。在渲染时，对象将被渲染成线框形式，如图 5-1-33 所示。

②　"双面"复选框：在 3ds Max 9 中三维模型是表面和背面空心的蒙皮结构，默认情况下只渲染外表面，但有时三维模型中会形成敞开的面，其内壁因无材质而无法看到。这时选择该复选框后，将使渲染器忽略对象表面的方向，对所有选择的面都进行双面渲染，图 5-1-34 所示为在选择"线框"复选框的情况下又选择"双面"复选框的结果。"双面"渲染方式对于透明对象、线框对象、中空对象和非常薄而且要显示正反两面的不透明对象非常适合。

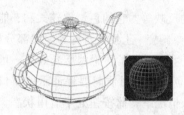

图 5-1-33　线框渲染方式

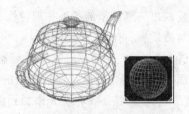

图 5-1-34　双面的线框渲染方式

③ "面贴图"复选框：选择该复选框后，对象表面的贴图将自动被指定到对象的每一个表面上，贴图的疏密程度与对象面数的多少有关。例如，将图案用默认参数，取消选择"面贴图"复选框，效果如图 5-1-35 所示，而选择"面贴图"复选框的效果则如图 5-1-36 所示。

图 5-1-35　取消选择 Face Map（面贴图）复选框

图 5-1-36　面贴图渲染方式

④ "面状"复选框：选择该复选框，渲染时将材质赋予以小平面方式拼合而成的对象的表面，渲染的效果如图 5-1-37 所示。从图中可以看出，原本光滑的表面转变成为转折明显的平面。虽然最后的渲染结果与关闭"光滑"选项所取得的渲染效果基本相同，但"面状"复选框只对渲染有效，对对象本身没有影响。

图 5-1-37　面状渲染方式

10．材质的分类及常用材质

（1）材质分类

前面案例中使用的所有材质都是标准材质（Standard），在 3ds Max 9 中还有其他 10 多种材质。要设置材质的类型应单击常用工具栏中的"材质编辑器"按钮，弹出"材质编辑器"对话框，在"材质编辑器"对话框中单击"类型"按钮，弹出"材质/贴图浏览器"对话框，如图 5-1-38 所示，在该对话框右侧的材质列表框中提供了 15 种材质，其中有一种是前面学习过的标准材质。

材质的分类有多种方法，可以将其简单地分为单质材质和复合材质两种。

单质材质包含的材质为高级照明覆盖、建筑、Ink'n Paint（墨水绘图）、Lightscape 材质（灯柱材质）、无光/投影、光线跟踪、壳材质和标准。

复合材质包含的材质为混合、合成、双面、变形器、多维/子对象、虫漆和顶/底。

如果要使用不同的材质，操作步骤如下所述。

① 在材质编辑器中激活示例窗。

② 单击"类型"按钮，弹出材质/贴图浏览器对话框。

③ 在"材质/贴图浏览器"对话框中选择所需要的材质，然后单击"确定"按钮。

④ 弹出"替换材质"对话框，如图 5-1-39 所示。此对话框询问是否希望丢弃示例窗中的

原始材质，或将其保存为子材质。单击"确定"按钮，即可完成材质的替换。

图 5-1-38 材质/贴图对话

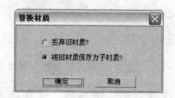

图 5-1-39 "替换材质"对话框

（2）光线跟踪材质

光线跟踪材质是高级表面着色材质。它与标准材质一样，能支持漫反射表面着色，还能创建完全光线跟踪的反射和折射，支持雾、颜色密度、半透明、荧光以及其他特殊效果。

在介绍贴图方式时已经遇到过光线跟踪贴图，它是普通材质的附属效果，对光线的计算只集中在材质的折射和反射效果上。光线跟踪材质则是深层次的光线计算表现，用于建立高精度的材质，可以产生真实的反射和折射效果，并支持透明、荧光、颜色浓度和雾等特殊效果，但渲染速度很慢。

光线跟踪贴图与光线跟踪材质的区别在于：光线跟踪贴图可以在标准材质中制作精确的反射和折射效果，与光线跟踪材质具有相同的效果，但有更多的衰减控制，渲染时间也可以大大缩短；光线跟踪材质可以产生比反射和折射更精确的效果，为了提高渲染速度，可以对渲染方案进行优化，排除不重要的对象，只对特殊指定的对象进行光线跟踪计算，并根据光学原理来设置颜色。

◎ "光线跟踪基本参数"卷展栏。光线跟踪材质的"光线跟踪基本参数"卷展栏如图 5-1-40 所示，用于控制光线跟踪材质的渲染方式及颜色。其中，某些参数与标准材质的基本参数相同，在此仅介绍不同的参数。

"环境光"、"反射"复选框：设置环境光和高光反射的颜色，单击右侧的空按钮，可以设置贴图。

"发光度"复选框：用于设置对象自发光的颜色或贴图。

"透明度"复选框：用于设置对象过滤色的颜色或贴图。

"环境"复选框：用于设置环境贴图，并确定是否使环境贴图发生作用。单击右边的 None（空白）按钮，可以选择环境贴图。

🔒 按钮：用于将"环境"贴图与"扩展参数"卷展栏中的"透明环境"贴图进行关联锁定。锁定后"透明环境"贴图将不再有效。

◎ "扩展参数"卷展栏。光线跟踪材质的"扩展参数"卷展栏如图 5-1-41 所示，用于设置光线跟踪材质的特殊效果、高级透明属性和高级反射效果。其中，某些参数与标准材质的扩展参数相同，在此仅介绍不同的参数。

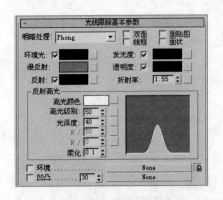

图 5-1-40 "光线跟踪基本参数"卷展栏

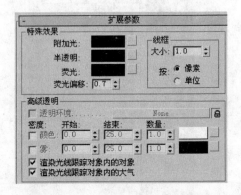

图 5-1-41 "扩展参数"卷展栏

◎ "特殊效果"选项组。该选项组用于设置光线跟踪材质的特殊效果。

在该选项组中附加光、荧光、半透明三个颜色框分别用于给对象的表面设置光照的颜色或贴图、荧光材质效果的颜色或贴图以及半透明效果的材质或贴图。

"荧光偏移"数值框：用于设置荧光的强度，当该值等于 0.5 时，与漫反射的效果类似；大于 0.5 时，开始有荧光的效果；小于 0.5 时，此对象比场景中的其他对象要暗一些。

◎ "高级透明"选项组。该选项组用于控制光线跟踪材质的高级透明效果。当此选项组中的 🔒 按钮按下时，该贴图与"光线跟踪基本参数"卷展栏中的"环境"贴图锁定，此选项组不再有效。该选项组中参数的含义如下所述。

"透明环境"复选框：可以设置透明、折射效果的透明环境贴图，并确定是否使透明环境贴图发生作用。

"颜色"复选框：用于控制透明对象的颜色密度。

"雾"复选框：用于选择是否设置透明对象中雾的颜色或贴图。在开始、结束、数量数值框中可设置用于控制密度或雾的参数。

"渲染光线跟踪对象内的对象"复选框：选择此复选框，则要渲染光线跟踪对象内部的对象。

"渲染光线跟踪对象内的大气"复选框：选择此复选框，则要渲染光线跟踪对象内部的大气。

（3）多维/子对象材质

多维/子对象材质是一个功能强大的材质类型，它允许用户为对象中不同的次级对象部分指定不同的材质，但是要求被指定的对象模型必须是网格编辑对象，而且已经给子对象分配了 ID 号。如果对象本身的构造不符合要求，就必须预先处理对象的结构，否则就应放弃多维/子对象材质，改用混合材质。

多维/子对象基本参数卷展栏如图 5-1-42 所示。主要的参数介绍如下所述。

◎ "设置数量"、"添加"和"删除"按钮。

在该卷展栏中最上方的三个按钮用于设置材质的数量以及增加和删除材质。

"设置数量"按钮：用于设置子对象材质的个数。

"添加"按钮：用于添加子对象材质。

"删除"按钮：用于减少子对象材质。

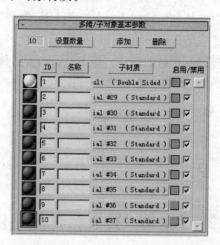

图 5-1-42　"多维/子对象"基本参数卷展栏

◎ 子材质列表。在子材质列表区中可以修改子材质的参数。

ID 按钮：在其下面的文本框中显示了子材质的 ID 号，也可以设置子材质的 ID 号。

"名称"按钮：可以在其下面的文本框中给子材质设置一个名称。

"子材质"按钮：单击其下面的材质按钮，可以给子材质设置其他材质及贴图。

颜色框：单击颜色框可弹出"颜色选择器"对话框设置子材质的环境光颜色。

"启用/禁用"复选框：设置子材质是否可用。

（4）双面材质

一般情况下，当用户给一个对象指定材质后，材质被指定到对象的两面，但 3ds Max 9 只渲染法线指定的方向，解决此问题可以使用双面材质。

在用 3ds Max 9 模拟现实环境时，经常要模拟一些比较薄的对象，比如树叶、花瓣、花瓶等，这些对象的正反两面经常是不同的。但在 3ds Max 9 中，各个面都是单面的，前端是带有曲面法线的面，该面的后端对于渲染器不可见。这意味着从后面进行观察时，显示缺少该面。可以使用两种方式来渲染面的两侧，一种是在标准材质中选择"双面"复选框，另一种是对几何体应用双面材质。

选择"双面"材质后，就会显示出双面材质"双面基本参数"卷展栏，如图 5-1-43 所示。主要的参数介绍如下所述。

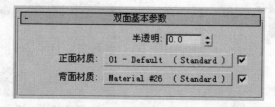

图 5-1-43　"双面基本参数"卷展栏

"半透明"数值框：用于设置内外表面材质互相混合的透明程度。数值为 0 时，内外表面的材质不发生混合，分别显示在各自的表面；数值为 50 时，内外表面的材质发生混合，并各占一半的比例；数值为 100 时，内外表面的材质进行交换。

"正面材质"：用于设置对象外表面的材质。单击其右边的材质按钮，可以选择一种材质。材质按钮右边的复选框用于确定是否使用所选择的材质。

"背面材质"：用于设置对象内表面的材质。单击其右边的材质按钮，可以选择一种材质。材质按钮右边的复选框用于确定是否使用所选择的材质。

思考与练习

1. 为案例 1"跳舞娃娃"中的模型赋予合适的材质，并渲染出效果图。
2. 为案例 5"卡通灯泡人"中的模型赋予合适的材质，并渲染出效果图。

5.2 【案例 9】人物材质贴图

案例效果

本例将对一个创建好的人物模型赋予材质贴图，效果如图 5-2-1 所示。本例将通过"UVW 展开"贴图方法展开人物模型表面，并在 PhotoShop 中进行贴图设计。

操作步骤

1. 导出人物头部贴图

① 打开本书素材"人物模型.max"文件，如图 5-2-2 所示。

② 选中人物头部，选择 （修改）→"修改器列表"→"UVW 贴图"选项，为其添加"UVW 贴图"修改器。在"UVW 贴图"修改器的"参数"卷展栏中设置其贴图方式为"柱形"，效果如图 5-2-3 所示。

图 5-2-1 人物材质编辑效果

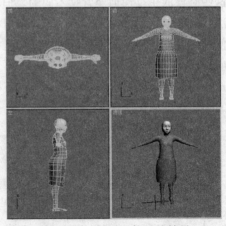

图 5-2-2 打开文件后的效果

③ 在"UVW 贴图"修改器的修改命令面板的堆栈列表中,单击"UVW 贴图"项前面的"+"按钮展开堆栈。再选择"UVW 贴图"下的 Gizmo 选项,以便对其进行调整,如图 5-2-4 所示。

④ 对 Gizmo 对象进行适当调整。选择"UVW 贴图"修改器的"参数"卷展栏中的"对齐"选项组中的 Z 单选按钮,使 Gizmo 对象与头部在垂直方向上对齐。

在"UVW 贴图"修改器的"参数"卷展栏中适当设置其参数(见图 5-2-5),使得 Gizmo 与头部相符合,如图 5-2-6 所示。

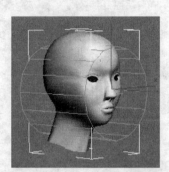

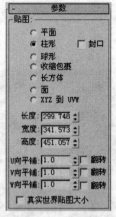

图 5-2-3 为头部添加"UVW   图 5-2-4 选择 Gizmo 选项   图 5-2-5 "UVW 贴图"
　　　　　贴图"修改器　　　　　　　　　　　　　　　　　　　　　　　参数设置

⑤ 在"UVW 贴图"修改器的修改命令面板的堆栈列表中单击"UVW 贴图"选项,退出 Gizmo 编辑状态。

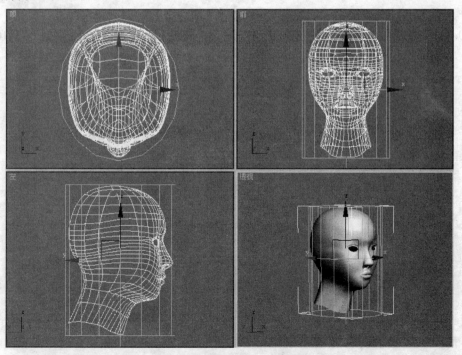

图 5-2-6 调整 Gizmo 与头部相符合

⑥ 选中人物头部，选择 （修改）→ "修改器列表" → "UVW 展开" 选项，为其添加 "UVW 展开" 修改器，效果如图 5-2-7 所示。图中的绿线表示 "UVW 展开" 时的贴图边缘。

⑦ 在 "UVW 展开" 修改器的 "参数" 卷展栏中单击 "编辑" 按钮，弹出 "编辑 UVW" 对话框，如图 5-2-8 所示。可以看到，展开的贴图边缘（绿色）是不齐整的。在 "UVW 展开" 时，只有深蓝色矩形内的贴图才能被输出、编辑，因此需要进一步对 UVW 贴图进行调整。

图 5-2-7　添加 "UVW 展开" 修改器　　　　图 5-2-8　 "编辑 UVW" 对话框

⑧ 单击 "编辑 UVW" 对话框左上角的按钮 ✛，启用移动工具，该工具的使用方法与常用的 "选择并移动" 按钮 ✛ 相同，区别在于该工具只在 "编辑 UVW" 对话框中使用。单击下方 "选择模式" 面板中的 "面子对象模式" 按钮 ▦（见图 5-2-9），以方便对面进行选择。

⑨ 单击 "编辑 UVW" 对话框中的移动按钮 ✛，选中左下部不齐的面，如图 5-2-10 所示。

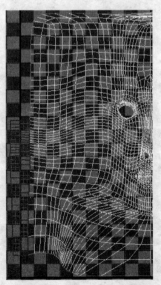

图 5-2-9　面子对象模式按钮　　　　图 5-2-10　选中左下部不齐的面

⑩ 在 "编辑 UVW" 对话框中，选择 "工具" → "分离边顶点" 命令，将选中的面分离出来。

⑪ 单击"编辑 UVW"对话框中的移动按钮✛，再次选中分离出来的面，将其移动到贴图右方对应的位置，如图 5-2-11 所示。

⑫ 单击下方"选择模式"面板中的"边子对象模式"按钮🖳，以方便对边进行选择。选择分离出的面的左边和上边（即要与大图缝合的边），如图 5-2-12 所示。

⑬ 在"编辑 UVW"对话框中，选择"工具"→"缝合选定项"命令，弹出"缝合工具"对话框，如图 5-2-13 所示。此时，在贴图中可以预览到分离的面已经缝合到大图上。单击"确定"按钮，将选中的边进行缝合，效果如图 5-2-14 所示。

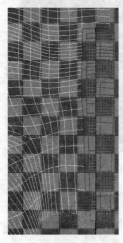 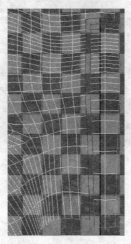 

图 5-2-11　将分离的面移动到对应位置　　图 5-2-12　选中需要缝合的边　　图 5-2-13　"缝合工具"对话框

⑭ 按步骤⑧～⑬中的方法，对其他不整齐的边进行调整，完成后的效果如图 5-2-15 所示。如果贴图不是在蓝色矩形内，可以通过移动工具✛和比例工具▢进行适当调整。

⑮ 在"编辑 UVW"对话框中，选择"工具"→"渲染 UVW 模板"命令，弹出"渲染 UVs"对话框，如图 5-2-16 所示。单击"渲染 UVs"对话框下方的"渲染 UVW 模板"按钮，渲染 UVW 贴图模板，如图 5-2-17 所示。

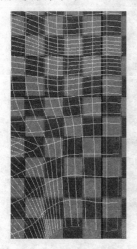 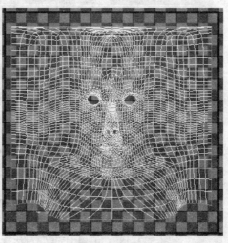 

图 5-2-14　缝合后的贴图　　　　图 5-2-15　调整后的贴图　　　　图 5-2-16　"渲染 UVs"

对话框

⑯ 单击"渲染贴图"对话框中的保存按钮 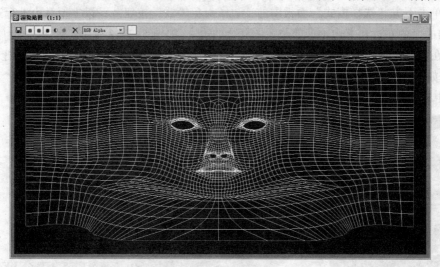，将渲染后的贴图保存下来，命名为"人物头部贴图.JPG"。关闭"渲染贴图"对话框和"编辑 UVW"对话框，结束 UVW 编辑。

图 5-2-17　渲染贴图

2．导出人物身体贴图

① 在前视图中选择已做好的人体模型，在修改器下拉列表中选择"UVW 展开"选项，为人体添加"UVW 展开"修改器。在"UVW 展开"修改器的"参数"卷展栏中单击"编辑"按钮，弹出"编辑 UVW"对话框，如图 5-2-18 所示。

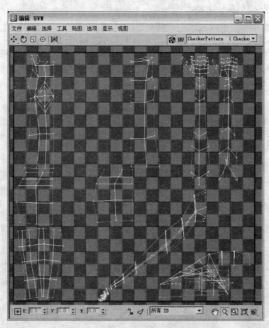

图 5-2-18　"编辑 UVW"对话框

② 在"编辑 UVW"对话框中显示出构成身体的所有贴图。如果想要知道哪块贴图对应于

模型上的哪个部分，单击下方"选择模式"面板中的"面子对象模式"按钮，然后在"编辑 UVW"对话框中进行选择，此时，视图中对应的部分会改变颜色以突出显示，默认为红色，如图 5-2-19 所示。

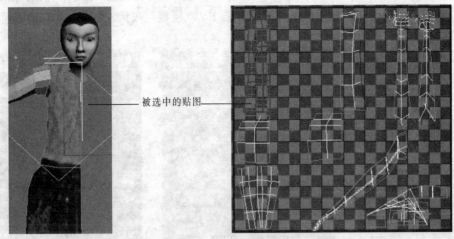

被选中的贴图

图 5-2-19 贴图的对应

③ 在"编辑 UVW"对话框中的贴图显得比较杂乱，可以通过"编辑 UVW"对话框中的移动工具和旋转工具对贴图位置进行适当调整，使其显得整齐，如图 5-2-20 所示。

④ 在"编辑 UVW"对话框中，选择"工具"→"渲染 UVW 模板"命令，弹出"渲染 UVs"对话框。单击"渲染 UVs"对话框下方的"渲染 UVW 模板"按钮，渲染 UVW 贴图模板，如图 5-2-21 所示。

⑤ 单击"渲染贴图"对话框中的保存按钮，将渲染后的贴图保存下来，命名为"人物身体贴图.JPG"。关闭"渲染贴图"对话框和"编辑 UVW"对话框，结束 UVW 编辑。

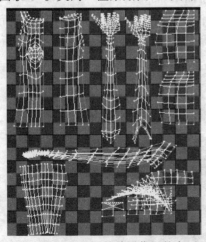

图 5-2-20 调整贴图位置整齐

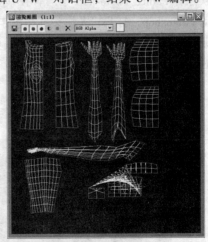

图 5-2-21 渲染身体贴图

3. 导出眼睛贴图

① 选中眼睛，在修改器下拉列表中选择"UVW 展开"选项，为其添加"UVW 展开"修改器。

② 单击修改命令面板的堆栈中"UVW 展开"项前的"＋"按钮，展开该项。再单击其下的"面"子对象，如图 5-2-22 所示。

③ 选择眼睛所有的面，在"UVW 展开"修改器的"位图参数"卷展栏中单击"平面"按钮，再在"参数"卷展栏中单击"编辑"按钮，弹出"编辑 UVW"对话框，如图 5-2-23 所示。

④ 在"编辑 UVW"对话框中，选择"工具"→"渲染 UVW 模板"命令，弹出"渲染 UVs"对话框。单击"渲染 UVs"对话框下方的"渲染 UVW 模板"按钮，渲染 UVW 贴图模板，如图 5-2-24 所示。

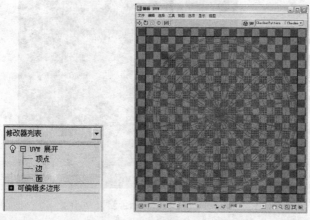
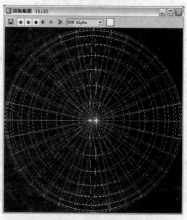

图 5-2-22 单击"面"子项　　图 5-2-23 "编辑 UVW"对话框　　图 5-2-24 "渲染贴图"对话框

⑤ 单击"渲染贴图"对话框中的保存按钮 ⊞，将渲染后的贴图保存下来，命名为"眼睛贴图.JPG"。关闭"渲染贴图"对话框和"编辑 UVW"对话框，结束 UVW 编辑。

4．在 Photoshop 中设计贴图

① UVW 渲染贴图导出后，就可以在图形图像处理软件中进行贴图的设计。常用的图形图像处理软件有 Paint、Photoshop 等，本书中使用是的 Photoshop。

启动 Photoshop，打开"人物头部贴图.JPG"文件，如图 5-2-25 所示。图中绿线所包围的网格部分就是贴图的位置，其中人物的眼、鼻、口等都清晰地显示出来。绿线之外的所有内容在贴图时将被忽略。

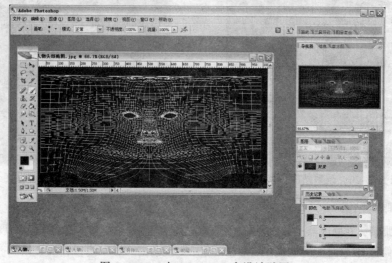

图 5-2-25 在 Photoshop 中设计贴图

② 贴图的设计，对有美术功底的人来说，可以自己设计出漂亮的贴图。此外，也可以使用现有的素材进行加工而得到。对于人头像贴图的设计，通常是使用人物的正面照和侧面照合成而得到。其实，在制作人物头像模型时，也通常会使用人物的正面图和侧面图作为建模时的参考对象。方法是在前视图（即正面）和左视图（即侧面）中绘制两个互相垂直的平面，再将设置好人物正面图和侧面图的两个材质分别赋给两个平面，如图 5-2-26 所示。

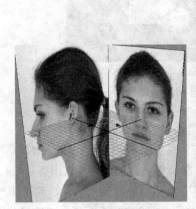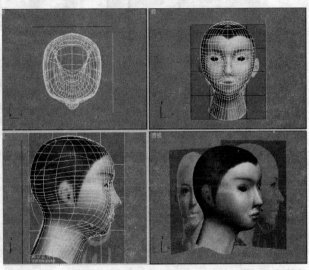

图 5-2-26　在设计时通过参考对象创建人物模型

本例中将使用已有的人物正面图和侧面图来合成人物头部贴图，效果如图 5-2-27 所示。合成贴图时，注意位置的对应，如眼、鼻、口、耳朵和头发的设计等都要注意。保存文件，命名为"人物头部贴图.PSD"。

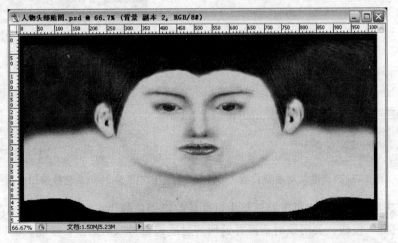

图 5-2-27　合成人物头部贴图

③按上面同样的方法，在 Photoshop 中设计人物的眼睛和身体部分的皮肤、衣服，如图 5-2-28 所示。保存设计好的贴图，分别命名为"眼睛贴图.PSD"和"人物头部贴图.PSD"。

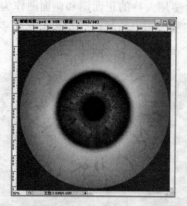

图 5-2-28　设计好的眼睛和身体贴图

5. 设计材质

① 在工具栏中单击"材质编辑器"按钮 ，弹出"材质编辑器"对话框。单击选择新的材质球并命名为"头"。在"Blinn 基本参数"卷展栏中单击漫反射右侧的按钮（见图 5-2-29），弹出"材质/贴图浏览器"对话框。在"材质和贴图浏览器"对话框的材质列表中，选中其中的"位图"选项，如图 5-2-30 所示。然后单击"确定"按钮，关闭该对话框弹出"选择位图图像文件"对话框。

图 5-2-29　漫反射参数设置　　　　图 5-2-30　选择位图材质

② 在"选择位图图像文件"对话框中，选择前面创建的"人物头部贴图.PSD"图像文件，然后单击"打开"按钮，关闭该对话框并返回"材质编辑器"对话框。至此，可以在"材质编辑器"对话框中看到示例球中显示出头部贴图的画面，如图 5-2-31 所示。

③ 在视图中选中人物头部。在"材质编辑器"对话框中选中"头"示例球，单击 （将材质指定给选定对象）按钮，将材质赋给头部模型，再单击 （在视图中显示贴图）按钮，以便在视图中显示贴图，效果如图 5-2-32 所示。

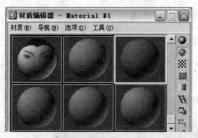

图 5-2-31　设计好的材质示例球

图 5-2-32　将材质赋给头部模型

④ 按同样的方法，制作出眼睛和身体材质的材质示例球，如图 5-2-33 所示。再将材质分别赋给眼睛和身体模型，效果如图 5-2-34 所示。

图 5-2-33　制作眼睛和身体材质

图 5-2-34　赋予材质后的人体模型

⑤ 从视图中可以看到，身体衣服和材质有些问题，这是因为在设计身体贴图时没有把衣服与贴图纹理紧密结合，这可以在 3ds Max 9 中进行调整。选择人体，在修改器命令面板的堆栈列表框中选择"UVW 展开"选项，在"UVW 展开"修改器的"参数"卷展栏中单击"编辑"按钮，弹出"编辑 UVW"对话框，如图 5-2-35 所示。

⑥ 在"编辑 UVW"对话框右上角的下拉列表框中选择"身体（人物身体贴图.PSD）"选项（如果没有该项，则可以在下拉列表框中单击"重置纹理列表"选项刷新一下）。此时，"编辑 UVW"对话框中显示出贴图图像，如图 5-2-36 所示。

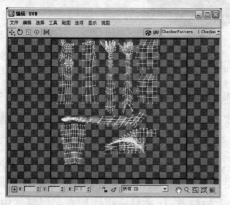

图 5-2-35　"编辑 UVW"对话框

图 5-2-36　更换背景纹理贴图后的"编辑 UVW"对话框

⑦ 单击"编辑 UVW"对话框中的移动按钮 ✥，对服装贴图的点进行编辑，使其与背景纹理相符，如图 5-2-37 所示。通过这种方法，可以方便地对不整齐的贴图纹理进行调整。

⑧ 贴图调整完毕，关闭"编辑 UVW"对话框，结束 UVW 编辑。此时，在视图中可以看到贴图错误已经修改好了，效果如图 5-2-38 所示。

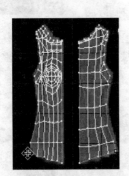
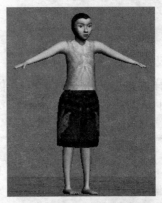

图 5-2-37　调整 UVW 贴图的点　　　图 5-2-38　修改后的人物材质贴图

最后，单击主工具栏中的"快速渲染"按钮 ◔，对透视图进行着色渲染，显示出赋予材质后的人物效果，如图 5-2-1 所示。

☕ **相关知识**　材质贴图与渲染

1. 材质贴图

将图像和纹理指定给材质称为贴图，贴图就是将图案附着在对象的表面上，使对象表面出现花纹或色泽。贴图可以改善材质的外观和真实感，可以模拟纹理、应用的设计、反射、折射以及其他的一些效果。与材质一起使用，贴图将为对象几何体添加一些细节而不会增加其复杂度。包含一个或多个图像的材质称为贴图材质。图 5-2-39 所示为使用"棋盘格"贴图和"木纹"贴图的效果。

图 5-2-39　"棋盘格"贴图和"木纹"贴图

3ds Max 9 允许一个材质有多个贴图，通常通过贴图通道来实现。有多个贴图通道，每个贴图通道都允许有不同类型的贴图。由多层结构来组织定义，有多个贴图通道同时作用于对象表面可以形成丰富多彩、逼真可信的材质。

材质贴图的层级结构的最上层支持基本的材质名及类型。某些材质包含多种子材质，其子材质也拥有多个子材质。简单的位图在层级结构的最底层，提供贴图输出及坐标的细节。标准材质类型位于层级结构的最底层，提供颜色及贴图通道等材质的细节。标准材质也能拥有多层级结构，不过与贴图类型有关，比如说遮罩（Mask）就可包含多个子贴图。单击"材质编辑器"对话框中的"材质/贴图导航器"按钮 ，弹出"材质/贴图导航器"对
话框，其中显示出了材质贴图的层级结构，如图 5-2-40 所示。

（1）"贴图"卷展栏

"贴图"卷展栏的内容根据所用材质的不同而改变，Blinn（反
射）明暗器材质的"贴图"卷展栏如图 5-2-41（a）所示，它所
包含的 12 种贴图通道是比较常用的贴图通道。在图 5-2-41（a）
所示的"贴图"卷展栏中存在未使用、禁用的控件行，这与选择
不同的明暗器材质有关，但不论选用什么样的明暗器，最后四行

图 5-2-40　材质/贴图导航器

始终依次为凹凸、反射、折射和置换。下面以 Blinn（反射）明暗器时的"贴图"卷展栏为例，
介绍"贴图"卷展栏的使用方法。

在"贴图"卷展栏中的每一种贴图称为贴图通道，贴图通道的名称左侧是一个复选框，右
侧是一个数量数值框和一个空按钮，它们的作用如下所述。

复选框：贴图通道名称左侧的复选框表示是否使用该贴图通道，选择复选框，即可使该贴
图通道发生作用。另外，该通道后此复选框也为选择状态，表示场景中的对象正在使用该类型
的贴图效果，如果在使用该类型后，取消复选框的选择状态，将暂时关闭该类型贴图的使用
效果。

"数量"数值框：在每个贴图通道名称后面有一个"数量"数值框，该数值框用于在该贴
图通道设置了贴图后，控制贴图作用于对象上的使用效果。当该参数值较大时，材质的使用效
果就比较明显。

None（空）按钮：该按钮用于为该贴图通道设置贴图。单击该按钮，弹出"材质/贴图浏
览器"对话框，如图 5-2-41（b）所示。

（2）选择贴图类型

因为在介绍下面的贴图通道时，经常要遇到在贴图通道中选择什么贴图类型的问题，为了
操作方便，在这里先介绍使用贴图类型的方法。通常给一个对象指定某一贴图类型的操作步骤
如下所述。

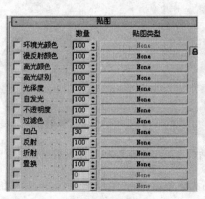

（a）"贴图"卷展栏　　　（b）"材质/贴图浏览器"对话框

图 5-2-41　贴图卷展栏和"材质/贴图浏览器"对话框

① 在场景中选择一个需要添加贴图的对象，单击主工具栏中的"材质编辑器"按钮 ，弹出"材质编辑器"对话框。

② 单击"贴图类型"卷展栏，将其展开。根据需要选择一个合适的贴图通道，单击 None（空）按钮，弹出"材质/贴图浏览器"对话框。

③ 在"材质/贴图浏览器"中选择一个适当的贴图类型，双击该贴图或单击"确定"按钮，弹出"选择位图图像文件"对话框，利用该对话框选择需要的贴图，单击"打开"按钮，关闭该对话框，返回材质编辑器，完成选择贴图操作。

注意：在进行这一步操作时，如果选择的是"位图"选项，则会弹出"选择位图图像文件"对话框，在该对话框中选择所需要文件夹下的位图文件，如图 5-2-42 所示，单击"打开"按钮，才可以完成选择贴图。

④ 在材质编辑器内的参数区中对贴图的参数进行编辑，最后将贴图赋给对象。

（3）常用贴图通道

在选用了不同明暗器以后，贴图通道的数目也会发生变化。其中，"各向异性"明暗器的贴图通道数为 15 个，Blinn（反射）、"金属"和"各向异性"明暗器的贴图通道数为 12 个，"多层"明暗器的贴图通道数为 21 个，Oren-Nayar-Blinn（明暗处理）明暗器和"半透明"明暗器的贴图通道数为 14 个，Strauss（金属加强）明暗器的贴图通道数为 9 个。

◎ "环境颜色"与"漫反射颜色"贴图："漫反射颜色"贴图是 3ds Max 9 中最常用的一种贴图，它可以将贴图的结果像贴壁纸一样贴到对象的表面，所以这种贴图也被称为纹理贴图。在"漫反射颜色"贴图通道导入位图后的效果如图 5-2-43 所示。"漫反射颜色"贴图用于材质的环境颜色。一般情况下，"环境颜色"和"漫反射颜色"贴图锁定在一起使用，当要单独使用两种贴图时，必须单击环境颜色和漫反射颜色后面的锁定按钮 。

◎ "高光颜色"与"高光级别"贴图：这两种贴图都是对高光区进行设置，它们有各自的特点。

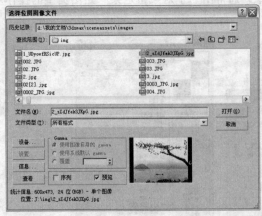

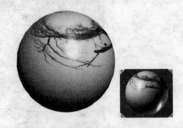

图 5-2-42 "选择位图图像文件"对话框　　图 5-2-43 漫反射贴图通道中导入位图的效果

"高光颜色"贴图：主要用于材质的高光区域，将一个位图文件作为高光贴图指定给对象的高光区域，这时在对象的高光区域上，位图将替代原有的高光颜色，显示出使用的位图效果，如图 5-2-44 所示。

"高光级别"贴图:"高光级别"贴图也主要作用于对象的高光区域。这种贴图将去掉贴图中的彩色成分,使贴图仅显示为灰度。即贴图中最亮或最浅的区域呈白色显示,最暗或最重的颜色部分呈黑色显示,从白色到黑色中间的颜色部分为增加或减少的灰色成分,如图 5-2-45 所示。

图 5-2-44 高光颜色通道中使用位图的效果 图 5-2-45 高光级别通道中使用位图的效果

◎ "光泽度"贴图: "光泽度"贴图用贴图颜色的深浅控制对象表面光泽度的大小。被指定为贴图的位图文件可以根据自身的灰度颜色强度来决定对象的哪些区域更有光泽效果。贴图中黑色区域将产生完全的光泽效果,白色区域去除光泽效果,介于两者之间的灰色区域则会适当地降低高光强度。

"光泽度"贴图与"高光级别"贴图配合使用,将会得到更好的效果。

注意: "高光颜色"贴图与"光泽度"贴图不同,光泽度贴图改变反射高光的强度和位置,高光颜色贴图改变反射高光的颜色。

◎ "自发光"贴图:自发光贴图和基本参数中的自发光栏中的参数值,共同影响材质的自发光效果。自发光贴图是将贴图以灰度来计算,被指定为自发光贴图的位图文件可以使得对象的某个部分看上去具有自发光效果,黑色区域将隐藏自发光效果,灰色区域则根据灰度值产生适当的发光效果。

◎ "不透明度"贴图:这种贴图用来定义对象材质表面的透明效果,通常用来制作带纹理的透明或半透明效果。不透明度贴图和基本参数中的不透明度参数配合使用,一起决定对象的不透明性。在不透明度贴图中,纯白色完全不透明,纯黑色完全透明,而两者之间的灰色区域则会根据灰度值显示不同程度的不透明度。不透明度贴图效果如图 5-2-46 所示。

不透明度贴图只能使材质表面透明,但并不能使透明的材质表面消失,所以这种透明看起来像清晰的玻璃或者塑料。如果要产生镂空效果,就要将不透明度贴图中的贴图复制到高光级别贴图中。

◎ "过滤色"贴图:过滤色贴图过滤或传送的颜色是通过透明或半透明材质(如玻璃)透射的颜色。该贴图通常和不透明度贴图配合使用。在"扩展参数"卷展栏的"高级透明"选项组的"类型"选项区中如果选择"过滤器"单选按钮,这种贴图将会为"不透明度"贴图进行着色过滤,使其透明效果更加逼真,颜色更加鲜亮。如果使用光线跟踪阴影,则着色区域将会转化为阴影效果。

图 5-2-46 不透明贴图中

使用位图的效果

在实际应用中，一般都是将"不透明度"贴图复制到"过滤色"贴图中，这样做对于正确地将"不透明度"贴图的颜色描绘到投身的阴影上是必不可少的。对于完全透明的材质表面，"过滤色"贴图需要增加一些不透明度，因为完全透明的材质表面不能显示任何颜色。

在"扩展参数"卷展栏的"高级透明"选项组的"类型"选项区中如果选择的是其他两种类型，"过滤色"贴图会被忽略。

◎"凹凸"贴图："凹凸"贴图使对象的表面看起来凹凸不平或呈现不规则形状。用凹凸贴图材质渲染对象时，贴图较明亮（较白）的区域看上去被提升，而较暗（较黑）的区域看上去被降低。在视图中不能预览凹凸贴图的效果，必须渲染场景才能看到凹凸效果。

凹凸贴图使用贴图的强度影响材质表面。在这种情况下，强度影响表面凹凸的明显程度：白色区域突出，黑色区域凹陷，效果如图 5-2-47 所示。

当希望去除表面的平滑度，或要创建浮雕效果时，可以使用凹凸贴图。但是，凹凸贴图的影响深度

图 5-2-47　凹凸贴图中使用位图的效果

有限，如果希望表面上出现很深的深度，应该使用建模技术。例如，位移修改命令根据位图图像的强度将曲面或表面拉伸突出或推挤凹陷或使用置换贴图。

◎"反射"和"折射"贴图：反射和折射是光线通过对象时产生的两种不同物理现象，在3ds Max 9 中的这两种贴图就是模拟反射和折射现象的。

"反射"贴图：用贴图在对象的表面产生光亮效果，并反射出周围其他对象的影像，如图 5-2-48 所示。

"折射"贴图：用贴图模拟介质的折射效果，在对象的表面产生对周围其他对象的折射影像，如图 5-2-49 所示。

图 5-2-48　"折射"贴图效果　　　　　　　图 5-2-49　"反射"贴图效果

◎"置换"贴图："置换"贴图用贴图的明暗程度使对象产生实际的凹凸感，并可投射出凹凸的阴影。

置换贴图可以使曲面的几何体产生位移，其效果与使用置换修改命令相类似。与凹凸贴图不同，置换贴图实际上更改了曲面的几何体或面片细分。置换贴图应用材质的灰度生成位移。2D 图像中亮色要比暗色向外推进得更为厉害，从而产生了几何体的 3D 位移，所以这种贴图也称为位移贴图。

"置换"贴图可以将置换贴图直接应用到以下种类的对象中：Bezier 面片、可编辑网格、可编辑多边形、NURBS 曲面。对于其他各种几何体，如基本几何体、扩展基本几何体、复合对象等，不可以直接应用置换贴图。要对这些种类的对象使用置换贴图，可以应用置换修改命令，以便使对象的曲面可以产生位移。

2. 贴图类型

3ds Max 9 将所有的贴图分为五大类，在"材质/贴图浏览器"对话框中列出所有的贴图，本节将介绍其中的 2D 和 3D 贴图。

（1）贴图坐标

在学习贴图之前，先要了解什么是贴图坐标。在日常生活中都有这样的经验，当用一张包装纸包一个盒子时，这张纸从什么地方开始贴起对包装的效果有很大的影响，在 3ds Max 9 中，所有贴图的效果也与贴图时所用的坐标有关，而且大多数材质贴图都是为三维（以后简称为 3D）曲面指定的二维（以后简称为 2D）平面，贴图坐标指定几何体上贴图的位置、方向以及大小。

◎ UVW 坐标：在 3ds Max 9 中，世界坐标系和其中的对象都采用 X、Y、Z 来表述，在贴图中用的坐标系为了与 X、Y、Z 坐标系区别，使用字母 U、V 和 W。之所以用这三个字母，是因为在字母表中，这三个字母位于 X、Y 和 Z 之前。

与 XYZ 坐标系统相比，UVW 贴图坐标是一个相对独立的坐标系统，它可以平移和旋转。如果让 UVW 贴图坐标系平行于 XYZ 坐标系，再观察一个二维贴图图像，可以发现 U 相当于 X，代表贴图的水平方向，V 相当于 Y，代表贴图的垂直方向，W 相当于 Z，代表贴图的纵深方向，如图 5-2-50 所示。对于 2D 平面贴图设置 W 这样的深度坐标有两个原因，一个是相对于贴图的几何体对该贴图的方向进行翻转时，还需要第三个坐标，为了实现该操作，就必须有这样一个坐标；另一个是 W 坐标对三维程序材质的作用非常 重要。

贴图的坐标参数一般位于"坐标"卷展栏中，由于不同类型的贴图其"坐标"卷展栏中的参数也不尽相同，将在本节后面介绍到各种贴图类型时再分别介绍其"坐标"卷展栏中参数的设置。

图 5-2-50　UVW 与 XYZ 坐标

◎ 内置贴图坐标：对于一些简单的几何体，一般都拥有"生成贴图坐标"切换。启用此选项可提供默认贴图坐标。如果对象有此切换功能，在进行场景渲染时，将自动启用此默认贴图坐标，这种贴图坐标称为内置贴图坐标。

内置贴图坐标是针对每个对象类型而设计的。长方体贴图坐标在其六个面上分别放置重复的贴图。对于圆柱体，图像沿着它的面包裹一次，而它的副本则在末端封口进行扭曲。对于球体，图像会沿着它的球面包裹一次，然后在顶部和底部聚合。收缩—包裹贴图也是球形的，但是它会截去贴图的各个角，然后在一个单独的极点将它们全部结合在一起，创建一个奇点。

◎ UVW 贴图修改器：有一些对象没有内置的贴图坐标，如果使用"编辑面片"修改命令或"布尔运算"之类的命令对几何体进行了修改，或从其他软件中导入的网格模型，系统都无法再按内置贴图坐标进行贴图，这时必须人为地给对象指定一种贴图坐标，解决这个问题的方法是使用 UVW 贴图修改器。如果没有为这些无内置的贴图坐标对象设置贴图坐标，在渲染时会弹出"错误贴图坐标"对话框，提示无贴图通道。

◎ 需要贴图坐标的贴图：有以下几种情况不需要贴图坐标。

反射/折射贴图和环境贴图：这种贴图使用了环境贴图系统，其中贴图的位置基于渲染视图，并固定到场景中的世界坐标上。

3D 程序贴图（如"噪波"或"大理石"）：这些是程序生成的贴图，它们基于对象的局部轴贴图。

朝向贴图材质：这种贴图是基于几何体内的面而放置的。

◎ 贴图类型：3ds Max 9 提供了 35 种贴图，在"材质/贴图浏览器"对话框左下角有六个单选按钮，如果选择了"全部"单选按钮，在右侧的列表中显示全部 35 种贴图方式。另外五个单选按钮就是贴图的五种类型（见图 5-2-51），如果选择了其中任意一个单选按钮，在右侧的列表中显示这一类贴图。下面将简要介绍各种类型贴图中典型的贴图方式。

（2）位图、棋盘格、渐变等 2D 贴图

2D 指两维图像或图案，2D 贴图需要贴图坐标才能进行渲染或显示在视窗中，通常用于对象的表面贴图或环境贴图。在材质/贴图浏览器中单击"2D 贴图"单选按钮，在右侧的列表框中就可以看到所有包含的 2D 贴图，如图 5-2-51 所示。从图中可以看到 2D 贴图有以下几种类型：位图、棋盘格、combustion（燃烧）、渐变、梯度渐变、漩涡和平铺。

◎ "位图"贴图：这是使用最多的一种贴图方式，其功能是引入外来的图像并进行简单的处理，这种贴图方式在上一章中用得比较多。3ds Max 9 的这种贴图方式可以引进 Windows 系统支持的大部分图形格式，经常用到的格式有 JPG、BMP、TIF、GIF 等。除了这些图形以外，3ds Max 9 还支持 AVI 等格式的动画甚至一个文件序列，通过这个特性，可以方便地制作材质的动画效果。

选择"位图"贴图选项后，再选择一个 3ds Max 9 支持的图像或视频、动画文件作为贴图图像文件，就会在"材质编辑器"对话框中显示出位图贴图的"位图参数"卷展栏，如图 5-2-52 所示。常用的参数介绍如下所述。

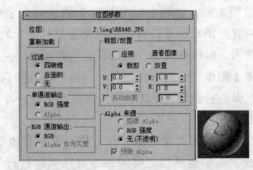

图 5-2-51　材质/贴图浏览器的 2D 贴图列表　　　图 5-2-52　"位图参数"卷展栏和示例球

"位图"按钮：在"位图参数"卷展栏的最上方的是"位图"按钮，单击此按钮弹出"选择位图文件"对话框，重新选择贴图的图像文件。

"裁剪/放置"选项组：该选项组中的参数用于对贴图图像的显示位置和贴图图像的大小进行调节。如果要使用该功能，需要选择"应用"复选框。

"裁剪"需要选择：选择该单击选钮，可以对贴图的图像进行切割，其下方的 U、V、W、H 四个参数用来决定所用图像的大小和位置。

"查看图像"按钮：单击该按钮，弹出"切割/放置"对话框，显示出所用的贴图图像，在图像周围有一个虚线框和八个控制柄，如图 5-2-53 所示。

拖动控制柄可调整使用贴图图像的大小，这时"裁剪"单选按钮下方的 W、H 数值框中显示出所用图像占原图像的比例，拖动虚线框，改变所使用图像的部位，可以发现 U、V 的数据也跟着发生了变化。

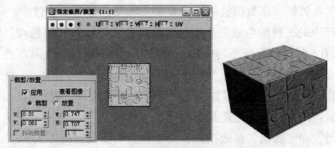

图 5-2-53　裁剪位图与贴图效果

"放置"单选按钮：如果选择了该单选按钮，再单击"查看图像"按钮，弹出"裁剪/放置"对话框，可以发现如果拖动虚线上的控制柄，可以改变整个图像的大小，将光标移到图像上面，当变成一只手的形状时，可以在原图像大小的范围内拖动图像，改变位置，如图 5-2-54 所示。这时"放置"单选按钮下方的 W、H、U、V 中的数据也跟着发生了变化。

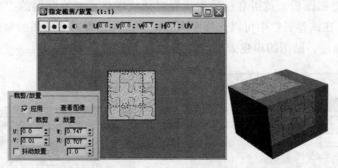

图 5-2-54　放置位图与贴图效果

◎ "棋盘格"贴图：这种贴图用两种颜色或贴图以方格交错的方式构成的贴图。默认为黑白两色交错的图案效果。选择"棋盘格"贴图后，就会显示出棋盘格贴图的"棋盘格参数"卷展栏，如图 5-2-55 所示。主要的参数介绍如下所述。

图 5-2-55　"棋盘格"贴图与示例球"棋盘格参数"卷展栏

"柔化"数值框：该数值框用于对交错的方格边缘进行模糊柔化处理。默认为 0.0，不对边缘进行模糊处理；数值越大，边缘就越模糊。

"颜色#1"、"颜色#2"颜色框：这两个颜色框分别设置贴图的两种颜色。右侧的"贴图"按钮用于设置构成棋盘格贴图的两种贴图。

◎ "渐变"贴图：用三种颜色或贴图以渐变过渡的方式构成的贴图。默认为黑、灰、白三色渐变的图案效果。选择"渐变"贴图后，就会显示出渐变贴图的"渐变参数"卷展栏，如图 5-2-56 所示。主要的参数介绍如下所述。

"颜色 #1"、"颜色 #2"、"颜色 #3"颜色框：这三个颜色框用于设置贴图的三种颜色。右侧的"贴图"按钮可以设置构成渐变贴图的三种贴图。

"颜色 2 位置"数值框：该数值框用于设置第二种颜色的渐变位置。

"渐变"贴图产生的三种颜色或三个贴图的渐变效果可以在"颜色#2"中调节三种颜色的比例，如果设置为 0.5 时三种颜色平均分配；设置为 0 时形成颜色 1 和颜色 2 的渐变；设置为 1 时形成颜色 2 和颜色 3 的渐变。

"噪波"选项组：该选项组中的参数用于设置渐变颜色或贴图进行随机混合的数量和方式。

"数量"数值框：用于设置产生随机混合噪波的数量。

"规则"、"分形"和"湍流"单选按钮：用于设置渐变混合的方式。

"大小"、"相位"和"级别"数值框：分别用于设置渐变随机噪波的大小、相位和级别。

（3）2D 贴图的坐标参数

在各种类型的贴图参数中，一般都有"坐标"卷展栏，在该卷展栏中可以设置指定贴图的坐标参数。通过贴图的坐标参数，可以控制贴图的位置，镜像、重复的次数，是否旋转及旋转的坐标和角度等。

选择一种二维贴图后，就可在材质编辑器对话框中显示二维贴图的"坐标"卷展栏，如图 5-2-57 所示。在该卷展栏中可以选择平面贴图方式，设置二维贴图的偏移位置，镜像、重复次数，旋转的角度，贴图的模糊效果等。

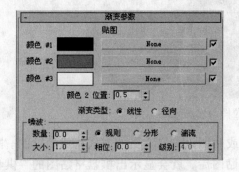

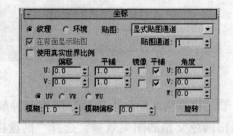

图 5-2-56　"渐变参数"卷展栏　　　　图 5-2-57　二维贴图的"坐标"卷展栏

"纹理"和"环境"单选按钮：这两个单选按钮用于选择贴图图像赋予对象的方式。

选择"纹理"单选按钮，可以将贴图作为纹理赋予对象的各个表面。选择"环境"单选按钮，可以将贴图围在对象的表面。

"贴图"下拉列表框：在该下拉列表框中可以选择贴图的坐标方式，对于纹理贴图和环绕贴图，此下拉列表框中的选项不同。

纹理贴图的坐标方式选项分别是显式贴图通道，用于选择贴图通道；顶点贴图通道，用顶点的颜色作为贴图通道；对象 XYZ 平面，用场景中对象坐标的平面作为贴图通道；世界 XYZ 平面，用场景中世界坐标的平面作为贴图通道。

环境贴图的坐标方式选项分别是球形环境，用于球体环境的贴图；柱形环境，用于圆柱体环境的贴图；收缩包裹环境，用于收缩环境的贴图；屏幕，用于屏幕方式的贴图。

"在背面显示贴图"复选框：选择该复选框可以在对象的背面显示平面贴图。

"贴图通道"数值框：在该数值框中可以选择贴图的通道。

"使用真实世界比例"复选框：选择该复选框后，贴图按图像的真实大小进行。

"偏移"和"平铺"数值框：这两个数值框用于设置贴图在 U、V 坐标方向的参数。

在这两个选项的下方都有一个 U 数值框和一个 V 数值框，在这些数值框中分别可以设置贴图图像在对象上的初始位置和平铺的个数。

"镜像"和"平铺"复选框：这两个复选框用于选择对象上的贴图方式，这两个参数只能一次选择一个，有些像单选按钮的作用。

"角度"数值框：该数值框用于设置贴图绕 U、V、W 坐标轴旋转的角度。

"旋转"按钮：用拖动的方法设置贴图绕 U、V、W 坐标轴旋转的角度。单击该按钮，弹出"旋转贴图坐标"对话框。在该对话框中拖动即可设置旋转的角度。

UV、VW、WU 单选按钮：这三个单选按钮用于选择贴图的坐标平面即 UV 平面、VW 平面和 WU 平面。选择不同的坐标平面，"偏移"数值框、"平铺"数值框、"镜像"复选框和"平铺"复选框下面的坐标即可改变为相应平面的坐标。

"模糊"和"模糊偏移"数值框：这两个数值框用于设置贴图在对象上的模糊程度和偏移的模糊程度。

（4）细胞、噪波等 3D 贴图

3D 贴图是根据程序以三维方式生成的图案。在"材质/贴图浏览器"对话框中选择"3D 贴图"单选按钮，如图 5-2-58 所示。其包含的贴图为细胞、凹痕、衰减、大理石、噪波、粒子年龄、粒子运动模糊、Perlin 大理石、行星、烟雾、斑点、泼溅、灰泥、波浪和木材。这些贴图大部分都有一个设置坐标参数的"坐标"卷展栏，每个贴图也提供了设置各自参数的参数卷展栏，用于各种参数的设置，下面将介绍部分 3D 贴图。

◎"细胞"贴图："细胞"贴图可以产生马赛克、鹅卵石、细胞壁等随机序列贴图效果，还可以模拟出海洋效果，在调节时会发现示例球中上的效果不是很清晰，最好指定给对象后再渲染调节。细胞贴图自身还具有一定的纹理，通过该纹理可以生成某些动物的皮肤或昆虫的翅膀，图 5-2-59 所示为"细胞参数"卷展栏。在该卷展栏中常用参数的含义如下所述。

"细胞颜色"和"分界颜色"选项组：这两个选项组的参数用于设置"细胞"贴图的颜色，或单击 None 按钮为它指定其他贴图类型来代替贴图的颜色。

"细胞特性"选项组：该选项组用于设置贴图自身的特性。

"圆形"和"碎片"单选按钮：圆形是一种圆形细胞，类似于泡沫状，碎片是直边的碎片状细胞，类似于碎玻璃或马赛克效果。

"大小"数值框：用于设置细胞的大小。

"扩散"数值框：用于设置单个细胞的大小。

"凹凸平滑"数值框：用于产生了锯齿和毛边时，进行光滑处理；可以产生更细腻的贴图。

"迭代次数"复选框：在选择了"分形"复选框后有效，设置分形计算的重复次数，而且这时适配自动调节单选按钮有效。

"粗糙度"数值框：当使用凹凸贴图时，它可以增加表面的粗糙程度。

"阈值"选项组：该选项组的参数可以控制细胞、细胞壁和细胞液三者的大小比例。

"低"数值框：设置细胞的大小。

"中"数值框：设置围绕细胞周围的细胞壁的大小。

"高"复选框：设置细胞液的大小。

图 5-2-58 "材质/贴图浏览器"对话框的 3D 贴图

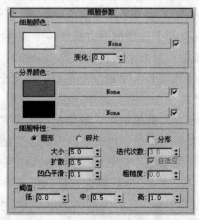

图 5-2-59 "细胞参数"卷展栏

◎ "噪波"贴图：用两种颜色或贴图随机混合，以随机的团状效果构成的贴图，它是使用比较频繁的一种贴图，常用于无序贴图效果的制作。默认为黑白两色产生的随机效果。选择"噪波"贴图后，就会显示出噪波贴图的"噪波参数"卷展栏，如图 5-2-60 所示。主要的参数的含义介绍如下所述。

"噪波类型"选项组：这一部分的参数为规则、分形和湍流三种类型，每种类型对应一个单选按钮。

"噪波阈值"选项组：这一部分的参数用于设置噪波的变化范围。

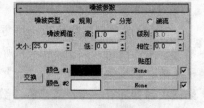

图 5-2-60 "噪波参数"卷展栏

"高"、"低"数值框：分别用于设置噪波随机变化的最大值和最小值。

"级别"数值框：可以控制噪波迭代的次数。

"相位"数值框：可以控制噪波的变化。

"大小"数值框：该数值框用于设置噪波的大小。

"交换"按钮：用于交换构成噪波贴图的两种颜色或贴图。

"颜色#1"、"颜色#2"颜色框：这两个颜色框用于设置贴图的颜色。也可以单击右侧的"贴图"按钮 None，为其指定一种贴图，形成嵌套噪波的效果。

（5）3D 贴图的坐标参数

选择一种 3D 贴图后，就可在"材质编辑器"对话框中显示 3D 贴图的"坐标"卷展栏，如图 5-2-61 所示。在该卷展栏中可以选择 3D 贴图的坐标系，设置 3D 贴图的偏移位置，重复次数，旋转角度和贴图的模糊效果等。

"源"下拉列表框中可以选择贴图的坐标系，如图 5-2-62 所示。其他的参数与二维贴图的坐标参数相同，此处不再赘述。

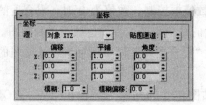

图 5-2-61　3D 贴图的"坐标"卷展栏　　　图 5-2-62　可供选择的贴图坐标系

（6）合成与颜色修改贴图

这两类贴图是由其他的颜色或贴图构成的复合贴图。包含的贴图为合成、蒙板、混合和 RGB 倍增。这些贴图都只提供了设置各自参数的"参数"卷展栏，可以为合成贴图指定要合成的颜色或选择其他的贴图。

选择"合成"贴图后，就会显示合成贴图的"合成参数"卷展栏，如图 5-2-63 所示。

"合成"贴图可以将任何数目的贴图进行组合成为一种贴图。系统默认的是 2 个贴图进行混合，单击"设置数目"按钮可以设置合成贴图的个数。

图 5-2-63　"合成参数"卷展栏

贴图的层次是根据 None 按钮前贴图号的顺序进行组合的。例如，"贴图 2"将覆盖在"贴图 1"上；"贴图 3"将覆盖在"贴图 2"上。

◎ "遮罩"贴图：用一种贴图遮盖另一种贴图后构成的一种贴图。选择"遮罩"贴图后，就会显示蒙板贴图的"遮罩参数"卷展栏，如图 5-2-64 所示。

蒙板贴图包含提供原贴图的 Map 层和隐藏原贴图的"遮罩"层。单击"贴图"右边的 None 按钮，可以选择一种贴图作为被遮盖的贴图；单击"遮罩"右边的 None 按钮，可以选择一种贴图作为蒙板，"遮罩"层中的贴图将转化为灰度计算。"遮罩"层中的区域将完全隐藏"贴图"层中的贴图，白色区域将完全显示"贴图"层中的贴图，中间的灰色区域将按照高密度来显示"贴图"层中的贴图。"反转遮罩"复选框的作用是将"遮罩"层中的图像进行反转显示。

◎ "混合"贴图：将两种贴图混合后构成的一种贴图。通过调整两种贴图的混合数量或功能曲线，可以控制贴图的混合程度。选择"混合"贴图后，就会显示混合贴图的"混合参数"卷展栏，如图 5-2-65 所示。主要的参数介绍如下所述。

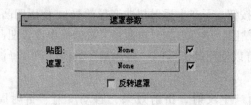

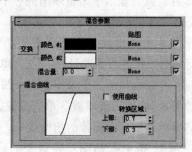

图 5-2-64　"遮罩参数"卷展栏　　　图 5-2-65　"混合参数"卷展栏

"颜色#1"、"颜色#2"颜色框：分别设置两个颜色或贴图，"交换"按钮可以对它们的设置进行交换。

"混合量"数值框：两个贴图的混合程度由该数值框控制，数值为 0 时，混合后的贴图为第一种颜色或第一种贴图；数值为 100 时，混合后的贴图为第二种颜色或第二种贴图。

"使用曲线"复选框：选择该复选框可以使用"混合曲线"调整两种颜色或贴图的混合的尖锐和和缓程度。

◎ "颜色修改器"贴图："颜色修改器"贴图包含的贴图为"输出"、"RGB 染色"和"顶点颜色"。

输出这种贴图是用来弥补某些无输出设置的贴图类型的。对于位图贴图方式，系统已经提供了"输出"参数，用来控制位图的高密度、饱和度等基本输出参数，但大多数的程序贴图，如"大理石"、"烟雾"等贴图方式没有此项设置，这时就可以为其加入一个"输出"贴图来控制输出的调节。

"RGB 调色"贴图可用于对任何贴图类型进行图像颜色的调整。

"顶点颜色"贴图可用于对网格对象、面片对象、多边形对象和 NURBS 结点子对象层或者面子对象层应用"顶点绘制"修改命令后的颜色进行渲染。

（7）其他贴图

其他贴图包含的贴图为平面镜、光线跟踪、反射/折射和薄壁折射等。这类贴图一般用来表现玻璃、金属、镜面等反光或透明的对象，使用这些贴图要配合反射贴图通道或折射贴图通道来使用。

◎ "平面镜"贴图：可以为对象的平面添加镜像效果，使其反射周围的其他对象和环境。要正确地使用镜面反射贴图效果，需满足下面的条件。

"平面镜"贴图只能用在对象的表面，所以在进行"平面镜"贴图时必须选择对象表面。

如果要为一个对象中的两个不同的平面指定"平面镜"贴图，该对象要使用多维/子对象材质。要将镜面反射贴图指定给场景中的多个对象，要求所有对象的反射面共处于一个平面。

"平面镜"贴图可用于大平面的反射效果，如地面的反射、镜面的反射等，一般在反射贴图通道上使用。选择平面镜贴图后，就会显示平面镜贴图的"平面镜参数"卷展栏，如图 5-2-66 所示。

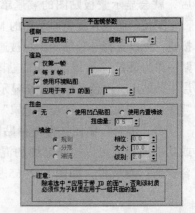

图 5-2-66　"平面镜参数"卷展栏

在扭曲栏中可以模拟不规则表面产生的扭曲反射效果，将反射的图像进行扭曲处理。"无"单选按钮，不产生反射扭曲变形效果；"使用凹凸贴图"单选按钮，可以给共面的平面指定一个凹凸贴图，还可以在"扭曲量"数值框中设置凹凸贴图的扭曲效果；"使用内置噪波"单选按钮，可以使用其下面的"扭曲量"数值框和"噪波"选项组中的参数设置反射图像的扭曲效果。

◎ "反射/折射"贴图：在对象的表面产生反射、折射效果，自动反射、折射周围的环境对象，只能用于反射贴图通道和折射贴图通道。它的功能与光线跟踪贴图差不多，但其效果较差，渲染速度快。选择反射/折射贴图后，就会显示反射、折射贴图的"反射/折射参数"卷展栏，如图 5-2-67 所示。

"来源"选项组：用于设置反射、折射的来源。"自动"单选按钮可以自动反射、折射周围的对象，选择该单选按钮可激活"自动"选项组。在"自动"选项组中可以设置在第一帧或指定的间隔帧数使用反射、折射效果；"从文件"单选按钮用于设置要反射、折射的图像文件，选择该单选按钮可激活"从文件"选项组和"渲染立方体贴图文件"选项组。在"从文件"选项组中可以选择各面的贴图文件；在"渲染立方体贴图文件"选项组中可以设置保存渲染立方体贴图的文件，并可拾取对象及贴图。"大小"数值框用于设置反射、折射的范围。"使用环境贴图"复选框用于确定是否反射、折射环境背景。

"模糊"选项组：用于控制对贴图是否进行模糊处理。选择"应用"复选框，可以对贴图进行模糊处理；"模糊偏移"数值框用于设置模糊的偏移程度，"模糊"数值框用于设置模糊的程度。

"大气范围"选项组：用于控制对贴图是否进行大气效果处理。"近"数值框用于设置大气效果的近点值，"远"数值框用于设置大气效果的远点值；单击"从摄影机获取"按钮，可以从使用的摄影机中获取大气效果。

◎ "光线跟踪"贴图："光线跟踪"贴图能真实地反射出材质周围场景中的对象，并在材质表面形成反射效果。光线跟踪贴图同光线跟踪材质一样，有复杂的卷展栏设置，包含其他反射贴图和折射贴图所没有的特性，如半透明效果和荧光效果。光线跟踪贴图与"反射"贴图通道和"折射"贴图通道配合使用，能逼真地表现出材质表面的反射或折射效果，但其渲染速度比较慢。"光线跟踪贴图"的参数卷展栏如图 5-2-68 所示。

图 5-2-67　"反射/折射参数"卷展栏

图 5-2-68　"光线跟踪贴图"的参数卷展栏

需要注意，"光线跟踪"材质并不是"光线跟踪"贴图，它们之间存在一定的区别：用光线跟踪贴图的使用方法与其他贴图一样，可以将其添加到任何反射和折射的材质中；光线跟踪贴图的参数比较多，可以实现对反射效果、折射效果更细致的调整；使用光线跟踪贴图的渲染速度更快。

3．渲染输出

渲染输出是三维动画的最后一个重要步骤，也是决定着动画影片最终效果的重要环节。当然，在 3ds Max 中既可以渲染一幅静态的图像，也可以渲染一部动画。但是，渲染动画影片需要大量的时间。本节将学习 3ds Max 9 的渲染功能。

（1）渲染工具

在主工具栏的右侧提供了几个渲染工具按钮，它们分别是 ▣（渲染场景）按钮、◉（快速渲染）按钮、▣（激活阴影）按钮。

▣（渲染场景）按钮："渲染场景"按钮是在做最后的渲染输出时使用的标准按钮。单击该按钮会打开"渲染场景"面板，可以对该面板进行各种渲染参数设置。

◉（快速渲染）按钮：使用已经设置好的渲染参数，在最短时间内渲染出场景效果。

（2）渲染参数

渲染参数的设置关系到渲染效果质量的好坏，单击"渲染"→"渲染"命令，或直接单击主工具栏中的"渲染场景对话框"按钮 ▣，系统将弹出"渲染场景：默认扫描线渲染器"对话框，在该对话框中用户可以进行渲染的相关设置，如图 5-2-69 所示。

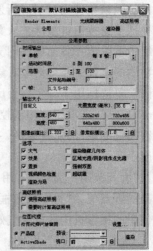

图 5-2-69　"渲染场景"对话框

在"公用"选项卡中包含四个卷展栏，其中"公用参数"卷展栏用于设置 3ds Max 的基本渲染，对任何渲染器都适用，该卷展栏中各个选项的含义如下所述。

◎"时间输出"选项组：该选项组用于设置要进行渲染帧范围。

"单帧"单选按钮：对当前所选择的帧进行渲染，并且只能得到静态单帧图像。

"活动时间段"单选按钮：显示当前渲染的时间范围，可以使用时间滑块进行设置。

"范围"数值框：输入数值来指定渲染的时间范围。

"文件起始编号"数值框：设置渲染起始帧得到的文件编号为以后渲染的文件递增序列号。如果逐帧渲染图片文件，还可以利用此序号重新渲染出错的文件，查找十分方便。

"帧"数值框：单独指定想要渲染的帧或时间段。

"每 N 帧"数值框：指定每隔多少帧渲染一次。

◎"输出大小"选项组：该选项组中的参数用来指定渲染图像的大小。在该选项组中的下拉列表框中可以选择标准的电影和视频分辨率。

"光圈宽度（毫米）"数值框：确定当前用于渲染的摄影机的光圈大小。

"宽度"和"高度"数值框：指定输出图形的大小，以像素为单位，可以直接输入数值，也可以选择右侧的四个固定尺寸。

"图像纵横比"数值框：设置图像的纵横比。更改此值将改变高度值以保持活动的分辨率正确。使用标准格式而非自定义格式时，不可以更改纵横比，该控件将替换为文本显示。

"像素纵横比"数值框：设置其他设备上的像素纵横比。渲染时，图像可能会在显示上出现变形，这时可以通过设置像素纵横比数值来修正它。

◎"选项"选项组。

"大气"复选框：选择此复选框将渲染场景中的所有大气效果，如雾、体积光。

"效果"复选框：选择此复选框后，渲染任何应用的渲染效果，如模糊。

"置换"复选框：选择此复选框将渲染场景中所有被应用的置换贴图。

"视频颜色检查"复选框：检查超出 NTSC 或 PAL 安全阈值的像素颜色，标记这些像素颜色并将其改为可接受的值。

"渲染为场"复选框：该复选框为视频创建动画时，将视频渲染为场，而不是渲染为帧。

"渲染隐藏的几何体"复选框：渲染场景中所有的几何体对象，包括隐藏的对象。

"区域光源/阴影视作点光源"复选框：将所有的区域光源或阴影当做从点对象发出的进行渲染，这样可以加快渲染速度。

"强制双面"复选框：当需要渲染对象的外部和内部所有的面时可以选择此复选框。但使用会降低渲染速度。如果要渲染的模型发生法线错误，可以使用此项功能。

"超级黑"复选框：选择此复选框将限制用于视频组合的渲染几何体的暗度，一般不使用此项功能。

◎ "高级照明"选项组。

"使用高级照明"复选框：选择该复选框后，软件在渲染过程中提供光能传递解决方案或光跟踪。

"需要时计算高级照明"复选框：选择该复选框后，当需要逐帧处理时，软件计算光能传递。

通常，渲染一系列帧时，软件只为第一帧计算光能传递。如果在动画中有必要为后续的帧重新计算高级照明，须选择此复选框。

◎ "位图代理"选项组。显示 3ds Max 是使用高分辨率贴图还是位图代理进行渲染。要更改此设置，应单击"设置"按钮。

"设置"按钮：单击该按钮弹出"位图代理"对话框的全局设置和默认值。

◎ "渲染输出"选项组。

"保存文件"复选框：选择此复选框后，进行渲染时软件将渲染后的图像或动画保存到磁盘。单击"文件"按钮指定输出文件之后，"保存文件"才可用。

"文件"按钮：单击该按钮，弹出"渲染输出文件"对话框，在该对话框中可以指定输出文件名、格式以及路径。

"将图像文件列表放置在输出路径中"复选框：选择此复选框可创建图像序列（IMSQ）文件，并将其保存在与渲染相同的目录中。默认设置为禁用状态。

"使用设备"复选框：将渲染的输出发送到像录像机这样的设备上。首先单击"设备"按钮指定设备，设备上必须安装相应的驱动程序。

"渲染帧窗口"复选框：在渲染帧窗口中显示渲染输出。

"网络渲染"复选框：如果选择该复选框，在渲染时将弹出"网络作业分配"对话框。

"跳过现有图像"复选框：选择此复选框且选择"保存文件"复选框后，渲染器将跳过序列中已经渲染到磁盘中的图像。

（3）渲染类型

单击主工具栏中的"渲染类型"下拉列表，显示图 5-2-70 所示的下拉列表框。使用"渲染类型"下拉列表框仅可以指定将要渲染的场景的一部分。

注意，在 3ds Max 9 的主工具栏中可能找不到"渲染类型"下拉列表，可按下面方法来设置：

首先，在"记事本"中打开 C:\Program Files\Autodesk\3ds Max 9\ui\DefaultUI.CUI 文件，找到下面这一行内容。

Item40=5|110|140|30104|0|19|2|1342177795|ComboBox|视图

将上面一行开始的 Item40 改为 Item41，如下所示：

Item41=5|110|140|30104|0|19|2|1342177795|ComboBox|视图

完成修改后，保存文件，关闭"记事本"。

然后，在 3ds Max 9 中，选择"自定义"→"加载自定义 UI 方案"命令，弹出"加载自定义 UI 方案"对话框，选择刚才编辑的 DefaultUI.CUI 文件，单击"确定"按钮，即可在主工具栏中显示"渲染类型"下拉列表。

下面简要介绍"渲染类型"下拉列表框中相关选项的含义。

"视图"选项：默认设置。渲染活动视口，如图 5-2-71 所示。

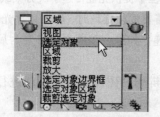

图 5-2-70 "渲染类型"下拉列表　　　　图 5-2-71 "视图"渲染

"选定对象"选项：仅渲染当前选定的对象，使渲染帧窗口的其他部分保持完好，如图 5-2-72 所示。默认情况下，这种渲染会保留原来渲染的场景图像，如果要清除原来的场景图像，可以单击 ✕（清除）按钮来进行。

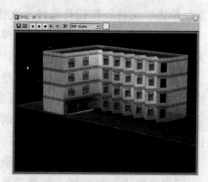

要渲染选定对象，可执行以下操作：从工具栏右端的"渲染类型"下拉列表框中选择"选定对象"选项；激活要进行渲染的视口并选择对象；单击 🖳（渲染场景）按钮或 👁（快速渲染）按钮。此时，3ds Max 9 将弹出一个进度对话框，该对话框显示渲染的进度和渲染参数设置。要停止渲染，可以在该对话框中单击"取消"按钮或按【Esc】键。

图 5-2-72 "选定对象"渲染

"区域"选项：渲染活动视口中的一个区域，并且保持渲染帧窗口的其他部分完好。当须要测试渲染场景的一部分时，选择此选项。

渲染区域是指创建视图选定区域的草图渲染。例如，渲染区域仅使用抗锯齿的面积过滤器，无论在"渲染场景"对话框选中哪个抗锯齿。

要渲染区域，可执行以下操作：使视口处于活动状态；从下拉列表中框选择"区域"选项；单击 🖳（渲染场景）按钮或 👁（快速渲染）按钮；在活动视口中将显示一个矩形选择区域，视口的右下角显示一个"确定"按钮，如图 5-2-73（a）所示；在矩形选择区域的中部拖动以将其移动，拖动的矩形选择区域控制柄可调整其大小，要保持窗口的纵横比，可以在拖动控制柄的同时按下【Ctrl】键；最后，单击"确定"按钮，即可进行渲染，效果如图 5-2-73（b）所示。

（a）视口左下角显示"确定"按钮　　　　（b）"区域"渲染效果图

图 5-2-73　"区域"渲染

　　"裁剪"选项：选择此选项可以使用显示的"区域和放大"类别的同一个区域选项，指定输出图像的大小。具体操作与"区域"选项类似，效果如图 5-2-74 所示。

　　"放大"选项：渲染活动视口内的区域并将其放大以填充输出显示。具体操作与"区域"选项类似，效果如图 5-2-75 所示。

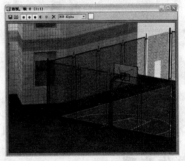

图 5-2-74　"裁剪"渲染　　　　　图 5-2-75　"放大"渲染

　　"选定对象边界框"选项：计算当前选择的边界框的纵横比，然后显示"渲染边界框/选定对象"对话框，从该对话框中可以指定渲染的宽度和高度，并且提供保持纵横比的选项，效果如图 5-2-76 所示。

　　"裁剪选定对象"选项：当选定一个或多个选定对象时，将渲染选择边界框内的对象。在由边界框定义的区域周围裁剪渲染。渲染边界框内的对象，包括选择前后的对象。当没有选定任何对象时，"裁剪选定对象"将渲染整个帧，效果如图 5-2-77 所示。

图 5-2-76　"选定对象边界框"渲染　　　　图 5-2-77　"裁剪选定对象"渲染

思考与练习

1. 为案例 4 "海星" 中的模型赋予材质，并渲染输出效果图。
2. 为案例 6 "卡通狗" 中的模型赋予材质，并渲染输出效果图。
3. 为案例 7 "商务人士" 中的模型赋予材质，并渲染输出效果图。

5.3 【案例 10】观察角色

案例效果

本案例为一个制作好的卡通角色进行灯光设计，并通过位置固定的摄影机和移动的摄影机进行观察，效果如图 5-3-1 所示。在本案例的制作过程中，将学习灯光、摄影机和动画的设计。

图 5-3-1 从摄影机角度观察角色的效果和视频动画

操作步骤

1. 打开文件

启动 3ds Max 9，打开本书素材 "观察角色.max" 文件，效果如图 5-3-2 所示。

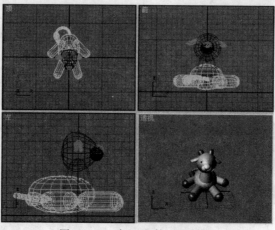

图 5-3-2 打开文件后的效果

2．固定摄影机设计

① 单击 （创建）→ （摄影机）→ 目标 （目标摄影机）按钮，在顶视图中单击并拖动，为场景添加一个目标摄影机，设置其参数如图 5-3-3 所示。

② 参考图 5-3-4 中摄影机的位置，在各个视图中，通过旋转、移动等方法，对目标摄影机的位置和角度进行适当设置。

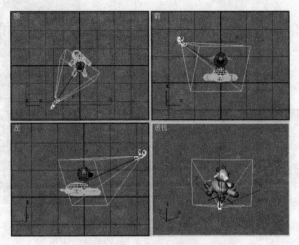

图 5-3-3　设置摄影机参数　　　　图 5-3-4　调整摄影机位置

③ 完成摄影机设置后，在透视图中的左上角的标签"透视"上右击，在弹出的快捷菜单中选择"视图"→"Camera01"命令，切换到摄影机视图，效果如图 5-3-5 所示。

图 5-3-5　在摄影机视图中观察对象

至此，固定摄影机的观察色度设置完成。

3．灯光设计

① 灯光设计时，要分清主光、背光与辅助光。首先，为场景设置主光。单击 （创建）→ （灯光）→ 目标聚光灯 （目标聚光灯）按钮，在前视图中通过拖动创建一个目标聚光灯，设置其参数如图 5-3-6 所示。

② 参考图 5-3-7 中的目标聚光灯的位置，在各个视图中，通过旋转、移动等方法，对目标聚光灯的位置和角度进行适当设置。

③ 为场景添加背光。参考上面的操作，再在场景中创建一个目标聚光灯，参数设置与图 5-3-6 所示相同。

④ 参考图 5-3-8 中的目标聚光灯位置，在各个视图中，通过旋转、移动等方法，对目标聚光灯的位置和角度进行适当设置。

⑤ 通过观察，发现场景中的对象明亮度不足，还须要添加辅助光。单击 [创建]（创建）→[灯光]（灯光）→　泛光灯　（泛光灯）按钮，在左视图中单击创建一个泛光灯，其参数使用默认参数。

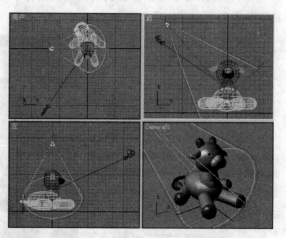

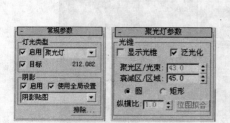

图 5-3-6　参数设置　　　　　　　　　图 5-3-7　调整目标聚光灯的位置

⑥ 参考图 5-3-9 中的泛光灯的位置，在各个视图中，通过旋转、移动等方法，对目标聚光灯的位置和角度进行适当设置。

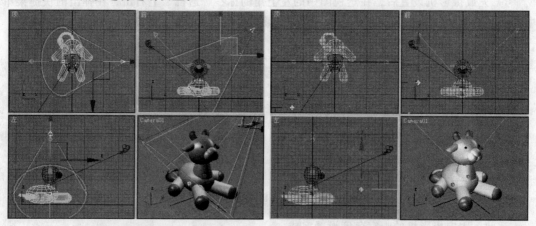

图 5-3-8　调整目标聚光灯的位置　　　　图 5-3-9　调整泛光灯的位置

至此，灯光设计完成。切换到透视图，单击主工具栏的 [图标]（快速渲染）按钮，渲染效果如图 5-3-10 所示。

4．移动摄影机动画设计

① 放大顶视图，单击 [创建]（创建）→[图形]（图形）→"样条线"→"圆"按钮，在顶视图中绘制一个圆作为摄影机镜头环绕转动的轨迹，如图 5-3-11 所示。

图 5-3-10　摄影机视图渲染效果

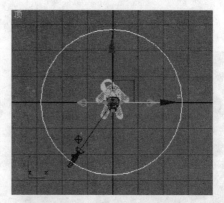

图 5-3-11　绘制样条线作为摄影机镜头环绕轨迹

② 在前视图中，单击主工具栏中的"选择并移动"按钮 ，将绘制的样条线向上移动，移动到与摄影机相同高度的位置，如图 5-3-12 所示。

③ 选中目标摄影机（注意，仅选中摄影机，不要选中目标点，在摄影机上单击即可），单击 ⊚（运动）→"轨迹"按钮，进入摄影机轨迹参数设置状态。在"轨迹"卷展栏中设置开始时间为 0，结束时间为 200，采样数为 20，如图 5-3-13 所示。

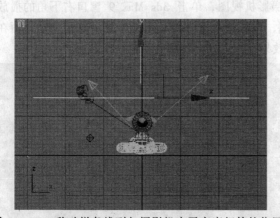

图 5-3-12　移动样条线到与摄影机水平高度相符的位置

图 5-3-13　轨迹参数设置

单击"转化自"按钮，进入轨迹拾取状态。将光标移动到顶视图中的路径样条线上单击，以拾取该路径。此时，路径转化为目标摄影机目标点的移动轨迹，如图 5-3-14 所示。

④ 从图 5-3-14 中可以看到，摄影机轨迹只有圆的一半。这是因为默认的动画帧数为 100，而在设置轨迹参数时设置的时间为 200。因此，须要调整动画帧数。单击 3ds Max 9 窗口右下角的时间配置按钮 ，弹出"时间配置"对话框。在该对话框中设置"结束时间"为 200，如图 5-3-15 所示。单击"确定"按钮完成设置。在顶视图中单击摄影机，可以看到轨迹已变成一个完整的圆，如图 5-3-16 所示。

⑤ 在视图空白处单击，取消轨迹选择状态，可以看到圆还在视图中存在。选择圆，按【Delete】键，将其删除。

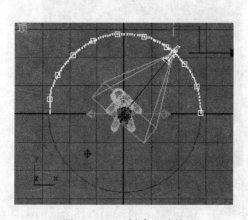

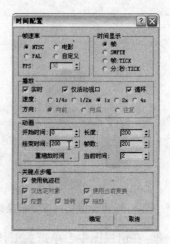

图 5-3-14　创建运动轨迹　　　　　　　　　　　图 5-3-15　设置动画时间

⑥ 在透视图左上角视口标签上右击，在弹出的快捷菜单中选择"视图"→Camera01 命令，切换到目标摄影机 Camera01 的视图。观察 Camera01 视图，如果摄影机不符合需要的视角，可单击主工具栏中的"选择并移动"按钮 ✛ 在前视图中将目标摄影机向上或下移动少许距离（注意，不要水平移动）。

至此，摄影机设置完成。切换到摄影机视图，单击 3ds Max 9 窗口右下角的播放动画按钮 ▶，该按钮将变为停止播放按钮 ⯀，此时，视图中将显示摄影机沿路径移动，而在摄影机视图中将显示出环绕对象进行移动的效果，如图 5-3-17 所示。

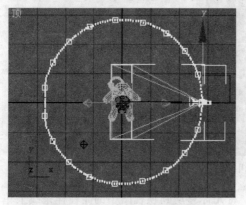

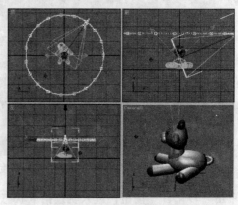

图 5-3-16　完整的轨迹效果　　　　　　　　　图 5-3-17　动画播放效果

5．渲染输出动画

① 选择"渲染"→"渲染"命令，弹出"渲染场景"对话框。在"渲染场景"对话框中可进行动画渲染参数的设置，如图 5-3-18 所示。

② 在"渲染场景"对话框的"公用"选项卡中，在"公用参数"卷展栏的"时间输出"选项组中单击选择"活动时间段"单选按钮，设置整个活动时间为 0～200。在"输出大小"选项组中单击"自定义"下拉列表框，在弹出的下拉列表中选择"自定义"选项，单击右侧的"320×240"按钮，设置输出的动画的尺寸（也可以设置为更大的尺寸，不过渲染时间会增加）。

在下面的"渲染输出"选项组中单击"文件"按钮，弹出"渲染输出文件"对话框来设置保存位置和文件类型，如图 5-3-19 所示。

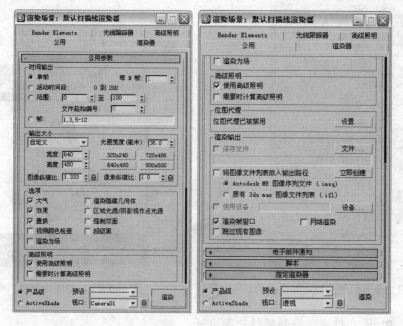

图 5-3-18　"渲染场景"对话框

设置文件名为"观察角色.avi"，单击"保存"按钮，弹出"AVI 文件压缩设置"对话框，如图 5-3-20 所示。在"压缩器"下拉列表框中选择一个合适的压缩器，单击"确定"按钮完成设置，返回"渲染场景"对话框。

图 5-3-19　"渲染输出文件"对话框

图 5-3-20　"AVI 文件压缩设置"对话框

在"渲染场景"对话框中选择"保存文件"复选框，参数设置完成后如图 5-3-21 所示。最后，单击右下角的渲染按钮，就可以渲染输出视频动画。

至此，沿路径轨迹移动的室内场景浏览动画设置完成，在渲染输出视频动画完成后，从 Windows 资源管理器中找到输出的视频文件，观看视频动画，效果如图 5-3-22 所示。

图 5-3-21　设置参数后的"渲染场景"对话框

图 5-3-22　动画视频播放效果

相关知识　灯光、摄影机与动画设计

1. 灯光

一幅好的三维作品，不但要有精制的模型，完美的材质，还要有真实的灯光，灯光可以提高场景的表现力。通过为场景添加灯光效果可以增强场景的真实感，增加场景的清晰度和三维纵深度。为场景添加灯光的效果如图 5-3-23 所示。

图 5-3-23　为场景添加灯光效果

（1）标准灯光的使用原则和目的

3ds Max 9 中提供的光源类型有三类：标准灯光、光度学灯光和日光，它们在视图中都表现为灯光对象，并且有很多共同的参数，包括阴影的形成方式。

　　标准灯光是一个特殊的对象，在视图中可以创建灯光光源，渲染时不能看到灯光对象，只能显示灯光对象的发光效果。通过设置、调整灯光光源可以改善场景的照明效果。如果没有光源，场景中的所有对象都是不可见的，所以 3ds Max 9 在场景中设置了两盏泛光灯作为默认的光源。

　　如果默认的光源不能满足场景的照明要求时，可以使创建灯光对象，只要创建了一个灯光对象，场景中的默认光源就会自动关闭。所以，有时创建了一盏灯光后场景会变得很暗，这是因为所添加的灯光照度没有默认的灯光高。因此，在创建灯光后须要进行相应的操作，如下所示：

　　◎ 提高场景的照明程度。默认情况下，视图中的照明程度往往不够，很多复杂对象的表面不能够很好地表现出来，这时就要为场景增加灯光来改善照明程度，标准灯光的使用很好地满足了这一点。

　　◎ 通过逼真的照明效果提高场景的真实性，由于设置灯光的参数步骤比较复杂，在后面的各小节中，将会逐步介绍一些灯光制作技巧。

　　◎ 模拟场景中的光源。标准灯光在场景中是看不到的，因为灯光物体本身是不能被渲染的，所以还须要创建符合光源的几何体模型相配合，模拟灯的效果，这里自发光材质也能起到很好的辅助作用。

　　◎ 为场景提高阴影，提高真实程度。所有的灯光都可以产生阴影效果，当然，用户还可以自己设置灯光是否投射阴影或接收阴影。

　　◎ 制作光域网照明效果的场景。通过为光度学灯光设置各种光域网文件，可以很容易地制作出各种不同的照明分布效果。这些光域文件可以直接从制造厂商获得。

　　（2）灯光的照明原则

　　3ds Max 9 中的照明原则是模拟自然光照效果，当光线接触到对象表面后，表面会反射或至少部分反射这些光线，这样该表面就可以被人们见到。对象表面所呈现的效果取决于接触到表面上的光线和表面自身材质的属性（如颜色、平滑度、不透明性等）相结合的结果。

　　◎ 强度。灯光光源的强度影响灯光照亮对象的程度。暗淡的光源即使照射在很鲜艳的颜色上，也只在产生暗淡的颜色效果。在 3ds Max 9 中，灯光的亮度就是它的 HSV 值（色度、饱和度、亮度），取最大值（255）时，灯光最亮，取最小值（0）时，完全没有照明效果，如图 5-3-24 所示，该图是在同一房间中低强度与高强度之间的对比。

图 5-3-24　在同一房间中低强度与高强度的对比效果

◎ 入射角。表面法线相对于光源之间的角度称为灯光的入射角。表面偏离光源的程度越大，它所接收到的光线越少，表面越暗。当入射角为 0（光线垂直接触表面）时，表面受到完全亮度的光源照射，随着入射角增大，照明亮度不断降低，如图 5-3-25 所示。

◎ 衰减。在现实生活中，灯光的亮度会随着距离增加逐渐变暗，离光源远的对象比离光源近的对象要暗，这种效果就是衰减效果。自然界中灯光按照平方反比进行衰减，也就是说灯光的亮度按光源距离的平方削弱。通常在受到大气粒子的遮挡后衰减效果会更加明显，尤其在阴天和雾天的情况下。

3ds Max 9 中默认的灯光没有衰减设置，因此灯光与对象间的距离是没有意义的，用户在设置时，只要考虑灯光与表

图 5-3-25　入射角影响强度

面间的入射角度。除了可以手动调节泛光相和聚光灯的衰减外，还可以通过光线跟踪贴图调节衰减效果。如果使用光线跟踪方式计算反射和折射的话，应该对场景中的每一盏灯进行衰减设置，因为一方面它可以提供更为精确和真实的照明效果，另一方面由于不必计算衰减以外的范围，所以还可以大大缩短衰减的时间。

对于 3ds Max 9 中的标准灯光对象，用户可以自由地设置衰减开始和结束的位置。不用严格遵循真实场景中的灯光与被照明对象间的距离。更为重要的是，可以通过此功能对衰减效果进行优化。对于室外场景，衰减设置可以提高效果，对于室内场景，衰减设置有助于模拟蜡烛等低度光源的效果，如图 5-3-26 所示，将衰减效果加入到场景中。

◎ 反射光和环境光。对象反射后的光能够照亮其他对象，反射的光越多，照亮环境中其他对象的光越多。反射光产生环境光，环境光没有明确的光源和方向，不会产生清晰的阴影。

环境光的亮度影响场景的对比度，亮度越高，场景中的对比度就越低；环境光的颜色影响场景整体的颜色，有时环境光表现为对象的反射光线，颜色为场景中其他对象的颜色，但大多数情况下，环境光应该是场景中的主光源颜色的补色，如图 5-3-27 所示。

图 5-3-26　将光源效果加入到场景中

◎ 灯光和颜色。灯光的颜色部分依赖于生成该灯光的过程。例如，钨灯投射橘黄色的灯光，水银蒸汽灯投射浅蓝色灯光，太阳光为浅黄色。灯光颜色也依赖于灯光通过的介质。例如，大气中的云染为天蓝色，脏玻璃可以将灯光染为浓烈的饱和色彩。

灯光颜色使用加色混合模式，灯光的基本颜色为红色、绿色和蓝色（RGB），当与多种颜

色混合在一起时，场景中总的灯光将变得更亮并且逐渐变为白色，如图 5-3-28 所示。

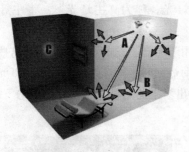
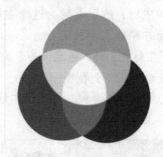

图 5-3-27　反射光和环境光（A 直接光 B 反射光 C 环境光）　　图 5-3-28　彩色灯光的加色混和

◎　颜色温度。颜色温度使用度开尔文（K）介绍颜色。对于描述光源的颜色和与白色相近的其他颜色值，该选项非常有用。表 5-3-1 所示为常用类型灯光的颜色温度，该表使用等值的色调编号（从 HSV 颜色描述）。

如果对场景中的灯光使用这些色调编号，则将该值设置为全部（255），然后调整饱和度以满足场景的需要。心理上人们倾向于纠正灯光的颜色，以便对象看起来由白色的灯光照亮；通常场景中颜色温度的效果很小。

表 5-3-1　光源、色温与色调

光　　源	颜 色 温 度 /k	色　　调
阴天的日光	6000	130
中午的太阳光	5000	58
白色荧光	4000	27
钨/卤元素灯	3300	20
白炽灯（100～200 W）	2900	16
白炽灯（25 W）	2500	12
日落或日出时的太阳光	2000	7
蜡烛火焰	1750	5

（3）灯光照明技术

谈到照明技术，摄影师、电影摄制者和舞台设计者使用的照明技术也可以帮助设置 3ds Max 9 中场景的照明。设置灯光时，首选应当明确场景要模拟的是自然照明还是人工照明效果。对自然照明效果，不管是日光照明还是月光照明，最主要的光源只有一个；而人工照明场景通常应包括多个类似的光源。在 3ds Max 9 中，无论是哪种照明场景，都须要设置若干个次级光源来辅助照明，无论是室内场景还是室外场景，都会受到材质颜色的影响。

◎　自然照明。自然照明（阳光）是来自单一光源的平行光线，它的方向和角度会随着时间、纬度和季节的变化而变化。3ds Max 9 提供了多种模拟阳光的方式，标准灯光的方式之一是平行光，无论是目标平行光还是自由平行光，一盏就足以作为日照场景中的光源了。将平行光源的颜色设置为白色，亮度降低，还可以用来模拟月光效果，如图 5-3-29 所示。

◎ 人工光。人工光无论用于室内还是夜间的室外都使用多个灯光。人工光首先明确场景中的主题，然后单独为这个主题打一盏照明的灯光，称为"主灯光"。将主灯光定位于主题前并稍微靠上的部分。

除了主灯光之外，还定位一个或多个其他灯光，用于照亮主题的背景和侧面。这些灯光称为辅助灯光。辅助灯光比主灯光暗。当只使用一个辅助灯光时，该灯光与主题和主灯光之间地平面处的角度应该为 90° 左右。主灯光和辅助灯光突出场景的主题，也突出场景的三维效果，如图 5-3-30 所示。

图 5-3-29 拥有自然阳光的室外场景　　　　图 5-3-30 拥有自然黎明黄昏和街灯的室外场景

◎ 环境光。在 3ds Max 9 中，环境光用于模拟漫反射表面反射光产生的照明效果，它的设置决定了处于阴影中和直接照明以外的照明级别。

"环境光"通常用于外部场景，当天空的主要照明在背向太阳的曲面上产生均匀分布的反射灯光时。用于加深阴影的常用技术是对环境光颜色进行染色，以补充场景主灯光。

与外部不同，内部场景通常拥有很多灯光，并且常规环境光级别对于模拟局部光源的漫反射并不理想。对于外部来说，通常将场景的环境光级别设置为黑色，并且使用仅影响环境光的灯光来模拟漫反射的区域，如图 5-3-31 所示。

图 5-3-31 无环境光、默认环境光与用户可调的环境光

（4）基本照明类型

光源按照在它的作用可以分为主光、背光和辅助光三种，如图 5-3-31 所示。

◎ 主光：主光是最基本的光，用来照亮大部分场景和场景中对象的主要光源，通常是场景中最亮的光。利用主光可以为场景中的对象设置阴影。只有主光的效果如图 5-3-31（a）所示。

◎ 背光：背光一般放在场景主造型的后上方，强度一般要小于主光的强度。有主光和北极光的效果如图 5-3-32（b）所示。

◎ 辅助光：辅助光一般放在主光的左侧，用来照射主光没有照到的地方，它可以控制场景中和区域的对比度，有主光、背光和辅助光的效果如图 5-3-32 右（c）示。

（a）只有主光的效果图　　　（b）有主光和北极光的效果图　　　（c）有主光、背光和辅助光的效果图

图 5-3-32　三种类型光的作用

从图中可以看出，当三种光都存在时的照明效果最好，所以，一般情况下对于局部的照明都使用上面提到的设置照明方法。

（5）标准灯光设计

标准灯光是 3ds Max 9 中传统的灯光系统，属于一种模拟的灯光类型，能模仿生活中的各种光源，并且由于光源的发光方式不同而产生各种不同的光照效果。灯光是创建真实世界感受的一种最有效的手段，正确的灯光设置为最终的动画或场景增添重要的信息与情感。

◎ 灯光的类型与创建。单击命令面板中的"创建"按钮 ，打开"创建"命令面板。在"创建"命令面板中单击"灯光"按钮 ，打开灯光源的命令面板，并在其下面的"对象类型"卷展栏中显示出标准灯光类型的命令按钮，标准灯光类型有八种，利用标准灯光类型的命令按钮即可在视图场景中创建灯光对象，如图 5-3-33 所示。

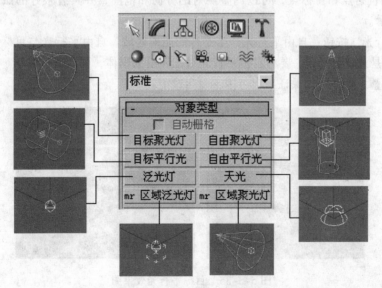

图 5-3-33　标准灯光类型

"目标聚光灯"按钮：目标聚光灯是一束光线从一点向指定的目标物体发散投射，产生锥形的照射区域，照射区域以外的物体不受影响。目标聚光灯有投射点和目标点两个图标可调，

方向性非常好，加入外景设置可以产生很好的静态仿真效果。缺点是在进行动画照射时不易控制方向，两个图标的调节常使发射范围改变，也不易进行跟踪照射。

目标聚光灯有矩形和圆形两种投影区域，矩形特别适合制作电影投影图像、窗户投影等，图形适合路灯、车灯、台灯、舞台跟踪等灯光照射，如果作为体积光源，它能产生一个锥形光柱，如图 5-3-34 所示。

"自由聚光灯"按钮：自由聚光灯是产生锥形的照射区域。自由聚光灯与目标聚光灯的功能基本相同，它是一处受限制的目标聚光灯，因为只能控制它的整个图标，而无法在视图中对发射点和目标点分别调节。它的优点是不会在视图中改变投射范围，特别适合一些动画的灯光，如摇晃的船桅灯、晃动的手电筒、舞台上的投射灯等。

图 5-3-34　目标聚光灯效果

"目标平行光"按钮：目标平行光是一束光线沿同一方向指定的目标物体平行投射，产生柱形的照射区域，通常用于模拟太阳光的照射效果。这种灯光与目标聚光灯除照射区域不同外，也具有光源的投射点和目标点，可以调整照射的方向和范围，并具有很好的照射方向性，如图 5-3-35 所示。

"自由平行光"按钮：自由平行光产生平行的照射区域。自由平行光与目标平行光的功能基本相同，只是没有目标点。要将自由平行光对准照射的物体，可以通过移动、旋转照射光柱的方法进行调整，这样可以保证照射范围不发生改变。

图 5-3-35　目标平行光效果图

"泛光灯"按钮：从泛光灯位置向四周发散光线。泛光灯是一种向所有的方向发射光线的点光源，以发散的方式照射场景中的物体。这种光源是一种简单的灯光类型，主要作为辅助光源使用，可以照亮场景，如图 5-3-36 所示。

图 5-3-36 泛光灯效果

"天光"按钮：天光灯光能模拟日照效果。在 3ds Max 9 中有多种模拟日照效果的方法，但如果配合照明追踪渲染方式的话，天光灯光往往能产生最生动的效果，如图 5-3-37 所示。

"mr 区域泛光灯"按钮：区域泛光灯是一种与泛光灯照射方式基本相同的点光源，除增加的"区域灯光参数"卷展栏外，其他参数均与泛光灯相同。区域泛光灯创建方法与泛光灯完全相同。

"mr 区域聚光灯"按钮：区域聚光灯是一种与目标聚光灯照射方式基本相同的光源，除增加的"区域灯光参数"卷展栏外，其他的参数均与目标聚光灯相同。区域聚光灯创建方法与目标聚光灯完全相同。

图 5-3-37 天光效果

（6）灯光基本参数的设置

3ds Max 9 中，大多数的灯光都具有相同的基本参数，因此，这里以目标聚光灯为例介绍基本参数的设置。

目标聚光灯是一种常用的光源，专用于照亮场景中特定的物体。它的创建参数非常复杂，而其他灯光对象的参数中，有许多都与目标聚光灯的参数含义类似，所以本节只介绍目标聚光灯的参数含义。

创建了目标聚光灯后，单击"修改"按钮 ，打开"修改"命令面板，显示"目标聚光灯"的参数面板，在此面板中有多个卷展栏，下面介绍其中主要卷展栏中参数的含义。

◎ "常规参数"卷展栏：该卷展栏中的参数可以控制灯光的打开与关闭，设置灯光投射的阴影及阴影的类型，如图 5-3-38 所示。主要的参数介绍如下所述。

"灯光类型"选项组：用于选择灯光的类型，控制灯光的打开与关闭。

"启用"复选框，用于控制灯光的打开与关闭。灯光类型选项组中的下拉列表框，用于改变灯光的类型。"目标"复选框，用于灯光的目标化，选择该复选框，即可在其右边显示出灯光的发射点与目标点之间的距离；取消选择该复选框，在其右边显示"目标"数值框，可以设置灯光的发射点与目标点之间的距离。

"阴影"选项组：用于设置灯光投射的阴影及阴影的类型。

"启用"复选框，用于控制阴影的打开与关闭，选择该复选框，可以打开灯光的阴影，并可在其下面的阴影下拉列表框中选择阴影的类型。

"使用全局设置"复选框，用公用卷展栏设置灯光阴影的参数。阴影选项组中的下拉列表框，用于选择阴影的类型，可以选择的阴影类型如图 5-3-39 所示。单击"排除"按钮，弹出"排除/包含"对话框，如图 5-3-40 所示，用于选择排除或包含要照射的物体。

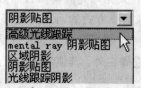

图 5-3-38 "常规参数"卷展栏　　　　图 5-3-39 可选择的阴影类型

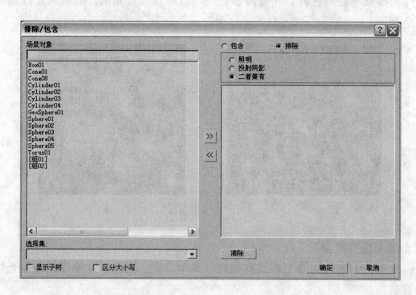

图 5-3-40 "排除／包含"对话框

◎ "强度/颜色/衰减"卷展栏：该卷展栏如图 5-3-41 所示，可以控制灯光的强度、颜色和衰减效果。主要的参数介绍如下所述。

"倍增"数值框：用于设置灯光的强度。将该数值与右边颜色框中的 RGB 值相乘即可得到灯光输出的颜色。数值小于 1 时，亮度减小；数值大于 1 时，亮度增加；数值较大时，将削弱右边颜色框中设置的灯光颜色。

"衰退"选项组：用于设置灯光在照射方向上的衰减类型。"类型"下拉列表框，用于选择衰减类型，可以选择的衰减类型为无、反向和反向平方；"开始"数值框，用于设置衰减的开始位置；"显示"复选框，用于在视图中显示衰减的开始位置。

"近距衰减"选项组：选择"使用"复选框，使用设置的近距衰减区范围；选择"显示"复选框，用于在视图中显示设置的近距衰减区范围。

"远距衰减"选项组：用于设置灯光在远距衰减区衰减的起止位置。

以上两个选项组中参数的设置在灯光中由不同颜色的环指示，如图 5-3-42 所示。

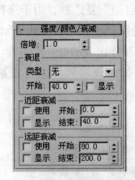

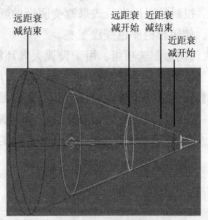

图 5-3-41　"强度/颜色/衰减"卷展栏　　　　图 5-3-42　近距和远距衰减选项组参数的不同设置

◎ "聚光灯参数"卷展栏：该卷展栏如图 5-3-43 所示，在该卷展栏中可以控制聚光灯光锥的聚光区和分散区的范围。主要的参数介绍如下所述。

"显示光锥"复选框：用于在视图中显示聚光灯的光锥。

"泛光化"复选框：用于将灯光泛光化，使灯光沿任何方向发出光线。

"聚光区/光束"数值框：用于设置灯光聚光区光锥的角度。

"衰减区/区域"数值框：用于设置灯光分散衰减区光锥的角度。

"圆"、"矩形"单选按钮：设置灯光光锥的形状为圆形还是矩形。

◎ "高级效果"卷展栏：该卷展栏如图 5-3-44 所示，在该卷展栏中可以控制灯光对照射表面的作用效果，并提供了设置灯光投影贴图的功能。主要的参数介绍如下所述。

图 5-3-43　"聚光灯参数"卷展栏卷展栏　　　　图 5-3-44　"高级效果"卷展栏

"影响曲面"选项组：用于调整灯光照射表面的效果。"对比度"数值框，用于调整表面漫反射光与环境光之间的对比度；"柔化漫反射边"数值框，用于柔化表面漫反射光与环境光之间的边界区域。"漫反射"复选框，用于设置灯光是否影响物体表面的漫反射特性；"高光反射"复选框，用于设置灯光是否影响物体表面的高光特性；"仅环境光"复选框，用于设置灯光是否只影响环境光，选择该复选框，该选项组中的其他参数就会失去作用。

"投影贴图"选项组：用于设置灯光的投影贴图效果。"贴图"复选框，用于选择是否使用投影贴图；"无"按钮，用于设置要使用的投影贴图。

◎ "阴影参数" 卷展栏：该卷展栏如图 5-3-45 所示，在该卷展栏中可以对灯光照射物体的阴影和大气环境阴影进行设置。主要的参数介绍如下所述。

"颜色" 框：用于设置阴影的颜色；"密度" 数值框，用于设置阴影的浓度；"贴图" 复选框，用于控制阴影是否使用贴图；"无" 按钮，用于设置要使用的贴图；"灯光影响阴影颜色" 复选框，控制是否用光照效果改变阴影的颜色效果，选择该复选框，可以将阴影的颜色加入光照效果，使阴影的颜色变浅变亮。

"大气阴影" 选项组：用于设置大气环境投射的阴影效果。"启用" 复选框，用于选择是否使用大气阴影效果；"不透明度" 数值框，用于设置大气阴影的透明程度，用百分比表示；"颜色量" 数值框，用于设置大气颜色与阴影颜色的混合程度，也用百分比表示。

◎ "阴影贴图参数" 卷展栏：该卷展栏如图 5-3-46 所示。在该卷展栏中可以给灯光增加大气效果和照射的特殊效果。主要的参数介绍如下所述。

图 5-3-45　"阴影参数" 卷展栏

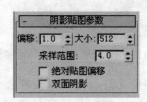

图 5-3-46　"阴影贴图参数" 卷展栏

"偏移" 数值框：位图偏移面向或背离阴影投射对象移动阴影。

"大小" 数值框：设置用于计算灯光的阴影贴图的大小（以像素的平方为单位）。

"采样范围" 数值框：采样范围决定阴影内平均有多少区域。这将影响柔和阴影边缘的程度。范围为 0.01～50.0。

"绝对贴图偏移" 复选框：选择此复选框后，阴影贴图的偏移未标准化，但是该偏移在固定比例的基础上以 3ds Max 9 中设置的单位为单位。在设置动画时，无法更改该值。在场景范围的大小的基础上，必须选择该值。

"双面阴影" 复选框：选择此复选框后，计算阴影时背面将不被忽略。从内部看到的对象不由外部的灯光照亮。取消选择此复选框后，忽略背面，这样可使外部灯光照明室内对象。

2. 摄影机

摄影机用于拍摄三维动画的场景，动画影片通常是在摄影机视图中渲染输出。3ds Max 9 中的摄影机是场景中必不可少的组成部分，可以模拟出任意一种变焦镜头，并提供焦距调试功能、摄影机的角度及自身移动。通过设置摄影机不同的取景角度，对创建的模型和场景进行观察。

摄影机作为场景中的一种特殊对象，在最后渲染输出时是不可见的，但可渲染出摄影机的图标，如图 5-3-47 所示，该图为通过摄影机渲染之后的效果。

摄影机的类型和灯光类型一样，也分为目标式和自由式两种。3ds Max 9 为用户提供了两种摄影机，分别是目标摄影机和自由摄影机。

（1）摄影机的创建

要创建摄影机，单击命令面板中的 "创建" 按钮，打开 "创建" 命令面板。在 "创建"

命令面板中单击"摄影机"按钮 ，显示出摄影机的命令面板，并在其下面的"物体类型"卷展栏中显示摄影机类型的命令按钮，如图 5-3-48 所示。

图 5-3-47　通过摄影机渲染之后的效果

图 5-3-48　摄影机类型

（2）目标摄影机

目标摄影机用于拍摄视线跟踪动画，即拍摄点固定不动，只要直接将目标点移动到需要的位置就可以了，如图 5-3-49 所示。摄影机对象及其目标点都可以设置动画，镜头的目标点链接到动画对象上，镜头跟随动画对象的移动拍摄画面，从而产生各种有趣的效果。

在"创建"命令面板中单击"目标"按钮后，将光标移到要创建摄影机的视图中，在适当的位置按下鼠标左键，作为摄影机的摄影点，对拍摄物体的目标点拖动鼠标，并绘出一个拍摄锥形，拖动到合适的位置后再释放鼠标，即可创建一个目标摄影机。

在"创建"命令面板中单击"自由"按钮后，将光标移到要创建摄影机的视图中，在适当的位置单击，就可创建一个自由摄影机。

（3）自由摄影机

相对于目标摄影机来说，自由摄影机只有观察点而没有目标控制点，如图 5-3-50 所示。自由摄影机是一个单一的整体，这样在设置动画的时候显得更加轻松。沿着轨迹设置动画时可以使用自由摄影机，自由摄影机沿着路径移动时，可以将其倾斜。如果将摄影机直接置于场景顶部，使用自由摄影机可以避免旋转。

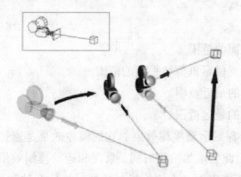

图 5-3-49　目标摄影机始终面向其目标

图 5-3-50　自由摄影机可以不受限制地移动和定向

（4）摄影机的常用参数

两种摄影机的常用参数大多数是相同的，因此，这里以目标摄影机的参数为例进行介绍。

创建了目标摄影机以后，进入"修改"命令面板，就可以显示其"参数"卷展栏，如图 5-3-51 所示。

"镜头"数值框：设置摄影机的焦距长度，48mm 为标准人眼的焦距，短焦造成了鱼眼镜头的夸张效果，长焦用来测较远的景色，保证对象不变形。

"视野"数值框：视野是指摄影机镜头的视角范围，视野将宽度定义为一个角，角的顶点位于视平线，末端位于视图两侧。更改视野与更改摄影机上的镜头的效果相似。它与焦距有关，镜头越长，视角越小，场景的可见区域就越小；镜头越短，视角越大。

只有 FOV 值与摄影机一起保存。焦距值是表示和选择 FOV 的另一种方法。

图 5-3-51 "参数"卷展栏

在 FOV（视野）数值框左侧有一个 ↔ 按钮，这是一组按钮，还有 ↕ 和 ↗，这三个按钮决定了视域方式。↔、↕ 和 ↗ 按钮，分别用于设置摄影机的视域方式为水平、垂直和对角方式。

"正交投影"复选框：选择此复选框后，摄影机视图看起来就像"用户"视图。取消选择此复选框后，摄影机视图好像标准的透视视图。当"正交投影"有效时，视口导航按钮的行为如同平常操作一样，"透视"视图除外。"透视"功能仍然移动摄影机并且更改 FOV，但"正交投影"取消执行这两个操作，以便禁用"正交投影"后可以看到所做的更改。

"备用镜头"选项组：提供了九种常用镜头供快速选择。

"类型"下拉列表框：用于选择摄影机的类型，即自由摄影机和目标摄影机。

"显示圆锥体"复选框：在视图中显示表示摄影范围的锥形框。除了摄影机视图以外，锥形框能够显示在其他任何视图中。

"显示地平线"复选框：用于选择是否在视图中显示场景的地平线。

"环境范围"选项组：用于设置摄影机的取景范围。

"显示"复选框：用于在视图中显示摄影机的取景范围。

"近距范围"数值框：设置环境影响的近距距离。

"远距范围"数值框：设置环境影响的远距距离。

"剪切平面"选项组：用于设置摄影机剪切平面的范围。

"手动剪切"复选框：用于选择以手动方式设置摄影机剪切平面的范围。

"近距范围"数值框：用于设置手动剪切平面的最近范围。

"远距范围"数值框：用于设置手动剪切平面的最远范围。

"多过程效果"选项组：用于给摄影机指定景深或运动模糊效果。它的模糊效果是通过对同一帧图像的多次渲染计算并重叠结果产生的，因此会增加渲染时间。景深和运动模糊效果是相排斥的，由于它们都依赖于多渲染途径，所以不能对同一个摄影机对象同时指定两种效果。当场景同时需要两种效果时，应当为摄影机设置多过程景深（使用这里的摄影机参数），再将它与对象运动模糊相结合。

"启用"复选框：控制景深或运动模糊效果是否有效。

"预览"按钮：单击该按钮后，能够在激活的摄影机视图预览景深或运动模糊效果。

"渲染每个过程效果"复选框：选择该复选框后，如果指定任何一个，则将渲染效果应用于多重过滤效果的每个过程（景深或运动模糊）。取消选择该复选框后，将在生成多重过滤效果的通道之后只应用渲染效果。默认设置为取消选择状态。取消选择"渲染每个过程效果"复选框可以缩短多重过滤效果的渲染时间。

"目标距离"数值框：使用自由摄影机，将点设置为用做不可见的目标，以便可以围绕该点旋转摄影机。使用目标摄影机，表示摄影机和其目标之间的距离。

（5）多过程景深

摄影机可以产生景深的多过程效果，通过摄影机与其焦点（目标点或目标距离）的距离上产生模糊来模拟摄影机景深效果，景深的效果可以显示在视图中，如图 5-3-52 所示。

创建了目标摄影机后，在"修改"命令面板的"参数"卷展栏中选择"多通道特效"选项组中的"有效"复选框，再单击特效下拉列表框，在弹出的下拉列表框中选择"景深"选项，即可在场景中产生景深效果，在"参数"卷展栏的下面显示出"景深参数"卷展栏，如图 5-3-53 所示。

◎ "焦点深度"选项组：用于设置摄影机的焦点位置。

"使用目标距离"复选框，选择是否用摄影机的目标点作为焦点，选择该复选框，将激活并使用摄影机的目标点。

"焦点深度"数值框，当使用目标距离设置关闭时，设置摄影机偏移时的深度，默认值为 100。

图 5-3-52　景深渲染效果

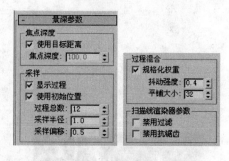

图 5-3-53　"景深参数"卷展栏

◎ "采样"栏：用于设置摄影机景深效果的样本参数。

"显示过程"复选框，用于选择是否显示在渲染时景深效果的叠加过程。

"使用初始位置"复选框，选择此复选框，在摄影机的初始位置渲染的第一个过程；取消选择此复选框，第一个渲染过程像随后的过程一样进行偏移。

"过程总数"数值框，设置产生效果的过程总数。增加该值可以增加效果的准确性，但也增加渲染时间。默认为 12 次。

"采样半径"数值框，用于设置景深效果的模糊程度。

"采样偏移"数值框，设置模糊远离或靠近采样的权重值，数值越大，景深模糊偏移越均匀，反之，越随机。

◎ "过程混合"选项组：用于设置景深层次的模糊抖动参数，控制模糊的混合效果。

"抖动强度"数值框，用于设置景深模糊抖动的强度值。

"平铺大小"数值框，用于设置模糊抖动的百分比。

◎ "扫描线渲染器参数"选项组：用于控制扫描线渲染器的渲染效果。

"禁用过滤"复选框，用于选择在渲染时是否禁止使用过滤效果。

"禁用抗锯齿"复选框，用于选择在渲染时是否禁止使用抗锯齿效果。

3. 动画设计

（1）动画的基本概念

动画以人类视觉的原理为基础。如果快速查看一系列相关的静态图像，那么会感觉到这是一个连续的运动。计算机动画将播放过程中每一个单独图像称为帧，一个动画由若干帧画面组成，动画中的每一帧与前一帧都会略有不同，但是利用几个帧可能与其他帧有较大的不同，而这些帧正是在动画控制过程中起决定作用的，这些起决定作用的帧称为关键帧，其他的帧可以通过关键帧动态产生，如图 5-3-54 所示。

在 3ds Max 中创建动画，只要创建并记录动画序列中的起始帧、结束帧和关键帧的场景画面，通过 3ds Max 系统自动进行插值计算并渲染出关键帧之间的其他帧，即可生成动画。这样可以减轻动画制作的工作量，提高制作动画的工作效率。

时间的运用对制作动画来说十分重要，3ds Max 9 中的默认动画长度为 100 帧，用户可以根据个人需要对其进行调整，单击状态栏中的"时间配置"按钮，或者右击"自动关键点"按钮右侧的任何时间控制按钮，弹出"时间配置"对话框，如图 5-3-55 所示。

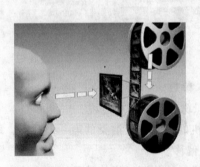

图 5-3-54 帧是动画电影中的单个图像

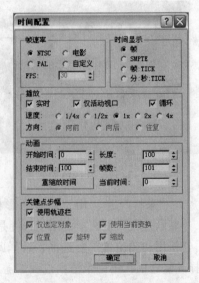

图 5-3-55 "时间配置"对话框

在"时间配置"对话框中操作时间控制器完成调节。"时间配置"对话框提供了帧速率、时间显示、播放和动画的设置。可以使用此对话框更改动画的长度或者拉伸或者缩放。还可以用于设置活动时间段和动画的开始帧和结束帧。在该对话框中有些选项的语义很明确，不再做过多的解释，下面仅就一些必要的问题进行说明。

◎ "帧速率"选项组：在该选项组中有四个选项，如果选择了 NTSC 单选按钮以后，动画每秒播放 30 帧；如果选择了"PAL"单选按钮后，动画每秒播放 25 帧；如果选择了"电影"单选按钮后，动画每秒播放 24 帧；如果选择了"自定义"单选钮后，可以在下面的 FPS 数值框中输入任意值来设定动画播放的速度。

◎ "时间显示"选项组：指定时间滑块及整个程序中显示时间的方法。有帧数、分钟数、秒数和刻度数可供选择。指定时间滑块及整个程序中显示时间的方法（以帧数、SMPTE、帧数和刻度数或以分钟数、秒数和刻度数）。每种显示方式与对应的时间滑块效果如图 5-3-56 所示。

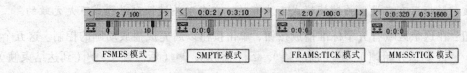

图 5-3-56　不同的时间滑块显示方式

◎ "播放"选项组：用于设置播放的有关选项。

选择"实时"复选框可使视口播放跳过帧，以便与当前"帧速率"设置保持一致。选择"仅活动视口"复选框，可以使播放只在活动视口中进行。在速度后面有五种播放速度。1×是正常速度，1/2×是半速等。速度设置只影响在视口中的播放。

选择"循环"复选框动画反复播放，否则只播放一次。在选择"循环"复选框之前，必须取消选择"实时"复选框。

方向将动画设置为向前播放、反转播放或往复播放。该选项只影响在交互式渲染器中的播放。只有在取消选择"实时"复选框后才可以使用这些选项。

◎ "动画"选项组：该选项组的"开始时间"、"结束时间"数值框用于设置在时间滑块中显示的活动时间段。"长度"数值框则显示活动时间段的帧数。"帧数"数值框将渲染的帧数。"当前时间"数值框指定时间滑块的当前帧。"重缩放时间"按钮拉伸或收缩活动时间段的动画，以适合指定的新时间段。重新定位所有轨迹中全部关键点的位置。

◎ "关键点步幅"选项组：该选项组中的控件可用来配置启用关键点模式时所使用的方法。"使用轨迹栏"复选框使关键点模式能够遵循轨迹栏中的所有关键点。其中包括除变换动画之外的任何参数动画。要使以下控件可用，取消选择"使用轨迹栏"复选框。

"仅选定对象"复选框：在使用"关键点步幅"模式时只考虑选定对象的变换。如果取消选择此复选框，则将考虑场景中所有（未隐藏）对象的变换。默认设置为启用。

"使用当前变换"复选框：取消选择"位置"、"旋转"和"缩放"复选框，并在"关键点模式"中使用当前变换。例如，如果在工具栏中选择"旋转"复选框，则将在每个旋转关键点处停止。如果这三个变换复选框均为选择，则"关键点模式"复选框将考虑所有变换。

"位置、旋转、缩放"复选框：指定"关键点模式"所使用的变换。取消选择"使用当前变换"复选框即可使用"位置"、"旋转"和"缩放"复选框。

（2）动画记录控制区

在 3ds Max 9 中，动画控制区位于屏幕底部的中间，主要用于动画的记录与播放、时间控制以及动画关键帧的设置与选择等操作，被称为动画记录控制区，如图 5-3-57 所示。

动画记录控制区中各按钮的主要功能介绍如下所述。

⊶（设置关键点）按钮：单击该按钮，可以为对象创建关键帧。

"自动关键点"按钮：单击该按钮，可以自动记录动画的关键帧信息。

"设置关键点"按钮：单击该按钮，可以开启关键帧手动设置模式，此模式要与 ⊶（设置关键帧）按钮配合进行动画设置。

"关键点过滤器"按钮：单击该按钮，弹出"关键点过滤器"对话框，如图 5-3-58 所示。该对话框中有 10 个复选框，只有当某个复选框被选择后，有关该选项的参数才可以被定义为关键帧，图 5-3-58 所示被选择的复选框是默认选项。

注意：该对话框只有在设置关键帧模式下才有效，在自动关键帧动画模式下是无效的。

播放按钮：在这个区域有五个标准播放按钮，单击按钮以后完成播放动画的控制。这五个按钮分别是：◄◄（到达开始帧）、◄（前一帧）、▶（播放）、▶|（后一帧）、▶▶（到达结束帧）按钮。

◄|►（关键点模式切换）按钮：单击该按钮，可以显示指定的动画关键帧。

🔧（时间配置）按钮：单击该按钮，弹出"时间配置"对话框。在该对话框中可以设置动画的时间、帧速率、总帧数及关键帧等参数。

图 5-3-57　动画控制区　　　　　　　　　图 5-3-58　"设置关键点"对话框

（3）关键帧动画

在动画制作中，利用关键帧生成动画的方法称为关键帧方法。关键帧记录场景内对象或元素每次变换的起点和终点。这些关键帧的值称为关键点。也就是将场景中对象的运动极限位置、特征的表达效果或重要内容等作为关键帧，利用关键帧方法创建的动画。它描述了场景中对象的移动位置、旋转角度、缩放的大小和变形以及材质贴图、灯光摄影机的效果等，如图 5-3-59、图 5-3-60 所示。

在 3ds Max 9 中，关键帧动画是非常重要的一种制作动画的方法，通过此方法可以将 3ds Max 9 中大部分内容制作成动画，如建模、材质、灯光以至于特殊效果等都可以记录下来，形成动画。在制作关键帧动画时，关键帧的数量应根据动画效果进行设置，既不能设置得太少，也不能设置得太多。因为关键帧太少，会使动画效果失真；关键帧太多，会增大渲染处理时所用的时间。

◎ 可以设置为动画的参数：因为 3ds Max 9 中大多数参数可以设置动画，最简单的方法就是对遇到的试一下看看能不能给它设置动画。通常，如果想对参数设置动画，就能对它设置动画。有时要预先知道是否能对参数设置动画。如果是这样，可以使用"轨迹视图"。"轨迹视图层次"列表显示每一个可设置动画的参数。

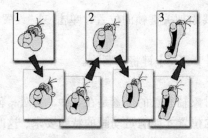

图 5-3-59　帧标记为 1、2 和 3 的是关键帧　　　　图 5-3-60　不同的关键帧模型

◎　制作关键帧动画的方法：关键帧记录了场景中对象或元素每种变形的开始和结束，这些记录关键状态信息的帧就叫做关键点（也称关键帧）。在 3ds Max 9 中，制作关键帧动画的基本方法有两种，一种是使用自动关键帧模式，另一种是使用设置关键帧模式。下面用自动关键帧模式制作一段动画，动画内容是一段文字从屏幕的左侧移动到中间暂停再移动到屏幕，用该动画来说明制作关键帧动画的方法。

如果没有动的文字不存在关键点，要制作动画时，按以下步骤进行操作。

①　单击"自动关键点"按钮，这时的"自动关键点"按钮、时间滑块和活动视图边框都变成红色以指示处于动画模式。

②　移动时间滑块到 20 帧，在视图中将文字移动到屏幕中间。

③　选中第 20 帧，按住【Shift】键，将第 20 帧拖动到第 40 帧。

④　移动时间滑块到 60 帧，在视图中将文字移动到屏幕右侧，此时的轨迹栏如图 5-3-61 所示。

图 5-3-61　关键帧和中间帧

⑤　再次单击"自动关键点"按钮，结束动画的制作。

如果是单击"设置关键点"按钮，再制作上面的动画，这时每要设置一个关键点都要单击 "设置关键点"按钮，其他操作方法不变。

◎　关键点的控制：在 3ds Max 9 中，关键点的控制主要有关键帧的移动、复制、添加和删除。下面要进行的关键帧操作都是在已经设置了关键帧动画，如果没有特殊说明，则是单击"自动关键点"按钮或"设置关键点"按钮中的任意一个。

关键帧的移动：单击要移动的关键帧，使其成为当前关键帧，然后用鼠标拖动，就可以移动关键帧。

关键帧的复制：单击要复制的关键帧，按住【Shift】键拖动要复制的关键帧，就可以复制关键帧。

添加关键帧：单击"自动关键点"按钮，移动时间滑块到要添加关键帧的位置，直接在这帧修改参数就可以将这帧添加为关键帧。

单击"设置关键点"按钮，移动时间滑块到要添加关键帧的位置，单击 "设置关键点"按钮，就可以添加一个关键帧。

删除关键帧：选中要删除的关键帧，直接按【Delete】键将其删除。

（4）变换对象轴心点

在视图场景中绘制的动画对象，默认状态下对象轴心点的位置是在其中心点处。创建关键帧动画的过程中，有时需要通过改变对象轴心点的位置才能满足动画的特殊要求，这时就必须对对象的轴心点进行变换操作。利用"层级"命令面板中的轴心点参数可以完成对象轴心点的变换操作。

要变换对象的轴心点，单击命令面板中的 （层次）按钮，打开"层次"命令面板。在"层次"命令面板中单击"轴"按钮，显示出"调整轴"卷展栏，如图 5-3-62 所示。利用"层次"命令面板中的"调整轴"卷展栏，可以调整变换对象轴心点的空间位置。

◎ "移动/旋转/缩放"选项组：用于选择要进行移动、旋转或缩放空间位置的对象。这一选项组中有三个按钮，其中，"仅影响轴"和"仅影响对象"按钮的含义与它的按钮名称相同，其作用如图 5-3-63 所示（注意，移动工具移动的是分别是轴和茶壶对象）。"仅影响层次"按钮用于改变具有链接关系的父子对象间的空间位置。对父对象进行操作时，可以改变子对象相对于父对象的空间位置，父对象的位置不会改变，此时对父对象没有作用；对子对象进行操作时，对父对象也不会产生任何作用。如果对象间没有建立链接关系，该操作将对任何对象都不会发生作用。

进行变换操作时，先在场景视图中选中要调整轴心点的对象，根据需要单击相应的变换按钮，然后利用主工具栏中的选择变换工具在视图中通过拖动所选对象的轴心点或对象，即可对其轴心点进行空间变换操作。操作完毕，再次单击"移动/旋转/缩放"选项组中相应的变换按钮，结束变换操作。

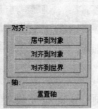
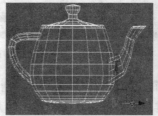

图 5-3-62　"调整轴"卷展栏　　　　　图 5-3-63　只影响轴心和只影响对象的作用

◎ "对齐"选项组：用于对齐对象的轴心点或中心点。只有"仅影响轴"或"仅影响对象"按钮呈按下状态时，该选项组中的按钮才能被激活。

单击"仅影响轴"按钮时，该栏中各按钮的作用如下所述。

"居中到对象"按钮：用于将对象的轴心点移到对象的中心点处。

"对齐到对象"按钮：用于将对象轴心点的坐标轴与对象本身局部坐标系的坐标轴对齐。

"对齐到世界"按钮：用于将对象轴心点的坐标轴与世界坐标系中的坐标轴对齐。

单击"仅影响对象"按钮并使其呈按下状态时，前两个按钮变为"中心至轴心点"和"中心至轴心点"按钮。

"中心至轴心点"按钮：用于将对象的中心点移到对象的轴心点处。

"中心至轴心点"按钮：用于将对象本身局部坐标系中的坐标轴与对象轴心点的坐标轴对齐。

◎ "轴"选项组：用于恢复系统默认状态下轴心点的空间位置，"复位轴心点"按钮用于将对象的轴心点自动恢复到原始的默认状态。

（5）路径约束控制器的使用

在关键帧动画中，用运动控制器可以控制对象的运动轨迹，使对象在关键帧之间作直线或曲线运动，也可以调整对象运动速率的变化方式等。3ds Max 9 提供了多种运动控制器类型，用于控制场景中对象的动画效果。

路径约束控制器是 3ds Max 9 中的一种运动控制器类型，以自定义的样条型曲线作为运动路径，控制对象沿样条型路径运动。运动路径可以是一条样条曲线，也可以是多条样条曲线。使用多条样条曲线时，每条路径都有一个权值，用于决定这条路径对动画对象的影响程度。利用"运动"命令面板中的运动参数，可以为动画对象指定路径约束控制器，使动画对象沿样条型曲线运动。

为动画对象指定路径约束控制器的方法如下所述。

① 选中要设置控制器的对象，单击命令面板中"运动"按钮 ⊙，打开"运动"命令面板。

② 在"运动"命令面板中，单击"参数"按钮，显示出设置运动控制器的"指定控制器"卷展栏，如图 5-3-64 所示。

③ 在"指定控制器"卷展栏的运动控制器列表框中，选中一个选项。例如，选择列表框中的"位置"选项，激活"指定控制器"按钮 🔲。

④ 单击"指定控制器"按钮 🔲，弹出"指定 位置 控制器"对话框，如图 5-3-65 所示。

⑤ 在"指定位置控制器"对话框的控制器类型列表框中单击"路径约束"选项，再单击 OK 按钮，即为动画对象设置了路径约束控制器。

◎ "路径参数"卷展栏：在选择了路径约束控制器后，就可以在命令面板的参数区显示出"路径参数"卷展栏，如图 5-3-66 所示。

图 5-3-64 "指定控制器"
卷展栏

图 5-3-65 "指定 位置 控
制器"对话框

图 5-3-66 "路径参数"
卷展栏

"添加路径"按钮：用于为动画对象的路径约束控制器增加运动路径。单击该按钮，再单击视图中的样条型曲线，即可增加一条运动路径，并将运动路径添加到"目标"栏的列表框中。

"删除路径"按钮：用于删除路径约束控制器的运动路径。在"目标"选项组的列表框中单击要删除的运动路径，再单击该按钮，即可将选定的运动路径从路径约束控制器中删除。

◎ "目标"选项组：用于显示路径约束控制器的运动路径。在该选项组的列表框中，按添加的顺序显示出添加的目标路径及其加权值。

"权重"数值框：用于设置运动路径的加权值。

◎ "路径选项"选项组：用于控制对象沿路径运动的状态及效果。

"%沿路径"数值框：用于设置对象沿运动路径运行的百分比。

"跟随"复选框：用于设置对象完全沿样条曲线运动。选择该复选框，可以激活"倾斜"复选框、"允许颠倒"复选框和"轴"选项组。

"倾斜"复选框：用于设置对象沿样条曲线的弯曲部分运动时，是否向弯曲半径方向产生倾斜的动作效果。选择该复选框，可以激活"倾斜数量"和"平滑度"数值框。

"倾斜量"数值框：用于设置对象倾斜的数量，控制对象在弯曲半径方向倾斜的程度。

"平滑度"数值框：用于控制对象倾角变化的快慢程度，数值越大，对象倾斜的程度越剧烈。

"允许翻转"复选框：用于控制对象经过路径的拐角后，是否将对象颠倒方向。

"恒定速度"复选框：用于控制对象保持恒定的速度作匀速运动。

"循环"复选框：用于控制对象运动到终点时，是否重新回到起点。

"相对"复选框：用于控制对象是否在原来的位置开始作与路径曲线相同的运动。

◎ "轴"选项组：用于选择对象的哪一个轴沿路径曲线运动。

X、Y、Z 单选按钮：分别选择对象的 X、Y 或 Z 坐标轴沿路径曲线运动。

"翻转"复选框：用于控制对象按指定坐标轴的反向沿路径曲线运动。

思考与练习

1. 为案例 7 "商务人士"场景添加灯光，并制作沿路径轨迹移动的场景浏览动画。
2. 为案例 4 "海星"场景添加灯光，制作场景浏览动画。

第6章 环境特效与粒子系统

6.1 【案例11】兔子的魔法

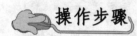 **案例效果**

本例中将为兔子角色模型设计一个火焰魔法特效，效果如图6-1-1所示。通过本案例的制作学习如何使用3ds Max 9中的环境特效。

操作步骤

1. 创建魔法火焰的核心

① 打开本书所素材"兔子.max"文件，效果如图6-1-2所示。

② 单击 （创建）→ （几何体）→"扩展基

图6-1-1 "兔子的魔法"动画播放效果

本体"→"异面体"按钮，在顶视图中创建一个异面体。在"参数"卷展栏中选择"系列"中的"星形1"单选按钮，完成后的异面体效果如图6-1-3所示。

图6-1-2 打开文件后的效果

图6-1-3 添加异面体后的效果

2. 设置"火焰"效果

① 单击 （创建）→ （辅助对象）→"大气装置"→"球体 Gizmo"按钮，在透视图中绘制"球体 Gizmo"对象。单击 按钮进入修改控制面板，在"球体 Gizmo 参数"卷展栏中设置如图6-1-4所示参数。

② 将"球体 Gizmo"对象移动到异面体的位置，如图 6-1-5 所示。

③ 在"球体 Gizmo"对象的修改控制面板中，展开"大气和效果"卷展栏，单击"添加"按钮，弹出"添加大气"对话框，如图 6-1-6 所示。选择"火效果"选项，单击"确定"按钮关闭"添加大气"对话框，效果如图 6-1-7 所示。

图 6-1-4 "球体 Gizmo"参数设置　图 6-1-5 移动球体 Gizmo　图 6-1-6 "添加大气"对话框

④ 选择"火效果"选项，单击"设置"按钮，弹出"环境和效果"对话框。在"环境"选项卡下设置"火效果参数"，将内部火焰颜色设为黄色，外部火焰颜色设为橘红色，烟雾颜色设为黑色，其他参数设置如图 6-1-8 所示。参数设置完成后关闭"环境和效果"对话框。

3. 创建水晶球

图 6-1-7 添加"火效果"

① 单击 （创建）→ （几何体）→ "标准基本体"→"几何球体"按钮，在顶视图中创建一个几何球体。在"参数"卷展栏中，设置其半径值为 100，分段值为 8。

② 选中几何球体，单击按下主工具栏中的对齐按钮 ，此时光标将变为对齐光标 。将光标移动到"球体 Gizmo"对象上单击，弹出"对齐当前选择"对话框，设置该对话框参数如图 6-1-9 所示。单击"确定"按钮，完成对齐操作，效果如图 6-1-10 所示。

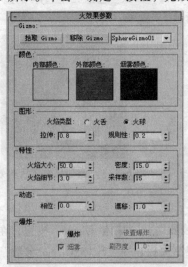

图 6-1-8 "火效果参数"设置

图 6-1-9 设置对齐参数

③ 单击主工具栏的 ▓▓（材质编辑器）按钮，弹出"材质编辑器"对话框。在"材质编辑器"对话框中选择一个没有使用的材质示例球，在"示例窗"下面的"材质名称框"中输入名称"水晶球"。

在"明暗器基本参数"卷展栏的明暗器下拉列表中选择"（B）Blinn"，在"Blinn 基本参数"卷展栏中单击"环境光"右边的颜色框，弹出"颜色选择器"对话框，设置颜色为"红=255、绿=160、蓝=96"，单击"关闭"按钮，返回"材质编辑器"对话框。

在"反射高光"选项组中设置高光级别为 90，光泽度为 50，柔化为 0.1，完成后如图 6-1-11 所示。至此，"水晶球"材质设计完成。

图 6-1-10　对齐球体

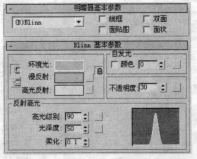

图 6-1-11　设置材质参数

④ 在透视图中，选中几何球体，在"材质编辑器"对话框中选择"水晶球"材质示例球选项，再单击 ▓▓（将材质指定给选定对象）按钮，将材质赋给几何球体，效果如图 6-1-12 所示。

4．环境背景设置

① 选择"渲染"→"环境"命令，弹出"环境和效果"对话框。在"环境和效果"对话框中选择"环境"选项卡，显示环境选项卡的设置内容，如图 6-1-13 所示。单击"公用参数"卷展栏中的"无"按钮，弹出"材质和贴图浏览器"对话框。

图 6-1-12　水晶球材质效果

图 6-1-13　"环境和效果"对话框

②　在"材质和贴图浏览器"对话框的材质列表中选择"位图"选项，如图 6-1-14 所示。然后单击"确定"按钮，关闭该对话框并弹出"选择位图图像文件"对话框。

③　在"选择位图图像文件"对话框中选择一幅合适的图像文件，如图 6-1-15 所示。然后单击"打开"按钮，关闭该对话框并返回"环境和效果"对话框。

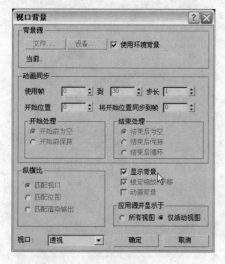

图 6-1-14　选择"位图"　　　　　　图 6-1-15　"选择位图图像文件"对话框

④　单击"环境和效果"对话框右上角的按钮✕，关闭该对话框并完成背景的设置。

⑤　在透视图中单击，激活透视图。然后选择"视图"→"视图背景"命令，弹出"视口背景"对话框。

⑥　在"视口背景"对话框中的"背景源"选项组中，选择"使用环境背景"复选框。再选择"显示背景"复选框，如图 6-1-16 所示。单击"确定"按钮，完成操作。此时，在透视图中将显示出背景图像。再使用视图控制区的工具，适当调整兔子的位置和大小，完成后的效果如图 6-1-17 所示。

图 6-1-16　设置视口背景　　　　　　图 6-1-17　在透视图中显示背景

5．渲染动画

① 选择"渲染"→"环境"命令，弹出"环境和效果"对话框，在"环境"选项卡状态下，展开"公用参数"卷展栏，单击颜色框，设置颜色为黑色。

② 根据案例 10"观察角色"中学习的输出动画方法，设置参数如图 6-1-18 所示。渲染输出动画视频。完成后浏览动画视频，效果如图 6-1-1 所示。

相关知识　环境设置及特效

1．环境设置

3ds Max 9 创建的三维虚拟世界，灯光效果看起来并不足够的真实。为了达到更加真实的氛围效果，3ds Max 9 提供了环境编辑器，可以设置各种环境特效。

环境效果设置方面的命令全部集中在"环境和效果"对话框中。在该对话框中包含了环境效果设置的效果。在"环境和效果"对话框中，可以给场景中添加雾效、体积光和燃烧效果，还可以设置背景贴图。

（1）"公用参数"卷展栏

选择"渲染"→"环境"命令，或者选择"渲染"→"效果"命令，弹出"环境和效果"对话框，在该对话框中的"公用参数"卷展栏如图 6-1-19 所示。

◎ "背景"选项组。

"颜色"框：设置背景的颜色。单击颜色框，然后在弹出的颜色选择器中选择所需的颜色。在单击"自动关键点"按钮的情况下更改非零帧的背景颜色，设置颜色动画效果。

"环境贴图"按钮："环境贴图"按钮会显示贴图的名称，如果还未指定名称，则显示"无"。贴图必须使用环境贴图坐标。

◎ "全局照明"选项组。

"染色"框：如果此颜色不是白色，则为场景中的所有灯光（环境光除外）染色。

"级别"数值框：增强所有灯光。如果级别为 1.0，则保留各个灯光的原始设置。增大级别将增强总体场景的照明，减小级别将减弱总体照明。此参数可设置动画。默认设置为 1.0。

"环境光"：设置环境光的颜色。单击色样框，然后在"颜色选择器"中选择所需的颜色。通过在单击"自动关键点"按钮的情况下更改非零帧的环境光颜色，设置灯光效果动画。

（2）"曝光控制"卷展栏

"曝光控制"卷展栏如图 6-1-20 所示。该卷展栏中的参数用于调整渲染的输出级别和颜色范围的插件组件，就像调整胶片曝光一样。曝光控制可以补偿显示器有限的动态范围。显示器

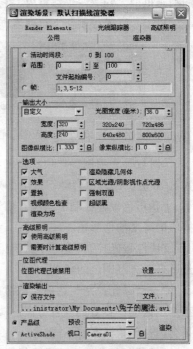

图 6-1-18　渲染参数设置

图 6-1-19　"公用参数"卷展栏

的动态范围大约有两个数量级，它们显示的最亮的颜色比最暗的颜色大约亮 100 倍。

单击"曝光控制"下拉列表框，弹出图 6-1-21 所示的选项。

图 6-1-20 "曝光控制"卷展栏

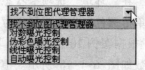

图 6-1-21 曝光控制选项

"对数曝光控制"选项：该选项使用亮度、对比度以及日光中的室外场景，将物理值映射为 RGB 值，比较适合动态范围很高的场景。

"伪彩色曝光控制"选项：该选项实际是一个照明分析工具，它可以将亮度映射为显示转换值的亮度的伪彩色。

"线性曝光控制"选项：从渲染中彩样，并且使用场景的平均亮度将物理值映射为 RGB 值，最适合动态范围低的场景。

"自动曝光控制"选项：从渲染图像中采样，并且生成一个直方图，以便在渲染的整个动态范围内提供良好的颜色分离。"自动曝光控制"可以增强某种照明效果，否则，这些照明效果会因过于暗淡而看不清。

"活动"复选框：选择此复选框时，在渲染中使用该曝光控制。

"处理背景与环境贴图"复选框：选择此复选框时，场景背景贴图和场景环境贴图受曝光控制的影响。

"渲染预览"按钮：单击该按钮可以渲染预览缩略图。

（3）"大气"卷展栏

"大气"卷展栏如图 6-1-22 所示。在"大气"卷展栏中单击"添加"按钮，系统将弹出"添加大气效果"对话框，在该对框中用户可以添加火效果、体积光和雾和体积雾等特效。

"效果"预览框：显示已添加的效果队列。渲染期间，效果在场景中按线性顺序计算。"环境"对话框根据所选的效果添加适合效果参数的卷展栏。

"名称"文本框：为列表中的效果自定义名称。

"添加"按钮：单击该按钮弹出"添加大气效果"对话框，选择效果后单击"确定"按钮将效果指定给列表。

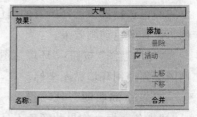

图 6-1-22 "大气"卷展栏

"删除"按钮：将所选大气效果从列表框中删除。

"活动"复选框：为列表框中的各个效果设置启用／禁用状态。可以方便地将大气功能列表中的各种效果孤立。

"上移"、"下移"按钮：将所有选项在列表中上移或下移，更改大气效果的应有顺序。

"合并"按钮：合并其他 3ds Max 场景文件中的效果。单击"合并"按钮后，将弹出"合并大气效果"对话框。选择 3ds Max 场景，然后单击"打开"按钮，"合并大气效果"对话框会列出场景中可以合并的效果。选择一个或多个效果，然后单击"确定"按钮将效果合并到场景中。

（4）设置背景

用户可以通过"环境"面板中的背景"颜色"和"环境贴图"为当前场景指定背景颜色或贴图。

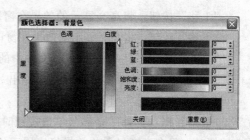

单击"背景"颜色面板上的黑色颜色框，弹出"颜色选择器：背景色"对话框，如图 6-1-23 所示。选择一种颜色作为单色背景，关闭对话框就可以用改变的背景渲染场景。

图 6-1-23 "颜色选择器：背景色"对话框

单击"背景"选项组中"环境贴图"下的 无 按钮，系统将弹出"材质／贴图浏览器"对话框，如图 6-1-24 所示。在该对话框中双击"位图"按钮，系统将弹出"选择位图图像文件"对话框，如图 6-1-25 所示，在该对话框中用户可以选择背景使用的贴图。单击"确定"按钮，即可为环境背景添加贴图。

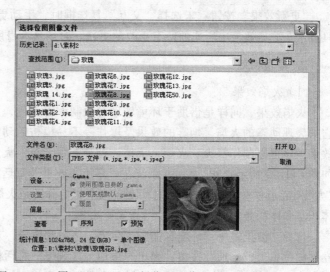

图 6-1-24 "材质／贴图浏览器"对话框　　　图 6-1-25 "选择位图图像文件"对话框

（5）"效果"面板

在"环境和效果"窗口中选择"效果"选项卡，如图 6-1-26 所示。该面板中的各个选项的含义如下所述。

◎ "效果"栏：用于显示所选效果的列表。

"名称"文本框：显示所选效果的名称。编辑此字段可以为效果重命名。

"添加"按钮：单击该按钮，弹出一个列出所有可用渲染效果的对话框。选择要添加到窗口列表的效果，然后单击"确定"按钮。

"删除"按钮：将高亮显示的效果从窗口和场景中移除。

"活动"复选框：指定在场景中是否激活所选效果。默认设置为选择状态；可以通过在窗口中选择某个效果，取消选择"活动"复选框，取消激活该效果，而不必真正移除。

图 6-1-26 "效果"面板

"上移"按钮：将高亮显示的效果在窗口列表中上移。

"下移"按钮：将高亮显示的效果在窗口列表中下移。

"合并"按钮：合并场景(.max)文件中的渲染效果。单击"合并"按钮将弹出一个文件对话框，从中可以选择.max 文件。然后会弹出一个对话框，列出该场景中所有的渲染效果。

◎ "预览"选项组。

"效果"框：选择"全部"单选按钮时，所有活动效果均将应用于预览。选择"当前"单选按钮时，只有高亮显示的效果将应用于预览。

"交互"复选框：选择此复选框时，在调整效果的参数时，更改会在渲染帧窗口中交互进行。没有激活"交互"选项时，可以单击一个更新按钮预览效果。

"显示原状态"按钮：单击该按钮，会显示未应用任何效果的原渲染图像。

"更新场景"按钮：使用在渲染效果中所作的所有更改以及对场景本身所作的所有更改来更新渲染帧窗口。

"更新效果"按钮：未选择"交互"复选框时，手动更新预览渲染帧窗口。渲染帧窗口中只显示在渲染效果中所作的所有更改的更新。对场景本身所作的所有更改不会被渲染。

2．环境特效

（1）火焰效果

火焰效果，同样是借助于环境辅助对象制作得到的，可以用它来表现动态的火焰、烟雾的效果及爆炸等不易模仿的动画场景效果，还可以制作篝火、火炬、火球、烟云和星云等。火焰效果如图 6-1-27 所示。3ds Max 9 系统在"环境和效果"对话框中的"大气"卷展栏中，为用户提供了几种环境特效，分别是火焰、雾、体积雾和体积光效果。

图 6-1-27　火焰效果

选择"渲染"→"环境"命令，弹出"环境和效果"对话框，在该对话框中进入"大气"卷展栏，单击"添加"按钮，弹出"添加大气效果"对话框，如图 6-1-28 所示。在该对话框中双击"火效果"选项，显示"火效果参数"卷展栏，如图 6-1-29 所示。该卷展栏中的各参数的含义如下所述。

◎ Gizmo 选项组。使用 Gizmo 区域中的按钮可以管理装置对象的列表。

"拾取 Gizmo"按钮：通过单击该按钮进入拾取模式，然后单击场景中的某个大气装置。在渲染时，装置会显示火焰效果。装置的名称将添加到装置列表框中。

"移除 Gizmo"按钮：移除 Gizmo 列表框中所选的 Gizmo，Gizmo 仍在场景中，但是不再显示火焰效果。

Gizmo 下拉列表框：列出为火焰效果指定的装置对象。

◎ "颜色"选项组。可以使用该选项组下的色样为火焰效果设置三个颜色属性。

"内部颜色"框：设置效果中最密集部分的颜色。对于典型的火焰，此颜色代表火焰中最热的部分。

"外部颜色"框：设置效果中最稀薄部分的颜色。对于典型的火焰，此颜色代表火焰中较冷的散热边缘。

"烟雾颜色"框：设置用于"爆炸"选项组的烟雾颜色。

　　如果选择"爆炸"和"烟雾"复选框，则内部颜色和外部颜色将对烟雾颜色设置动画。如果取消选择"爆炸"和"烟雾"复选框，将忽略烟雾颜色。

图 6-1-28　"添加大气效果"对话框

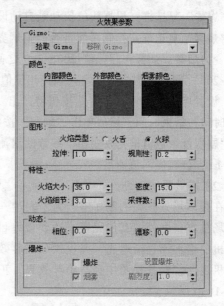

图 6-1-29　"火效果参数"卷展栏

　　◎ "图形"选项组。使用该选项组中的参数可以控制火焰效果中火焰的形状、缩放和图案。

　　"火舌类型"："火舌类型"中两个选项可以设置火焰的方向和常规形状，其中包括"火舌"和"火球"两个单选按钮，"火舌"选项是沿着中心用纹理创建带方向的火焰，适合创建类似篝火的火焰。"火球"选项可以创建圆形火焰，适合制作爆炸效果。

　　"拉伸"数值框：将火焰沿着 Z 轴缩放。拉伸最适合火舌火焰，但也可以用来为火球提供椭圆形状。

　　"规则性"数值框：修改火焰填充装置的方式，范围为 1.0～0.0。

　　◎ "特性"选项组。使用该选项组中的参数设置火焰的大小和外观。所有参数取决于装置的大小，彼此相互关联。如果更改了一个参数，会影响其他三个参数。

　　"火焰大小"数值框：设置装置中各个火焰的大小。装置大小会影响火焰大小。装置越大，需要的火焰也越大。使用 15.0～30.0 范围内的值可以获得最佳效果。

　　"火焰细节"数值框：控制每个火焰中显示的颜色更改量和边缘尖锐度。范围为 0.0～10.0。

　　"密度"数值框：设置火焰效果的不透明度和亮度。装置大小会影响密度。密度与小装置相同的大装置因为更大，所以更加不透明并且更亮。

　　"采样数"数值框：设置效果的采样率。值越大，生成的结果越准确，渲染所需的时间也越长。

　　◎ "动态"选项组。使用该选项组中的参数可以设置火焰的涡流和上升的动画。

　　"相位"数值框：控制更改火焰效果的速率。选择上"自动关键点"选项，更改不同的相位值倍数。

"漂移"数值框：设置火焰沿着火焰装置的 Z 轴的渲染方式。

◎ "爆炸"选项组。使用该选项组栏中的参数可以自动设置爆炸动画。

"爆炸"复选框：根据相位值动画自动设置大小、密度和颜色。

"烟雾"复选框：控制爆炸是否产生烟雾。选择此复选框时，火焰颜色在相位值 100～200 之间变为烟雾。烟雾在相位值 200～300 之间清除。取消选择此复选框时，火焰颜色在相位值 100～200 之间始终为全密度。火焰在相位值 200～300 之间逐渐衰减。

"设置爆炸"按钮：单击此按钮将弹出"设置爆炸相位曲线"对话框，在该对话框中输入开始时间和结束时间，然后单击"确定"按钮。相位值自动为典型的爆炸效果设置动画。

"剧烈度"数值框：改变相位参数的涡流效果。如果值大于 1.0，会加快涡流速度。如果值小于 1.0，会减慢涡流速度。

（2）雾效果

在很多场景效果的制作中，为了表达一种虚幻或模拟真实世界大气的效果，往往须要借助除场景本身之外的其他元素来达到最终目的，雾效果就是其中一种。雾效果能使对象随着摄影机的增加而逐渐退光，或提供分层雾效果，使所有对象或部分对象被雾笼罩。但只有在摄影机视图或透视视图中会渲染雾效果，正交视图或用户视图中不能渲染雾效果，雾效果如图 6-1-30 所示。

选择"渲染"→"环境"命令，弹出"环境和效果"对话框，在该对话框中单击"添加"按钮，弹出"添加大气效果"对话框，在该对话框中双击"雾效果"选项，显示"雾效果参数"卷展栏，如图 6-1-31 所示，该卷展栏中的各参数的含义如下所述。

图 6-1-30　雾效果　　　　　　　　　　图 6-1-31　"雾参数"卷展栏

◎ "雾"选项组。

"颜色"框：设置雾的颜色。单击色样，然后在颜色选择器中选择所需的颜色。

"环境颜色贴图"选项：使用贴图导出雾的颜色。可以为背景和雾的颜色添加贴图，可以在"轨迹视图"或"材质编辑器"中设置程序贴图参数的动画，还可以为雾添加不透明度贴图。

单击"环境颜色贴图"按钮将弹出"材质/贴图浏览器"对话框，用于从列表框中选择贴图类型。要调整环境贴图的参数，弹出"材质编辑器"对话框，将"环境颜色贴图"按钮拖动到未使用的示例窗即可。

"使用贴图"复选框：切换此贴图效果的启用或禁用。

"环境不透明度贴图"选项：更改雾的密度。指定不透明度贴图并进行编辑，按照"环境颜色贴图"的方法切换其效果。

"雾化背景"复选框：将雾功能应用于场景的背景。

"类型"：包括"标准"和"分层"两个单选按钮，选择"标准"单选按钮时，将使用"标准"部分的参数；选择"分层"单选按钮时，将使用"分层"部分的参数。

◎ "标准"选项组。

"标准"选项组的参数设置可根据与摄影机的距离使雾变薄或变厚。

"指数"复选框：随距离按指数增大密度。取消选择"指数"复选框，密度随距离线性增大。只有希望渲染体积雾中的透明对象时，才应激活此复选框。选择"指数"复选框，将增大"步长大小"的值，以避免出现条带。

"近端%"数值框：设置雾在近距范围的密度。

"远端%"数值框：设置雾在远距范围的密度。

◎ "分层"选项组。

"分层"选项组的参数设置使雾在上限和下限之间变薄和变厚。通过向列表框中添加多个雾条目，雾可以包含多层。因为可以设置所有雾参数的动画，所以，也可以设置雾上升和下降、更改密度和颜色的动画，并添加地平线噪波。

"顶"数值框：设置雾层的上限。

"底"数值框：设置雾层的下限。

"密度"数值框：设置雾的总体密度。

"衰减"选项：添加指数衰减效果，使密度在雾范围的"顶"或"底"减小到 0。包括"顶"、"底"、"无"三个单选按钮。

"地平线噪波"复选框：选择此复选框将启用地平线噪波系统。"地平线噪波"仅影响雾层的地平线，增加真实感。

"大小"数值框：应用于噪波的缩放系数。缩放系数值越大，雾卷越大。默认设置为 20。

"角度"数值框：确定受影响的与地平线的角度。

"相位"数值框：设置此参数的动画将设置噪波的动画。如果相位沿着正向移动，雾卷将向上漂移（同时变形）。如果雾高于地平线，可能需要沿着负向设置相位的动画，使雾卷下落。

（3）体积雾效果

"体积雾"效果是真正三维雾化效果，它是可以随时空而变化的雾。体积雾的密度是可以调节的，可以用来模拟风吹动的云状雾效果，使雾看上去像在风中飘散一样，如图 6-1-32 所示。

在默认的状态下，"体积雾"将充满整个场景，它可用来产生场景中密度不均的雾，也可以用来制作漂泊的云彩，很适合创建被风吹动的云之类的动画。体积雾的控制方式不同于其他类型的雾，它有专门的"噪波"参数区，可以调节风的强度和方向。

选择"渲染"→"环境"命令，弹出"环境和效果"对话框，在该对话框中单击"添加"按钮，弹出"添加大气效果"对话框，在该对话框中选择"体积雾"选项，单击"确定"按钮，弹出"体积雾参数"卷展栏，如图 6-1-33 所示。该卷展栏中的各参数的含义如下所述。

图 6-1-32　体积雾效果

图 6-1-33　"体积雾参数"卷展栏

◎ "Gizmo" 选项组。

默认情况下，体积雾填满整个场景。不过，可以选择 Gizmo（大气装置）包含雾。Gizmo 可以是球体、长方体、圆柱体或这些几何体的特定组合。

"拾取 Gizmo" 按钮：通过单击该按钮进入拾取模式，然后选择场景中的某个大气装置。在渲染时，装置会包含体积雾。装置的名称将添加到装置列表框中。

可以拾取多个 Gizmo。单击"拾取 Gizmo"按钮，然后按【H】键。此时将显示"拾取对象"对话框，用于从列表中选择多个对象。

"移除 Gizmo" 按钮：将 Gizmo 从体积雾效果中移除。在列表框中选择 Gizmo，然后单击"移除 Gizmo"按钮即可。

"柔化 Gizmo 边缘" 数值框：柔化体积雾效果的边缘。值越大，边缘越柔化。范围从 0～1.0。

提示：不要将此值设置为 0。如果设置为 0，可能会在边缘上出现锯齿。

◎ 体积选项组。

"颜色" 框：设置雾的颜色。单击色样，然后在颜色选择器中选择所需的颜色。

通过在启用"自动关键点"按钮的情况下更改非零帧的雾颜色，可以设置颜色效果动画。

"指数" 复选框：随距离按指数增大密度。取消选择该复选框时，密度随距离线性增大。只有希望渲染体积雾中的透明对象时，才应激活此复选框。如果选择"指数"复选框，将增大"步长大小"的值，以避免出现条带。

"密度" 数值框：控制雾的密度。范围为 0～20（超过该值可能会看不到场景）。

"步长大小" 数值框：确定雾采样的粒度；雾的细度。步长大小较大，会使雾变粗糙（到了一定程度，将变为锯齿）。

"最大步数" 数值框：限制采样量，以便雾的计算不会永远执行（字面上）。如果雾的密度较小，此选项尤其有用。

"雾化背景" 复选框：将雾功能应用于场景的背景。

◎ "噪波" 选项组。

体积雾的噪波参数与材质的噪波参数用途相似。

"类型" 选项：从三种噪波类型中选择要应用的一种类型。

"规则"单选按钮：标准的噪波图案。

"分形"单选按钮：迭代分形噪波图案。

"湍流"单选按钮：迭代湍流图案。

"反转"复选框：反转噪波效果。浓雾将变为半透明的雾，反之亦然。

"噪波阈值"选项：限制噪波效果。范围从 0～1.0。如果噪波值高于"低"阈值而低于"高"阈值，动态范围会拉伸到填满 0～1。这样，在阈值转换时会补偿较小的不连续（第一级而不是零级），因此，会减少可能产生的锯齿。

"高"数值框：设置高阈值。

"低"数值框：设置低阈值。

"均匀性"数值框：范围从–1～1，作用与高通过滤器类似。值越小，体积越透明，包含分散的烟雾泡。如果在–0.3 左右，图像开始看起来像灰斑。因为此参数越小，雾越薄，所以，可能须要增大密度，否则，体积雾将开始消失。

"级别"数值框：设置噪波迭代应用的次数。范围为 1～6，包括小数值。只有"分形"或"湍流"噪波才启用。

"大小"数值框：确定烟卷或雾卷的大小。值越小，卷越小。

"相位"数值框：控制风的种子。如果"风力强度"的设置也大于 0，雾体积会根据风向产生动画。如果没有"风力强度"，雾将在原处涡流。因为相位有动画轨迹，所以可以使用"功能曲线"编辑器准确定义希望风如何"吹"。风可以在指定时间内使雾体积沿着指定方向移动。风与相位参数绑定，所以，在相位改变时，风就会移动。如果"相位"没有设置动画，则不会有风。

"风力强度"数值框：控制烟雾远离风向（相对于相位）的速度。如上所述，如果相位没有设置动画，无论风力强度有多大，烟雾都不会移动。通过使相位随着大的风力强度慢慢变化，雾的移动速度将大于其涡流速度。

此外，如果相位快速变化，而风力强度相对较小，雾将快速涡流，慢速漂移。如果希望雾仅在原位涡流，应设置相位动画，同时保持风力强度为 0。

"风力来源"选项：定义风来自于哪个方向。

（4）体积光

"体积光"根据灯光与大气（雾、烟雾）的相互作用提供灯光效果。可以产生灯光穿过灰尘或雾气的容积光效果。可以将任何类型的灯光设定成体积光源，在场景中产生特殊的大气效果。

体积光可以用来制作泛光灯的径向光晕、聚光灯的锥形光晕和平行光的平行雾光束等效果，体积光提供了使用粒子填充光锥的能力，以便在渲染时使用光柱或光环变得清晰可见，在场景中可以使用几个体积光来产生局部的光线照明效果。体积光效果如图 6-1-34 所示。

选择"渲染"→"环境"命令，弹出"环境和效果"对话框，在该对话框中进入"大气"卷展栏，单击"添加"按钮，将弹出"添加大气效果"对话框，在该对话框中双击"体积光"选项，显示"体积雾参数"卷展栏，如图 6-1-35 所示。该卷展栏中的各参数的含义如下所述。

图 6-1-34 体积光效果

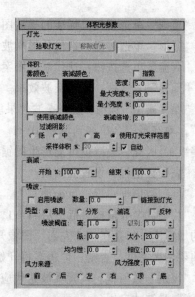

图 6-1-35 "体积光参数"卷展栏

◎ "灯光"选项组。

"拾取灯光"按钮：在任意视口中单击要为体积光启用的灯光。可以拾取多个灯光。单击"拾取灯光"，然后按【H】键将弹出"拾取对象"对话框，可以从列表框中选择多个灯光。

"移除灯光"按钮：将灯光从列表框中移除。

◎ "体积"选项组。

"雾颜色"框：设置组成体积光的雾的颜色。单击色样，然后在颜色选择器中选择所需的颜色。通过在启用"自动关键点"按钮的情况下更改非零帧的雾颜色，可以设置颜色效果动画。与其他雾效果不同，此雾颜色与灯光的颜色组合使用。

"衰减颜色"框：体积光随距离而衰减。体积光经过灯光的近距衰减距离和远距衰减距离，从"雾颜色"渐变到"衰减颜色"。单击色样将显示颜色选择器，这样可以更改衰减颜色。

"使用衰减颜色"复选框：激活衰减颜色。

"指数"复选框：随距离按指数增大密度。取消选择该复选框时，密度随距离线性增大。只有希望渲染体积雾中的透明对象时，才应激活此复选框。

"密度"数值框：设置雾的密度。雾越密，从体积雾反射的灯光就越多。密度为 2%～6% 可能会获得最具真实感的雾体积。

"最大亮度%"数值框：表示可以达到的最大光晕效果（默认设置为 90%）。如果减小此值，可以限制光晕的亮度，以便使光晕不会随距离灯光越来越远而越来越浓，甚至出现全白的效果。如果场景的体积光内包含透明对象，将"最大亮度"设置为 100%。

"最小亮度%"数值框：与环境光设置类似。如果"最小亮度%"大于 0，体积光外面的区域也会发光。注意：这意味着开放空间的区域（在该区域，光线可以永远传播）将与雾颜色相同（就像普通的雾一样）。

"衰减倍增"数值框：调整衰减颜色的效果。

过滤阴影选项：用于通过提高采样率（以增加渲染时间为代价）获得更高质量的体积光渲染。其中包括以下选项：

"低"单选按钮：不过滤图像缓冲区，而是直接采样。此选项适合 8 位图像、AVI 文件等。

"中"单选按钮：对相邻的像素采样并求均值。对于出现条带类型缺陷的情况，这可以使质量得到非常明显的改进。速度比"低"要慢。

"高"单选按钮：对相邻的像素和对角像素采样，为每个像素指定不同的权重。这种方法速度最慢，提供的质量要比"中"好一些。

"使用灯光采样范围"单选按钮：根据灯光的阴影参数中的"采样范围"值，使体积光中投射的阴影变模糊。因为增大"采样范围"的值会使灯光投射的阴影变模糊，这样使雾中的阴影与投射的阴影更加匹配，有助于避免雾阴影中出现锯齿。

"采样体积%"数值框：控制体积的采样率。范围为 1～10 000（其中 1 是最低质量，10 000 是最高质量）。

"自动"复选框：自动控制"采样体积%"参数，禁用微调按钮（默认设置）。

◎ "衰减"选项组。

此部分取决于单个灯光的"开始范围"和"结束范围"衰减参数的设置。

注意，以某些角度渲染体积光可能会出现锯齿问题。要消除锯齿问题，可在应用体积光的灯光对象中激活"近距衰减"和"远距衰减"设置。

"开始%"数值框：设置灯光效果的开始衰减，与实际灯光参数的衰减相对。默认设置为 100%，意味着在"开始范围"点开始衰减。如果减小此参数，灯光将以实际"开始范围"值（即更接近灯光本身的值）的减小的百分比开始衰减。

"结束%"数值框：设置照明效果的结束衰减，与实际灯光参数的衰减相对。通过设置此值低于 100%，可以获得光晕衰减的灯光，此灯光投射的光比实际发光的范围要远得多。默认值为 100。

◎ "噪波"选项组。

"启用噪波"复选框：启用和禁用噪波。启用噪波时，渲染时间会稍有增加。

"数量"数值框：应用于雾的噪波的百分比。如果数量为 0，则没有噪波。如果数量为 1，雾将变为纯噪波。

"链接到灯光"复选框：将噪波效果链接到其灯光对象，而不是世界坐标。通常，噪波看起来像大气中的雾或尘埃，随着灯光的移动，噪波应该保持世界坐标。不过，对于某些特殊效果，可能需要将噪波链接到灯光的坐标上。在这种情况下，选择"链接到灯光"复选框。

"类型"选项：从三种噪波类型中选择要应用的一种类型。

"规则"单选按钮：标准的噪波图案。

"分形"单选按钮：迭代分形噪波图案。

"湍流"单选按钮：迭代湍流图案。

"反转"复选框：反转噪波效果。浓雾将变为半透明的雾，反之亦然。

"噪波阈值"选项：限制噪波效果。如果噪波值高于"低"阈值而低于"高"阈值，动态范围会拉伸到填满 0～1。这样，在阈值转换时会补偿较小的不连续（第一级而不是零级），因此，会减少可能产生的锯齿。

"高"数值框：设置高阈值，范围从 0～1.0。

"低"数值框：设置低阈值，范围从 0～1.0。

"均匀性"数值框：作用类似高通过滤器，值越小，体积越透明，包含分散的烟雾泡。如果在 –0.3 左右，图像开始看起来像灰斑。因为此参数越小，雾越薄，所以，可能需要增大密度，否则，体积雾将开始消失，范围为–1～1。

"级别"数值框：设置噪波迭代应用的次数。此参数可设置动画。只有"分形"或"湍流"噪波才启用，范围为 1～6，包括小数值。

"大小"数值框：确定烟卷或雾卷的大小。值越小，卷越小。

"相位"数值框：控制风的种子。

"风力强度"数值框：控制烟雾远离风向（相对于相位）的速度。

"风力来源"选项：定义风来自于哪个方向。

思考与练习

1. 设计图 6-1-36 所示的"林中篝火"效果。
2. 设计图 6-1-37 所示的"山野雾岚"效果。

图 6-1-36 "林中篝火"效果　　　　　　图 6-1-37 "山野雾岚"效果

6.2 【案例 12】伤心的小老鼠

◎ 案例效果

本案例为制作小老鼠流眼泪的动画效果，如图 6-2-1 所示。通过本案例的制作学习粒子系统的应用。

操作步骤

1. 制作小老鼠模型

① 启动 3ds Max 9，创建一个新场景，保存文件，将其命名为"伤心的小老鼠.max"。

② 单击 ↖（创建）→ ●（几何体）→ "标准基本体"→ "球体"按钮，在前视图中创建一个球体作为小老鼠的头部，设置其半径参数为 50。

图 6-2-1　"伤心的小老鼠"动画效果

③ 选中球体，选择 ⚙（修改）→"修改器列表"→"FFD 4×4×4"选项，为其添加"FFD 4×4×4"自由变形修改器，效果如图 6-2-2 所示。

④ 选中球体，在修改命令面板的修改器堆栈中，单击"FFD 4×4×4"项前的"+"按钮，展开修改器子层级，选择"控制点"选项，进入"控制点"子对象编辑状态，如图 6-2-3 所示。

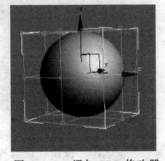

图 6-2-2　添加 FDD 修改器

图 6-2-3　进入"控制点"编辑状态

⑤ 单击主工具栏中的"选择并移动"按钮✛和"选择并缩放"按钮▣，对控制点进行调整，制作出小老鼠头的形状，效果如图 6-2-4 所示。在修改命令面板的修改器堆栈中单击"FFD 4×4×4"项，退出子对象编辑状态。

⑥ 单击 ⚒（创建）→ ⚪（几何体）→"标准基本体"→"球体"按钮，在前视图中创建一个球体作为小老鼠的耳朵，设置其半径参数为 20。

⑦ 单击主工具栏中的"选择并缩放"按钮▣，在左视图中和前视图中对 X 轴进行缩放，效果如图 6-2-5 所示。

⑧ 选中球体，选择 ⚙（修改）→"修改器列表"→"FFD 4×4×4"选项，为其添加"FFD 4×4×4"自由变形修改器。选中球体，在修改命令面板的修改器堆栈中，单击"FFD 4×4×4"项前的"+"按钮，展开修改器子层级，选择"控制点"选项，进入"控制点"子对象编辑状态。

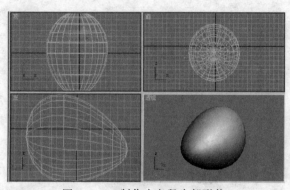 

图 6-2-4　制作小老鼠头部形状　　　　图 6-2-5　将球体缩放后的效果

⑨ 单击主工具栏中的"选择并移动"按钮 ✛，对控制点进行调整，制作出小老鼠耳朵的形状，效果如图 6-2-6 所示。在修改命令面板的修改器堆栈中单击"FFD 4×4×4"项，退出子对象编辑状态。

⑩ 单击主工具栏中的"选择并旋转"按钮 ↻，旋转耳朵，并复制另一只耳朵，对控制点进行适当地调整，效果如图 6-2-7 所示。在"FFD 4×4×4"修改器堆栈中单击"控制点"选项，退出子对象编辑状态。

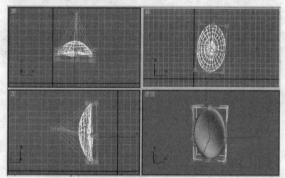 

图 6-2-6　制作小老鼠耳朵形状　　　　图 6-2-7　复制并调整另一只耳朵

⑪ 单击 ⚒（创建）→ ⚪（几何体）→ "标准基本体" → "球体"按钮，在前视图中创建一个球体作为小老鼠的眼睛，参数设置如图 6-2-8 所示。

⑫ 再创建一个球体作为小老鼠的眼珠，在其"参数"卷展栏中设置半径为 24，如图 6-2-9 所示。

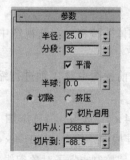 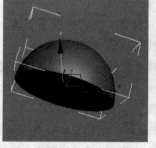 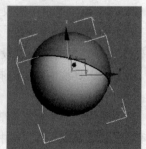

图 6-2-8　设置球体参数以创建眼睑　　　图 6-2-9　制作小老鼠的眼珠

⑬ 现在为小老鼠的眼睛贴图。选中眼球，选择 （修改）→ "修改器列表" → "UVW 展开" 选项，为其添加 "UVW 展开" 修改器。

⑭ 在 "UVW 展开" 修改器的 "参数" 卷展栏中单击 "编辑" 按钮，弹出 "编辑 UVW" 对话框，如图 6-2-10 所示。图中的绿线表示 "UVW 展开" 时的贴图边缘。

⑮ 在 "编辑 UVW" 对话框中，选择 "工具" → "渲染 UVW 模板" 命令，弹出 "渲染 UVs" 对话框。单击 "渲染 UVs" 对话框下方的 "渲染 UVW 模板" 按钮，渲染 UVW 贴图模板，如图 6-2-11 所示。

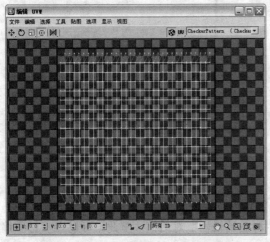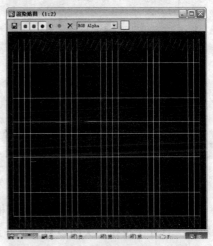

图 6-2-10 "编辑 UVW" 对话框　　　　　图 6-2-11 "渲染贴图" 对话框

⑯ 单击 "渲染贴图" 对话框中的保存按钮 ，将渲染后的贴图保存下来，命名为 "小老鼠眼睛贴图.JPG"。关闭 "渲染贴图" 对话框和 "编辑 UVW" 对话框，结束 UVW 编辑。

⑰ 启动 Photoshop，打开 "小老鼠眼睛.JPG" 文件，如图 6-2-12 所示。本例中将使用已有的眼睛图像合成眼睛贴图，效果如图 6-2-13 所示。保存文件，命名为 "小老鼠眼睛.PSD"。

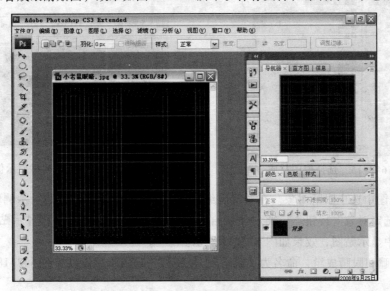

图 6-2-12　在 Photoshop 中设计贴图

⑱　在工具栏中单击"材质编辑器"按钮 ，弹出"材质编辑器"对话框。选择新的材质球并命名为"眼睛"。在"Blinn 基本参数"卷展栏中单击漫反射右侧的按钮，如图 6-2-14 所示，弹出"材质/贴图浏览器"对话框。在"材质/贴图浏览器"对话框的材质列表框中选择"位图"选项，如图 6-2-15 所示。然后单击"确定"按钮，关闭该对话框并弹出"选择位图图像文件"对话框。

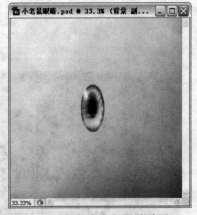

图 6-2-13　小老鼠眼睛贴图

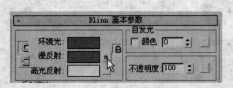

图 6-2-14　漫反射参数设置

⑲　在"选择位图图像文件"对话框中选择前面创建的"小老鼠眼睛.PSD"图像文件，然后单击"打开"按钮，关闭该对话框并返回"材质编辑器"对话框。至此，可以在"材质编辑器"对话框中看到示例球中显示出头部贴图的画面，如图 6-2-16 所示。

图 6-2-15　选择位图材质

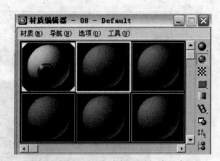

图 6-2-16　设计好的材质示例球

⑳　在视图中选中眼睛对象。在"材质编辑器"对话框中选中"眼睛"示例球，单击"将材质指定给选定对象"按钮 ，将材质赋给眼珠模型，再单击"在视图中显示贴图"按钮 ，以便在视图中显示贴图，效果如图 6-2-17 所示。

㉑　将眼瞳和眼睛成组，命名为"眼睛"。复制另一只眼睛，效果如图 6-2-18 所示。

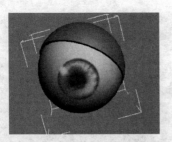

图 6-2-17　将材质赋给眼珠模型

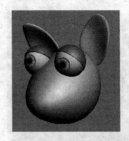

图 6-2-18　复制另一只眼睛副本

㉒ 单击 （创建）→ （几何体）→ "标准基本体" → "球体" 按钮，在前视图中创建一个球体作为小老鼠的嘴，设置其半径参数为 8，效果如图 6-2-19 所示。

㉓ 单击 （创建）→ （几何体）→ "标准基本体" ·→ "圆锥体" 按钮，在左视图中创建一个圆锥体作为小老鼠的胡须。

㉔ 选中圆锥体，选择 （修改）→ "修改器列表" → "弯曲" 选项，为其添加 "弯曲" 修改器，在它的 "参数" 卷展栏中对参数进行适当地调整，效果如图 6-2-20 所示。

㉕ 复制多根胡须，并调整胡须的弯曲参数，效果如图 6-2-21 所示。

图 6-2-19　制作小老鼠的嘴

图 6-2-20　制作小老鼠的胡须

图 6-2-21　复制多根胡须

㉖ 单击 （创建）→ （几何体）→ "扩展基本体" → "胶囊" 按钮，在顶视图中创建一个胶囊体作为小老鼠的身体。在其 "参数" 卷展栏中设置半径为 35，高度为 100。

㉗ 单击主工具栏中的 "选择并缩放" 按钮 ，在视图中对 X 轴进行缩放，效果如图 6-2-22 所示。

㉘ 单击主工具栏中的 "选择并移动" 按钮 ，选中胶囊体。选择 （修改）→ "修改器列表" → "FFD 4×4×4" 选项，为其添加 "FFD 4×4×4" 自由变形修改器。

㉙ 选中胶囊体，在修改命令面板的修改器堆栈中，单击 "FFD 4×4×4" 项前的 "+" 按钮，展开修改器子层级，选择 "控制点" 选项，进入 "控制点" 子对象编辑状态。

㉚ 单击主工具栏中的 "选择并移动" 按钮 和 "选择并缩放" 按钮 ，对控制点进行调整，制作出小老鼠头的形状，在修改命令面板的修改器堆栈中，选择 "FFD 4×4×4" 选项，退出子对象编辑状态，效果如图 6-2-23 所示。

㉛ 单击 （创建）→ （几何体）→ "扩展基本体" → "线" 按钮，在顶视图中创建一条曲线，效果如图 6-2-24 所示。

㉜ 单击 （创建）→ （图形）→ "样条线" → "圆" 按钮，在前视图中创建一个小圆，在其 "参数" 卷展栏中设置 "半径" 值为 4。

图 6-2-22　缩放后的胶囊体效果

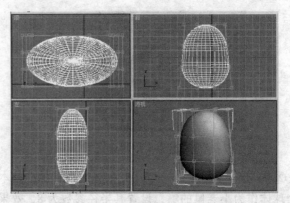
图 6-2-23　制作小老鼠身体形状

㉝ 选中图 6-2-24 所示的"曲线"对象，单击 （创建）→ （几何体）→"复合对象"→"放样"按钮，创建放样对象。

㉞ 单击"创建方法"卷展栏中的"获取图形"按钮，在前视图中单击圆形，得到图 6-2-25 所示的放样效果，作为小老鼠的手臂。

㉟ 选中手臂对象，单击主工具栏中的"镜像"按钮 ，弹出"镜像"对话框，在该对话框中的"镜像轴"选项组中选择"X"单选按钮，在"克隆当前选择"选项组中选择"复制"单选按钮，单击"确定"按钮。将镜像复制的手臂移至身体的另一边，效果如图 6-2-26 所示。

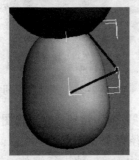
图 6-2-24　创建曲线对象

图 6-2-25　制作手臂效果

图 6-2-26　镜像复制手臂

㊱ 现在开始制作手掌。单击 （创建）→ （几何体）→"标准基本体"→"长方体"按钮，在前视图中创建一个长方体作为小老鼠的手掌，在其"参数"卷展栏中的设置如图 6-2-27 所示。

㊲ 选中长方体，右击，在弹出的快捷菜单中选择"转换为可编辑多边形"命令，将长方体转换为可编辑多边形。

㊳ 在堆栈编辑列表框中单击"可编辑多边形"前面的"+"按钮，展开"可编辑多边形"堆栈，选择"顶点"选项，进入"顶点"子对象操作状态。

㊴ 在前视图中选中最右一排的所有顶点，单击主工具栏中的选择并缩放按钮 ，对 Y 轴进行缩小，然后单击主工具栏中的"选择并移动"按钮 ，向左移动一点位置，效果如图 6-2-28 所示。

㊵ 切换到"多边形"子对象编辑状态，选中图 6-2-29 所示的多边形，单击"可编辑多边形"卷展栏中的"倒角"按钮右侧的按钮 ，弹出"倒角多边形"对话框，其设置如图 6-2-30 所示。单击"确定"按钮退出，效果如图 6-2-31 所示。

图 6-2-27　长方体参数设置

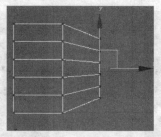

图 6-2-28　缩入并移动顶点

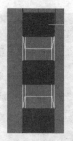

图 6-2-29　在左视图中选中多边形

㊶ 切换到"顶点"子对象编辑状态，单击主工具栏中的"选择并移动"按钮 ，对顶点进行调整，调整后的效果如图 6-2-32 所示。

㊷ 在"可编辑多边形"堆栈中再次选择"顶点"选项，退出"可编辑多边形"编辑状态，选择 （修改）→"修改器列表"→"网格平滑"选项，给手掌添加"网格平滑"修改器，在"细分量"卷展栏中将"迭代次数"设置为 2，效果如图 6-2-33 所示。

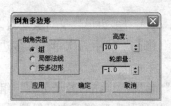

图 6-2-30　"倒角多边形"对话框

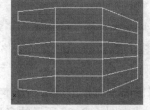

图 6-2-31　多边形挤出效果

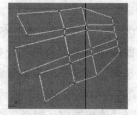

图 6-2-32　调整顶点后的效果

㊸ 现在使用圆锥体、"弯曲"修改器制作尾巴，使用图形对象和放样效果制作心形，使用胶囊及"FFD 4×4×4"修改器制作小老鼠的腿，这些知识在本案例中都已讲过，因此在这里不再赘述，这部分由读者自行完成，效果如图 6-2-34 所示。

图 6-2-33　网格平滑后的手掌效果

图 6-2-34　小老鼠建模最终效果

2．制作眼泪离子动画

① 单击 （创建）→ （几何体）→"粒子系统"→"粒子阵列"按钮，在前视图中创建"粒子阵列"粒子，效果如图 6-2-35 所示。如果拖动时间滑块或播放动画，会注意到并没有粒子发射出来。粒子阵列须要指定发射粒子的对象。

② 在视图中选中粒子系统，选择 （修改）→"基本参数"卷展栏→"拾取对象"选项，选中小老鼠右边的眼珠。现在如果拖动时间滑块，会看到粒子向所有方向射出，效果如图 6-2-36 所示。

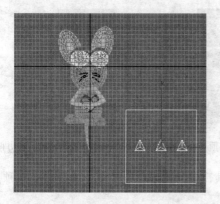

图 6-2-35　创建"粒子阵列"粒子系统

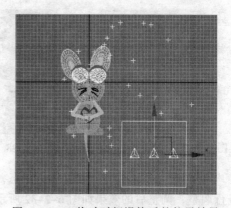

图 6-2-36　拖动时间滑块后的粒子效果

③ 在该场景中，粒子应从眼珠下方流出来，现在，创建一个子对象选择。选中右边的眼珠，选择 （修改）→ "修改器列表" → "网格选择" 选项，为眼珠添加"网格选择"修改器。

④ 单击"网格选择"修改器堆栈，单击"多边形"子对象，进入"多边形"子对象层级。选中眼珠下方的多边形，效果如图 6-2-37 所示。在"网格选择"修改堆栈中再次单击"多边形"选项，退出子对象编辑状态。

⑤ 选中粒子阵列系统，在"修改"面板中单击"基本参数"卷展栏，在"粒子分布"组中选择"使用选定子对象"选项。选中图 6-2-37 所示的多边形，以便从眼睛的下方发射粒子，让其更具有真实感。在视图中选中粒子阵列图标，选择 （修改）→ "粒子生成"卷展栏选项，参数设置如图 6-2-38 所示，效果如图 6-2-39 所示。

图 6-2-37　选中多边形　　图 6-2-38　"粒子生成"卷展栏　　图 6-2-39　设置粒子参数后效果

⑥ 选择 （修改）→ "粒子类型"卷展栏选项，在"标准粒子"栏中选择"面"选项。用同样的方法再制作另一只眼睛粒子效果，如图 6-2-40 所示。

⑦ 单击主工具栏中的"材质编辑器"按钮 ，弹出"材质编辑器"对话框，选择一个未使用的示例窗。在"基本参数"卷展栏中单击"漫反射"色样以显示"颜色选择器"，并将漫反射颜色更改为蓝灰色（"R"为 205、"G"为 220、"B"为 230）。将"高光级别"设置为 130，并将"光泽度"设置为 63，如图 6-2-41 所示。

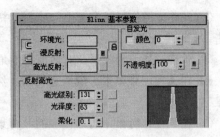

图 6-2-40　制作另一只眼睛的粒子效果　　　　图 6-2-41　"基本参数"卷展栏

⑧ 在"贴图"卷展栏中单击"不透明度"贴图按钮，弹出"材质/贴图浏览器"对话框，在该对话框中选择"渐变"贴图，然后单击"确定"按钮，完成设置。

⑨ 在"渐变参数"卷展栏上，将"渐变类型"设置为"径向"。单击"转到父级"按钮 以返回父级材质。在"贴图"卷展栏中单击漫反射"贴图"按钮，弹出"材质/贴图浏览器"对话框，在该对话框中选择"遮罩"贴图，然后单击"确定"按钮。

⑩ 在"遮罩参数"卷展栏中单击"遮罩"按钮，弹出"材质/贴图浏览器"对话框，选择"渐变"贴图，然后单击"确定"按钮。在新的渐变贴图的"渐变参数"卷展栏中，将"渐变类型"设置为"径向"。单击"转到父级"按钮 以返回父级材质。在"明暗器基本参数"卷展栏中，启用"面贴图"选项。

⑪ 在视图中选中粒子阵列，再在"材质编辑器"中单击"将材质指定给选定对象"按钮 ，将材质指定给粒子阵列。

3. 环境背景设置

① 选择"渲染"→"环境"命令，弹出"环境和效果"对话框。在"环境和效果"对话框中选择"环境"选项卡，显示出环境选项卡的设置内容，如图 6-2-42 所示。单击"公用参数"卷展栏中的"无"按钮，弹出"材质/贴图浏览器"对话框。在"材质/贴图浏览器"对话框的材质列表框中选择"位图"选项，如图 6-2-43 所示。然后单击"确定"按钮，弹出"选择位图图像文件"对话框。

图 6-2-42　"环境和效果"对话框　　　　图 6-2-43　"材质/贴图浏览器"对话框

② 在"选择位图图像文件"对话框中选择一幅合适的图像文件，如图 6-2-44 所示。然后单击"打开"按钮，返回"环境和效果"对话框。

③ 单击"环境和效果"对话框右上角的按钮 ✕，关闭该对话框并完成背景的设置。

④ 在透视图中单击，激活透视图。然后选择"视图"→"视图背景"命令，弹出"视口背景"对话框。

⑤ 在"视口背景"对话框中的"背景源"选项组中选择"使用环境背景"复选框。再选择"显示背景"复选框，如图 6-2-45 所示。单击"确定"按钮，完成操作，效果如图 6-2-46所示。

图 6-2-44 "选择位图图像文件"对话框

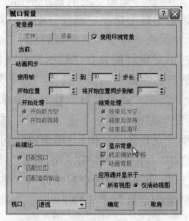

图 6-2-45 设置视口背景

⑥ 单击主工具栏中的"渲染场景对话框"按钮 🖼，弹出"渲染场景"对话框，在该对话框中的"公用参数"卷展栏中选择"活动时间段"选项，如图 6-2-47 所示。在"渲染输出"栏中单击"文件"按钮，弹出"渲染输出文件"对话框，在对话框中给输入文件命名。单击"保存"按钮，完成操作并返回"渲染场景"对话框。

在"渲染场景"对话框中，单击右下方的"渲染"按钮，渲染整个动画。至此，整个动画制作完毕。动画播放效果如图 6-2-1 所示。

图 6-2-46 在透视图中显示背景

图 6-2-47 "公用参数"卷展栏

☕ 相关知识 粒子系统与空间扭曲

3ds Max 系统提供了两种不同类型的粒子系统：事件驱动粒子系统和非事件驱动粒子系统。非事件驱动的粒子包括喷射、雪、暴风雪、粒子云、粒子阵列、超级喷射。事件驱动粒子系统只有一种，即 PF source（又称为粒子流），它用于测试粒子属性，并根据测试结果将其发送给不同的事件。粒子位于事件中时，每个事件都指定的粒子的不同属性和行为。在非事件驱动粒子系统中，粒子通常在动画过程中显示类似的属性。

如果要使用 3ds Max 中的粒子系统，则需要指定应用程序所要使用的系统。在通常情况下，对于简单动画，如下雪或喷泉，使用非事件驱动粒子系统进行设置更为快捷和简便。对于较复杂的动画，如随时间生成不同类型粒子的爆炸，使用"粒子流"可以获得最大的灵活性和可控性。粒子效果图如图 6-2-48 所示，

在命令面板中，单击 （创建）→ （几何体）→"粒子系统"按钮，就在其下面的"物体类型"卷展栏中显示出粒子系统的命令按钮，如图 6-2-49 所示。利用粒子系统的命令按钮可以创建粒子的动画效果。

图 6-2-48　粒子效果图

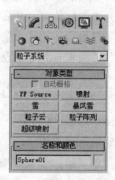

图 6-2-49　"粒子系统"命令按钮

由图 6-2-49 可以看出，系统提供了七种粒子系统，分别是 PF source、喷射、雪、暴风雪、粒子云、粒子阵列、超级喷射。在创建粒子系统的时候，应该考虑到粒子的发射方向，然后决定在哪个视图进行创建。这样可以保证粒子的发射方向符合制作的要求。

1. 喷射粒子

喷射粒子系统是可以用于模拟雨、喷泉等效果。喷射粒子效果如图 6-2-50 所示。

在命令面板中，单击 （创建）→ （几何体）→"粒子系统"→"喷射"按钮，在顶视图中单击并拖动鼠标，就可创建一个喷射粒子，如图 6-2-51 所示。

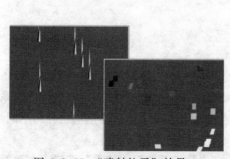

图 6-2-50　"喷射粒子"效果

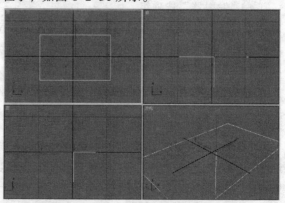

图 6-2-51　创建"喷射"粒子

喷射粒子的"参数"卷展栏如图 6-2-52 所示。喷射粒子的"参数"卷展栏包含四个选项组，其各项参数的含义如下所述。

（1）"粒子"选项组

"粒子"选项组用于设置喷射粒子的基本参数。

"视口计数"数值框：在指定的帧位置，视口中能显示的最大粒子数。

"渲染计数"数值框：渲染时，一帧可以显示的最大粒子数。该选项与粒子系统的计时参数配合使用。如果粒子数达到"渲染计数"的值，粒子的创建将暂停，

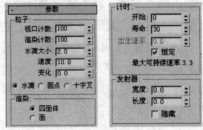

图 6-2-52　喷射粒子的"参数"卷展栏

直到有些粒子消亡，消亡了足够的粒子后，粒子创建将恢复，直到再次达到"渲染计数"的值。

"水滴大小"数值框：用于设置水滴的大小。

"速度"数值框：用于设置从发射器中发射粒子的初始速度。

"变化"数值框：用于设置粒子发射的速度及方向变化的程度，即控制粒子发射出来的混乱程度。

"水滴"、"圆点"和"十字叉"单选按钮：选择粒子在视口中的显示方式。显示设置不影响粒子的渲染方式。水滴是一些类似雨滴的条纹，圆点是一些点，十字叉是一些小的加号。

（2）"渲染"选项组

"渲染"选项组用于设置喷射粒子在渲染时的显示状态。

"四面体"单选按钮：设置粒子在渲染时显示的形状为长四面体，长度在"水滴大小"参数中设置。四面体是渲染的默认设置。它提供水滴的基本模拟效果。

"面"单选按钮：设置粒子在渲染时显示的形状为正方形状。

（3）"计时"选项组

"计时"选项组用于控制粒子动画的时间，并以帧为单位进行设置。

"开始"数值框：在粒子动画中，用于设置发射器开始发射粒子的起始帧。

"寿命"数值框：在粒子动画中，用于设置每个粒子的生命周期，即粒子存在的帧数。

"出生速率"数值框：在粒子动画中，用于设置每帧产生粒子的速率。

"恒定"复选框：用于将每帧产生粒子的速率设置为常数，使发射器产生均匀的粒子流。

（4）"发射器"选项组

"发射器"选项组用于设置粒子发射器的区域大小。

"宽度"数值框：用于设置粒子发射器的宽度大小。

"长度"数值框：用于设置粒子发射器的长度大小。

"隐藏"复选框：用于在视图中隐藏粒子发射器。

2. 雪粒子

雪粒子主要用于模拟飘落的雪花或投撒的花瓣等效果。"雪粒子"系统和"喷射粒子"系统的用法类似，但是"雪粒子"系统提供了其他参数来生成翻滚的雪花，渲染选项也有所不同。雪粒子效果如图 6-2-53 所示。

在命令面板中，单击 → →"粒子系统"→"雪"按钮，在顶视图中单击并拖动鼠标，就可创建一个喷射粒子，如图 6-2-54 所示。

图 6-2-53 "雪"粒子效果

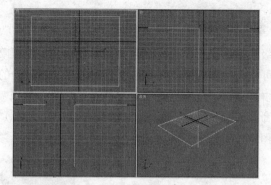

图 6-2-54 创建"雪"粒子

雪粒子的"参数"卷展栏如图 6-2-55 所示。雪粒子的"参数"卷展栏包含四个选项组，其各项参数的含义如下所述。

（1）"粒子"选项组

"粒子"选项组用于设置雪花粒子的基本参数。

"视口计数"数值框：在指定的帧位置，视口中能显示的最大粒子数。

"渲染计数"数值框：该选项与粒子系统的计时参数配合使用。如果粒子数达到"渲染计数"的值，粒子的创建将暂停，直到有些粒子消亡。消亡了足够的粒子后，粒子创建将恢复，直到再次达到"渲染计数"的值。

"雪花大小"数值框：粒子的大小（以活动单位数计）。

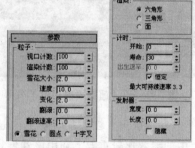

图 6-2-55 雪粒子的"参数"卷展栏

"速度"数值框：每个粒子离开发射器时的初始速度。粒子以此速度运动，除非受到粒子系统空间扭曲的影响。

"变化"数值框：改变粒子的初始速度和方向。"变化"的值越大，降雪的区域越广。

"翻滚"数值框：雪花粒子的随机旋转量。此参数可以在 0～1 之间，设置为 0 时，雪花不旋转；设置为 1 时，雪花旋转最多。每个粒子的旋转轴随机生成。

"翻滚速率"数值框：雪花的旋转速度。"翻滚速率"的值越大，旋转越快。

"雪花"、"圆点"和"十字叉"单选按钮：选择粒子在视口中的显示方式。显示设置不影响粒子的渲染方式。雪花是一些星形的雪花，圆点是一些点，十字叉是一些小的加号。

（2）"渲染"选项组

渲染选项组用于设置雪花粒子在渲染时的显示状态。

"六角形"单选按钮：设置粒子在渲染时显示为六角星形状。星形的每个边都是可以指定材质的面，因此在渲染时能被显示。

"三角形"单选按钮：设置粒子在渲染时显示为三角形形状，三角形只有一个边是可以指定材质的面。

"面"单选按钮：设置粒子在渲染时显示为正方形面，其宽度和高度等于"水滴大小"。面粒子始终面向摄影机（即用户的视角），这些粒子可专门用于材质贴图。

其他参数选项与前面介绍的喷射粒子系统相同，在此就不再赘述。

3. 超级喷射粒子

超级喷射粒子可以发射受控制的粒子喷射。超级喷射是增强的喷射粒子系统，能够提供准确的、可控制的粒子流，它不需要发射器，能够自动的从其图标的中心发射粒子，可用于模拟大量的群体运动，能够创建喷泉、礼花等效果。超级喷射粒子效果如图 6-2-56 所示。

在命令面板中，单击 [图标]（创建）→ [图标]（几何体）→ "粒子系统"→ "超级喷射" 按钮，在顶视图中按下鼠标左键并拖动鼠标，就可创建一个喷射粒子，如图 6-2-57 所示。

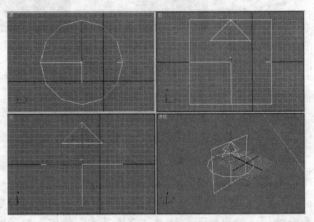

图 6-2-56　"超级喷射" 粒子效果　　　　图 6-2-57　创建 "超级喷射" 粒子

"超级喷射" 粒子系统包含了九个参数卷展栏，如图 6-2-58 所示。其中 "基本参数" 卷展栏中的参数比较重要，利用该卷展栏中的参数可以控制 "超级喷射" 粒子的分布及显示等，如图 6-2-59 所示。

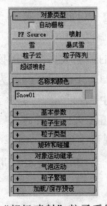

图 6-2-58　"超级喷射" 粒子系统的参数　　　　图 6-2-59　"基本参数" 卷展栏

"粒子分布" 选项组：该选项组中的参数用来控制粒子的方向和分散度。

"轴偏离" 数值框：影响粒子流与 Z 轴的夹角。

"扩散" 数值框：影响粒子流远离发射向量的扩散。

"平面偏离" 数值框：影响围绕 Z 轴的发射角度。如果 "轴偏离" 设置为 0，则此选项无效。

"扩散" 数值框：影响粒子围绕 "平面偏离" 轴的扩散。如果 "轴偏离" 设置为 0，此选项无效。

4. 粒子阵列

粒子阵列系统提供了两种类型的粒子效果，一种是用粒子阵列本身的发射器发射粒子，另一种是用其他物体作为粒子阵列的发射器来发射粒子。利用粒子阵列可以创建气泡、碎片及爆炸等效果。粒子阵列效果如图 6-2-60 所示。

在命令面板中，单击 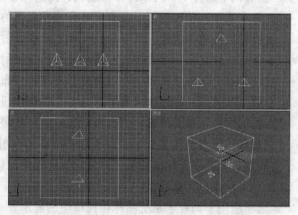（创建）→ ◎（几何体）→ "粒子系统"→ "粒子阵列"按钮，在顶视图中单击并拖动鼠标，创建一个粒子阵列粒子，如图 6-2-61 所示。

图 6-2-60　粒子阵列效果　　　　图 6-2-61　创建 "粒子阵列"粒子

"粒子阵列"系统包含了九个参数卷展栏，如图 6-2-62 所示。"基本参数"卷展栏如图 6-2-63 所示。在该卷展栏中用户可以控制粒子的显示、分布、控制图标的大小及拾取基于对象的发射器等。

图 6-2-62　"粒子阵列"粒子的参数面板

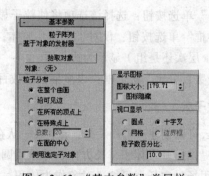

图 6-2-63　"基本参数"卷展栏

通过 "基本参数"卷展栏上的参数，可以创建和调整粒子系统的大小，并拾取分布对象。还可以指定粒子相对于分布对象几何体的初始分布以及分布对象中粒子的初始速度。在此处也可以指定粒子在视口中的显示方式。各个选项的含义如下所述。

（1）"基于对象的发射器"选项组

该选项组包括 "拾取对象"按钮和 "粒子分布"按钮两个选项。

"拾取对象"按钮：单击此按钮，然后通过单击选择场景中的某个对象，则所选对象就会成为基于对象的发射器，并将作为形成粒子的源几何体或用于创建类似对象碎片的粒子的源几何体。

"对象"文本框：显示所拾取对象的名称。

（2）"粒子分布"选项组

该选项组用于确定标准粒子在基于对象的发射器曲面上最初的分布方式。仅当所拾取对象用做标准粒子、变形球粒子或案例几何体的分布栅格时，这些参数选项才可用；如果在"粒子类型"卷展栏中选择了"对象碎片"选项，则这些参数选项不可用。

"在整个曲面"单选按钮：在基于对象的发射器的整个曲面上随机发射粒子。

"沿可见边"单选按钮：从对象的可见边随机发射粒子。

"在所有的顶点上"单选按钮：从对象的顶点发射粒子。

"在特殊点上"单选按钮：在对象曲面上随机分布指定数目的发射器点。

"总数"数值框：当选择"在特殊点上"单选按钮后，指定使用的发射器点数。

"在面的中心"单选按钮：当选择此选项后将从每个三角面的中心发射粒子。

"使用选定子对象"复选框：对于基于网格的发射器以及一定范围的基于面片的发射器，粒子流的发射源只限于传递到基于对象的发射器中的修改器堆栈的子对象选择。

（3）"显示图标"选项组

该选项组用于调粒子系统图标在视口中的显示。

"图标大小"数值框：设置图标的总体大小（以单位数计）。

"图标隐藏"复选框：当选择该选项后，视口中将隐藏粒子阵列图标。

（4）"视口显示"选项组

该选项组用于指定粒子在视口中的显示方式。

"圆点"单选按钮：选择该选项将使粒子显示为圆点。

"十字叉"单选按钮：选择该选项将使粒子显示为十字叉。

"网格"单选按钮：选择该选项将使粒子显示为网格对象。

"边界框"单选按钮：仅对于实体几何体，当选择此单选按钮将使每个案例粒子（无论是单个对象、层次还是组）显示为边界框。

"粒子数百分比"数值框：以渲染粒子数百分比的形式指定视口中显示的粒子数。

5. 粒子云

粒子云可以创建一群鸟、一个星空或一队在地面行军的士兵。可以使用提供的基本体积（长方体、球体或圆柱体）限制粒子，也可以使用场景中任意可渲染对象作为体积，只要该对象具有深度。二维对象不能使用粒子云。粒子云效果如图 6-2-64 所示。

图 6-2-64　粒子云效果

在命令面板中，单击 （创建）→ （几何体）→"粒子系统"→"粒子云"按钮，在顶视图中单击并拖动鼠标，就可创建一个粒子云粒子，如图 6-2-65 所示。

"粒子云"系统包含了八个参数卷展栏，如图 6-2-66 所示。"基本参数"卷展栏如图 6-2-67 所示。该卷展栏中的各参数含义如下所述。

（1）"基于对象的发射器"选项组

单击"拾取对象"按钮可以选择要作为粒子发射器使用的可渲染网格对象。仅当在"粒子分布"选项组中选择了"基于对象的发射器"单选按钮时，才能使用此对象。

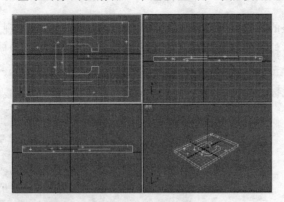

图 6-2-65 创建"粒子云"粒子

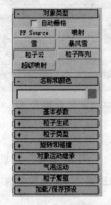

图 6-2-66 "粒子阵列"粒子的参数面板

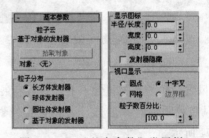

图 6-2-67 "基本参数"卷展栏

（2）"粒子分布"选项组

该选项组使用以下选项来指定发射器的形状。

"长方体发射器"单选按钮：用于选择立方体形状的发射器。

"球体发射器"单选按钮：用于选择球体形状的发射器。

"圆柱体发射器"单选按钮：用于选择圆柱体形状的发射器。

"基于对象的发射器"单选按钮：用于选择"基于对象的发射器"组中所选的对象。

注意：对于基于对象的发射器的动画，粒子将在帧 0 正确填充变形对象，但是在发射器移动时无法与发射器一起移动。如果发射器直线移动，可以提供随发射器移动的云的外观。

（3）"显示图标"选项组

如果不使用自定义对象作为发射器，使用以下选项可以调整发射器图标的尺寸。如果使用自定义对象，仍可以使用以下选项调整"填充"图标的大小。

"半径/长度"数值框：用于调整球体或圆柱体图标的半径以及立方体图标的长度。

"宽度"数值框：用于设置立方体发射器的宽度。

"高度"数值框：用于设置立方体或圆柱体发射器的高度。

"发射器隐藏"复选框：用于隐藏发射器。

6. 暴风雪

暴风雪粒子是增强的雪花粒子系统，主要用于模拟更猛烈的降雪现象。单击"暴风雪"按钮，即可显示出暴风雪粒子的参数面板。暴风雪粒子效果如图 6-2-68 所示。

在命令面板中，单击 （创建）→ （几何体）→ "粒子系统"→ "暴风雪"按钮，在顶视图中单击并拖动鼠标，就可创建一个喷射粒子，如图 6-2-69 所示。

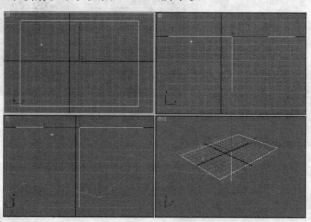

图 6-2-68　暴风雪中的雪花粒子效果　　　　图 6-2-69　创建"暴风雪"粒子

（1）"基本参数"卷展栏

"暴风雪"粒子系统包含了七个参数卷展栏，如图 6-2-70 所示。"基本参数"卷展栏用于设置暴风雪粒子的基本参数。可以设置发射器的区域大小和在视图中显示的粒子形状，如图 6-2-71 所示。

图 6-2-70　"暴风雪"粒子的参数面板

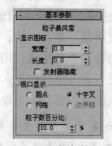

图 6-2-71　"基本参数"卷展栏

◎ "显示图标"选项组：用于设置发射器的区域大小。"宽度"数值框，用于设置粒子发射器的宽度大小。"长度"数值框，用于设置粒子发射器的长度大小。"发射器隐藏"复选框，用于在视图中隐藏粒子发射器。

◎ "视口显示"选项组：用于设置粒子在视图中显示的形状。"圆点"、"十字叉"、"网格"和"边界框"单选按钮，用于设置粒子在视图中显示的形状分别为圆点状、十字形、网格物体和表示范围的长方体。"粒子数百分比"数值框，用于设置在视图中显示的粒子占渲染粒子的百分率。

（2）"粒子生成"卷展栏

用于设置暴风雪粒子的生成参数。可以设置粒子的大小、速度和粒子动画的时间等，如图 6-2-72 所示。

◎ "粒子数量"选项组：用于设置粒子产生的数量。"使用速率"单选按钮和数值框，用于设置粒子在每帧产生的数量，单击该单选按钮，可以在其数值框中设置每帧产生的粒子数。"使用总数"单选按钮和数值框，用于设置粒子在整个生命周期内产生的总量，单击该单选按钮，可以在其数值框中设置产生的粒子总数。

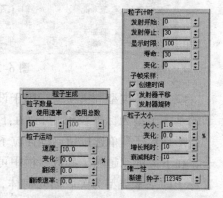

图 6-2-72 "粒子生成"卷展栏

◎ "粒子运动"选项组：用于控制粒子的运动速度等。"速度"数值框，用于设置从发射器中发射粒子的初始速度。"变化"数值框，用于设置粒子发射的速度及方向变化的程度，控制粒子发射出来的混乱程度。"翻滚"数值框，用于控制粒子翻转变化的程度。"翻滚速率"数值框，用于设置粒子翻转变化的频率。

◎ "粒子计时"选项组：用于控制粒子动画的时间周期参数。"发射开始"数值框，用于设置发射器开始发射粒子的帧数。"发射停止"数值框，用于设置发射器停止发射粒子的帧数。"显示时间"数值框，用于设置所显示的粒子全部消失的时间。"寿命"数值框，用于设置每个粒子的生命周期，即粒子存在的帧数。"变化"数值框，用于设置每个粒子在其生命周期内的变化帧数。"子帧采样"选项，用于控制发射器运动时发射粒子的取样样本，可以在下面的三个复选框中进行选择。"创建时间"复选框，设置在创建粒子发射器时，粒子样本不受喷射作用的影响。"发射器平移"复选框，设置在场景中平移发射器时，粒子样本不受喷射作用的影响。"发射器旋转"复选框，设置在场景中旋转发射器时，粒子样本不受喷射作用的影响。

◎ "粒子大小"选项组：用于设置粒子的大小。"大小"数值框，用于设置粒子系统生成的粒子大小。"变化"数值框，用于设置每个粒子大小的变化值，产生大小粒子混合的效果。"增长耗时"数值框，设置粒子从很小增长到"大小"的值经历的帧数。受"大小"、"变化"值的影响，因为"增长耗时"在"变化"之后应用。使用此参数可以模拟自然效果，如气泡随着向表面靠近而增大。"衰减耗时"数值框，用于设置粒子从开始衰减到完全消失所需要的时间。

◎ "唯一性"选项组：用于设置粒子产生时的外观布局，根据随机数安排粒子外观布局。"新建"按钮，用于设置随机数，单击该按钮，可由系统产生随机数。"种子"数值框，用于设置随机数或显示由系统选取的随机数。

（3）"粒子类型"卷展栏

用于设置暴风雪粒子的基本类型和粒子关联物体的贴图类型，如图 6-2-73 所示。

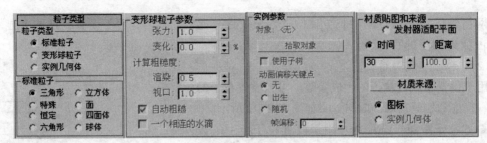

图 6-2-73　"粒子类型"卷展栏

◎ "粒子类型"选项组：用于设置粒子的基本类型。"标准粒子"单选按钮，设置粒子的基本类型为标准粒子，可以在下面的"标准粒子"栏中选择系统提供的标准粒子类型。"变形球粒子"单选按钮，设置粒子的基本类型为紧密球体的形式，可用于模拟液态的粒子，在下面的"超粒子参数"栏中可以设置超粒子的参数。"案例几何体"单选按钮，设置粒子的基本类型为关联的几何体，即用视图中创建的几何体作为粒子，可以在下面的"关联参数"栏中选择作为粒子的几何体。

◎ "标准粒子"选项组：用于选择标准粒子的类型。"三角形"单选按钮，可以将粒子渲染为三角形。"立方体"单选按钮，可以将粒子渲染为立方体。"特殊"单选按钮，可以将粒子渲染为包含单个正方形和 2～3 个相交的正方形。"面"单选按钮，可以将粒子渲染为面向视图的正方形。"恒定"单选按钮，可以将粒子渲染为圆形。"四面体"单选按钮，可以将粒子渲染为四面体形，以模拟水滴或火花。"六角形"单选按钮，可以将粒子渲染为六角星形。"球体"单选按钮，可以将粒子渲染为球体。

◎ "变形球粒子参数"选项组：用于设置超粒子的变形参数。"张力"数值框，用于设置粒子间贴近的紧密程度，数值越大，粒子越容易结合在一起。"变化"数值框，用于设置粒子间张力变化的程度。"计算粗糙度"选项，用于设置系统对粒子的计算细节，可以在其下面的两个数值框中进行设置。"渲染"数值框，用于设置粒子在渲染时的估计粒度。"视口"数值框，用于设置粒子在视图中的估计粒度。"自动粗糙"复选框，设置系统自动计算粒子的估计粒度。"一个相连的水滴"复选框，设置系统只计算相邻的具有相互连接机会的粒子。

◎ "案例参数"选项组：用于将视图中的几何体设置为粒子。"拾取对象"按钮，用于在视图中选择作为粒子的几何体。"使用子树"复选框，选择物体及其链接的子物体作为粒子。"动画偏移关键点"，当关联的物体具有动画效果时，用于设置粒子的动画方式，可以在其下面的三个单选按钮中进行选择。"无"单选按钮，将关联物体的动画效果设置为粒子的动画方式。"出生"单选按钮，用关联物体生成的第一个粒子为依据，使以后产生的粒子动画效果均与这个粒子的形态相同。"随机"单选按钮，以随机方式确定关联物体粒子的动画效果。"帧偏移"数值框，用于设置偏离当前帧多长时间后粒子的动画效果。

◎ "材质贴图和来源"选项组：用于设置粒子的材质贴图与来源。"发射器适配平面"单选按钮，选择发射器喷射粒子时所在的平面进行粒子的贴图设置。"时间"单选按钮和数值框，设置粒子从开始产生到完成贴图所需要的帧数，单击该单选按钮，可以在其下面的数值框中设置所需要的帧数。"距离"单选按钮和数值框，设置粒子从开始产生到完成贴图所需要的距离，单击该单选按钮，可以在其下面的数值框中设置所需要的距离。"材质来源"按钮，用于选择或更新粒子的材质。"图标"单选按钮，将粒子系统的材质作为粒子的材质。"案例几何体"单选按钮，将关联物体的材质作为粒子的材质。

（4）"旋转与碰撞"卷展栏

用于设置暴风雪粒子的旋转与碰撞参数，如图 6-2-74 所示。

◎ "自旋轴控制"选项组：用于控制粒子的旋转轴向。"随机"单选按钮，由系统随机选择粒子的旋转轴向。"用户定义"单选按钮，由用户自己设置粒子的旋转轴向，并可以在其下面的数值框中进行定义。X轴、Y轴和 Z轴数值框，设置粒子的旋转轴向分别为X轴、Y轴和 Z轴。"变化"数值框，用于设置每个粒子旋转轴的变化角度。

◎ "粒子碰撞"选项组：用于控制粒子是否相互碰撞，以及可以碰撞的次数及反弹程度。"启用"复选框，允许粒子系统发生碰撞。"计算每帧间隔"数值框，设置粒子每帧计算的碰撞次数。"反弹"数值框，设置粒子的反弹速度是碰撞前速度的百分之多少。"变化"数值框，设置粒子反弹速度的变化程度。

（5）"对象运动继承"卷展栏

用于控制发射器的运动对粒子运动的影响，如图 6-2-75 所示。

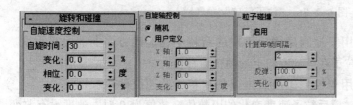

图 6-2-74　"旋转与碰撞"卷展栏　　　　图 6-2-75　"对象运动继承"卷展栏

◎ "自旋速度控制"选项组：用于控制粒子的旋转速度。"自旋时间"数值框，用于设置粒子的旋转所需要的帧数。"变化"数值框，用于设置粒子旋转时间的变化程度。"相位"数值框，用于设置粒子旋转的初始角度。"变化"数值框，用于设置粒子旋转初始角度的变化程度。

"影响"数值框：用于设置粒子受发射器影响的百分比。

"倍增"数值框：用于设置粒子受发射器影响时的繁殖数量。

"变化"数值框：用于控制粒子增效器的变化范围。

（6）"粒子繁殖"卷展栏

用于控制碰撞粒子的消亡和碰撞后新粒子的产生，并可设置碰撞后新粒子的数量、大小、运动方向和速度等参数，如图 6-2-76 所示。

◎ "粒子繁殖效果"选项组：用于设置粒子碰撞后可以产生的各种效果。

"无"单选按钮，设置粒子碰撞后不产生任何效果。

"碰撞后死亡"单选按钮，设置粒子碰撞后将会消失，可以在其下面的两个数值框中设置碰撞后粒子的存留时间。

"持续"数值框，设置粒子碰撞后能够存活的帧数。

"变化"数值框，设置粒子碰撞后存活帧数的变化范围。

"碰撞后繁殖"单选按钮，用于设置粒子碰撞后可以产生新粒子。

"消亡后繁殖"单选按钮，设置粒子结束其生命周期时再产生新粒子。

"繁殖拖尾"单选按钮，设置在粒子生命周期的每一帧中都从存在的粒子中产生新粒子。"繁殖数"数值框，用于设置新产生的粒子数量。"影响"数值框，设置可以产生新粒子的粒子数量。"倍增"数值框，设置粒子碰撞后可以产生新粒子的倍增数量。"变化"数值框，用于控制新粒子倍增数量的变化范围。

 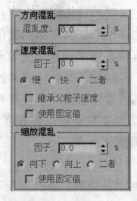 

图 6-2-76　"粒子繁殖"卷展栏

◎ "方向混乱"选项组：用于控制碰撞后生成的新粒子在运动方向上的偏离程度。

"混乱度"数值框，设置新粒子在运动方向上的随机偏移值。

◎ "速度混乱"选项组：用于控制碰撞后生成的新粒子的速度随机程度。

"因子"数值框，用于设置碰撞后粒子速度变化的因数值，数值为 0 时，速度没有改变，可以在其下面三个单选按钮中选择速度的变化趋势。

"慢"单选按钮，设置粒子的速度将会随机减慢。

"快"单选按钮，设置粒子的速度将会随机加快。

"二者"单选按钮，设置粒子的速度既有减慢，又有加快。

"继承父粒子速度"复选框，设置碰撞后生成的新粒子在按速度因数变化的同时，还继承了母体粒子的速度。

"使用固定值"复选框，可将速度变化的因数值作为一个固定的值应用到每个粒子上。

◎ "缩放混乱"选项组：用于设置碰撞后生成的新粒子的大小随机程度。

"因子"数值框，用于设置碰撞后粒子大小变化的因数值，数值为 0 时，粒子大小没有变化，可以在其下面三个单选按钮中选择粒子大小的变化趋势。

"向下"单选按钮，设置粒子的尺寸将随机减小。

"向上"单选按钮，设置粒子的尺寸将随机增大。

"二者"单选按钮，设置粒子的大小既有减小，又有增大。

"使用固定值"复选框，用于将粒子大小变化的因数值作为一个固定的值应用到每个粒子上。

◎ "寿命值队列"选项组：用于设置碰撞后生成的新粒子的生命周期。

"添加"按钮，将设置的粒子寿命值增加到左侧的列表框中。

"删除"按钮，将左侧列表框中选定的寿命值删除。

"替换"按钮，用设置的粒子寿命值替换掉左侧列表框中选定的寿命值。

"寿命"数值框，用于设置碰撞后生成的新粒子的寿命值。

◎"对象变形队列"选项组：用于设置在关联物体粒子和碰撞后生成的新粒子之间进行切换的能力。

"拾取"按钮，用于将在场景中拾取的物体添加到上面的列表框中。

"删除"按钮，将上面列表框中选定的物体删除。

"替换"按钮，将拾取的物体替换掉上面列表框中选定的物体。

（7）"加载/保存预设"卷展栏

用于载入或保存已设置好的粒子参数值，如图 6-2-77 所示。

"预设名"文本框：用于输入已设置好粒子参数的资料名称。

图 6-2-77 "加载/保存预设"卷展栏

"保存预设"选项组：用于在其列表框中显示出已保存好的粒子参数的资料名称。

"加载"按钮：用于将已保存好的粒子参数的资料载入到系统中。

"保存"按钮：用于将已设置好的粒子参数保存起来，以便应用到其他场景中。

"删除"按钮：用于将"保存的预设值"列表框中选定的粒子参数资料删除。

7. 粒子流

前面所介绍的六种粒子为非事件驱动的粒子系统，它们随时间生成粒子子对象提供了相对简单直接的方法，以便模拟雪、雨、尘埃等效果。而"粒子流"是一种新型、多功能且强大的 3ds Max 粒子系统。它使用"粒子视图"对话框来使用事件驱动模型。

在"粒子视图"中，可将一定时期内描述粒子属性（如形状、速度、方向和旋转）的单独操作符合并到称为事件的组中。每个操作符都提供一组参数，其中多数参数可以设置动画，以更改事件期间的粒子行为。随着事件的发生，"粒子流"会不断地计算列表中的每个操作符，并相应更新粒子系统。限于篇幅，本书中不再详细介绍"粒子流"。

8. 空间扭曲

空间扭曲是可以为场景中的其他对象提供各种"力场"效果的对象。空间扭曲本身不能进行渲染，但可以使用它们影响其他对象的外观，有时可以同时影响很多对象。某些空间扭曲可以生成波浪、涟漪或爆炸效果，使对象几何体发生变形。其他的空间扭曲专门用于粒子系统，可以模拟各种自然效果，如随风飘动的雪雨或瀑布中若隐若现的岩石。

创建空间扭曲对象时，视口中会显示它的表示方式。可以像对其他 3ds Max 对象那样改变空间扭曲。空间扭曲的位置、旋转和缩放会影响其作用。

空间扭曲是影响其他对象外观的不可渲染对象。空间扭曲能创建使其他对象变形的力场，从而创建出涟漪、波浪和风吹等效果。空间扭曲的行为方式类似于修改器，只不过空间扭曲影响的是世界空间，而几何体修改器影响的是对象空间。

要让对象或选择设置受空间扭曲的影响，可以将该对象绑定到空间扭曲。除非对象绑定到空间扭曲，否则空间扭曲不会对其产生任何影响。如果将对象绑定到空间扭曲，则扭曲绑定将会显示在该对象修改器堆栈的顶部。空间扭曲总是在所有变换或修改器之后应用。

如果把空间扭曲与多个对象绑定在一起，空间扭曲的参数设置会平等地影响所有对象。不过，每个对象距空间扭曲的距离或者它们相对于扭曲的空间方向可以改变扭曲的效果。由于该空间效果的存在，只要在扭曲空间中移动对象就可以改变扭曲的效果。可以在一个或多个对象上使用多个空间扭曲。多个空间扭曲会以应用它们的顺序显示在对象的堆栈中。

创建空间扭曲对象时，视口中会显示一个线框来表示它。可以对其他 3ds Max 对象那样改变空间扭曲。空间扭曲的位置、旋转和缩放会影响其作用。空间扭曲效果如图 6-2-78 所示。

（1）空间扭曲的创建

创建空间扭曲的操作方法如下所述。

① 单击 → 按钮，显示"空间扭曲"面板，如图 6-2-79 所示。

图 6-2-78　创建"空间扭曲"对象

图 6-2-79　"空间扭曲"面板

② 从列表中选择一种空间扭曲类别。

③ 在"对象类型"卷展栏上单击空间扭曲按钮。

提示：利用"自动栅格"功能调整新的空间扭曲相对于现有对象的方向和位置。

④ 在视图中拖动创建空间扭曲。

◎ 将粒子与空间扭曲绑定：将粒子与空间扭曲绑定的操作步骤如下所述。

空间扭曲不具有在场景上的可视效果，除非把它和对象、系统或选择集绑定在一起。在主工具栏上单击 按钮，然后在空间扭曲和对象之间拖动。把对象和空间扭曲绑定在一起，

◎ 调整空间扭曲的参数

使用"移动"、"旋转"或"缩放"变换空间扭曲。变换操作通常会直接影响绑定的对象。

（2）空间扭曲分类

◎ 空间扭曲支持的对象。一些类型的空间扭曲是专门用于可变形对象上的，如基本几何体、网格、面片和样条线。其他类型的空间扭曲用于粒子系统，如"喷射"、"雪"。

3ds Max 9 中，有五种空间扭曲（重力、粒子爆炸、风力、马达和推力）可以作用于粒子系统，还可以在动力学模拟中用于特殊的目的。在后一种情况下，不用把扭曲和对象绑定在一起，而应把它们指定为模拟中的效果。

◎ 空间扭曲的分类。通过"创建"面板的"空间扭曲"类别上的列表，可以看见空间扭曲有四个类别。在"创建"面板上，每个空间扭曲都有一个被标为"支持对象类型"的卷展栏。该卷展栏列出了可以和扭曲绑定在一起的对象类型。

力：这些空间扭曲用来影响粒子系统和动力学系统。它们全部可以和粒子一起使用，而且其中一些可以和动力学一起使用。"支持对象类型"卷展栏中指明了各个空间扭曲所支持的系统。在这类空间扭曲中有马达、推力和漩涡等空间扭曲。

导向器：这些空间扭曲用来给粒子导向或影响动力学系统。它们全部可以和粒子以及动力学一起使用。"支持对象类型"卷展栏中指明了各个空间扭曲所支持的系统。

动力学导向、泛方向导向板和动力学导向球空间扭曲等都属于这一类。

几何\可变形：这些空间扭曲用于使几何体变形。

这一类中包括 FFD（长方体）空间扭曲、FFD（柱体）空间扭曲、波浪空间扭曲、涟漪空间扭曲等。

基于修改命令：这些是对象修改命令的空间扭曲形式。

例如，弯曲修改命令、噪波修改命令、倾斜修改命令、锥化修改命令、扭曲修改命令等。

一些类型的空间扭曲是专门用于可变形对象上的，如基本几何体、网格、面片和样条线。其他类型的空间扭曲用于粒子系统，如"喷射"、"雪"。

（3）"力"空间扭曲效果

作用力空间扭曲位于 （创建）命令面板的 （空间扭曲）子面板中，如图 6-2-80 所示。该空间扭曲对象主要是为粒子系统施加一种外力，从而改变粒子的运动方向或速度。

路径跟随：可以使粒子沿一条设置好的曲线路径运动。使用此空间扭曲对象可以使粒子系统产生小河或溪水流动的动画效果，如图 6-2-81 所示。

图 6-2-80　"力"空间扭曲面板图　　　　图 6-2-81　"路径跟随"空间扭曲效果

粒子爆炸：可以产生一个空间冲击波，将粒子系统炸开。该对象既可作用于粒子系统也可以作用动力学对象，将其作用于粒子系统时，可以制作对象爆炸或礼花的效果，如图 6-2-82 所示。

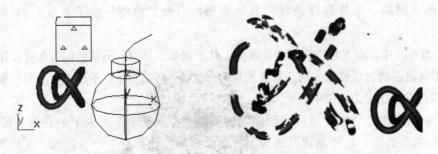

图 6-2-82　"粒子爆炸"空间扭曲效果

重力：可以产生真实的重力引力效果，分为球形和平面两种。重力对象经常与粒子系统配合使用，可以制作出多种动画效果，如喷泉、瀑布的下落效果；它也经常作用于动力学对象，模拟对象的下落效果，如图 6-2-83 所示。

风：可以创建风吹动粒子飘舞的效果。该对象也可以作用于动力学对象，创建诸如窗帘飘动、旗帜飞扬的动画效果，如图 6-2-84 所示。

图 6-2-83　"重力"空间扭曲效果

图 6-2-84　"风"空间扭曲效果

（4）导向对象空间扭曲

导向对象空间扭曲是作用于粒子系统的空间扭曲对象的，它位于 （创建）命令面板的 （空间扭曲）子面板中，如图 6-2-85 所示。此类空间扭曲对象可以为粒子系统施加一个引导力，使粒子产生反弹、变向等效果。

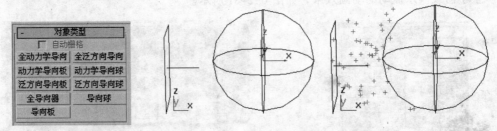

图 6-2-85　"导向对象"空间扭曲面板　　　　图 6-2-86　导向球

导向球：以球体的形态阻挡和引导粒子，使粒子撞击到导向球上时产生反弹效果，从而改变运动方向，如图 6-2-86 所示。

导向板：以板的形态阻挡粒子，使粒子改变运动方向。

全导向器：指定任何几何对象的表面作为导向平面阻挡粒子，使粒子在撞击到后产生反弹，改变运动方向，效果如图 6-2-87 所示。

图 6-2-87　全导向器效果

思考与练习

1. 使用雪粒子制作图 6-2-88 所示的"丰年大雪"场景效果。
2. 使用空间扭曲设计图 6-2-89 所示的水滴效果。

图 6-2-88　"丰年大雪"场景效果

图 6-2-89　水滴效果

第7章 骨骼系统与蒙皮

7.1 【案例 13】骨骼动画

案例效果

本案例中将使用 Biped 骨骼系统创建一个沿足迹行走的动画效果，如图 7-1-1 所示。在本案例的制作过程中，将学习如何使用 3ds Max 9 中 Character Studio 的两足动物骨骼系统 Biped 的应用。

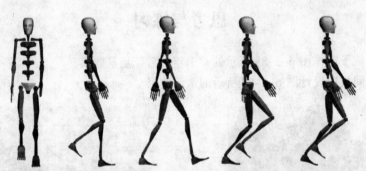

图 7-1-1　两足动物骨骼足迹动画效果

操作步骤

1．创建骨骼

① 新建一个 3ds Max 场景文件。

② 单击 （创建）→ （系统）→Biped 按钮，在前视图中拖动，创建一个 Biped 骨骼，参数如图 7-1-2 所示。创建骨骼后的效果如图 7-1-3 所示。

Biped 骨骼由多个对象组成，在组成骨骼的对象中，最重要的是重心（也称质心、根结点），许多操作（例如，移动骨骼的位置）都需要选中重心后才能进行。可以在前视图中选择骨骼的重心，如图 7-1-4 所示，但是不易选中。另一种方法是单击主工具栏的按名称选择按钮 ，在弹出的"选择对象"对话框中选择骨骼对象的根名称 Bip01，如图 7-1-5 所示。

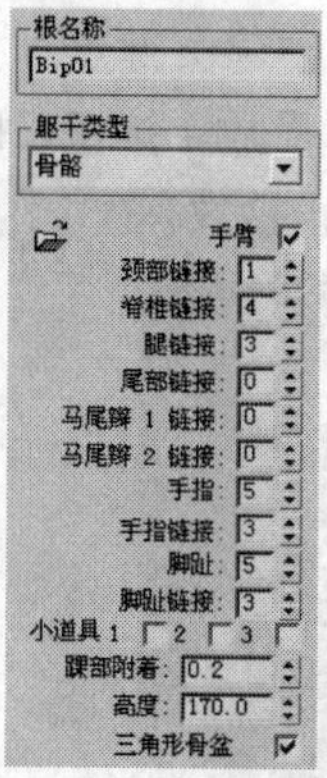

图 7-1-2 骨骼参数

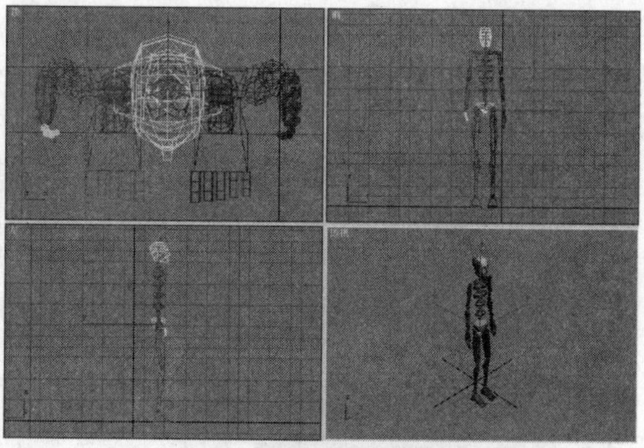

图 7-1-3 创建骨骼后的效果

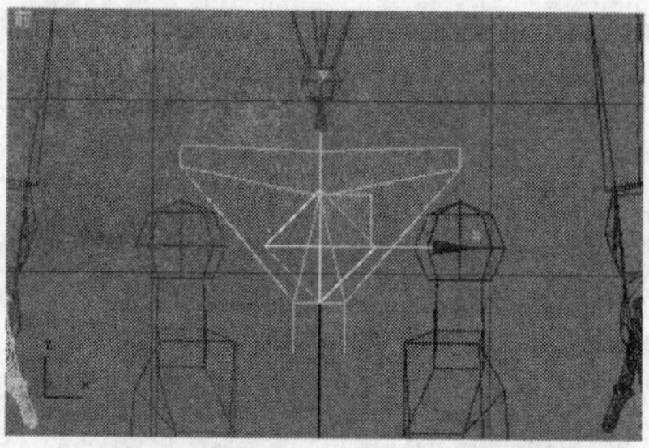

图 7-1-4 在前视图中选择骨骼重心

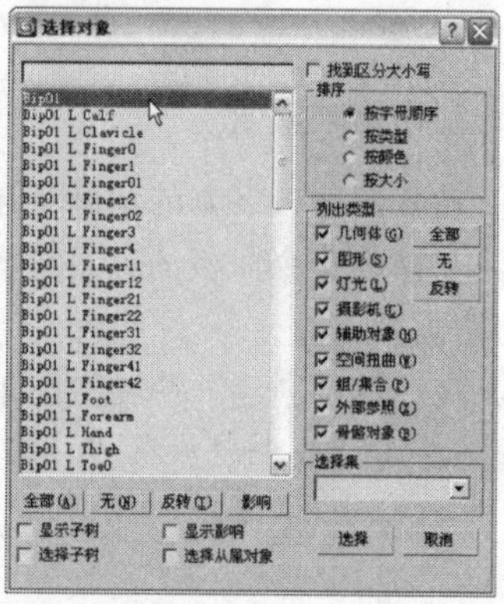

图 7-1-5 在“选择对象”对话框中选择骨骼重心

2．制作行走动画

① 在前视图中选择骨骼。在命令面板中单击（运动）标签切换到运动面板，单击“参数”按钮，然后在“Biped”卷展栏中单击（足迹模式）按钮，展开“足迹创建”卷展栏。再在“足迹操作”卷展栏中单击行走按钮，表示下面创建的足迹动画为行走动画，如图 7-1-6 所示。

② 在“足迹创建”卷展栏中单击（创建多个足迹）按钮，弹出“创建多个足迹：行走”对话框。在对话框中设置“足迹数”为 10，单击“确定”按钮完成设置，如图 7-1-7 所示。

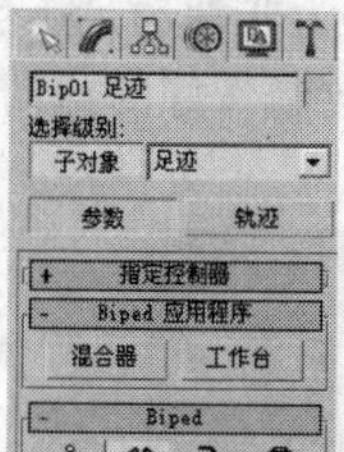

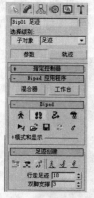

图 7-1-6 运动面板

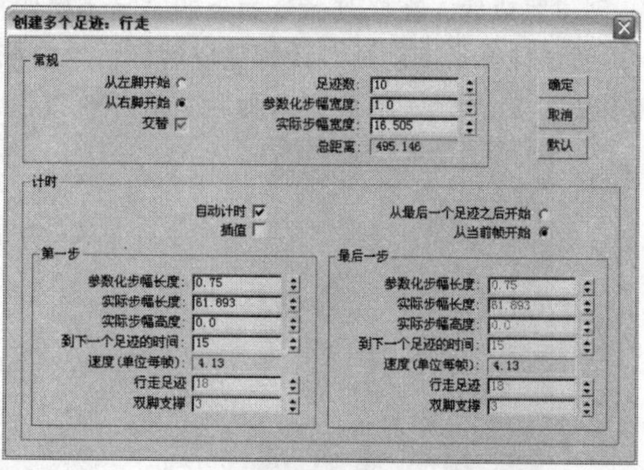

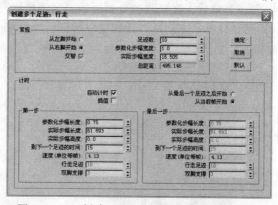

图 7-1-7 “创建足迹：行走”对话框参数设置

③ 在修改命令面板的"足迹操作"卷展栏中单击 ⚟（为非活动足迹创建关键点）按钮，计算足迹动画，计算完成后，骨骼会进入起始位置的关键点。再单击 ▶（播放）按钮，即可播放骨骼行走的动画，如图 7-1-8 所示。播放完动画后，单击 ⏸ 按钮，停止播放。

图 7-1-8　播放动画

3. 制作跑动动画

① 在视图窗口下方的动画记录控制区中，将时间滑块移到最右端，如图 7-1-9 所示。

② 在修改命令面板的"足迹操作"卷展栏中单击跑动按钮 🏃，表示下面创建的足迹动画为跑动动画。

③ 在"足迹创建"卷展栏中单击 ⚟（创建多个足迹）按钮，弹出"创建多个足迹：跑动"对话框，在对话框中设置参数，如图 7-1-10 所示。单击"确定"按钮完成设置。

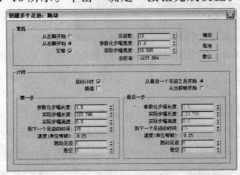

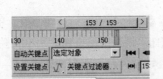

图 7-1-9　将时间滑块移动最右端　图 7-1-10　"创建足迹：跑动"对话框

④ 创建完成后，在修改命令面板的"足迹操作"卷展栏中单击 ⚟（为非活动足迹创建关键点）按钮，计算足迹动画，计算完成后，再单击 ▶（播放）按钮，播放制作好的跑动动作，效果如图 7-1-11 所示。播放完动画后，单击 ⏸ 按钮，停止播放。

图 7-1-11　跑动动画效果

4．制作跳跃动画

① 在视图窗口下方的动画记录控制区中，将时间滑块移动最右端，如图 7-1-12 所示。

② 在修改命令面板的"足迹操作"卷展栏中单击跳跃按钮，表示下面创建的足迹动画为跳跃动画。

③ 在"足迹创建"卷展栏中单击 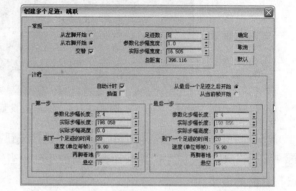（创建多个足迹）按钮，弹出"创建多个足迹：跳跃"对话框，在对话框中设置参数如图 7-1-13 所示。单击"确定"按钮完成设置。

图 7-1-12 将时间滑块移动最右端　　图 7-1-13 "创建足迹：跳跃"对话框

④ 创建完成后，在修改命令面板的"足迹操作"卷展栏中单击 （为非活动足迹创建关键点）按钮，计算足迹动画，计算完成后，再单击 （播放）按钮，播放制作好的动作，效果如图 7-1-14 所示。播放完动画后，单击 按钮，停止播放。

图 7-1-14 跳跃动画效果

单击 按钮，退出足迹编辑模式。至此，两足动物骨骼动画制作完成，然后，需要设置一个跟随骨骼进行拍摄的摄影机。

5．摄影机设置

① 单击 （创建）→ （摄影机）→ 目标 （目标摄影机）按钮，在顶视图中单击并拖动，为场景添加一个目标摄影机，其参数使用默认值。

② 参考图 7-1-15 中的摄影机的位置，在各个视图中，通过移动摄影机和目标点的方法，对目标摄影机的位置和角度进行适当设置。

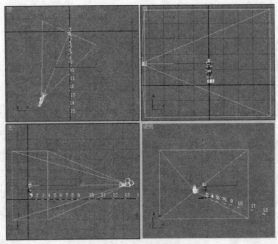

图 7-1-15　摄影机设置

③ 放大前视图，单击主工具栏中的选择并链接按钮 ，再单击摄影机的目标点，当光标变为 形状时，按下鼠标左键并拖动到骨骼的头部，当光标变为 状态时，松开鼠标，创建目标点与骨骼的链接。

④ 完成摄影机设置后，在透视图中的左上角的标签"透视"上右击，在弹出的快捷菜单中选择"视图"→"Camera01"命令，切换到摄影机视图，效果如图 7-1-16 所示。

6．渲染输出

① 选择"渲染"→"渲染"命令，调出"渲染场景"对话框。在"渲染场景"对话框中可进行动画渲染参数的设置，如图 7-1-17 所示。

图 7-1-16　摄影机视图

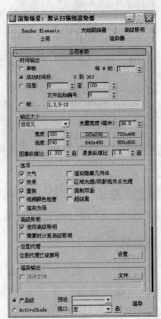

图 7-1-17　"渲染场景"对话框

② 在"渲染场景"对话框的"公用"选项卡中，在"公用参数"卷展栏的"时间输出"选项组中选择"活动时间段"单选按钮，设置整个活动时间为 0～363。在"输出大小"选项组的"自定义"下拉列表框中选择"自定义"选项，单击右侧的"320×240"按钮，设置输出的动画的尺寸（也可以设置为更大的尺寸，不过渲染时间会增加）。在下面的"渲染输出"选项组中单击"文件"按钮，弹出"渲染输出文件"对话框来设置保存位置和文件类型，如图 7-1-18 所示。

设置文件名为"骨骼动画"，保存类型为"AVI 文件"，单击"保存"按钮，弹出"AVI 文件压缩设置"对话框，如图 7-1-19 所示。在"压缩器"下拉列表框中选择一个合适的压缩器，单击"确定"按钮完成设置，返回"渲染场景"对话框。

图 7-1-18 "渲染输出文件"对话框   图 7-1-19 "AVI 文件压缩设置"对话框

在"渲染场景"对话框中选择"保存文件"复选框，参数设置完成后如图 7-1-20 所示。最后，单击右下角的"渲染"按钮，就可以渲染输出视频动画。

至此，骨骼动画设置完成，在渲染输出视频动画完成后，从 Windows 资源管理器中找到输出的视频文件，观看视频动画，效果如图 7-1-21 所示。

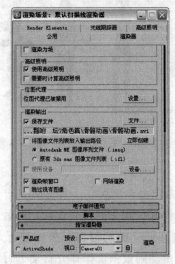

图 7-1-20 设置参数后的"渲染场景"对话框   图 7-1-21 骨骼动画视频播放效果

相关知识　Biped 两足动物骨骼系统

1. Biped 骨骼系统简介

（1）Biped 骨骼系统

3ds Max 9 集成了为两足动物设计动作的角色动画编辑插件 Character Studio。它提供了全套 3D 角色模型的动画编辑解决方案，包括 Biped（两足动物）骨骼系统、Physique 修改器和群组系统三个部分的内容。

通过内部的 Biped（两足动物）骨骼系统来设计各种不同运动方式，3ds max 系统就会将 Biped 骨骼系统的运动编辑过程记录下来，并通过绑定功能完成角色模型的运动赋予，最终实现角色的动画效果。

3ds Max 9 中的 Biped 骨骼系统，不但可以同以前的版本一样直观地模拟两足动物骨骼系统，还新增了男性骨骼、女性骨骼以及 Character Studio 中的默认骨骼系统等多种基本骨骼类型，如图 7-1-22 所示。

Character Studio 的 Biped 骨骼系统是针对两足动物的基本骨骼的共性建立的，可以进行增减操作的特殊骨骼系统。它的基础形态非常接近于人类的骨骼结构，为编辑人物角色动画提供了方便的条件。为更好地区别角色中的性别差异，男性骨骼和女性骨骼有别于基础骨骼形态，男性的头骨上眉弓较宽，下颌骨方正，而女性下颌内收，呈尖形。男性的锁骨和肱二头肌都比女性大，显得发达。二者的上臂和前臂也有所差异，最突出的变化是胸部和盆骨的形态。在女性骨骼系统中，胸部明显突起，盆骨宽大，在大腿根部的骨骼也随之变粗，为女性角色提供了更加合理的骨骼形态。小腿与脚掌骨骼部分没有明显变化，这两种骨骼在与网格模型的合理匹配上提供了比之前版本更加吻合的形态，节省了调整时间，提高了骨骼与角色模型对位的效率。

使用相关的修改工具做局部形态调整，还可以模拟其他两足或多足动物的基本骨骼形态，如图 7-1-23 所示。

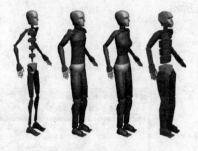
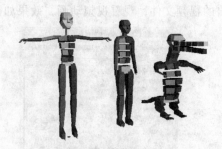

图 7-1-22　骨骼的四种类型（骨骼、男性、女性和标准）　　图 7-1-23　两足或多足动物的基本骨骼形态

（2）Biped 骨骼动画

Character Studio 中赋予两足动物骨骼运动的方式基本上分为两类。一种方式是自由动画（freeform animation）。这种方式的基本操作要求是首先预设好时间关键帧的位置，然后使用手动调整指定骨骼中各关节的不同的运动形态和位置，并在调整的同时进行关键帧记录（set key）。通过关键帧的不断指定和编辑修改记录，一组组自由动画被系统保存并自动进行过渡连接，过渡过程和骨骼的变形运动是被系统自动地完成求解的。通过这种帧记录方式几乎可以模

拟出任何所能想象或观察到的角色动画的动态。同时，自由动画的编辑方式也是其他动画方式的一种不可缺少的后期补充编辑方式，可以比较精细地对角色进行动态的描绘。另一种方式是足迹动画（footstep animation）。它是通过 Character Studio 内建的足迹动画编辑功能，进行参数指定后自动生成足迹，模拟两足动物一些常见的动态，如行走、跑步、跳越等。这种编辑过程只是一种前期的准备，而后期的较复杂的动态变化，还需要自由动画方式来做补充。本节案例中使用的就是足迹动画。

使用 Biped 骨骼系统设定好的动画数据，还可以单独保存为*.bip 或*.STP 等动作文件格式。新增的三种复制功能（姿态、姿式、轨迹）又为保存场景中骨骼的局部形态、整体动态和局部骨骼动作文件提供了多种保存和复制方式，能够在其他角色的编辑中通过不同的载入命令再次应用。

2．Biped（两足动物）骨骼系统的结构

（1）创建 Biped（两足动物）骨骼系统

单击 （创建）→ （系统）→Biped（两足动物）按钮，进入 Biped 骨骼系统创建模式，在前视图或透视图的下方按住鼠标左键并向上移动鼠标，可以看到一个由小变大的两足动物骨骼在视窗中产生，到适当的大小后释放鼠标，就得到了一个标准的 Biped 骨骼系统，如图 7-1-24 所示。

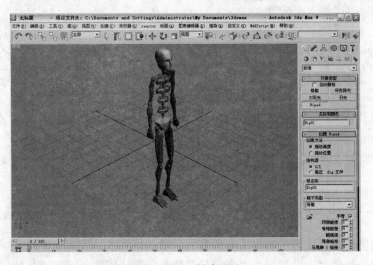

图 7-1-24　创建骨骼

（2）编辑 Biped（两足动物）骨骼系统

在两足动物创建期间，可以更改任何用来定义两足动物基本结构的默认设置，在创建骨骼时可以方便地设置结构参数，如图 7-1-25（a）所示。

在 Biped 创建完成后，如果要修改骨骼结构，则需要在运动视图中设置结构参数，在命令面板中单击 （运动）按钮，再在 Biped 卷展栏中单击 （形体模式）按钮，展开"结构"卷展栏，如图 7-1-25（b）所示。

图 7-1-25 中的手臂、颈部链接、脊骨链接等参数均为默认设置，都是针对人类体形的，含义如下所述。

"手臂"复选框：设置是否为当前两足动物生成手臂。

"颈部链接"数值框：设置在两足动物颈部的链接数，默认值为1，范围为1～25。

"脊椎链接"数值框：设置在两足动物脊骨上的链接数，默认设置为 4，范围为1～10。

"腿链接"数值框：设置在两足动物腿部的链接数，默认值为3，范围为3～4。

"尾部链接"数值框：设置在两足动物尾部的链接数，值0表明没有尾部，默认设置为0，范围为0～25。

"马尾辫 1 链接"、"马尾辫 2 链接"数值框：设置马尾辫链接的数目，默认设置为0，范围为0～25。

可以使用马尾辫链接来制作头发动画。马尾辫链接到角色头部并且可以用来制作其他附件动画。通过在体形模式中重新设置并定位，可以使用马尾辫来实现角色下颌、耳朵、鼻子或任何其他随着头部一起移动的部位的动画。不像选择两足动物手部并拖动来重新定位整个手臂的过程，马尾辫使用旋转变换来定位，效果如图 7-1-26 所示。

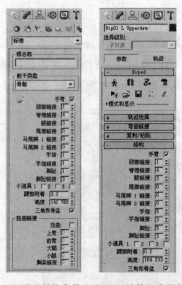

（a）设置结构参数　（b）"结构"卷展栏

图 7-1-25　骨骼结构参数　　　　　　　　　　图 7-1-26　添加马尾辫和尾部的效果

"手指"数值框：设置两足动物手指的数目，默认值为5，范围为0～1。

"手指链接"数值框：设置每个手指链接的数目，默认值为1，范围为1～3。

"脚趾"数值框：设置两足动物脚趾的数目，默认值为1，范围为1～5。

"脚趾链接"数值框：设置每个脚趾链接的数目，默认设置为3，范围为1～3。注意，如果角色穿鞋的话，只要设计含有一个脚趾的脚趾链接就行了。

"小道具 1、2、3"复选框：最多可以使用三个道具，这些道具可以用来表现连接到两足动物的工具或武器。默认情况下，道具 1 出现在右手的旁边，道具 2 出现在左手的旁边，并且道具 3 出现在躯干前面之间的中心。可以通过小道具设置来制作角色手持道具（如武器）的效果，如图 7-1-27 所示。

"踝部附着"复选框：沿着足部块指定踝部的粘贴点。可以沿着足部块的中线在脚后跟到脚趾间的任何位置放置脚踝。值0表示将踝部粘贴点放置在脚后跟上；值1表示将踝部粘贴点

放置在脚趾上。单击微调按钮向上箭头将踝部粘贴点向脚趾方向
移动，范围从 0～1。

　　"高度"数值框：设置当前两足动物的高度。用于在附加
Physique 前改变两足动物大小以适应网格角色。该参数也用于附
加 Physique 后缩放角色的大小。

　　"三角形骨盆"复选框：当附加"体格"后，选择该复选框来
创建从大腿到两足动物最下面一个脊骨对象的链接。通常腿部是
链接到两足动物骨盆对象上的，如图 7-1-28 所示。当使用
Physique 变形网格时，骨盆区域可能会出现问题。三角形骨盆为
网格变形创建更自然的样条线。

图 7-1-27　添加小道具
　　　　　　的效果

　　三角形骨盆将创建两个链接，这两个链接从腿部扩展到两足
动物最下面一个脊骨对象。也会创建从两足动物骨盆到最下面一个脊骨对象的链接。应用
Physique 后，在角色行走时这为该区域提供了自然的变形。如果正在处理一个新的角色，那么
在应用 Physique 前选择该复选框。如果在显示卷展栏中打开了"骨骼"，那么可以看到从腿部
到最下面一个脊骨对象的链接。

　　"扭曲"复选框：对两足动物肢体启用扭曲链接，如图 7-1-29 所示。选择该复选框之后，
扭曲链接可见，但是仍然被冻结。可以使用"冻结"卷展栏上的"按名称解冻"或"按单击解
冻"将其解冻。

图 7-1-28　三角形骨盆

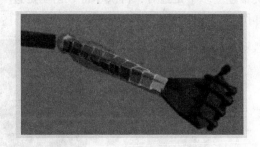

图 7-1-29　扭曲效果

　　"上臂"数值框：设置上臂中扭曲链接的数量，默认设置为 0，范围为 0～10。

　　"前臂"数值框：设置前臂中扭曲链接的数量，默认设置为 0，范围为 0～10。图 7-1-29
所示为添加两节前臂后的效果。

　　"大腿"数值框：设置大腿中扭曲链接的数量，默认设置为 0，范围为 0～10。

　　"小腿"数值框：设置小腿中扭曲链接的数量，默认设置为 0，范围为 0～10。

　　"脚架链接"数值框：设置脚架链接中扭曲链接的数量，默认设置为 0，范围为 0～10。注
意，必须将"腿链接"设置为 4 才能启用"脚架链接"。

　　"躯干类型"下拉列表框于选择两足动物形体类型，包括以下四类。

　　"骨骼"选项：形体类型提供能自然适应网格蒙皮的真实骨骼。

　　"男性"选项：男性形体类型基于基本男性比例提供轮廓造型。

　　"女性"选项：女性形体类型基于基本女性比例提供轮廓造型。

"标准"选项：标准形体类型与来自于 Character Studio 旧版本中的两足动物对象相同。

3. 足迹动画

Character Studio 的 Biped 骨骼系统在制作两足骨骼基本动态的基础上，还为动画编辑提供了一套高效率的生成方式——足迹生成动画（footstep animation）。只要通过单个或批量足迹工具创建一些脚印，系统就会根据人类运动的动力学原理进行求解运算，计算骨骼各部分的运动数据。

通过足迹动画可以模拟出两足动物的行走、跑动、跳跃等常见的基本运动形态，如果修改参数或场景中的单个和批量足迹，便可产生上升、下降、转弯、前进、后退等多种运动方式，求解关联后的 Biped 骨骼系统的动画自然流畅，并且在指定的后继时间内还可以追加足迹动画。

在本节前面的案例中，已经学习过连续多个足迹动画的创建。下面将学习使用单个足迹来创建足迹动画。

（1）创建足迹

在前视图中建立 Biped 骨骼系统，单击 ⊕ 标签进入运动面板，在 Biped 卷展栏下单击"足迹模式"按钮 进入足迹创建模式，此时的运动面板如图 7-1-30 所示。

展开"足迹创建"卷展栏，单击"创建足迹（在当前帧上）"按钮 ，此时光标将变为 状态。

切换到顶视图，在骨骼的右脚的前方单击，创建第一个足迹（右脚足迹图标为蓝色，编号为 0）。接着，在骨骼的左脚的前方单击，创建第二个足迹（左脚足迹图标为绿色，编号为 1）。依此类推建立多个足迹后，再次单击"创建足迹"按钮 或在视图中右击完成足迹的创建操作，如图 7-1-31 所示。

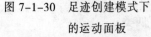
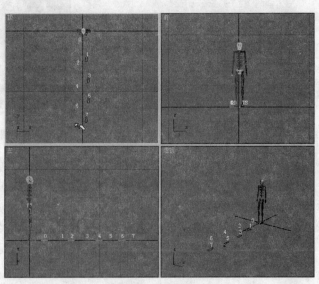

图 7-1-30　足迹创建模式下　　　　　图 7-1-31　创建足迹
　　　　　的运动面板

展开"足迹操作"卷展栏，单击"为非活动足迹创建关键点"按钮 进行求解运算。这时可以看到 Biped 骨骼系统的右脚自动捕捉到第 0 号的足迹上，左脚微抬，整个骨骼形成将要前进的动态，单击播放按钮 ，就可以播放出动画，效果如图 7-1-32 所示。

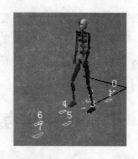

图 7-1-32　足迹动画效果

在指定完成一组足迹动画之后，有时因为编辑需要，还要追加与前一组创建完成的足迹有相连关系的新足迹，单击"创建足迹（附加）"按钮 ，在顶视图下，继续加入若干个足迹，再次单击"足迹操作"卷展栏下的"为非活动足迹创建关键点"按钮 进行重新计算。这样就完成了足迹的追加操作，播放并观看动画效果。

（2）足迹编辑

在选中骨骼系统之后，确定 运动面板下 Biped 卷展栏中的"足迹模式"按钮 为按下状态。使用移动工具 ，依次选择各个足迹，沿 Z 轴向上移动，如图 7-1-33 所示。

播放动画，效果如图 7-1-34 所示。动画中将显示骨骼作出向上走动的效果，如上楼梯一样。这个小实例演示了对足迹的简单编辑修改方法。

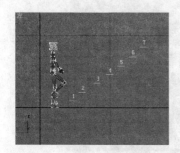

图 7-1-33　调整足迹高度　　　　　　　　图 7-1-34　足迹动画

注意，在每一组足迹的起始阶段，足迹先迈左脚还是右脚，可以通过单击"创建多个足迹" 按钮，在弹出的"创建多个足迹"对话框中进行设置，如图 7-1-35 所示。该对话框中的"常规"选项组里有"从左脚开始"和"从右脚开始"两个单选按钮，用来决定起始足迹左右脚的顺序。在视图中加入足迹指定时要注意足迹左右的距离和前后的距离，前后距离的设定会影响整个足迹动画生成的总体时间，前后距离越大，运动时的步伐速度越快。

可以看出，Character Studio 中足迹的编辑是非常方便、快捷的，它与骨骼的求解关联也较为容易，

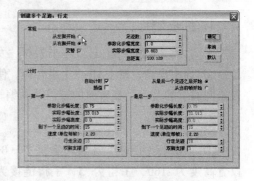

图 7-1-35　设置为右脚开始

而产生的效果又很流畅。各种修改功能使动画的流程更易于控制，如果再配合轨迹视图编辑器

进行后期编辑，就可以完成更多复杂而富于变化的较高级的足迹动画。自由动画的设计比足迹动画要稍微复杂一些，它通过对关键帧位置的骨骼，使用手工调整来达到实现动画的目的，限于本书篇幅，这里暂不介绍。读者可参考本节中的骨骼调整方法和前面章节中的关键帧动画设计方法来创建骨骼自由动画。

思考与练习

1．简述创建足迹画的方法。

2．设计一个简单的骨骼动画。

7.2 【案例 14】蒙皮动画

◎ 案例效果

本例中将为一个已创建好的网格角色模型设计骨骼蒙皮动画，效果如图 7-2-1 所示。在本案例的制作过程中，将学习蒙皮动画的设计。

图 7-2-1　角色蒙皮动画

操作步骤

1．打开文件

① 启动 3ds Max 9，打开本书素材"女孩.max"文件，效果如图 7-2-2 所示。

② 选中模型，按【Alt+X】组合键，使其变为透明，显示效果如图 7-2-3 所示。让角色变得透明的目的是为了在后面的骨骼动画编辑时能够看清楚骨骼。

2．骨骼设计

① 单击 （创建）→ （系统）→Biped 按钮，在前视图中拖动，创建一个 Biped 骨骼，设置高度为 160，手指为 5，手指链接为 3，其他参数使用默认值。创建骨骼后的效果如图 7-2-4 所示。

图 7-2-2　打开文件后的效果

图 7-2-3　模型透明效果

图 7-2-4　创建骨骼

② 在前视图中，选中骨骼的重心，如图 7-2-5 所示。单击主工具栏中的对齐按钮 ◈，再单击透明模型，弹出"对齐当前选择"对话框，设置如图 7-2-6 所示。单击"确定"按钮，完成对齐操作，效果如图 7-2-7 所示。

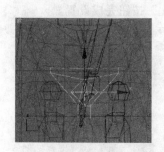
图 7-2-5　选择骨骼重心

图 7-2-6　对齐参数设置

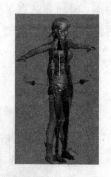
图 7-2-7　对齐效果

③ 使用移动工具 ✥，在前视图中将两手和两脚左、右移动，与角色模型对齐，效果如图 7-2-8 所示。从顶视图和左视图中可以看到，骨骼的手和腿还未与模型对齐。

④ 在左视图中，使用移动工具 ✥ 分别移动左、右腿，使其对齐模型，如图 7-2-9 所示。

图 7-2-8　对齐骨骼与模型

图 7-2-9　对齐骨骼腿部

⑤ 在顶视图中，使用旋转工具 ↻ 旋转右手上臂，使其对齐模型的上臂，如图 7-2-10 所示。再使用旋转工具 ↻ 旋转右手小臂，使其对齐模型的小臂，如图 7-2-11 所示。按同样的方法，对齐骨骼与模型的左手。

图 7-2-10 对齐上臂

图 7-2-11 对齐小臂

至此，骨骼与模型的对齐设置完成。选中角色模型，按【Alt+X】组合键取消透明设置。

3. 蒙皮设计

① 选择角色模型，单击 (修改) 按钮进入修改命令面板。在修改器下拉列表框中选择 Physique 修改命令，为模型添加 Physique 修改器。

② 在前视图中放大视图，直到可以方便地选择骨骼重心，如图 7-2-12 所示。

③ 选择角色模型，在修改命令面板的堆栈中，选择 Physique 修改器，在 Physique 卷展栏中单击 (附加到结点) 按钮，并在前视图中单击骨骼的重心弹出 "Physique 初始化" 对话框，在对话框中保持默认设置，如图 7-2-13 所示。单击 "初始化" 按钮完成设置。

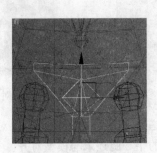

图 7-2-12 骨骼的重心

图 7-2-13 初始化 Physique

此时的封套是默认设置，并没有完全控制角色模型的所有顶点，在顶视图中，使用移动工具 移动手臂，可以看到模型的某些部分并没有跟随移动，如图 7-2-14 所示。因此，还要对封套进一步进行调整。按【Ctrl+Z】组合键，恢复模型到移动手臂前的状态。

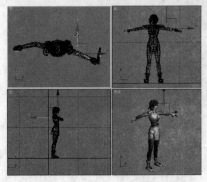

图 7-2-14 不完全的封套效果

④ 在修改器面板中，Physique 选项下选择"封套"选项，进入 Physique 的"封套"子级，如图 7-2-15 所示。选择封套以后，在视图中将出现黄色控制点，如图 7-2-16 所示。

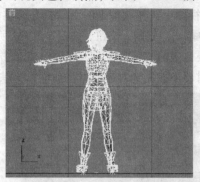

图 7-2-15　进入 Physique 的"封套"子级　　　　图 7-2-16　前视图中的封套点

⑤ 在前视图中选择左手手掌的黄色控制点，如图 7-2-17 所示。在修改命令面板的"混合封套"卷展栏下方的"显示"栏中，单击"明暗处理"按钮。切换至透视图，在透视图中再选择黄色控制点，如图 7-2-18 所示。图中红色的区域是蒙皮受控制的区域。

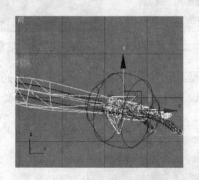

图 7-2-17　在前视图中选择黄色控制点　　　图 7-2-18　在透视图中选择黄色控制点

⑥ 单击工具栏中的 ▣（选择并缩放）按钮，对封套进行放大，使其能够包裹模型的手掌与手指部分，如图 7-2-19 所示。如果在放大的情况下依然控制不了需要控制的区域，可以在修改命令面板的"混合封套"卷展栏中的"选择级别"选项组中单击 ▫（控制点）按钮，如图 7-2-20 所示。

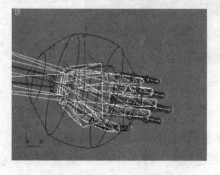

图 7-2-19　放大封套　　　　　　　　图 7-2-20　"混合封套"命令面板

⑦ 再使用移动工具对控制点进行调整（见图 7-2-21），调整完成后再单击 ✓（连接）按钮，退出控制点调整。

⑧ 在顶视图中选择调整好的手掌封套，在修改命令面板的"混合封套"卷展栏中的"编辑命令"栏中单击"复制"按钮，如图 7-2-22 所示。选择右手的手掌，在修改命令面板的"混合封套"卷展栏中的"编辑命令"选项组中单击"粘贴"按钮，将制作好的左手封套效果赋给右手（如果封套不能完全对应，可按前面的方法进行调整），效果如图 7-2-23 所示。

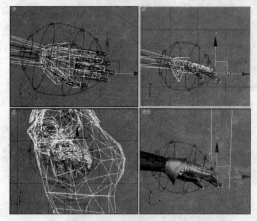  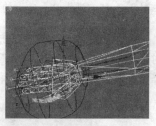

图 7-2-21　对封套的控制点进行调整　　图 7-2-22　复制封套　　图 7-2-23　粘贴封套

⑨ 按上面⑤～⑧步骤中的方法，调整角色模型其他各部分的封套，让封套能完全控制角色模型（注意角色模型肩膀、大腿和脚部的封套设置）。完成后，选中所有的封套，效果如图 7-2-24 所示。

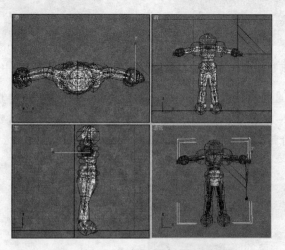

图 7-2-24　设计完成后的封套效果

4．骨骼动画设计

① 在前视图中选择骨骼。在命令面板中单击 ⊕（运动）标签切换到运动面板，单击"参数"按钮，再在"Biped"卷展栏中单击 ⠿（足迹模式）按钮，展开"足迹创建"卷展栏。然后，在"足迹操作"卷展栏中单击行走按钮 ⫛，表示下面创建的足迹动画为行走动画，如图 7-2-25 所示。

② 在"足迹创建"卷展栏中单击 （创建多个足迹）按钮，弹出"创建多个足迹：行走"对话框。在对话框中设置"足迹数"为 20，如图 7-2-26 所示。单击"确定"按钮完成设置。

图 7-2-25 运动面板

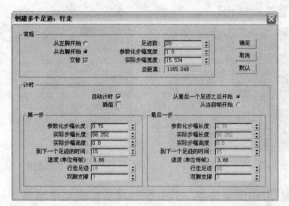

图 7-2-26 "创建多个足迹：行走"对话框参数设置

③ 在修改命令面板的"足迹操作"卷展栏中单击 （为非活动足迹创建关键点）按钮，计算足迹动画，计算完成后，骨骼会进入起始位置的关键点。单击 按钮，退出足迹编辑模式。单击 （播放）按钮，即可播放骨骼行走的动画，如图 7-2-27 所示。播放完动画后，单击 按钮，停止播放。

5. 摄影机与场景、灯光设计

① 根据案例 13 中学过的方法，为场景添加目标摄影机（注意，目标点必须链接到骨骼上，如果不好链接，可以先隐藏角色模型），效果如图 7-2-28 所示。

图 7-2-27 播放动画

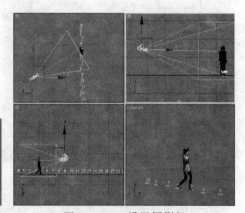

图 7-2-28 设置摄影机

② 摄影机设计完成后，选中角色模型，按【Ctrl+I】组合键反选，选中骨骼。在透视图中右击，在弹出的快捷菜单中选择"隐藏当前选择"命令，将骨骼隐藏起来。

③ 单击 （创建）→ （几何体）→ "标准基本体"→ "平面"按钮，在左视图中，创建一个平面，长度为 900，宽度为 300，宽度分段为 16，效果如图 7-2-29 所示。

④ 选中平面，选择 （修改）→ "修改器列表"→ "弯曲"选项，为其添加"弯曲"修改器，其参数设置如图 7-2-30 所示。设置完成后，在顶视图中的效果如图 7-2-31 所示。

⑤ 在工具栏中单击 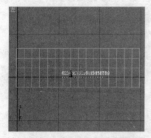（材质编辑器）按钮，弹出"材质编辑器"对话框。选择新的材质球并命名为"背景"。在"Blinn 基本参数"卷展栏中单击"漫反射"右侧的按钮，弹出"材质/贴图浏览器"对话框。

图 7-2-29 创建平面　　　　图 7-2-30 设置参数　　　　图 7-2-31 弯曲平面的效果

在"材质/贴图浏览器"对话框的材质列表框中选择"位图"选项，然后单击"确定"按钮，关闭该对话框并弹出"选择位图图像文件"对话框。在该对话框中选择一幅合适的背景图像，如图 7-2-32 所示。单击"打开"按钮，设置该图像为材质的漫反射贴图。

⑥ 在视图中选择平面，再在"材质编辑器"对话框中选中"背景"示例球，单击 （将材质指定给选定对象）按钮，将材质赋给平面，再单击 （在视图中显示贴图）按钮，以便在视图中显示贴图，效果如图 7-2-33 所示。

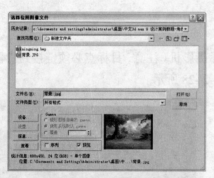

图 7-2-32 选择图像　　　　　　　　图 7-2-33 设置背景的效果

⑦ 单击 （创建）→ （灯光）→"天光"按钮，在顶视图中创建一个天光，其参数使用默认设置。使用移动工具对其位置进行适当调整，如图 7-2-34 所示。至此，场景设计完成。

6.渲染输出

按前面学过的渲染输出方法，渲染场景，输出动画视频文件，播放效果如图 7-2-1 所示。

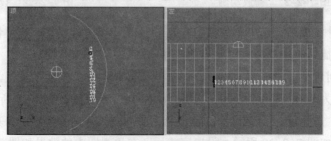

图 7-2-34 场景灯光设计

相关知识　骨骼蒙皮

1. 骨骼蒙皮概述

在学习了骨骼系统的形状、运动的各种编辑修改等方面的知识后，接下来的工作就是要将制作的模型赋予骨骼，由骨骼来驱动模型产生网格变形，使角色运动起来。在这里，骨骼是运动的控制器，而网格模型则展现了运动对象的外观，因此网格模型又称蒙皮，将骨骼与网格模型进行绑定则称为为骨骼蒙皮。

将骨骼同模型捆绑在一起的这个过程称为绑定（链接）或者蒙皮。绑定是通过编辑修改器来实现的。将骨骼与模型进行绑定的修改器有两种：蒙皮（Skin）和 Physique。

蒙皮的修改器是 3ds Max 中内置的配合 Bones 骨骼创建系统而进行角色绑定的修改工具，适用于旧版的 3ds Max。

在集成了 Character Studio 系统之后，3ds Max 修改面板中就提供了 Physique 修改器，它主要用来配合 Biped 骨骼系统进行角色的绑定操作。

Skin 和 Physique 这两种修改器的绑定功能虽然在操作上有一定的差异，但基本原理是相近的。Skin 同样可以用来为 Biped 骨骼系统驱动网格物体进行绑定。下面以 Physique 修改器为例进行介绍。

2. Physique 修改器及其应用

Physique 修改器在本节前面的实例中已经使用过，它将网格模型与 Biped 骨骼系统进行链接，通过 Biped 骨骼系统的运动来控制网格模型的运动，从而形成动画效果。使用 Physique 修改器实现骨骼蒙皮效果需要进行如下几步操作。

（1）对齐网格模型与骨骼

在创建网格模型和骨骼以后，首先需要将骨骼对齐到网格模型上。这需要精心地对骨骼进行设置，具体操作方法可参考本节案例中的相关内容。

（2）为网格模型添加 Physique 修改器

选中网格对象，单击 🖊（修改）按钮进入修改命令面板，在修改器下拉列表中选择 Physique 修改命令，即可为网格模型添加 Physique 修改器。Physique 修改器面板如图 7-2-35 所示。

"浮动骨骼"卷展栏：用于非两足动物骨骼时，将骨骼进行绑定。

Physique 卷展栏：　用于将网格模型链接到两足动物、骨骼层次或样条线；重新初始化模型中的 Physique 参数；打开凸出编辑器；加载或保存 Physique（PHY）文件。

"Physique 细节级别"卷展栏：此卷展栏不仅可以用于优化视口，而且可以影响渲染的效果。在创建完凸出角度和腱部后，可以关闭其影响，以便准确地了解添加到蒙皮变形的对象。另外，此卷展栏还包含各种控件。这些控件与如何处理 Physique 下方的修改器堆栈中的更改有关。

提示：选择"可变形"单选按钮，然后在编辑时打开其所有的参数；这样做便于找到问题区域。选择"刚性"单选按钮，可以最快的速度重画视口。

其中，最常用的是 Physique 卷展栏中的"附加到结点" 🟰 按钮，它用于初始化 Physique 修改器。

（3）初始化 Physique 修改器

在 Physique 卷展栏中单击"附加到结点"  按钮，在视图中，选择两足动物的重心。此时将弹出"Physique 初始化"对话框，如图 7-2-36 所示。

图 7-2-35　Physique 修改器面板

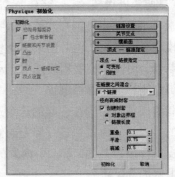

图 7-2-36　"Physique 初始化"对话框

使用"Physique 初始化"对话框，可以指定骨骼链接参数以及为 Physique 链接创建的封套的类型和大小。

（4）设置封套

在 Physique 初始化完成后，骨骼控制部分与网格模型不一定完全吻合，这就需要使用封套来作进一步调整。

封套是 Physique 修改器的子对象之一，Physique 修改器其他的子对像还有链接、凸出、腱和顶点，如图 7-2-37 所示。

Physique 修改器的子对象用途如下所述。

"封套"选项可以定义链接对模型顶点的影响区域所述。

"链接"选项是 Physique 变形样条线的分段，链接子对象控件可以调整链接移动影响模型的方式。

图 7-2-37　Physique 修改器的子对象

"凸出"选项控件用于创建收缩的肌肉。

"腱"选项为多个链接提供了一种影响模型区域的方法。

"顶点"选项用于微调封套的影响范围。

（5）骨骼动作

在封套设置完成，即骨骼能够控制网格模型的动作后，就可以为骨骼进行动作设计。骨骼动作设计完成后，整个骨骼蒙皮动画就设计完了。

思考与练习

1．简述创建骨骼蒙皮动画的方法。

2．为案例 11 中的"客厅中的男女"模型设计骨骼蒙皮动画。

3．为案例 15"快乐生活"中的卡通模型设计骨骼蒙皮动画。

第8章 综合案例

8.1 【案例15】美丽的鹭鸶

案例效果

本案例中将使用多边形建模方法创建一个鹭鸶模型，案例效果如图 8-1-1 所示。

图 8-1-1 "美丽的鹭鸶"效果图

操作步骤

1. 制作鹭鸶的身体

① 启动 3ds Max 9，创建一个新场景，保存文件，将其命名为"美丽的鹭鸶.max"。单击 （创建）→ （几何体）→ "标准基本体" → "球体" 按钮，在前视图中创建一个球体作为鹭鸶的身体，在其"参数"卷展栏中设置其半径参数为40，分段为24，颜色为粉色。

② 单击主工具栏中的"选择并缩放"按钮 ，分别在前视图和左视图中对球体进行缩小，效果如图 8-1-2 所示。

③ 选中球体，右击，在弹出的快捷菜单中选择"转换为" → "转换为可编辑网格"命令，将球体转换为可编辑网格。

④ 单击 按钮进入修改命令面板，在堆栈编辑列表框中单击"可编辑网格"前面的"＋"按钮，展开"可编辑网格"堆栈，选择"多边形"选项，进入"多边形"子对象操作状态。

⑤ 在左视图中选中球体最顶上的边，如图 8-1-3 所示。在"编辑几何体"卷展栏中的"挤出"按钮旁边的数值框中输入数值10，然后单击"挤出"按钮，效果如图 8-1-4 所示。

⑥ 单击主工具栏中的"选择并缩放"按钮 ⊡ ，对挤出的多边形进行缩小，在左视图中单击主工具栏中的"选择并移动"按钮 ✛ ，对多边形进行向上移动，得到图 8-1-5 所示的效果。

图 8-1-2　对球体进行缩小

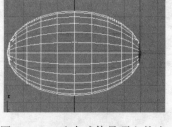

图 8-1-3　选中球体最顶上的边

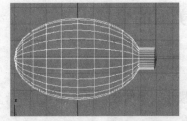

图 8-1-4　挤出多边形后的效果

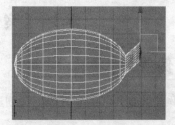

图 8-1-5　移动多边形后的效果

⑦ 单击主工具栏中的"选择并旋转"按钮 ↻ 对多边形进行旋转，效果如图 8-1-6 所示。

⑧ 在顶视图中单击主工具栏中的"选择并缩放"按钮 ⊡ 对 X 轴进行缩小，效果如图 8-1-7 所示。

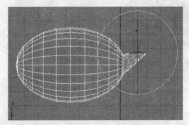

图 8-1-6　旋转多边形后的效果

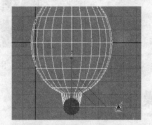

图 8-1-7　在顶视图中对多边形进行缩小

⑨ 在"编辑几何体"卷展栏中的"挤出"按钮旁边的数值框中输入数值 140，然后单击"挤出"按钮，效果如图 8-1-8 所示。

⑩ 选中图 8-1-9 所示的多边形，在左视图中和顶视图中单击主工具栏中的"选择并缩放"按钮 ⊡ 对 X 轴进行缩小，效果如图 8-1-10 所示。

 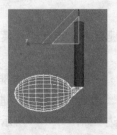

图 8-1-8　挤出多边形　图 8-1-9　选中多边形　图 8-1-10　对多边形进行缩小

⑪ 在左视图中选中最顶上的边，效果如图 8-1-11 所示。在"编辑几何体"卷展栏中的"挤出"按钮旁边的数值框中输入数值 20，然后单击"挤出"按钮。

⑫ 在"编辑几何体"卷展栏中的"倒角"按钮旁边的数值框中输入数值 10，然后单击"倒角"按钮，效果如图 8-1-12 所示。

⑬ 单击主工具栏中的"选择并旋转"按钮 ⊙，对挤出多边形进行旋转，效果如图 8-1-13 所示。

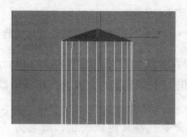 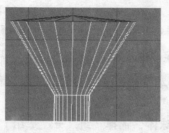 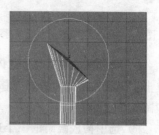

图 8-1-11　选中最顶上的边　　图 8-1-12　挤出并倒角多边形　　图 8-1-13　旋转挤出多边形

⑭ 再挤出一个数量为 20 的多边形，将其进行倒角操作，倒角值为 5，单击主工具栏中的"选择并旋转"按钮 ⊙ 将其进行旋转，效果如图 8-1-14 所示。

⑮ 再挤出一个数量为 20 的多边形，将其执行倒角操作，倒角值为-8，然后对其进行旋转、移动，效果如图 8-1-15 所示。在"可编辑网格"堆栈中选择"多边形"选项，退出"多边形"子对象操作状态。

⑯ 选中对象，选择 ✐（修改）→"修改器列表"→"网格平滑"选项，为其添加"网格平滑"修改器，在"细分量"参数卷展栏中设置"迭代次数"为 2，其他参数使用默认设置，效果如图 8-1-16 所示。

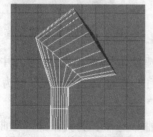 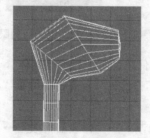 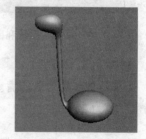

图 8-1-14　旋转挤出多边形　　图 8-1-15　挤出并倒角多边形　　图 8-1-16　使用网格平滑后的效果

⑰ 单击 ▶（创建）→ ◎（几何体）→"标准基本体"→"球体"按钮，在前视图中创建一个球体作为鹭鸶的羽毛，在其"参数"卷展栏中设置其半径参数为 25，分段为 36，颜色为粉色。

⑱ 单击主工具栏中的"选择并缩放"按钮 ▣，在各个视图中对球体进行压缩，得到图 8-1-17 所示的效果。对圆柱体进行复制、旋转、移动等操作，得到图 8-1-18 所示的效果。

2. 制作鹭鸶的眼睛和嘴

① 单击 ▶（创建）→ ◎（几何体）→"标准基本体"→"球体"按钮，在前视图中创建一个球体，设置其颜色为粉色，其他参数如图 8-1-19（a）所示。完成后的效果如图 8-1-19（b）右图所示，该球体将作为鹭鸶的眼睑。

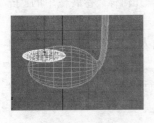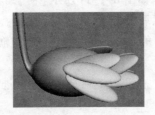

（a）设置球体参数　　（b）效果图

图 8-1-17　变换球体　　　　图 8-1-18　制作羽毛效果　　　图 8-1-19　设置球体参数以创建眼睑

② 再创建大、小两个球体，分别设置为白色和黑色，作为眼球和眼瞳，如图 8-1-20 所示。单击主工具栏中的"选择并移动"按钮 ✛，将眼睑、眼球和眼瞳进行适当的移动，构成眼睛，如图 8-1-21 所示。

③ 选中构成眼睛的三个球体，选择"组"→"成组"命令，将其组成一组，命名为"眼睛 1"。

④ 单击主工具栏中的"选择并移动"按钮 ✛，将眼睛拖动至头部模型的适当位位置。选中眼睛，单击主工具栏中的镜像按钮 ▶，弹出"镜像"对话框，在该对话框中的"镜像轴"选项组中选择"X"单选按钮，在"克隆当前选择"选项组中选择"复制"选项，单击"确定"按钮，复制另一只眼睛。在前视图中的效果如图 8-1-22 所示。

图 8-1-20　眼睑、眼球和眼瞳　　　图 8-1-21　组合后的眼睛　　　图 8-1-22　眼睛镜像效果

⑤ 单击 ➘（创建）→ ◉（几何体）→"标准基本体"→"圆锥体"按钮，在前视图中创建一个圆锥体作为鹭鸶的嘴。在其"参数"卷展栏中设置"半径 1"值为 7，"半径 2"值为 1，"高度"值为 25。

⑥ 选中圆锥体，选择 ✐（修改）→"修改器列表"→"弯曲"选项，为其添加"弯曲"修改器，其参数设置如图 8-1-23 所示。单击主工具栏中的"选择并旋转"按钮 ↻ 将其进行适当地旋转，效果如图 8-1-24 所示。

图 8-1-23　"弯曲"修改器参数设置　　　图 8-1-24　制作圆锥体

3．制作鹭鸶的脚

① 单击 （创建）→ （几何体）→"标准基本体"→"圆柱体"按钮，在前视图中创建一个圆柱体作为鹭鸶的脚，在其"参数"卷展栏中设置"半径"值为 3，"高度"值为 70。

② 选中圆柱体，右击，在弹出的快捷菜单中选择"转换为"→"转换为可编辑网格"命令，将圆柱体转换为可编辑网格。单击主工具栏中的"选择并旋转"按钮 对圆柱体进行旋转，效果如图 8-1-25 所示。

③ 单击 按钮进入修改命令面板，在堆栈编辑列表框中单击"可编辑网格"前面的"+"按钮，展开"可编辑多边形"堆栈，选择"多边形"选项，进入"多边形"子对象操作状态。

④ 在左视图中选中球体最面下的边的边，在"编辑几何体"卷展栏中的"挤出"按钮旁边的数值框中输入数值 4，然后单击"挤出"按钮。

⑤ 在"编辑几何体"卷展栏中的"倒角"按钮旁边的数值框中输入数值 10，然后单击"倒角"按钮，效果如图 8-1-26 所示。单击主工具栏中的"选择并旋转"按钮 对圆柱体进行旋转，效果如图 8-1-27 所示。

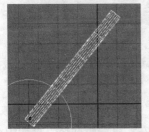 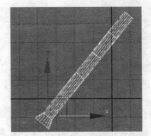 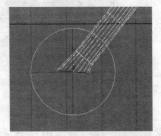

图 8-1-25　制作并旋转多边形　　图 8-1-26　挤出并倒角多边形　　图 8-1-27　旋转多边形

⑥ 用同样的方法再挤出一个多边形，然后进行旋转，效果如图 8-1-28 所示。这样做的目的是为了制作膝盖效果。

⑦ 再挤出一个多边形，使用旋转、移动工具调整其位置，效果如图 8-1-29 所示。在"可编辑网格"堆栈中，再次选择"多边形"选项，退出"多边形"子对象操作状态。

⑧ 单击 （创建）→ （几何体）→"标准基本体"→"长方体"按钮，在前视图中创建一个长方体作为脚掌，参数设置如图 8-1-30 所示。

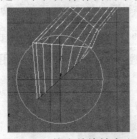 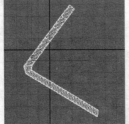

图 8-1-28　挤出并旋转多边形　　图 8-1-29　挤出多边形并调整其位置　　图 8-1-30　长方体参数设置

⑨ 选中长方体，右击，在弹出的快捷菜单中选择"转换为"→"转换为可编辑网格"命令，将长方体转换为可编辑网格。

⑩ 单击 按钮进入修改命令面板，在堆栈编辑列表框中单击"可编辑网格"前面的"+"按钮，展开"可编辑网格"堆栈，选择"边"选项，进入"边"子对象操作状态。

⑪ 在前视图中选中中间的两条边，如图 8-1-31 所示。单击主工具栏中的"选择并移动"按钮 ✛ 在顶视图中将其向上移动，效果如图 8-1-32 所示。

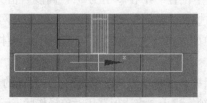

图 8-1-31　在前视图中选择中间两条边

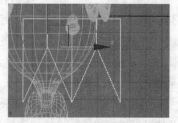

图 8-1-32　在顶视图中移动选中的边

⑫ 单击主工具栏中的"选择并移动"按钮 ✛ 在前视图中分别移动选择的中间的两条边，得到图 8-1-33 所示的位置，移动后在顶视图中的效果如图 8-1-34 所示。

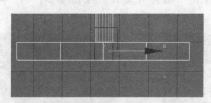

图 8-1-33　移动选中的边

图 8-1-34　移动边后在顶视图中的效果

⑬ 在左视图中选择后面的所有边，如图 8-1-35 所示。单击主工具栏中的"选择并缩放"按钮 ▣ ，在顶视图中对 X 轴进行缩小，效果如图 8-1-36 所示。在"可编辑网格"堆栈中，再次选择"边"选项，退出"边"子对象操作状态。

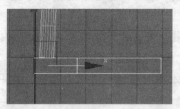

图 8-1-35　在左视图中选中后面所有边

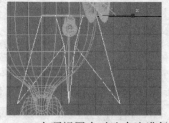

图 8-1-36　在顶视图中对选中边进行变换

⑭ 选中"脚掌"对象，选择 ✐（修改）→"修改器列表"→"网格平滑"选项，为其添加"网格平滑"修改器，在"细分量"参数卷展栏中设置"迭代次数"为 2，其他参数使用默认设置，效果如图 8-1-37 所示。

⑮ 用同样的方法制作另一只脚，效果如图 8-1-38 所示。至此，整个模型制作完成。

图 8-1-37　使用网格平滑后的脚掌效果

图 8-1-38　制作另一只脚

4. 环境背景设置

① 选择"渲染"→"环境"命令，弹出"环境和效果"对话框。在"环境和效果"对话框中选择"环境"选项卡，显示出环境选项卡的设置内容，如图 8-1-39 所示。单击"公用参数"卷展栏中的"无"按钮，弹出"材质/贴图浏览器"对话框。在"材质/贴图浏览器"对话框的材质列表框中选择"位图"选项，如图 8-1-40 所示。单击"确定"按钮，弹出"选择位图图像文件"对话框。

② 在"选择位图图像文件"对话框中，选择一幅合适的图像文件，如图 8-1-41 所示，然后单击"打开"按钮，返回"环境和效果"对话框。

图 8-1-39 "环境和效果"对话框　　图 8-1-40 "材质/贴图浏览器"对话框　　图 8-1-41 "选择位图图像文件"对话框

③ 单击"环境和效果"对话框右上角的按钮 ✕，关闭该对话框并完成背景的设置。在透视图中单击主工具栏中的"渲染"按钮 👁 对其进行渲染操作，渲染后的效果如图 8-1-1 所示。

8.2 【案例 16】人物头部建模

案例效果

本案例将介绍如何制作一个人物的头部模型，效果如图 8-2-1 所示。在本案例的制作过程中，将学习多边形建模的应用。

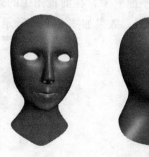

图 8-2-1 "人头建模"效果图

操作步骤

1. 设置场景

① 启动 3ds Max 9，创建一个新场景，保存文件，将其命名为"人头建模.max"。单击前视图，将其激活，并设置视图显示效果为"平滑＋高光"。

② 单击 （创建）→ （几何体）→ "标准基本体"→ "平面"按钮，在前视图中创建一个平面，在其"参数"卷展栏中设置长度为 250，宽度为 200。

③ 单击主工具栏中的"材质编辑器"按钮，弹出"材质编辑器"窗口，选中一个示例球，在"Blinn基本参数"卷展栏上，将"自发光"值设置为 100，如图 8-2-2 所示。这样做的目的是为了不借助任何场景灯光看到贴图。

图 8-2-2　设置自发光参数

④ 单击"漫反射"色样旁边的贴图按钮，弹出"材质/贴图浏览器"对话框，在该对话框中双击"位图"按钮，弹出"选择位图图像文件"对话框，如图 8-2-3 所示。在该对话框中选择"女人正面"文件（素材通过前言中的网站上获取），单击"打开"按钮。这时，"女人正面"文件图像显示在选中的示例球上，效果如图 8-2-4 所示。

图 8-2-3　"选择位图图像文件"对话框

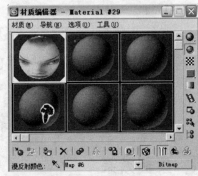

图 8-2-4　示例球效果

⑤ 单击"在视口中显示贴图"按钮 将其启用，在选中平面对象的情况下单击"将材质指定给选定对象"按钮 ，将材质赋予平面对象，在前视图中的效果如图 8-2-5 所示。

⑥ 用同样的方法在左视图中进行贴图，效果如图 8-2-6 所示。

图 8-2-5　在前视图中显示贴图效果

图 8-2-6　在左视图中显示贴图效果

⑦ 将两个参考平面对齐，在选中它们的情况下，单中显示面板  中的"显示属性"卷展栏，取消选择"以灰色显示对象"复选框，如图 8-2-7 所示。在参考平面上右击，在弹出的快捷菜单中选择"冻结当前选项"命令，冻结参考平面以避免意外移动，效果如图 8-2-8 所示。

图 8-2-7 "显示属性"卷展栏

图 8-2-8 冻结参考平面

2. 制作人物大体轮廓

① 单击 （创建）→ （几何体）→ "标准基本体"→ "长方体"按钮，在前视图中创建一个长方体，参数设置如图 8-2-9 所示，效果如图 8-2-10 所示。

图 8-2-9 长方体参数设置

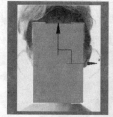

图 8-2-10 创建长方体效果

② 选择长方体，按【Alt+X】组合键，使其变成半透明状态，以方便观察后面的参考人像。在长方体上右击，在弹出的快捷菜单中选择"转换为"→ "转换为可编辑多边形"命令，将长方体转换为可编辑多边形。单击 按钮进入修改命令面板，在堆栈编辑列表框中单击"可编辑多边形"前面的"+"按钮，展开"可编辑多边形"堆栈，选择"边"选项，进入"边"子对象编辑状态。

③ 在前视图中，选中左、右的边，单击"编辑边"卷展栏中的"连接"按钮，为多边形添加连接线。按同样的方法，在前视图中为上、下的边添加连接线。

④ 在顶视图中，选中左、右的边，单击"编辑边"卷展栏中的"连接"按钮，为多边形添加连接线。操作完成后，在各个视图中的效果如图 8-2-11 所示。

⑤ 在"可编辑多边形"堆栈中，切换到"边"子对象编辑状态，在前视图中选中右侧的所有边将其删除，留下左半边框架。在前视图中的效果如图 8-2-12 所示。这样做的目的是因为头像基本上都是对称的，在制作头像时，通常只要做一半，另外一半用"对称"修改器对半边头像进行镜像即可得到。

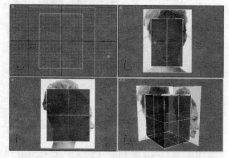

图 8-2-11 多边形加边后的效果

⑥ 在"可编辑多边形"堆栈中，切换到"顶点"子对象编辑状态，参考图像中的头像调

整各顶点，使其与头像轮廓相吻合，完成后的效果如图 8-2-13 所示。在"可编辑多边形"堆栈，选择"边"选项，退出"边"子对象编辑状态。

图 8-2-12　删除右侧的所有边

图 8-2-13　调整各个顶点

⑦ 选择 ✐（修改）→"修改器列表"→"对称"选项，为其添加"对称"修改器，其参数设置采用默认设置。这样，就能够通过对称镜像由半边对象得到一个整体的头像轮廓。

⑧ 选择 ✐（修改）→"修改器列表"→"网格平滑"选项，为其添加"网格平滑"修改器，在"细分量"参数卷展栏中设置"迭代次数"为 2，使头像轮廓显得平滑，效果如图 8-2-14 所示。

⑨ 在"可编辑多边形"堆栈中，选择"边"选项，进入"边"子对象编辑状态，在左视图中选中头像眼睛下方的横边，单击"选择"卷展栏中的"环形"按钮，选中与所选边相关联的一组环形边，效果如图 8-2-15 所示。单击"编辑边"卷展栏中的"连接"按钮，添加连接线，得到图 8-2-16 所示的效果。

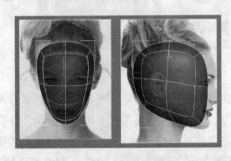

图 8-2-14　添加"对称"和"网格平滑"修改器后的效果

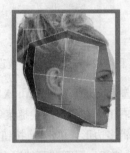

图 8-2-15　使用环形按钮选中边

⑩ 参考图 8-2-17 所示内容，用同样的方法为其他的竖边添加连接线。

图 8-2-16　连接边后的效果

图 8-2-17　连接其他竖边后的效果

⑪ 在"可编辑多边形"堆栈中，切换到"顶点"子对象编辑状态，调节添加连接线后得到的各个顶点，效果如图 8-2-18 所示。在"可编辑多边形"堆栈中，切换到"边"子对象编辑状态，选中图 8-2-19 所示的边。

⑫ 单击"连接"按钮，为选中边添加连接线，效果如图 8-2-20 所示。单击"编辑几何体"卷展栏中的"切割"按钮，再在左视图中添加连接线，完成后的效果如图 8-2-21 所示。

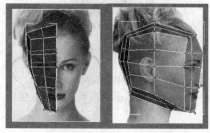

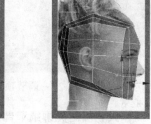

图 8-2-18　调整顶点后的效果　　　　图 8-2-19　选中边　　图 8-2-20　为选中边添加连接线

⑬ 调节各个顶点，使其与头像相吻合，效果如图 8-2-22 所示。

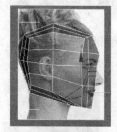

图 8-2-21　使用切割命令添加连接线　　　　图 8-2-22　调节连接边顶点的位置

⑭ 参考图 8-2-23 所示内容，在左视图中删除多余的线。

⑮ 参考图 8-2-24 所示内容，继续添加连接线，用于确定眼和鼻子的位置。

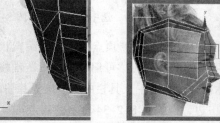

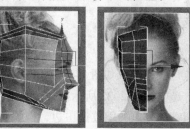

图 8-2-23　删除线后的效果　　　　图 8-2-24　添加连接线定义眼和鼻子的范围

⑯ 调节各个顶点的位置，使其与鼻子轮廓相吻合，效果如图 8-2-25 所示。

⑰ 在左视图中继续添加连接线，用于确定嘴唇的位置，效果如图 8-2-26 所示。调节各个顶点的位置，使其与嘴唇轮廓相吻合，效果如图 8-2-27 所示。

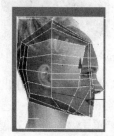

图 8-2-25　调节各个顶点的位置　　　　　　　图 8-2-26　添加嘴唇的连接线

⑱ 在前视图中继续添加连接线，增加鼻子和嘴唇之间的连接线，效果如图 8-2-28 所示。

图 8-2-27　调节顶点的位置　　　　图 8-2-28　添加鼻子和嘴唇之间的连接线

3. 制作人物嘴唇轮廓细节部分

① 单击"编辑几何体"卷展栏中的"切割"的按钮，为嘴唇轮廓添加连接线，效果如图 8-2-29 所示。在"可编辑多边形"堆栈中，切换到"顶点"子对象编辑状态，调整各个顶点，使其与嘴唇相符。

② 在"在可编辑多边形"堆栈中，切换到"多边形"子对象编辑状态，选中图 8-2-30 所示的面，将其删除，效果如图 8-2-31 所示。

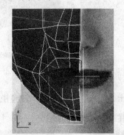

图 8-2-29　添加连接线　　　图 8-2-30　选中多边形　　　图 8-2-31　删除多边形后的效果

③ 在"可编辑多边形"堆栈中，切换到"顶点"子对象编辑状态，适当地调整嘴唇轮廓的各个顶点位置，效果如图 8-2-32 所示。在"可编辑多边形"堆栈中，切换到"边"子对象编辑状态，选中图 8-2-33 所示的边。单击主工具栏中的"选择并缩放"按钮 ，按住【Shift】键向里部拖动，复制并缩放选中边，得到图 8-2-34 所示的效果。

图 8-2-32　调整嘴部轮廓顶点的位置　　图 8-2-33　选中边　　　图 8-2-34　复制并缩放边效果

④ 调整顶点，制作出上下嘴唇效果，如图 8-2-35 所示。选中嘴唇中其中一条竖边，如图 8-2-36 所示，单击"选择"卷展栏中的"环形"按钮，选中图 8-2-37 所示的边。

⑤ 单击"选择"卷展栏中的"连接"按钮右侧的 按钮，弹出"连接边"对话框，如图 8-2-38 所示。在该对话框中的"分段"数值框中输入数值 2，单击"确定"按钮退出，得到图 8-2-39 所示的效果。

图 8-2-35　调整顶点　　　图 8-2-36　选中一条边　　　图 8-2-37　使用环形命令选中边效果

⑥ 根据嘴唇的形状，在左视图中调整各个顶点，效果如图 8-2-40 所示。

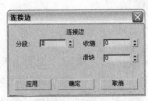  

图 8-2-38　"连接边"对话框　　图 8-2-39　添加连接线后的效果　　图 8-2-40　调整嘴唇后的效果

4．制作人物鼻子轮廓细节部分

① 单击"编辑几何体"卷展栏中的"切割"按钮，在鼻子部位添加连接线，效果如图 8-2-41 所示。切换到"顶点"子对象编辑状态并选中其中的一个顶点，如图 8-2-42 所示。

② 单击"编辑顶点"卷展栏中的"切角"按钮右侧的□按钮，弹出"切角顶点"对话框，在该对话框中采用默认设置，单击"确定"按钮，制作鼻孔效果，效果如图 8-2-43 所示。

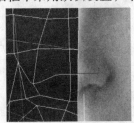  

图 8-2-41　在鼻子部位添加连接线　　图 8-2-42　选中顶点　　　图 8-2-43　制作鼻孔效果

③ 切换到"边"子对象编辑状态，使用"编辑几何体"卷展栏中的"切割"按钮，在鼻孔周围添加连接线，效果如图 8-2-44 所示。调整鼻孔周围的顶点，效果如图 8-2-45 所示。在"可编辑多边形"堆栈中，切换到"多边形"子对象编辑状态，选中图 8-2-46 所示的边，单击"可编辑多边形"卷展栏中的"挤出"按钮右侧的□按钮，弹出"挤出多边形"对话框。

图 8-2-44　添加连接线　　图 8-2-45　调整鼻孔周围的顶点　　图 8-2-46　选中边效果

④ 在"挤出多边形"对话框中的"挤出高度"数值框中输入数值-6，单击"确定"按钮退出，挤出后在前视图和左视图中的效果如图 8-2-47 所示。

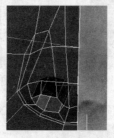

图 8-2-47　挤出多边形后的效果

5. 制作人物眼睛轮廓细节部分

① 在"可编辑多边形"堆栈中，切换到"边"子对象编辑状态，单击"编辑几何体"卷展栏中的"切割"按钮，在眼睛上添加连接线，效果如图 8-2-48 所示。在"可编辑多边形"堆栈中，切换到"顶点"子对象编辑状态，调整添加连接线的顶点，并选中眼睛中间的顶点，如图 8-2-49 所示。

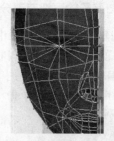

图 8-2-48　添加连接线　　　　图 8-2-49　调整顶点并选中眼睛正中的顶点

② 单击"编辑顶点"卷展栏中的"切角"按钮右侧的 ▢ 按钮，弹出"切角顶点"对话框，在该对话框中采用默认设置，单击"确定"按钮退出，效果如图 8-2-50 所示。

③ 调整各个顶点，效果如图 8-2-51 所示。在"可编辑多边形"堆栈中，切换到"多边形"子对象编辑状态，选中图 8-2-52 所示的多边形，然后将选中的多边形删除。

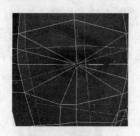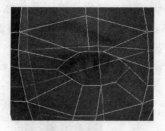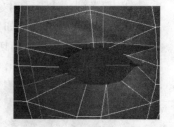

图 8-2-50　使用切角命令后的　　　图 8-2-51　调整眼睛的　　　图 8-2-52　选中多边形
　　　　　　顶点效果　　　　　　　　　　　各个顶点

④ 在"可编辑多边形"堆栈中，切换到"边界"子对象编辑状态，即能快速地选中眼框周围的边，如图 8-2-53 所示。单击主工具栏中的"选择并缩放"按钮 ▢，按住【Shift】键复制并向里面收缩，效果如图 8-2-54 所示。这样做的目的是为了制作眼皮效果。

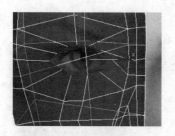 

图 8-2-53　选中眼框周围的边　　　　　　图 8-2-54　复制并拖动新的边

⑤ 在"可编辑多边形"堆栈中，切换到"顶点"子对象编辑状态，调整刚拖出的边的各个顶点，效果如图 8-2-55 所示。在"可编辑多边形"堆栈中，切换到"边界"子对象编辑状态，快速选中眼睛里面的边，单击主工具栏中的"选择并缩放"按钮 ▣ ，按住【Shift】键复制新边并向里面收缩，效果如图 8-2-56 所示。

⑥ 在"可编辑多边形"堆栈中，切换到"顶点"子对象编辑状态，调整眼睛周围的顶点位置，让眼睛更具有真实的效果，如图 8-2-57 所示。

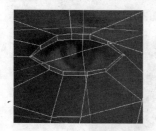  

图 8-2-55　调整顶点　　　　图 8-2-56　复制并缩放边　　　图 8-2-57　调整顶点后在左
　　　　　　　　　　　　　　　　　　　　　　　　　　　　　　　　　　　　　视图中的效果

⑦ 在"可编辑多边形"堆栈中，切换到"边"子对象编辑状态，使用"编辑几何体"卷展栏中的切割按钮，给眼睛外围加线，如图 8-2-58 所示。然后，在"可编辑多边形"堆栈中，切换到"顶点"子对象编辑状态，调整顶点，效果如图 8-2-59 所示。

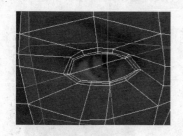 

图 8-2-58　添加连接线　　　　　　　　图 8-2-59　调整各个顶点

6. 制作人物颈部

① 将顶视图切换到底视图，显示模式转换为"平滑＋高光"，在"可编辑多边形"堆栈中，切换到"边"子对象编辑状态，选中图 8-2-60 所示的两条边，单击"编辑边"卷展栏中的"移除"按钮，将其删除。

② 在"可编辑多边形"堆栈中，切换到"顶点"子对象编辑状态，调整顶点，效果如

图 8-2-61 所示。在"可编辑多边形"堆栈中，切换到"多边形"子对象编辑状态，单击"挤出"按钮右侧的 ▣ 按钮，弹出"挤出多边形"对话框，在"挤出高度"数值框中输入数值 10，单击"确定"按钮退出。在左视图中的效果如图 8-2-62 所示。

  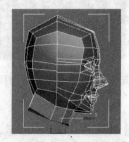

图 8-2-60　选中边效果　图 8-2-61　调整顶点后的效果　图 8-2-62　挤出后在左视图中的效果

③ 在"可编辑多边形"堆栈中，切换到"顶点"子对象编辑状态，调整右侧的顶点使之对齐，效果如图 8-2-63 所示。然后，在"可编辑多边形"堆栈中，切换到"多边形"子对象编辑状态，单击"倒角"按钮右侧的 ▣ 按钮，弹出"倒角多边形"对话框，在该对话框中的高度值中输入数值 30，在"轮廓量"数值框中输入数值 2，单击"确定"按钮，效果如图 8-2-64 所示。

 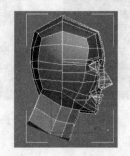

图 8-2-63　调整右侧的顶点　　　　　　　　图 8-2-64　倒角后的效果

④ 在"可编辑多边形"堆栈中，切换到"顶点"子对象编辑状态，在前视图和左视图中调整颈部各个顶点，效果如图 8-2-65（a）所示。至此，人物建模制作完毕。透视图中的效果如图 8-2-65（b）所示。

⑤ 将左视图切换到右视图，选中图 8-2-66 所示的两个多边形，将其删除。

（a）调整颈部顶点　（b）透视图中的效果图
图 8-2-65　调整颈部顶点　　　　　　　　图 8-2-66　在右视图中选中面

⑥ 在底视图中选中图 8-2-67 所示的多边形，将其删除。在"可编辑多边形"堆栈中，再次单击"顶点"子对象，退出子对象编辑状态，效果如图 8-2-68 所示。至此，人物头部建模制作完毕。在透视图中单击主工具栏中的"渲染"工具按钮 对其进行渲染操作，效果如图 8-2-1 所示。

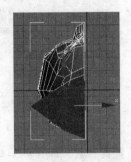

图 8-2-67　在底视图中选中多边形　　　　图 8-2-68　在透视图中的效果

8.3　【案例 17】人物头部模型材质设计

案例效果

本例中将对案例 16"人头建模"案例中创建的模型赋予材质，效果如图 8-3-1 所示。

图 8-3-1　人物头部材质编辑效果

操作步骤

1. 导出人物头部贴图

① 打开"人头建模"案例中制作的人头模型。

② 选中人物头部，选择 （修改）→"修改器列表"→"UVW 贴图"选项，为其添加"UVW 贴图"修改器。在"UVW 贴图"修改器的"参数"卷展栏中设置其贴图方式为"柱形"，效果如图 8-3-2 所示。

③ 在"UVW 贴图"修改器的修改命令面板的堆栈列表中，单击"UVW 贴图"项前面的"＋"按钮，展开堆栈。再选择"UVW 贴图"下的 Gizmo 选项，以便对其进行调整，如图 8-3-3 所示。

④ 对 Gizmo 对象进行适当调整。选择"UVW 贴图"修改器的"参数"卷展栏中的"对齐"选项组中的"Z"单选按钮，使 Gizmo 对象与头部在垂直方向上对齐。

图 8-3-2 为头部添加"UVW 贴图"修改器

图 8-3-3 选择 Gizmo 选项

在"UVW 贴图"修改器的"参数"卷展栏中适当设置其参数，如图 8-3-4 所示，使得 Gizmo 与头部相符合，效果如图 8-3-5 所示。

⑤ 在"UVW 贴图"修改器的修改命令面板的堆栈列表中选择"UVW 贴图"选项，退出 Gizmo 编辑状态。

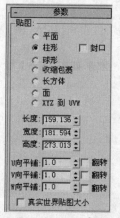

图 8-3-4 "UVW 贴图"参数设置

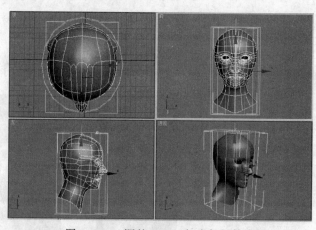

图 8-3-5 调整 Gizmo 与头部相符合

⑥ 选中人物头部，选择 （修改）→"修改器列表"→"UVW 展开"选项，为其添加"UVW 展开"修改器，效果如图 8-3-6 所示。图中的绿线表示"UVW 展开"时的贴图边缘。

⑦ 在"UVW 展开"修改器的"参数"卷展栏中单击"编辑"按钮，弹出"编辑 UVW"对话框，如图 8-3-7 所示。可以看到，展开的贴图边缘（绿色）是不齐整的。在"UVW 展开"时，只有深蓝色矩形内的贴图才能被输出、编辑，因此，须要进一步对 UVW 贴图进行调整。

图 8-3-6 添加"UVW 展开"修改器

⑧ 单击"编辑 UVW"对话框左上角的 按钮，启用移动工具，该工具的使用方法与主工具栏中的"选择并移动"工具 相同，区别在于该工具只在"编辑 UVW"对话框中使用。单击下方"选择模式"面板中的"面子对象模式"按钮 ，如图 8-3-8 所示，以方便对面进行选择。

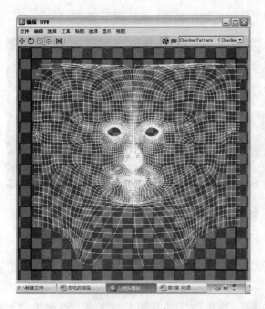

图 8-3-7 "编辑 UVW"对话框

图 8-3-8 面子对象模式按钮

⑨ 单击"编辑 UVW"对话框中的移动按钮 ✛,选中右侧不齐的面,如图 8-3-9 所示。

⑩ 在"编辑 UVW"对话框中,选择"工具"→"分离边顶点"命令,将选中的面分离出来。

⑪ 单击"编辑 UVW"对话框中的移动按钮 ✛,再次选中分离出来的面,将其移动到贴图右方对应的位置,如图 8-3-10 所示。

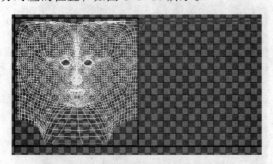

图 8-3-9 选中左下部不齐的面

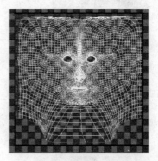

图 8-3-10 将分离的面移动到对应位置

⑫ 单击下方"选择模式"面板中的"边子对象模式"按钮 ▦,以方便对边进行选择。选择分离出的面的左边和上边(即要与大图缝合的边),如图 8-3-11 所示。

⑬ 在"编辑 UVW"对话框中,选择"工具"→"缝合选定项"命令,弹出"缝合工具"对话框,如图 8-3-12 所示。此时,在贴图中可以预览到分离的面已经缝合到大图上。单击"确定"按钮,将选中的边进行缝合,效果如图 8-3-13 所示。

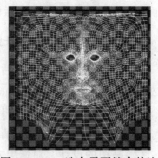

图 8-3-11 选中需要缝合的边

⑭ 按步骤⑧~⑬中的方法,对其他不整齐的边进行调整,完成后的效果如图 8-3-14 所示。

如果贴图不是在蓝色矩形内，可以通过移动工具  和比例工具 ⬚ 进行适当调整。

图 8-3-12　"缝合工具"对话框　　　图 8-3-13　缝合后的贴图　　　图 8-3-14　调整后的贴图

⑮ 在"编辑 UVW"对话框中，选择"工具"→"渲染 UVW 模板"命令，弹出"渲染 UVs"对话框，如图 8-3-15 所示。单击"渲染 UVs"对话框下方的"渲染 UVW 模板"按钮，渲染 UVW 贴图模板，如图 8-3-16 所示。

⑯ 单击"渲染贴图"对话框中的保存按钮 🖫，将渲染后的贴图保存下来，命名为"人物头部贴图.JPG"。关闭"渲染贴图"对话框和"编辑 UVW"对话框，结束 UVW 编辑。

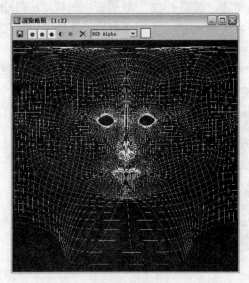

图 8-3-15　"渲染 UVs"对话框　　　　　　　　图 8-3-16　渲染贴图

2. 在 Photoshop 中设计贴图

① UVW 渲染贴图导出后，就可以在图形图像处理软件中进行贴图的设计。常用的图形图像处理软件有 Paint、Photoshop 等等，本书中使用是的 Photoshop。启动 Photoshop，打开"人物头部贴图.JPG"文件，如图 8-3-17 所示。图中绿线所包围的网格部分就是贴图的位置，其中，人物的眼、鼻、口等都清晰地显示出来。绿线之外的所有内容在贴图时将被忽略。

② 贴图的设计，对懂美术的人来说，可以自己设计出漂亮的贴图。此外，也可以使用现有的素材进行加工而得到。对于人头像贴图的设计，通常是使用人物的正面照和侧面照合成而

得到。其实，在制作人物头像模型时，也通常会使用人物的正面图和侧面图作为建模时的参考对象。方法是在前视图（即正面）和左视图（即侧面）中绘制两个互相垂直的平面，再将设置好人物正面图和侧面图的两个材质分别赋给两个平面。

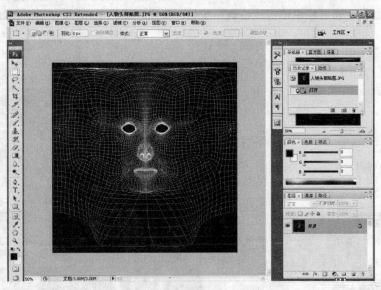

图 8-3-17　在 Photoshop 中设计贴图

本例中将使用已有的人物正面图和侧面图来合成人物头部贴图，效果如图 8-3-18 所示。合成贴图时，注意位置的对应，如眼、鼻、口、耳朵和头发的设计等都需要注意。保存文件，命名为"人物头部贴图.PSD"。

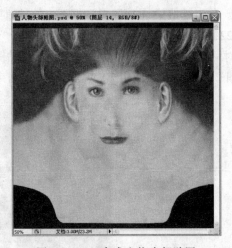

图 8-3-18　合成人物头部贴图

3. 导出眼睛贴图

① 单击 (创建) → (几何体) → "标准基本体" → "球体"按钮，在前视图中创建一个球体作为眼睛，在其"参数"卷展栏中设置其半径参数为 12，分段为 24。

② 选中眼睛，在修改器下拉列表框中选择"UVW 展开"选项，为其添加"UVW 展开"

修改器。单击修改命令面板的堆栈中"UVW 展开"项前的"＋"按钮，展开该项。再单击其下的"面"子对象，如图 8-3-19 所示。

③ 选择眼睛所有的面，在"UVW 展开"修改器的的"位图参数"卷展栏中单击"平面"按钮，再在"参数"卷展栏中单击"编辑"按钮，弹出"编辑 UVW"对话框，如图 8-3-20 所示。

图 8-3-19　单击"面"子项　　　　　　　图 8-3-20　"编辑 UVW"对话框

④ 在"编辑 UVW"对话框中，选择"工具"→"渲染 UVW 模板"命令，弹出"渲染 UVs"对话框，如图 8-3-21 所示。单击"渲染 UVs"对话框下方的"渲染 UVW 模板"按钮，渲染 UVW 贴图模板，如图 8-3-22 所示。

⑤ 单击"渲染贴图"对话框中的保存按钮 🔲，将渲染后的贴图保存下来，命名为"眼睛贴图.JPG"。关闭"渲染贴图"对话框和"编辑 UVW"对话框，结束 UVW 编辑。

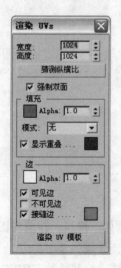

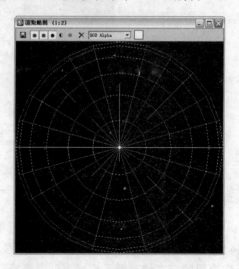

图 8-3-21　"渲染 UVs"对话框　　　　　　图 8-3-22　"渲染贴图"对话框

4．设计材质

① 单击主工具栏中"材质编辑器"按钮 ，弹出"材质编辑器"对话框。选择新的材质球并命名为"头"。在"Blinn 基本参数"卷展栏中单击漫反射右侧的按钮，如图 8-3-23 所示，弹出"材质/贴图浏览器"对话框。在"材质/贴图浏览器"对话框的材质列表框中选择"位图"选项，如图 8-3-24 所示。然后单击"确定"按钮，关闭该对话框并弹出"选择位图图像文件"对话框。

② 在"选择位图图像文件"对话框中选择前面创建的"人物头部贴图.PSD"图像文件，然后单击"打开"按钮，关闭该对话框并返回"材质编辑器"对话框。至此，可以在"材质编辑器"对话框中看到示例球中显示出头部贴图的画面，如图 8-3-24 所示。

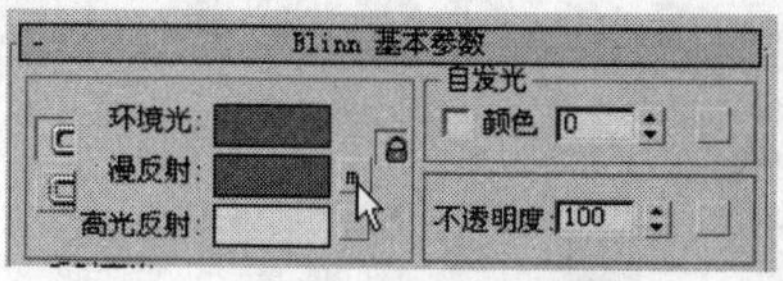

图 8-3-24　选择位图材质

图 8-3-23　漫反射参数设置

③ 在视图中选中人物头部。在"材质编辑器"对话框中选中"头"示例球，如图 8-3-25 所示。单击"将材质指定给选定对象"按钮 ，将材质赋给头部模型，再单击 （在视图中显示贴图）按钮，以便在视图中显示贴图，效果如图 8-3-26 所示。

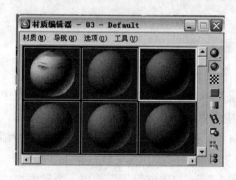

图 8-3-25　设计好的材质示例球

图 8-3-26　将材质赋给头部模型

④ 按同样的方法，制作出眼睛材质的材质示例球，如图 8-3-27 所示。再将材质赋给眼睛模型，效果如图 8-3-28 所示。

图 8-3-27　制作眼睛和身体材质　　　　　　　　图 8-3-28　赋予材质后的眼睛模型

8.4 【案例 18】浪漫女孩

案例效果

"浪漫女孩"案例效果如图 8-4-1 所示。在本案例的制作过程中，将学习多边形建模、"UVW 展开"贴图、"毛发"修改器的应用等知识。

图 8-4-1　"浪漫女孩"效果图

操作步骤

1. 女孩头部贴图

① 单击 （创建）→ （几何体）→"标准基本体"→"球体"按钮，在顶视图中创建一个球体作为女孩的头部。在其"参数"卷展栏中设置其半径参数为 30。

② 选中球体，单击主工具栏中的"选择并缩放"按钮 ，在前视图中对 X 轴进行缩小，然后在顶视图中对 Y 轴进行缩小，让球体更接近于头部的形状，效果如图 8-4-2 所示。

③ 选中球体，选择 （修改）→"修改器列表"→"UVW 贴图"选项，为其添加"UVW 贴图"修改器。在"UVW 贴图"修改器的"参数"卷展栏中设置其贴图方式为"柱形"，效果如图 8-4-3 所示。

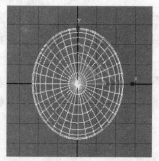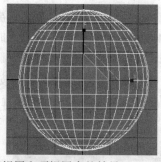

图 8-4-2　球体缩放后在前视图和顶视图中的效果

④ 在"UVW 贴图"修改器的修改命令面板的堆栈列表中，单击"UVW 贴图"项前面的"＋"按钮，展开堆栈。再选择"UVW 贴图"下的 Gizmo 选项，以便对其进行调整，如图 8-4-4 所示。

接下来须要对 Gizmo 对象进行适当调整。选择"UVW 贴图"修改器的"参数"卷展栏中的"对齐"栏中的"X"单选按钮，使 Gizmo 对象与头部在垂直方向上对齐。

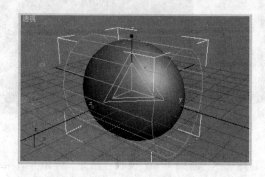

图 8-4-3　添加"UVW 贴图"修改器　　　　图 8-4-4　选择 Gizmo 选项

⑤ 在"UVW 贴图"修改器的"参数"卷展栏中适当设置其参数，使得 Gizmo 与头部相符合，如图 8-4-5 所示。

⑥ 在"UVW 贴图"修改器的修改命令面板的堆栈列表中，选择"UVW 贴图"选项，退出 Gizmo 编辑状态。

⑦ 选中球体，选择 ⁄（修改）→"修改器列表"→"UVW 展开"选项，为其添加"UVW 展开"修改器，效果如图 8-4-6 所示。图中的绿线表示"UVW 展开"时的贴图边缘。

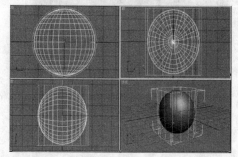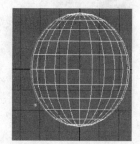

图 8-4-5　调整 Gizmo 与头部相符合　　　图 8-4-6　添加"UVW 展开"修改器在
　　　　　　　　　　　　　　　　　　　　　　　　　左视图中的效果

⑧ 在"UVW 展开"修改器的"参数"卷展栏中单击"编辑"按钮，弹出"编辑 UVW"对话框，如图 8-4-7 所示。在"UVW 展开"时，只有深蓝色矩形内的贴图才能被输出、编辑，因此，需要进一步对 UVW 贴图进行调整。

⑨ 单击"编辑 UVW"对话框中的移动按钮✛，选中左边所有的点，向右移动一点位置，然后选中右边所有的点，向左移动一点的位置，让贴图在蓝色矩形框内，效果如图 8-4-8 所示。

图 8-4-7 "编辑 UVW"对话框

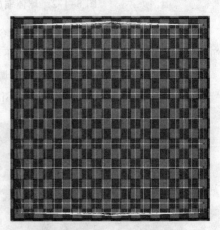

图 8-4-8 调整顶点

⑩ 在"编辑 UVW"对话框中，选择"工具"→"渲染 UVW 模板"命令，弹出"渲染 UVs"对话框，如图 8-4-9 所示。单击"渲染 UVs"对话框下方的"渲染 UVW 模板"按钮，渲染 UVW 贴图模板，如图 8-4-10 所示。

图 8-4-9 "渲染 UVs"对话框

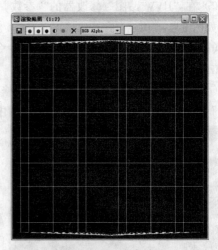

图 8-4-10 渲染贴图

⑪ 单击"渲染贴图"对话框中的保存按钮💾，将渲染后的贴图保存下来，命名为"女孩脸部贴图.JPG"。关闭"渲染贴图"对话框和"编辑 UVW"对话框，结束 UVW 编辑。

⑫ UVW 渲染贴图导出后，就可以在图形图像处理软件中进行贴图的设计。常用的图形图

像处理软件有 Paint、Photoshop 等等，本书中使用是的 Photoshop。启动 Photoshop，打开"人物脸部贴图.JPG"文件，如图 8-4-11 所示。

⑬ 本例中将使用已有的人物图像来合成女孩脸部贴图，效果如图 8-4-12 所示。合成贴图时，注意位置的对应，如眼、眉毛和嘴唇的设计等都需要注意。保存文件，命名为"脸部贴图.PSD"。

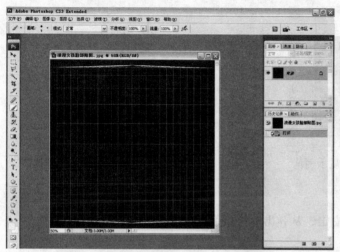 

图 8-4-11 在 Photoshop 中设计贴图　　　　图 8-4-12 合成人物头部贴图

⑭ 单击主工具栏中"材质编辑器"按钮，弹出"材质编辑器"对话框。选择新的材质球并命名为"头"。在"Blinn 基本参数"卷展栏中单击漫反射右侧的按钮，如图 8-4-13 所示，弹出"材质/贴图浏览器"对话框。在"材质/贴图浏览器"对话框的材质列表中选择"位图"选项，如图 8-4-14 所示。然后单击"确定"按钮，弹出"选择位图图像文件"对话框。

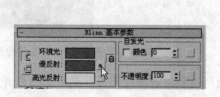

图 8-4-13 漫反射参数设置　　　　图 8-4-14 选择位图材质

⑮ 在"选择位图图像文件"对话框中选择所创建的"脸部贴图.PSD"图像文件，然后

单击"打开"按钮，返回"材质编辑器"对话框。至此，可以在"材质编辑器"对话框中看到示例球中显示出头部贴图的画面，如图 8-4-15 所示。

⑯ 在视图中选中人物头部。在"材质编辑器"对话框中选中"头"示例球，单击 🕾（将材质指定给选定对象）按钮，将材质赋给头部模型，再单击 🕸（在视图中显示贴图）按钮，以便在视图中显示贴图，效果如图 8-4-16 所示。

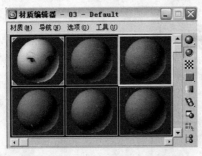

图 8-4-15　设计好的材质示例球

图 8-4-16　将材质赋给头部模型

2. 制作头发

① 在场景中选中头部，然后右击，从弹出的快捷菜单中选择"冻结当前选择"命令，将头部冻结。

② 右击主工具栏中的"捕捉切换"按钮 🧲，弹出"栅格和捕捉设置"对话框，在该对话框中选择"面"复选框，切换至"选项"选项卡，选择"捕捉到冻结对象"复选框。单击右上角的"关闭"按钮退出，然后单击"捕捉切换"按钮以启用捕捉到面，如图 8-4-17 所示。

③ 单击 🖼（创建）→ 🖋（图形）→"样条线"→"线"按钮，在"创建方法"卷展栏中将"初始类型"和"拖动类型"选项设置为"平滑"。

④ 现在将为头发创建样条线，要做到这一点，必须考虑发型的设计以及头发的分缝，图 8-4-18 中的红线显示头发的分缝所在的位置。应该将其用做头发样条线的基线，因为样条线会飘向头部的任一侧。

图 8-4-17　"栅格和捕捉设置"对话框

图 8-4-18　头发分缝线

⑤ 在"透视"视口中，将光标置于上面所看到的分缝线前方，然后单击以开始创建样条线，右击结束，效果如图 8-4-19 所示。

⑥ 围绕头部继续添加样条线，效果如图 8-4-20 所示。

图 8-4-19 创建样条线

图 8-4-20 围绕头部添加样条线

⑦ 在"修改"命令面板中选中第一条样条线，在"几何体"卷展栏中单击"附加"按钮，围绕头部顺时针方向移动，依次附加样条线。

⑧ 在"修改"命令面板中选中样条线，单击"顶点"子对象层级，进入"顶点"子对象编辑状态，选中代表发根的所有顶点，效果如图 8-4-21 所示。

⑨ 按【Ctrl+I】键进行反选，效果如图 8-4-22 所示。单击主工具栏中的"使用选择中心"按钮 ，然后单击主工具栏中的"选择并均匀缩放"按钮 ，将选择的顶点进行放大，这样做的目的是为了让头部的样条线更飘逸自然，效果如图 8-4-23 所示。

图 8-4-21 选中代表发根的　　图 8-4-22 反选其他的点　　图 8-4-23 将选择点扩大
　　　　　所有顶点

⑩ 选中样条线，选择 （修改）→"修改器列表"→"Hair 和 Fur（wsm）"选项，为样条线添加"头发和毛发"修改器，如图 8-4-24 所示。

⑪ 在其"常规参数"卷展栏中的设置如图 8-4-25 所示。常规参数的设置用于控制头发的数量、曲率和大小。

图 8-4-24　添加"头发和毛发"修改器　　　　图 8-4-25　"常规参数"卷展栏

⑫ 在"卷发参数"卷展栏中的设置如图 8-4-26 所示。卷发参数的设置可为发根添加特定数量的噪波，使其看上去更为密集、自然。在"多股参数"卷展栏中的设置如图 8-4-27 所示。多股参数的设置用于为已渲染的头发添加一定数量的块。

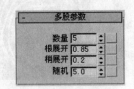

图 8-4-26　"卷发参数"卷展栏　　　　　　　图 8-4-27　"多股参数"卷展栏

⑬ 在透视视口中渲染头发，从不同角度观察渲染效果，如图 8-4-28 所示。

图 8-4-28　从不同角度渲染头发

3．制作身体

① 单击 （创建）→ （几何体）→"标准基本体"→"长方体"按钮。在前视图中创建一个长方体，其设置如图 8-4-29 所示。选中长方体，右击，在弹出的快捷菜单中选择"孤立当前选择"命令，将长方体孤立。

② 单击 按钮进入修改命令面板，在堆栈编辑列表框中单击"可编辑多边形"前面的"+"按钮，展开"可编辑多边形"堆栈，选择"多边形"选项，进入"多边形"子对象编辑状态。

图 8-4-29　长方体参数设置

③ 在左视图中选中最上面的多边形，效果如图 8-4-30 所示。在"编辑"多边形卷展栏中单击"挤出"右侧的 □ 按钮，弹出"挤出多边形"对话框，如图 8-4-31 所示。在该对话框中的"挤出高度"数值框中输入数值为 10，单击"确定"按钮退出对话框。在前视图和透视图中效果如图 8-4-32 所示。

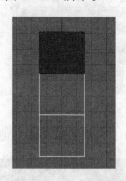

图 8-4-30　选中多边形　　　　　　　　　　图 8-4-31　"挤出多边形"对话框

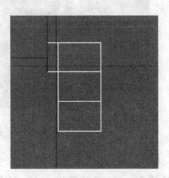
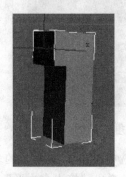

图 8-4-32　挤出多边形效果

④ 在"可编辑多边形"堆栈中，切换到"顶点"子对象编辑状态，效果如图 8-4-33 所示。在左视图中调节顶点的位置，效果如图 8-4-34 所示。

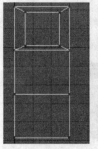

图 8-4-33　切换到"顶点"子对象编辑状态　　　　图 8-4-34　调整顶点后的效果

⑤ 在"可编辑多边形"堆栈中，切换到"多边形"子对象编辑状态，在左视图中选中图 8-4-35 所示的多边形。在"可编辑多边形"卷展栏中单击"倒角"按钮右侧的 □ 按钮，弹出"倒角多边形"对话框，在该对话框中的设置如图 8-4-36 所示。单击"确定"按钮退出。在透视图中效果如图 8-4-37 所示。

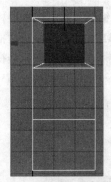

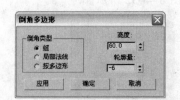

图 8-4-35　选中多边形效果　　　　　　　　图 8-4-36　"倒角多边形"对话框

⑥ 继续进行倒角操作，设置倒角高度值为 10，轮廓量为 10，效果如图 8-4-38 所示。

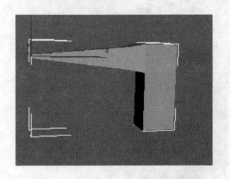

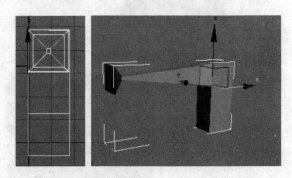

图 8-4-37　"倒角"多边形效果　　　　　　　图 8-4-38　倒角后的效果

⑦ 在顶视图中选中图 8-4-39 所示的多边形，在"可编辑多边形"卷展栏中单击"挤出"按钮右侧的 按钮，弹出"挤出多边形"对话框，在该对话框中的"挤出高度"数值框中输入数值 10，作为人物对象的颈部，单击"确定"按钮退出，在前视图中的效果如图 8-4-40 所示。

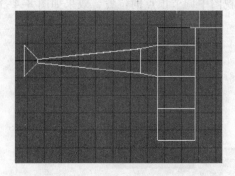

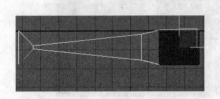

图 8-4-39　在顶视图中选中多边形　　　　　图 8-4-40　挤出多边形后的效果

⑧ 在"可编辑多边形"堆栈中，切换到"顶点"子对象编辑状态，调整顶点，在前视图中调整左上侧的顶点，效果如图 8-4-41 所示。

⑨ 在"可编辑多边形"堆栈中，切换到"多边形"子对象编辑状态，在顶视图中选中最上面的多边形，挤出多边形，挤出数值为 10，效果如图 8-4-42 所示。在"可编辑多边形"堆

栈中,切换到"顶点"子对象编辑状态,在左视图中调整颈部上面的顶点,效果如图 8-4-43 所示。

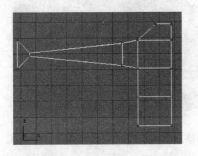 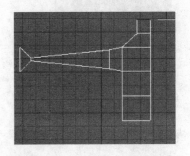

图 8-4-41　在前视图中调整左上侧顶点　　　　图 8-4-42　挤出多边形后的效果

⑩ 选中图 8-4-44 所示的顶点,在左视图中移动顶点的位置,效果如图 8-4-45 所示。

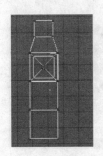 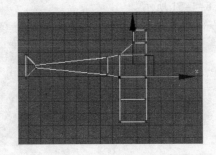 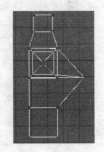

图 8-4-43　在左视图中调整顶点　图 8-4-44　在前视图中选中顶点　　图 8-4-45　移动顶点的位置

⑪ 在"可编辑多边形"堆栈中,切换到"多边形"子对象编辑状态,选中"底部"多边形,倒角多边形,如图 8-4-46 所示。切换到"顶点"子对象编辑状态,调整腰部顶点的位置,效果如图 8-4-47 所示。

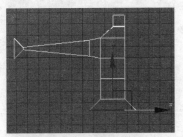 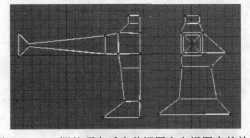

图 8-4-46　倒角多边形效果　　图 8-4-47　调整顶点后在前视图和左视图中的效果

⑫ 切换到"多边形"子对象编辑状态,选中最底部的边,在"编辑"多边形卷展栏中单击"挤出"右侧的 ▢ 按钮,弹出"挤出多边形"对话框,在该对话框中的"挤出高度"数值框中输入数值为 80,单击"确定"按钮,效果如图 8-4-48 所示。

⑬ 在"可编辑多边形"堆栈中,切换到"顶点"子对象编辑状态,调整各个顶点,效果如图 8-4-49 所示。在"可编辑多边形"堆栈中,再次选择"顶点"选项,退出子对象编辑状态。

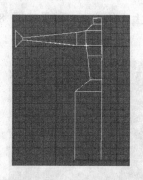

图 8-4-48 挤出多边形效果

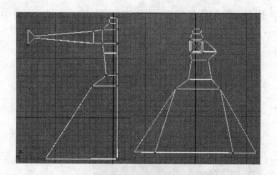

图 8-4-49 调整顶点后在左视图和顶视图中的效果

⑭ 选中人物对象，选择 ✏ （修改）→ "修改器列表" → "对称" 选项，为其添加 "对称" 修改器，单击 "对称" 修改器列表中的 ➕ 按钮，在其堆栈中选择 "镜像" 选项，其参数设置如图 8-4-50 所示，效果如图 8-4-51 所示。

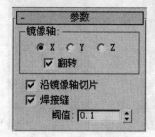

图 8-4-50 "对称" 修改器的参数设置

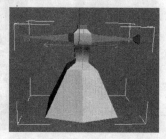

图 8-4-51 使用 "对称" 修改器后的效果

⑮ 选中人物对象，选择 ✏ （修改）→ "修改器列表" → "网格平滑" 选项，为其添加 "网格平滑" 修改器，在 "细分量" 卷展栏中设置 "迭代次数" 为 2，效果如图 8-4-52 所示。

⑯ 解除身体孤立状态，视口中显示出女孩的头部对象，将身体和头部对齐，效果如图 8-4-53 所示。

图 8-4-52 使用网格平滑后的效果

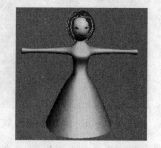

图 8-4-53 将身体对象和头部对象对齐

4．女孩身体贴图

① 选中身体部分，在修改器下拉列表框中选择 "UVW 贴图" 命令，为其添加 "UVW 贴图" 修改器。在 "参数" 卷展栏中设置贴图方式为 "平面"，并适当调整其参数。

② 选择 ✏ （修改）→ "修改器列表" → "UVW 展开" 选项，为其添加 "UVW 展开" 修改器，效果如图 8-4-54 所示。图中的绿线表示 "UVW 展开" 时的贴图边缘。

③ 在"UVW 展开"修改器的"参数"卷展栏中单击"编辑"按钮，弹出"编辑 UVW"对话框，如图 8-4-55 所示。

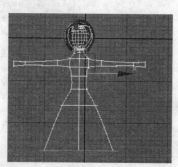

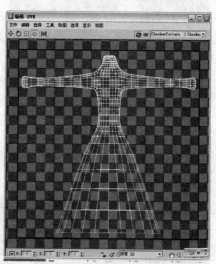

图 8-4-54　添加"UVW 展开"修改器在前视图中的效果　　　图 8-4-55　"编辑 UVW"对话框

④ 在"编辑 UVW"对话框中，选择"工具"→"渲染 UVW 模板"命令，弹出"渲染 UVs"对话框。单击"渲染 UVs"对话框下方的"渲染 UVW 模板"按钮，渲染 UVW 贴图模板，如图 8-4-56 所示。

⑤ 单击"渲染贴图"对话框中的保存按钮 ，将渲染后的贴图保存下来，命名为"女孩身体贴图.JPG"。关闭"渲染贴图"对话框和"编辑 UVW"对话框，结束 UVW 编辑。

⑥ 启动 Photoshop，打开"人物头部贴图.JPG"文件，如图 8-4-57 所示。

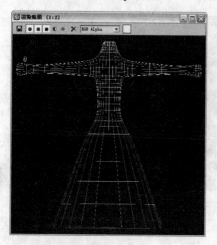

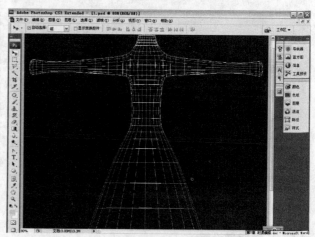

图 8-4-56　"渲染贴图"对话框　　　　　图 8-4-57　在 Photoshop 中设计贴图

本例中将使用已有的人物图像合成身体贴图，效果如图 8-4-58 所示。合成贴图时，注意位置的对应，如手、上身和下身的位置等都需要注意。保存文件，命名为"身体贴图.PSD"。

⑦ 单击主工具栏中"材质编辑器"按钮 ，弹出"材质编辑器"对话框。选择新的材质球并命名为"身体"。在"Blinn 基本参数"卷展栏中单击漫反射右侧的按钮，如图 8-4-59 所

示，弹出"材质/贴图浏览器"对话框。在"材质/贴图浏览器"对话框的材质列表中选择"位图"选项，如图 8-4-60 所示。然后单击"确定"按钮，关闭该对话框并弹出"选择位图图像文件"对话框。

图 8-4-58　女孩身体贴图　　　　图 8-4-59　漫反射参数设置　　　　图 8-4-60　选择位图材质

⑧ 在"选择位图图像文件"对话框中，选择前面创建的"女孩身体贴图.PSD"图像文件，然后单击"打开"按钮，关闭该对话框并返回"材质编辑器"对话框。至此，可以在"材质编辑器"对话框中看到示例球中显示出头部贴图的画面，如图 8-4-61 所示。

⑨ 在视图中选中女孩身体对象。在"材质编辑器"对话框中选中"身体"示例球，单击"将材质指定给选定对象"按钮 ，将材质赋给对身体模型，再单击"在视图中显示贴图"按钮 ，以便在视图中显示贴图，效果如图 8-4-62 所示。

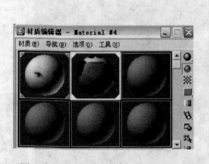

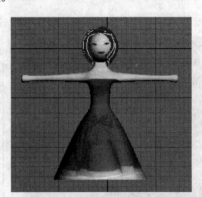

图 8-4-61　设计好的材质示例球　　　　　　图 8-4-62　将材质赋给头部模型

5．环境背景设置

① 选择"渲染"→"环境"命令，调出"环境和效果"对话框。在"环境和效果"对话框中选择"环境"选项卡，显示出环境选项卡的设置内容，如图 8-4-63 所示。单击"公用参数"卷展栏中的"无"按钮，弹出"材质/贴图浏览器"对话框。

图 8-4-63 "环境和效果"对话框   图 8-4-64 "材质/贴图浏览器"对话框

② 在"材质/贴图浏览器"对话框的材质列表中选择"位图"选项，如图 8-4-64 所示。然后单击"确定"按钮，关闭该对话框并弹出"选择位图图像文件"对话框。

③ 在"选择位图图像文件"对话框中，选择一幅合适的图像文件，如图 8-4-65 所示。然后单击"打开"按钮，关闭该对话框并返回"环境和效果"对话框。

图 8-4-65 "选择位图图像文件"对话框

④ 单击"环境和效果"对话框右上角的按钮 ![X]，关闭该对话框并完成背景的设置。单击主工具栏中的渲染按钮 ![icon]，渲染后的效果如图 8-4-1 所示。